带来子

田木 石杰 ●著

陕西新华出版
太白文艺出版社·西安

图书在版编目（CIP）数据

带来子 / 田木，石杰著. -- 西安：太白文艺出版
社，2013.12（2024.1重印）
ISBN 978-7-5513-0629-4

Ⅰ．①带… Ⅱ．①田… ②石… Ⅲ．①长篇小说—中
国—当代 Ⅳ．①I247.5

中国版本图书馆CIP数据核字(2013)第278789号

带来子
DAILAI ZI

作　者　田 木 石 杰
责任编辑　张 鑫
整体设计　刘萍旋
出版发行　太白文艺出版社
经　销　新华书店
印　刷　三河市嵩川印刷有限公司
开　本　787mm×1092mm 1/16
字　数　280千字
印　张　22.25
版　次　2013年12月 第1版
印　次　2024年1月 第2次印刷
书　号　ISBN 978-7-5513-0629-4
定　价　69.80元

丁五斤是个闷葫芦，本来话就少，坐牢以后话就更少了。话少，不代表他木讷、人笨，其实，他是个极聪明的人。他知道，谁都不喜欢闲话多的人。只说不干和会说不会干的人，到任何地方都吃不开。娃娃勤，爱死人。一句话，人，必须要有实干精神。所以，他把智慧和力气全用在了劳动改造上。他手脚勤快有眼色，一个人顶两个人用，甚是讨人喜欢。他自感自己今年干得不错，说不定会受到再次减刑的奖励。想到这些，他就暗自高兴。

一年一度的总结大会召开了。政委在台上做总结报告，讲了形势讲政策，讲了政策讲政绩，滔滔不绝，没完没了。五斤不爱听这个，形势大好跟自己有什么关系？自己就是在大好形势下要的饭，挨的饿，坐的牢。形势大好是人家的，不是自己的。饿着肚子看人家吃肉，不是自找罪受吗？不听他的。他感兴趣的是自己会不会受到年终表彰，会不会破例再次给他减刑。

政委在台上喷着唾沫星子，讲得口干舌燥。五斤却想着自己的心事。他关了耳朵，闭了眼睛，像达摩面壁似的，目中无物，耳根无声，只有心中在悟。忽而，有一团气顺着肠子往下窜，企图从屁眼往外钻。这可是个真家伙，不能不理会。就是达摩再世，他也得赶紧把这事给办了。五斤下意识地把屁股一抬，会场内便响了个大屁。听得出来，这屁不是自然放出来的，而是用了大力气才崩了出来。响亮而长久，还带着节奏。形状像糖葫芦，一个一个连成串；声音像旧时的锅驼机，"砰、砰、砰"一声连一声；又像池塘边蛤蟆求偶时发出的叫声，半里地外都能听见。

这屁声，盖过了政委的声音，打断了政委的报告。政委抬头朝屁响处看,想看看是谁这么大胆,这么放肆,这么不把政委当政委。满场的人哄堂大笑,不分男女老幼,不论犯人管教,都笑。唯独政委一人严肃。

政委一旁坐着的监狱长看不下去了,收起笑脸站起来质问:"是谁捣乱,站起来!"

"是!"丁五斤忽地站了起来。

"怎么会是你?"

"报告,是我。对不起,我是无意的,一挪屁股,它……它就……"

他没说实话。他是想着别的事,心不在会场,连开会听报告这档子事都忘了。想着想着就觉憋得慌,有小凳子堵着,想放屁放不出来,下意识地就用了猛力,把屁给崩了出来。他当然不敢实话实说,便吞吞吐吐瞎编起来。

政委知道丁五斤是个实诚人,相信他不是有意的,就把监狱长按回到椅子上。说:"小丁啊小丁,你可真是三年不鸣,一鸣惊人啊!"

政委这么一说,又引得大家一阵哄笑。

政委的讲话结束了,轮到监狱长宣布当年的授奖名单和授奖等级。丁五斤一下来了精神,支棱着耳朵倾听,一个字也不想落下。不错,有自己,还是最高奖,有物质奖,有精神奖,还有加分。五斤高兴极了,他掐算着,如果年初能给他上报减刑的话,所剩残刑就可以减完,自己就能出狱了。

回到监室,大家拿五斤说笑。

"哎,政委表扬你一鸣惊人呢。"

"你胆够大了,在那样的场合敢崩大屁,厉害!"

"大喜呀五斤! 你看你今天,啊,又是立功又是授奖,放个屁都惊人哩,比政委的报告都吃香。你说你多牛吧。"

闷葫芦也不敢再闷了,五斤忙说:"不敢胡说,让人家听到惹麻烦哩。"

他这一提醒还真管用,真的没人再乱说了。人人都有个怕的东西,他们也怕反映上去对自己影响不好。祸从口出,别把自己辛辛苦苦挣来的"小红旗",让这张烂嘴给说没了。大家又回头替五斤担心,号长说:"看你那大屁放得震天响,连人家的报告都打断了,好像是成心捣乱似的,弄得人家好没面子。你说人家会不会找你的麻烦?"

五斤说:"我想不会,屁大的事,也值得计较? 那也太没度量了。"

"哈哈,说的是,真是屁大事儿。不过你可真行,好好的放的什么屁?

放就放呗,还拉着腔放,怪嘛失眼的。不知你是咋想的?"

五斤很不好意思:"嘿嘿,你也觉得怪? 实话说,我也觉得怪,谁知道咋回事,不由人么,嘿嘿。"

二号长听得不耐烦了:"嗨,你们呀,真是小人长戚戚。啥事嘛,人家都没往心里去,你们自己倒没事找事,自己吓自己。关机关机,别说了。今天没干活,一身的劲没处使,闷得慌。五斤,你可是又得奖又受表扬,收获不小,不能就这么算了,该出点血请请大伙吧。"

号长表示赞同:"就是,管,不说屁的事了。二号长说得对,五斤,你是应该表示表示。"

五斤说:"我倒是想表示,可咱穷得叮当响,拿啥表示呀?"

二号长说:"这好办,先记下,等发了津贴再请。但是现在也不能饶了你,你给大家来一段秦腔,这总不费事吧?"

"对对对,来一段。"号长附和着。

五斤挠挠头,有点不想唱的意思。大家的热情被点燃了,吵吵着要五斤来一段。五斤拗不过,勉强同意了。他从枕头下翻出个小本本,找了一段自己写的词儿,展在铺上固定好。又拿了洗脸盆和饭碗当板鼓和牙子用,敲了几下,就开唱了:

我的家乡在哪里,
我的根啊何处觅?
鸟儿累了有归巢,
五斤啊你可有故里?

我的阳光不明媚,
我的山川不青翠。
人人都说风光好,
我问世间何处美?

幸福的人们在歌唱,
自由的鸟儿在飞翔。
铁窗里的心啊好忧伤,

何日才能出高墙？

大富大贵我不想，
只愿身心都无恙。
苦尽甘来应有期，
平平安安度时光。

他是用苦音曲牌唱的，委婉深沉凄凉，字字句句都是情和泪。唱着唱着，就流泪了。唱罢，就木在了那里，迟迟不能从戏中拔出来。众难友也木然了，没人说话，都借五斤的戏词想自己的遭际。

监室门"哐"的一声打开了。

"丁五斤，出来。"

管教干部传丁五斤，表情之严肃，声音之严厉，平时少见。

五斤心里咯噔一下，不知道管教为什么会这样对他，不知道自己犯了什么错。他马上想到了放屁的事情，莫不是人家要秋后算账了？

丁五斤跟着管教来到值勤室，见政委早已正襟危坐等在那里，心里又是咯噔一下，预感大事不好。政委见五斤进来，马上变得和颜悦色起来，这更让五斤担心。他知道，越是有城府的人，隐藏得越深，他们整人的时候都是和颜悦色的，但整人的程度却是深之又深，烈之又烈，惨之又惨。人家一不高兴，要取消对你的奖励和减刑资格，还不是一句话的事？五斤有些紧张，小心翼翼地坐在政委对面，等着人家发落。

"你紧张什么？我能吃了你还是咋的？"政委笑着问。

五斤摇摇头："没……没紧张。"

"说话都打绊绊，还说不紧张？可我觉得你应该高兴才对呀！"

"不不，不敢，我错了，请您原谅。"

"你错啦？你错什么啦？"

"我不该放屁。"

"哈哈哈……你可真有意思，谁跟你说屁啦，你怎么还记着这档子事呢？这可不像你的性格呀。"

五斤有些不好意思："哦，你不是为屁事……不不，为这事来的？"

"嘿嘿嘿，哎呀，我看任何事情都有两面性，有正面有负面，就看哪面大了。就说你们服刑吧，虽说得到了改造，得到了救赎，这是正的一面；可也磨掉了你们性格里应该有的硬气的一面，尊严的一面，这就是负面的了。人还是要有一点精神的嘛。你说，就算是我为屁事来的，要长要短，你该怎么办？"

政委这么问，五斤还真不知道该怎么回答，他支支吾吾，语焉不详，企图蒙混过关。

政委急了："看看看，这就不像你五斤了。我告诉你，你应该大胆地对我说：政委，你可真小气，这点事也值得计较？我看你只能干屁大的事！爱咋咋的！你猜，我听后会怎么办？"

五斤说："会发火呗！"

"错！我会高兴，会很高兴。这说明你正气的一面没有被磨掉。服刑改造，不是要教化出一批批逆来顺受、唯唯诺诺的小绵羊来，而是要培养出一批批有责任感、有担当的合格公民来。明白吗？"

五斤点点头，没说话。

政委接着说："言归正传，说正事吧。我是过来巡查的，正好赶上你唱戏，就站在外头听。戏唱得不错，有那么点味儿，就是戏词不太好。是你自己写的？"

五斤点点头："瞎写，没文化，瞎编的。"

政委认真了："这不是有文化没文化的事，从戏词里能听到你的心声。我看你的心态还是有问题的。你应该从过去的阴影里走出来，用积极、乐观、向上的精神状态面对社会、面对未来才对。"

五斤点点头，一言不发。

政委接着说："告诉你个好消息：狱政科正在给你报减刑材料。如果能获得批准的话，就可以减掉你的全部残刑，你就可以提前出狱了。"

五斤露出了笑容："谢谢！谢谢！谢谢政委的关心，谢谢干部们的教育！"

"又来了，谢啥谢？这是你自己努力的结果，要谢谢自己。回去告诉他们，好好改造自己，人人都有机会。"

"是，我一定告诉他们。"

政委点了点头，又说："论年龄，我是你的长辈，我想以长辈的身份说几句话，不知你愿不愿听？"

"我当然愿意。如果你不反对的话,我想叫你一声叔。"

"在你面前,我就是个叔嘛,为什么要反对?可以,你叫吧。"

"叔!有话你就说吧。"五斤是发自内心叫出来的,随着这一叫,两行泪水哗地就流了出来。

政委从口袋里掏出纸巾给五斤。五斤低头擦去泪水,清了清鼻腔,说:"让你见笑了。不知怎么回事,一叫叔,就哭了。"

政委的鼻子也酸了,他点着头说:"理解理解,这没什么,正常的。"

五斤抬起头看着政委,说:"我没事了,你说吧。"

政委说:"刚才听了你的戏,觉得你很消沉,还陷在深深的痛苦中不能自拔。就想跟你谈一谈,或者说互相交流吧,想帮你释放释放胸中的忧伤,把你从对往事的记忆中拽出来。你的事情我是知道的,不过我和你的看法不同。五斤啊,你知道不,不光是你,其实每个人一辈子都不容易。从古到今,概莫能外。人人都有坎坷,大小而已;人人都有苦难,只是轻重不同。坎坷也好,苦难也罢,都是财富,不是包袱。你把它当成财富,它就能催人奋进,人生就有动力;你把它当包袱,它就会压垮你,你就处处不顺心,处处有阻力。人要有胸怀,拿得起放得下。不要仇视社会,不要嫉恨他人。仇恨没有出路,没有未来,没有幸福。摒弃仇恨,你的胸怀就会坦坦荡荡,你的生活就会充满阳光,觉得生活很有意思,人生很有意义。我真诚地希望你放下包袱,忘掉仇恨,往前看,你的人生命运绝不会比别人差。我说这些,你信不信?"

五斤点点头说:"你说得有道理。人来到世上,不免要受些罪,可人不是为受罪才来到世上的。不管命运如何,人都要朝前奔,其实命运就在自己手里握着的。你的话我信。"

"这就对了,你要是能这么想,这一遭罪就没白受。我相信你会有出息的。好了,不早了,你回监室吧。"

管教把五斤送回了监室。

号长问五斤:"挨剋了没?"

五斤说:"没有。人家是好意,说我太消沉,让我振作起来。"

"就是,你唱的那戏词,我听了心里都难受。你都是要出去的人了,应该高兴才是。苦大仇深的,到底为啥吗?"

五斤摇摇头不吱声,默默地回到自己床前。

二号长说："五斤，咱们在一起这么久了，也没听你说过自己的事。人家李奶奶临行前还要痛说革命家史呢，你要走了，也痛说痛说？"

号长瞪了二号长一眼："臭嘴，李奶奶是上刑场，五斤是要自由了，胡比啥呢。"

二号长忙道歉："呸呸呸，说错了，说错了，对不起。那咱就喜说革命家史，喜说。"

五斤说："人家说的是革命家史，光荣得太太哩。咱说啥？说吃一锅厘一炕——稀屎呀？"

号长说五斤："这你就不对了，人间百态，都是生活状态。'稀屎'也是史，跟革命史一样都是人生历史。"

二号长很是赞同："对对对，这话我爱听。'稀屎'怎么了，也是人类历史，我敢说，'稀屎'比'干屎'、正史、光荣史更多，更能反映社会真实。要是有人铺排整理呀，照样能登堂入室。你就说说咱的'稀屎'吧。"

五斤看了看大家，问："你们真想听？"

众人齐答："想听。"

五斤挪到中间的床铺上坐下，说："那就说说。咱们有言在先，说好说坏，不准你们笑话。答不答应？"

号长说："你就说吧。一个个都这熊样了，谁笑话谁呀！"

"好，那我就说。你们都说我消沉，不错，我是很消沉。可你们不知道，我是在屈辱和痛苦中长大的。从我记事时起，我就跟着母亲要饭，不知自己从何处来，也不知到哪里去。我问母亲，我们的家在哪里，我父亲在哪里？我妈说，父亲病死了，家也没了。再问，她就什么都不说了。就这么着，一路要来，一路要去，听惯了骂声狗叫声，看惯了白眼和黑脸……

　　黄昏时分,乡间的小路上,一对母子迈着沉重的步子前行。母亲挂根棍子,背着小包袱,面色灰暗,神情倦乏,一缕头发从眉间耷拉下来,粘在鼻梁上,一副落魄的模样,甚是可怜。小男孩拉着母亲的衣角,拖着步子机械地行走着。他眼睛时开时闭,无精打采,路边和荒野的新奇事也不能把他唤醒。他一定是累到了极致,才会这样。他们走到一孔敞着口的土窑洞前停下了。这土洞子高不足五尺,宽不过两米,进深也就两三米,是农民们为了避雨,或者是为了照看庄稼挖下的。母亲在窑洞前看了看说:"孩子,咱们歇歇脚吧。"

　　母亲钻进土窑,枕着包袱就躺下了,哆嗦着,呻吟着,也不管儿子如何安身。小男孩随后也钻了进去,依偎在母亲的身旁睡了。

　　母亲伸手搂过孩子,说:"乖,妈不舒服,身子沉得很,走不动了,咱们就在这儿休一宿吧?"

　　"嗯。"孩子伸手摸摸妈妈的头,"妈,你发烧啦。"

　　妈妈安慰说:"不要紧,躺一会儿就好了。"

　　孩子说:"包袱里不是有药吗,你吃点药吧?"

　　"嘿嘿,你忘啦? 打狗的时候,让狗把包袱给叼去啦。"

　　"哦,我忘啦。"

　　"妈渴得很,你去前面村子给妈讨口水喝吧。快去快回,别让妈担心。"

　　孩子答应着,从包袱里取了碗进村。村头第一家大门敞开着,孩子走进院中大声问道:"家里有人没?"

"谁呀?"一位中年农民随声出了屋。

孩子客气地央求道:"大伯,我是要饭的。我妈病了,给点水喝吧。"

主人打量着孩子,没说话,进屋提了暖水瓶出来给孩子倒水。

孩子谢过主人,端着满满一碗水,小心翼翼地转过身,碎步慢行,生怕把水洒了。尽管小心再小心,水还是洒了一地。

主人看着孩子的一举一动,动了同情之心:"等一下,孩子,你妈在哪儿呢?"

"在村外的小土窑里。"

"不要拿碗端了,你带我去。"主人回到屋里,提了个小黑瓷罐出来,跟孩子一同来到了小土窑。

见有人来,女人赶紧坐了起来,客气地说:"大哥,麻烦你了。孩子不懂事,竟劳大哥跑来。"

"快别这么说,不麻烦。你怎么了?"

"有点感冒,走不动,就在这里歇下了。"

"唉,可怜人啊!这儿不行,还是进村吧。你先吃点东西,等会儿咱们进村。"主人拿出两个馍,又盛了小米粥给他们母子吃。女人是千谢万谢,自不必说。

吃罢饭,主人领着母子二人进了村。村头有一孔大砖窑,与村子隔一条马路,相对独立,村里用它储藏麦草。麦草已经消耗了大半,前半部分已是空空荡荡。靠窗有个土炕,炕上铺满了麦秸。主人就将母子二人安顿在这里,说:"先在这里将就一宿吧。我回去拿条棉被来,再给你拿些药。出门在外不容易啊。"

女人又是千谢万谢。

次日凌晨,一位中年汉子挑着大草笼来取麦草,一进门就看见炕上躺着两个人,吓了一跳:"你们咋在这里,你们是谁?"

女人忙说:"大哥,我们是要饭的。昨天我病了,烧得厉害,有位大哥把我们领到这儿。不妨你的事吧?"

汉子说:"没事,你们歇着,我装了草就走。"他利索地装满了两笼草,临走时问:"病咋样了?要不要找医生看看,别耽误了。"

女人说:"不用看,扛扛就过去了。一个要饭的,哪有钱看病啊!"

汉子又问:"有吃的没有?别再饿着,还有娃呢!"

"不麻烦了,中午我去要点儿就有了。"

汉子说:"要啥要,中午我给你送些吃的来,你好好歇着吧。噢,对了,你别在这里生火,里边是草,容易着火。"

女人温和地说:"知道了。谢谢大哥关照,还是好人多啊。"

中午时分,昨天领他们母子住进这里的那位大哥,带着午饭,领着村里的赤脚医生来到草窑。

"大妹子,这是我们村的医生,让他给你看看吧。"

女人有些抹不开:"大哥,真不好意思,你还请了医生来,让我说什么好!"

"不说不说,什么都不说。先让大夫看看,该吃药吃药,该打针打针。"

"大哥真是好人哪。可是,我没钱给人家,还是不看了吧。"

医生说:"要不了几个钱,不用你掏,你不用担心。"

"那就依你们,看看吧。"

医生给女人看病,大哥给孩子盛饭。这时,担草的汉子也带了午饭来。

医生问:"白旦,你咋也来了?"

担草的汉子叫白旦,是村里的饲养员。他说:"我早上来担草,看见这娘俩没吃的,送些吃的来。白平哥,这母子俩是你领来的?"

领这对母子进村的大哥叫白平。他说:"就是。出门在外,病倒在路上,怪可怜的,我就把他们安顿到这里了。你拿的什么饭?"

"没啥,面条、油馍。"

"比我的好,让娃吃你的吧。"

两人的对话,女人都听到了。她说:"你们这儿的人可真好,这位大哥也送饭来。孩子,快谢谢两位大伯。"

"谢谢大伯。"

"不用谢,赶紧趁热吃。"

医生备好了药,对两个男人说:"你们两个先出去一下,我给她打一针。"

白平、白旦出门回避。

打完针,医生又叮嘱道:"按时吃药,过两天就好了。"

医生要走了,白平问:"一共多少钱?"

医生把白平拉到一旁小声说:"算了吧,又不是给你看病。我把这钱冲到'五保户'的药费里去,也算是积德行善吧!你可别到处乱说。"

"我傻呀,放心好了。你这是帮我,我不会乱说的。谢谢你,你走好。"

医生走了。白平、白旦留下来照看女人母子吃饭。

白平问:"孩子,几岁了?"

"九岁了。"

"叫什么名字?"

"丁五斤。"

"嘿嘿,五斤? 生下来五斤重吧?"

女人笑了:"让你们见笑了。怀他的时候营养跟不上,他能长得大吗? 在娘肚子里就挨饿,可怜啊。"

白旦说:"各家都一样,能顺顺当当生下来,平平安安养活大,就不容易了。"

白平又问五斤:"上学没有?"

"没有。"

"这可不行,长大了没文化怎么行。要让孩子上学,不能耽误了孩子。"

女人难为地说:"大哥说的是。可我这情况,有什么办法,唉……"

白平问女人:"五斤他妈,你们是啥地方人,为啥出来要饭?"

女人面有赧色,支支吾吾不想回答。

白平见女人不想说,好像有什么忌讳,忙岔开话题说:"吃完饭,好好睡一觉,歇两天就好了。"又对白旦说:"咱们走,让他们娘俩歇着吧。"白平、白旦离开了草窑。

他们刚一走,就来了一群看热闹的孩子。五斤母子来此歇脚,对孩子们来说可是个新鲜事。他们跑前跑后,叽叽喳喳,想见识见识外地来的人是什么模样。母亲吃了药躺下了。五斤也不认生,就蹲在门前看孩子们玩耍。孩子们见五斤蓬头垢面的样子,也不敢近前,就在远处唱起歌谣来:

> 拉吧吃①,推车子,
>
> 尻子一拧一节子。
>
> 拉吧吃,担担子,

---

① （叫花子·方言）

前后都是瓦罐子。
拉吧吃，进了庄，
家家户户狗汪汪。
拉吧吃，赶紧走，
前边有块金砖头。
拉吧吃，狗尾尾①
……

　　五斤听不懂他们唱的是什么，只觉得像宣传队说的快板一样，顺溜好听，就痴痴地笑起来。远处大点的孩子就喊："他们骂你呢，你还笑，真是个傻子。"五斤这才知道自己受了侮辱。他捡了根棍子，朝这帮孩子打了过去。孩子们骂了人，自知理亏，一窝蜂似的跑了。没跑多远，他们又拐了回来，继续唱。

　　中午时分，白平从地里回来路过草窑，见孩子们欺负五斤，就大喝一声，将他们赶跑了。他安慰五斤说："别理他们，一帮赖小子，赶快回屋照顾你妈去。"五斤点了点头，回了屋。

---

　　① （读音'义'·意思不变）

三

白旦在槽上喂牲口，白平来找他，一见面就说："白旦，那要饭女人的病好了，想走了。"

"走叫人家走呗，还能常住咋的。"

白平问："这都跟人家交往好几天了，你就没点啥想法？"

白旦放下搅料棍，装了一锅烟，深深地吸了一口，吐出了一团浓浓的青烟。他坐到炕棱上闷闷地吸着烟，没有回白平的话。

"咋不说话？是抓到你的痒处了，还是没听明白？"

白旦磕了烟，慢腾腾地说："好我的哥呢，咋没听明白，听明白了。其实我挺喜欢这女人的。打从第一次给她送饭我就有了心病。这女人挺有女人味的，病好以后，气色好了许多，脸红扑扑，还蛮好看的。不瞒你说，我动过心思，可回头一想，人家是遭难路过这里，咱动这心思不是乘人危难嘛。"

白平摆摆手说："不不不，不是乘人之难，说实话，咱是帮她呢。这两天我慢慢地从这女人口里探出点风来：这女人的男人几年前病死了。房子是租住的，男人死后，她交不起房租，人家就把房收了。她没办法，就领着孩子四处讨饭，是个没家没业的单身女人。我问她没再找个人家。她说，带着个孩子不好找，一直到现在还是单身。你看，你也是单身，又拖着两个孩子，没有个女人咋行？我就想，要是你们两个能走到一起，该是多好的事。你有了个完整的家，她也有了归宿，不用四处流浪了。你要是同意，我就做个月老，给你们撮合撮合，你看咋样？"

白旦还是很担心："我怕不行，你看我要啥没啥，过去也没少找，可人家一看我这家境就吓跑了。这女人自己还带了一个娃，到时候一大家子，这

日子还过得下去不？人家肯定不愿意。"

白平说："还没说呢，你咋知道人家不愿意。再者说，就她现在这情况还能挑别人？"

白旦想了想说："倒也是。只要人家没意见，我没啥说的。你去问问，看她是啥态度。"

"这就对了。我去给你问问，估计没啥问题，看来这喜酒是喝上了。"

白平从饲养室出来，直接来到草窑。五斤正在屋外用树枝在地上练字，见白平来了，就对屋内喊道："妈，大伯来了。"

女人迎了出来："大哥来了，快到屋里坐吧。"

白平进了屋，五斤也跟了进来。白平挡住五斤说："你到屋外写你的字去，我跟你妈说几句大人的话。"五斤很听话，又到屋外练字去了。

白平在炕沿上落了座，寒暄过后就说："大妹子，别走了，就留在我们这里吧。"

女人感到莫名其妙，疑惑地问："白大哥，留下来是什么意思？"

白平说："那我就直说了。你觉得白旦这人怎么样？"

女人明白了白平的意思，脸刷的一下就红了。她拽着自己的衣服，环顾着自己的身子说："大哥的意思我明白了。白大哥这人吧，确实不错。可是，你看看我这样子，一个要饭的，还带个孩子，别委屈了人家。"

白平说："要饭怎么了，人一辈子谁还没个难处？我就要过饭，我爹也要过饭，皇帝老儿朱元璋也要过饭，都是给生活逼的，这不丢人。你就说你对白旦印象可好？愿不愿意和这个人一起过日子？"

女人沉默了。

白平接着说："你带着孩子东奔西走的总不是个事，吃苦受罪不说，孩子连个书都念不上，啥时候是个头呀？而白旦呢，老婆死了两年了，也是一个人带着两个孩子过。男孩十来岁，跟你的孩子差不多，女儿五六岁。人是个好人，队里能让他喂牲口，说明他是个老实可靠的人，能干的人，就是家里没个女人打理，乱糟糟的，连口热饭都吃不到嘴里。你要是愿意留下来，你们就一起过。你们都给了对方一个热乎乎的家，谁不欠谁的。有了家，你也不用东奔西跑了，孩子也能上学了，真是两全其美的事，你看怎么样？"

女人开了口："他是啥意思？"

"我先跟他说的，他没意见，就看你的态度了。"

女人说："大哥，这个太突然了，你容我想想好不好？"

白平："当然要好好考虑考虑，我等你信儿。"

白平又回到饲养室。白旦忙上前迎着问："咋样？她是啥意思？"白旦扑得急，差点跟白平脸碰脸，呼出来的气直喷白平的脸面。

白平闪过一旁笑道："看把你急的，跟我拜堂呀？"

白旦傻笑道："嘿嘿，你不说我还不想，你一说我还真有点急，觉得这是桩美事，不能黄了。"

白平告诉白旦说，还得等等，让人家考虑考虑再说。

白旦急了："哎呀，都这岁数了，扭扭捏捏，行就行，不行就不行，有啥好考虑的？这不是耽误事儿嘛。我的好哥哥，你要多美言，不能叫这事黄了。我刚把火烧起来，别给浇灭了，唉，急死个人。"

白平觉得好笑："看你那样，一个女人把你弄成这样。要是不成，你还死呀！"

白旦说："你是饱汉子不知饿汉子饥，没女人心慌不说，家里乱七八糟的不成个样子，那过的是啥日子嘛。"

"知道知道，别诉苦了，再急也不在乎这几天嘛。"

白旦说："主要是没定下来，心里没底，要是定下来，等个十天半月的也没啥。"

"这倒是。要不这样，你中午做些好吃的给她送去，顺便聊聊，给自己加点分。这样一来，她就好做决定了。"

"有道理，我去。你帮我照顾一下牲口，我现在就回家弄饭去。"没等白平答应，他就把搅料棍往白平手里一塞，一溜烟跑了。白平追身骂道："你小子，重色轻友。"白旦走了，白平就留下来伺候牲口。

傍晚时分，女人回话了，同意和白旦结婚。她让白平转告白旦。

白旦得知后很高兴，乐得不知说什么好，恨不能马上把五斤母子接回家。白平说："别光顾着高兴，要办的事多着呢。"

"不就是摆个酒席，乐一乐吗？这事好办，都是二婚，不讲究，越简单越好。"

白平摇摇头说："酒席倒是小事。我问你，你知道这女人是啥来历，啥身份？结婚证咋办？人家要问你，你怎么说？你是根红苗正的革命群众，

那些闹革命的头头脑脑,能让你跟一个来历不明的女人结婚吗?"

这一问,白旦不知如何回答了:"这我没想过。"他想了想,问,"结婚的人多了,没见过谁查什么来历呀,怎么到了我这儿,就问起来历来?"

白平说:"不一样,人家是年轻人成亲,双方都有门有户的,知根知底,有啥好查的。"

"倒也是,那我跟队里说说。你也帮我说说。"

"你先去说,不行的话,我再去。"

吃罢晚饭,白旦到队长田仓家说事。寒暄过后,白旦说:"队长,想求你办个事。"

"啥事你说。"

"你知道,有个要饭的女人住在咱们草窑。那女人是个寡妇,我想娶她做老婆,想请你给开个证明,让我把结婚证领了。"

田仓哈哈大笑:"我看你是昏了头了。你是贫农,革命群众,根红苗正,怎么能和一个来历不明的人结婚,你别弄出阶级斗争新动向来。我是队长,又是'革委会'委员,不能看着你滑溜到糜子地里去。"

白旦把自己知道的女人的情况告诉了田仓,说:"没问题的,我保证她是个好人。结婚又不是什么政治上的事,人好就行,管人家那么多干啥。"

"唉,好白旦呢,现在干啥不查个祖宗三代? 你说她是好人,都是听她自己说的,那能相信? 谁不是把自己往好的说哩。要是自己说了算,那还要组织调查干什么? 就这么糊里糊涂地开证明,我可不敢。"

白旦又缠了半天,田仓就是不松口。他有些不耐烦了,口气变得严肃起来:"就是说,你不同意我们结婚?"

白旦这么问,田仓有些恼:"话不能这么说,我凭啥不让你们结婚? 我是说不知道这个人的底细,没法开证明。你知道她是啥出身? 是好人还是坏人? 有没有政治问题?"

白旦强辩说:"当然是好人,我敢保证。你想啊,只有好人才要饭哩,瞎人哪有要饭的。再说,我就是个普通农民,就是把我瞎了(方言,坏了的意思),对国家、对革命也没啥影响么。我只管她本人人好就行了,我管人家啥出身。"

"你不管可以,我不管不行。上头追查下来,我得负责。"

白旦有些沉不住气了:"噢,上头不准人家结婚? 你负责毁坏人家的好事？那好，你把这事搅黄了我不怪你。我自己找的不行，革命的负责同志，就请你给我这革命群众同志发个老婆吧。"

田仓瞪了白旦一眼："胡说啥呢，找老婆是私事，你自己找。"

白旦较上了劲："咋又成私事了？我找了，你不让；让你发你又说让我找。你这不是成心刁难革命群众吗？你还是领导，是委员呢，咋能干这混混事嘛。"

田仓脸都气白了。这可真是饥不择食，什么人他都敢娶，娶不娶是他的事，自己不能犯错误，让人抓辫子。于是说："你也别生气，别怪我，这证明我不能开，这里边的事多着呢，你不懂。"

白旦愤愤不平，忽地起身，甩门而去。

田仓老婆说田仓："你看你，又把人得罪了，何苦呢！"

田仓说："咱就干的是得罪人的事，有啥办法，我不能一错再错。"

田仓老婆突然拉下脸："一错再错？你啥时候办啥错事了，我咋没听说？你这话是啥意思，你说明白一点。"

田仓忙解释："没啥意思，你不要太敏感，我绝不是说你呢。"

"说我？我有啥可说的？哎，你这么说，就是不打自招了。说说，我让你犯啥错了？"

田仓不说话，扭头就想走，老婆一把揪住他："你不能走，说清楚再走。"

田仓无奈，就说："还不是你家的成分问题，人家老抓我的辫子。"

老婆不依了："我告诉你，当初是你死乞白赖地要娶我，不是我上杆子找你。现在后悔了，早干啥去了？"

"谁说我后悔了？你不闹行不行！你有完没有？我连个话都不敢说了？在外头不敢说，在家里还不能说呀？"

"谁不让你说话了？啥都能说，就是不能说这事！"

"好好好，不说不说。"

白旦出了田仓家门，漫无目的地溜达着，边走边想，越想越气。田仓简直是胡说哩么。我是男人，人家是女人，结婚就是男女之事，咋不行？我们年龄也差不多，没啥不合适的；从血缘上说，我们不是一个姓，谁不知道谁，八竿子够不着，绝不是近亲，有啥不行；从感情上说，虽说还很生分，可她有情，我有意，是两厢情愿的，谁也没逼谁，这就行了，还要咋？老一辈哪个不

是这样,先结婚后恋爱,个个生儿育女的,不都过得好好的吗?田仓他妈的尽胡说,难道说地富反坏右家的女孩子就不能嫁人了,哪有这样的规定?再说,贫下中农家的女孩子就一定好,地主家的女人就一定坏?我看不见得。你田仓自己不就在土改时娶了地主家的闺女吗?你娶得,我就娶不得?再说人家还不一定不是好出身呢。我一个农民,不入党不提干,不当兵不招工,身处社会最下层,只要人好就行,两厢情愿就行,管她是啥身份呢。想着走着,走着想着,不知不觉竟来到了草窑门前。房内没有灯光,没有声响,五斤母子已睡下了。此刻,他有一种感觉,好像来到了自家门前,屋里睡着的是自己的女人和孩子,好温馨,好甜蜜,好幸福。这感觉黏住了他,他想离开,却迈不开步子,舍不得这里的气息。不走吧,也不合适,一个单身男人,黑灯瞎火地摸到一个单身女人门前,算是怎么回事?走不舍,留不是,他犹豫了。他摸出烟袋,蹲在窗下点烟抽,火光一闪一闪的,惊动了屋里的人:"谁呀?"

"是我,白旦。我没事,你们睡吧。"

"我还没睡。我给你开门,你进来吧。"

女人点上灯,开了门。白旦进了屋。

"大哥,这么晚还没睡?"

白旦神情紧张地说:"习惯了,喂牲口的瞌睡都浅,出来随便走走,不知不觉就走到这儿了。"

女人看出了白旦的紧张样子,偷偷笑了:"坐下吧,我给你倒碗水喝。"

白旦忙说:"别忙活了,我不习惯晚上喝水。不倒了,你也坐吧。"

女人回到炕上坐了,两人唠了起来。

几句开场白后,白旦憋足劲儿说:"既然赶到这儿,我也不绕弯子,就说说咱们的事吧。"

女人温情地一笑:"你说吧。"

看见了女人的这种笑,白旦心里一喜。没想到,她竟这么迷人,这么好看,立时觉得甜蜜蜜的,疼爱之心油然而生。他的第一个女人是父母包办娶回家的。两人婚前没见过几面,更没有单独在一起待过。在一起的时候,精神都是高度紧张的,生怕露出什么破绽给人家看见,哪有什么心思欣赏佳人美色。见几面后,还没等两人擦出火花,就黑灯瞎火地钻到了被窝,干起那实实在在的生儿育女的事,现实而实惠。什么叫爱?什么是男女感情？他既不知道,也没体会。现在一看她,主要的还是敢直面地看,欣赏地看,才知道女人还有这面如桃花、柔情似水、勾人心魄的美妙一面。才知道不光是面面上好看,还有一种内在的东西挠人心。我的妈呀,要不是遇到这个女人,这辈子怕是耽搁了,连女人的味儿是多样的这件事都不晓得。他越看越爱,越想越舍不得,就暗暗下了决心:非娶了她不可,谁也别想阻拦。

女人等了半天,不见白旦开口说话,就催道:"你不是要说事吗,怎么不说啦?"

女人的话唤醒了他,把他从美好的憧憬中拽了出来,他乌拉了半天才说到正题:"刚才我去队长那儿要求开证明,可他一口回绝了,不给开。"

女人先是一愣,随即就恢复了平静:"不给开就算了吧,你别为难。我明天就走,不会怪你,也不会拖累你的。我想知道,他们为什么不同意?"

"还能为啥,现在这形势你又不是不知道,瞎折腾呗。说你来历不明,不敢保证你是好人。"

"哈哈哈,原来是这样。白大哥,那你说我是好人还是坏人?"

"你误会了,这是人家说的,我怎么会这么想呢!我是想告诉你,我是铁了心要娶你的!不管你是干什么的,不管你是什么出身,不管别人怎么看,我都愿意把你娶回家。我担心的是怕你将来受不了。你想啊,咱们两个不顾人家的反对结了婚,可能会给咱们带来一点儿麻烦,可能会有人笑话你我,给我们小鞋穿。我一个大男人是无所谓的,可你一个女人家,只怕你受不了。我要对你负责,不能瞒你。如果你怕,那咱就不说了;如果你不怕,咱就把事办了。不过你得有思想准备,以后万一遇到麻烦事,你就得多担待点。"

女人想了想说:"大哥,你是个好人。你愿意为我一个要饭的女人受委屈,我还有啥说的。要饭这几年,啥苦我没吃过,啥罪我没受过,啥脸我没看过,不怕。只要你没意见,不嫌弃,我没问题。"

白旦没想到这女人如此坚强,心里甚是感动,说:"那就这样定了,管他开不开证明,我们在一起过日子,气死他狗日的。"

女人点头应允了。她看了看孩子,孩子睡着了,就小声说:"话说到这儿,我就不瞒你了,把我的身世来历都告诉你,你掂量掂量,看看愿不愿意接受。咱把话说在前头,有一条你必须做到。"

白旦问:"做到什么?"

女人说:"不许告诉任何人,包括五斤。"

白旦点点头:"我发誓,不告诉任何人。"

女人说开了自己的身世:"其实很简单,我就是一个农家妇女,是你们临县人,全名叫丁秋香。孩子叫丁五斤,随我姓。十年前,我还是姑娘的时候,去到乡中学上识字班,爱上了一个中学教师,他也爱我,我们就偷偷地谈起恋爱。他是城里人,他父母极力反对他和一个农村姑娘结亲。他呢,既不敢不听父母的,又舍不下我,我们就一直保持着恋爱关系,想着有一天会说服他父母,让我们这对有情人终成眷属。后来,我不小心就怀孕了。你知道,未婚先孕,这是多丢人的事啊。我父母发现了,就逼着问是谁干的,拗不过,我就说了。我父亲知道后就去学校大闹,还逼着我说是那老师耍流氓强奸了我,这样就可以给我们挽回一点颜面。被迫无奈,我只好这么说了,这下可了不得,公安局把他抓了,说他是反革命强奸犯。我没想到会这么严重,咱不能害人,就去公安局说了实情,公安局就放了他。因为这件事,他丢了工作回了城。而我呢,就更惨了,父母逼我打掉孩子。我想,我们毕竟爱了一场,我对他还是有感情的,孩子就是我们爱情的结晶。再说,孩子没罪,不能这么毁了他,我就想把这个孩子生下来,将来看见孩子就是看见了他,一辈子再也不嫁人了。我躲到我姐家偷偷地生了这个孩子。过了几年,姐姐家也待不下去了,就出来要饭,一要就是六年,直到现在。我的情况就是这些。你要是能接受,咱们就成亲。要是接受不了,那就算了。能认识你们,得到你们的帮助,我已经很感激。再想那么多,就太贪心了。"

女人的叙说,倒感动了白旦,他马上表白说:"接受,完全接受。说起来这也没什么呀,有啥不能接受的?我倒觉得你是个有主意、有情义的人,是受了委屈、受了难过、值得人同情的人。我也看出来了,你确实是个刚强的人,有担当,主意正,就是男人也不一定能做到你这个样子,真了不起,比我强多了。我就想要这么个女人帮我持家,我欢喜得很哩!起初,我还担心你受不了打击,看来这担心是多余的。什么来历不来历的,不管。"

白旦的表白让女人高兴,却又不好意思地说:"刚强能当饭吃呀?要了几年饭,实在是累了,还是有个家好啊!"

"那当然,东跑西颠的总不是个事。但凡有办法,谁愿意要饭呀!噢,对了,这几年你在外头受难过,咋不去找那老师呢?你带着他的孩子去找他,他敢不认?"

"没有,人家都恨死我了,找啥找。再说,人家成了家,也是一窝子人了,我再去找,不合适。"

"是那么个理儿。这下好了,咱们在一起,重敲锣另打鼓,好好过日子。你这么要强,又经历了那么多磨难,我想没有什么能难住咱们的。"

女人说:"是啊,你刚才说的冷眼啊、嘲笑啊、穿小鞋啊算不了什么。各家过各家的日子,有啥好笑的。再说,你也管不了人家的嘴,爱说啥说去。"

白旦说:"这就好。那咱们就定下了,择日子办几桌酒席,把事办了。"

"别破费了,这年龄,都当爹当妈的人了,还图那个。"

"那不行,我还就是要讲究讲究,热热闹闹,明媒正娶,看他能怎样。"

"嘿嘿,随你。"

五斤醒了,哼哼着要撒尿。白旦伸手去抱孩子,不小心撞翻了油灯,屋里漆黑一片。白旦一躲闪,与秋香撞了个满怀,他就趁势搂住秋香要亲人家。女人很是善解人意,她感到了白旦的气息,也知道白旦想干什么,就顺着势往白旦怀里钻,还主动把热唇往白旦口边送。白旦受到鼓励,胆子更大了,力道更猛了,他死死地搂住女人,用力地嘬着女人的唇舌。两人的呼吸粗重得像风箱,嘘嘘嗨嗨,哼哼唧唧。

突然,两个汉子冲了进来,把白旦逮了起来。孩子吓得嗷嗷叫,女人大声骂道:"土匪,你们要干什么?"

白旦也喊道:"我是穷光蛋,没钱,绑我干什么!"

此刻,基干民兵连长白林提着马灯出现在门口。

白旦见是白林来抓自己,破口大骂:"白林,我日你妈,你狗日的想干啥!"

白林上前踢了白旦一脚:"日你妈!你干的好事,还敢骂人。"

"我干啥了?我干啥关你屁事,你凭啥抓我?"

"干啥你自己知道,都叫人逮到炕上了,还他妈嘴硬。统统带走!"

几个民兵七手八脚把白旦绑了。他们把白旦和秋香母子押到了大队部,分别关进两个房间。

白林先审问白旦:"白旦,老实巴交的人,咋会干这种事,老老实实把你俩人的事说出来。贫农后代,革命群众,咱不怕犯错误,只要敢于承认错

误，勇于改正错误，还是好同志嘛。"

白旦一肚子的火气："改你妈，你吃饱了撑的，没事找事啊！我干什么了？你看见了？你还有资格捉奸呀？你咋不把自己抓了呢？你和徐寡妇钻到一起，你以为人不知道啊！赶紧放我回去，否则，我跟你没完。"

"放你妈的猪臭屁，我和徐寡妇你看见了？你再胡说撕烂你的嘴。放你？想得美，你不说清楚，就别想回去。还跟我没完，你想咋？你也不看看，现在是谁审谁，是谁让人抓了现行？"

白旦一百个不服气："你少栽赃陷害好人。我告诉你，我们什么都没干。灯是我不小心撞倒了，刚要找灯，你们就闯进来了。身正不怕影子斜，你就是弄到公社，弄到县上，老子也不怕！我看你能把老子咬了。"

白林见白旦比自己还厉害，谁审谁都颠倒了，真想要耍二杆子脾气，好好整整这家伙。可是乡里乡亲的，抬头不见低头见，光天化日之下，他也不敢把白旦怎么样，于是说："好好好，你厉害，我不问你了，你冷静冷静，消消气，等会儿咱们再谈。"说完就出了屋，又去审五斤母子。

另一间屋子内，秋香搂着五斤坐在墙角的椅子上，累得快要睡着了。白林进屋，惊醒了他们。白林提了把椅子放在秋香母子对面坐下来。他瞄了半天，发现这女人竟有几分姿色，尽管瘦一些，黑一些，可模样轮廓还是俊美的。这等女人，居然也会要饭，当地的男人们真是暴殄天物瞎了眼啊！难怪白旦动了心思，一个年富力强的单身壮汉，不动心思那才叫怪呢。要是自己碰到这种情况，也是经不住诱惑的。他看着想着，竟有些怜香惜玉，忘了自己是干什么来了。他把凳子往前挪了挪，想跟女人说几句同情的话，近乎点的话。不料秋香不吃这一套，她觉得眼前这男人不正经，色眯眯的样子让人讨厌，就挪了挪身子，给了白林一个侧面。

女人的警惕举动，让白林顿觉自己有些失态。他忙端平脸面，一本正经地问："你叫什么名字？是从哪儿来的？想到哪儿去呀？"

秋香不吱声，没搭理白林。

"问你话呢，咋，姓名地址都不愿说呀？"

秋香离开家乡已经好多年了，家乡没有人知道她现在的情况，也不知道她在哪里。走到今天这一步，是她自己的选择，不管别人怎么看，她自己从来没有后悔过。她不想让家乡人知道自己现在的状况，省得他们在自己家人面前说三道四，给父母兄弟平添不必要的烦恼。所以，她从来不告诉任何人自己的身世来历。白林这么问她,她自然不想回答。

白林非要问明白不可,接连问了几次。

秋香见白林这么执着,自己总扛着也不是个事儿,就冷冷地说:"丁秋香,要饭的。从来的地方来,到去的地方去。"

白林对这样的回答很不满意,对这女人先前的感觉也消失了,觉得这女人太厉害,没什么可爱的。于是厉声道:"你这是什么态度?怎么,连问都不能问了?"

秋香又沉默了。

过了会儿,白林缓和了口气说:"我看你也是个本分人,咱有啥说啥,没什么要紧的,说明白了就行。都这岁数了,有啥抹不开的。你说,你们是不是在一起干那种事了?干过几次?"

秋香瞪了白林一眼,还是保持沉默。

白林又问:"是不是他强逼的你?如果是他逼的,就不怪你了。你只管实话实说,没有你的事,我们替你做主,批评教育他。你也可以带孩子走了。"

…………

"还是不说是不是?实话告诉你,白旦全都交代了。问你,是想证实一下他是不是说了实话。你不说也不要紧,我们完全可以按白旦说的定案,到时候你可别后悔。"

秋香什么都不怕,再怎么整,也不会比要饭更惨。她还相信,她和白旦之间本来就没发生什么事,白旦还不至于糊涂到往自己身上扣屎盆子的程度,于是镇静地说:"他不是都告诉你了吗,还问我干啥?你就按他说的定吧,我没啥说的。"

白林没辙了,没想到这女人不吃这一套,把自己的阵地守得滴水不漏。心里骂道:"冥顽不化,老奸巨猾。"骂完就觉好笑,人家不过三十多岁,怎么就老奸巨猾了?白林还是有自知之明的,知道自己只会打打杀杀,吓唬吓唬胆小怕事的,要论盘问人这种斗智斗心的活,他远远不行,问不清不说,还会问出麻烦来。现在遇到秋香这号遇事不惊、又不怕事的人,他确实感到无能为力。他知难而退,干脆不问了。自己只管看好他们就行,等治保主任来审。他心里这么想,表面上却不肯露熊,便做出一副正义凛然的样子说:"好,这是你说的,你就这么对抗吧,到时候让你哭都没眼泪。"

这时候，门外有人喊白林，白林应声出了门。来人是白平、田仓，还有村治保主任白栋。白林迎了上去，刚要开口说话，白栋摆摆手，就给堵了回去。白栋指示说："白林，赶紧把人放了。这事到此为止，不要到外边乱说。"

白林疑惑地问："白主任，还没审清呢，咋就放人？"

白栋说："叫你放你就放，以后我给你慢慢解释。"

田仓也在一边帮腔说："白林，听领导的，放就放，别啰唆了。"

"好好好，我放，这就放。"

白旦、秋香和孩子被放了出来，同白平、田仓一同往回走。路上，田仓说白旦："我给你咋说的，八字还没见一撇呢，就胡弄哩。"

听田仓这么说，白旦的第一反应很强烈："你胡说啥哩，谁胡弄哩！你几十岁的人了，大小还是个领导，咋胡咧咧哩？白林到现场抓的我，都不敢说我咋了，你隔着十万八千里，你咋就说我胡弄哩？"

白平见白旦给队长发了火，怕他们闹起来，就推了白旦一把："你吃炸药咧，有话不能好好说？队长也是关心你哩，人家深更半夜地给你去说情，咋还把好心当了驴肝肺咧，真不识好歹！"说完白旦，又对田仓说："咱不管他，让人家关几天才美哩，叫他不识好人心。"

田仓很会就坡下驴。他也觉得自己刚才的话不合适，白旦发火是有道理的。白平这么一打圆场，他就笑着说："没啥没啥，白旦正在气头上，搁谁谁都会生气的，把气发出来就好了。"

白旦突然觉得事情有些蹊跷，就问白平："平哥，我就不明白了，草窑平时孤零零的就没人去，白林他们跑到那儿干啥去了？他们咋知道我在那儿？"

白平看了看田仓，不说知道，也不说不知道。

田仓抢着说："人家巡夜，撞上了么。你不去，能撞上？认倒霉吧。"

白平这才说："都过去了，就别说了。队长，你先回去吧，深更半夜的，劳你跑一趟。"

田仓早就想回家了，就说："咱这腿脚就是给群众跑事的，没啥，倒是你们以后注意点。那我就先回去了，有啥事明天再说。"

田仓回了家。白平、白旦、秋香他们回了草窑。

大家坐下后，白平说出了实情："你们不知道吧，就是田仓到白栋那里告的状，说你们俩在一起。白主任没办法，人家反映，总得处理吧？就派白林带人来捉你们。你们被捉后，田仓又跑到我家，叫我和他一起找白主任给你说情，让把你放了。既要日弄你，把你弄臭，还想落好，让你感激他。放火人救火，贼喊捉贼，你看这人多阴吧！"

"原来是这么回事，这狗日的可真阴毒，这账早晚得跟他算。我就不明白了，你说我跟他无冤无仇的，他为啥要整我？"

"这很简单，他不同意你们俩结婚。这么做，还不是想逼秋香母子离开这里。"

"这我更想不通了，我们结不结婚跟他有什么关系？我们不结婚，他能捞到什么好处？我们结了婚，又能坏了他什么事？"

白平也不知道为什么，说："大概是想在上级面前表现表现自己，看自己阶级斗争的弦绷得多紧，警惕性多高，捞取政治资本吧。谁知道人家怎么想的，我也说不清。这年头，想不明白的事多了。"

"哼，他想上，也不能踩着我的肩膀啊。我才多高，上得去吗？真是知人知面不知心，谁知道他是这么个货。"

"不说他了，说说你们吧。你们两个商量得怎么样了。"

白旦信誓旦旦地说："这一闹，我更铁了心，非要娶秋香不可。"

白平又问秋香："你呢？"

秋香一直没说话，她在细心倾听着两个男人的对话，从他们的话语中揣摩他们每个人的想法，和他们对此事的态度。她心里早有了打算，白平一问，她就脱口而出："我没啥，就怕连累你们。这还没怎么着呢，就闹成这样，以后不定会给你们惹出什么麻烦呢，就看你们有没有思想准备，别到时候埋怨我害了你们。"

白平说："天塌不下来，他还能怎么着？别管我们，就说你，经过这一场，你还敢不敢和白旦成亲？"

秋香点头同意，说："我倒不怕什么，就按白大哥说的办吧。"

白平说："这我就放心了，我是怕你连夜出走。这样吧，你也别在这儿住了，到我家去，跟我女儿住一个屋。挑个日子，赶紧把事办了。到时候就从我家出门，让白旦来接你，你看怎么样？"

白旦和秋香都很赞成。白旦说："这样最好，我也不用天天担心了。"

白平说："那咱们就这么定了。夜深了，该歇着了。白旦，咱们走吧，明

天就让秋香搬到我家去。"两人告辞，各回各家。

第二天，秋香和五斤就搬到了白平家住。白平信心满满地去田仓家替白旦说情，想让田仓高抬贵手给开个证明，成全了这对苦命人。临走时还特意告诉秋香，说他去田仓家开证明呀，调子高得好像已经凯旋了似的。去了才知道，自己的面子还不大，说了半天，田仓就是不给开。白平没脸就这么回去，又越级找到大队部，想跳过小队直接开大证明，然后到公社领证。大队文书说："咱们村子大，人口多，大队部人手少，这种事从来都是各队管各队，大队按小队的证明换大证明。你要这样办，坏了规矩，田队长要找起碴儿来，大队怎么办？你还是找他吧，慢慢给他说。要不然你们去一趟这女人的老家调查调查，开个证明过来就好办多了。"说了大半天，就是不给开。

白平觉得这事儿太离谱了，就说："一个普通农民娶个媳妇还要搞外调，有那个必要吗？他们结婚是要过日子，过日子也只是他们两个人的事，这与你外调的内容不搭边么。比如说他舅舅是什么成分，这与他外甥结婚成家咋往一块连嘛？就算她舅舅现在坐在牢里，那他外甥女就不能嫁人了？这都沾得上边吗？"

文书笑了："我也觉得不沾边么。可有人觉得沾边，非叫你这么干不可，你有啥办法？行了，别在这儿磨闲牙了，有这工夫，证明都开回来了。"

白平觉得文书没胡说，规定又不是文书定的，他有什么办法。事情就是这样，能满满地给你装一肚子气，还让你没处撒，没办法撒。憋得慌是不是？回到家对着墙喊几声吧，两处都碰了壁，白平蔫耷耷地回了家。见了秋香，压根儿就没敢提开证明的事儿。秋香一看白平的脸色，就知道他碰了钉子，他一定感到自己把面子丢大了，特别是在一个女人面前，特别是在一个社会最底层的要饭的女人面前。秋香想，白平不说，自己千万不能再问。他们可以不给白平面子，自己不能不给这个五尺汉子、自己的恩人留点颜面。

白旦来了，白平把他拉到自己的上屋说话。他给白旦说了开证明的事，想和白旦商量商量，看能不能让秋香回老家一趟，开个证明过来。白旦一口回绝了。他知道，这是在给秋香的伤口上撒盐，秋香就是为了争这口气，才逃出来要饭的，怎么能让她再回去求人？绝对不能。这些事，他也不好给白平挑明了说，因为他对秋香有承诺，不把秋香的身世告诉任何人。

怎么办？难道说没有结婚证这婚就不结了？这怎么行？想到此，他的愣劲就上来了："管他呢，不开拉倒。上杆子找他们，他们仗势欺人难为我。我不要了，看他能把我咋。那不过是一张纸，压箱底的东西，过日子一点用都没有。老一辈没有那东西，一个个过得热乎乎的。现在倒是人人都有，可离婚的一群一群，那张纸管啥用了。能不能过到一起，主要在人，在人心。我们好好过自己的日子就行了，那张纸挡不住我。他不开不是吗？我还不要了，这一下把他狗日的闪到空处了。想给我穿小鞋？我干脆赤脚走路，让他把鞋提回去，给自己的小脚老妈穿去吧。"

秋香在院子里帮白平家嫂子干活。白旦一进屋，嫂子就让她悄悄过去听两个男人说什么。秋香觉得这样做不合适，摇摇头笑了笑，不想去。嫂子推了她一把："只管去，看他们说什么。"秋香这才偷偷溜到上屋屋外听墙根。白旦的话她都听到了，没想到这个大老粗竟能说出这番道理，心里甚是高兴。心想，这个男人对自己是真心的，人家能这样对自己，自己将来也应该真心对人家和人家的孩子。什么证不证的，无所谓了。

又听白平说："白旦啊，你不说，我还没这么想。你这么一说，我倒灵醒了。结婚证是个啥？那就是个证明，是个纸纸么。谁过日子还把它捧在手上？给谁证明呀？给自己证明呀？没这纸纸，老婆不让上炕，还是丈夫不让进门？咱想当顺民，人家不让么。对了，你不给，我还不要。结婚是人和人结婚，又不是和纸纸结婚。只管结，看他能把咱咬了。赶紧准备一下，办个酒席，举行个仪式，这事儿就算成了。"

白旦应道："行，我和族人商量一下，把日子定下来，咱就办。"说完就来到院子看秋香。两人说了几句话，白旦就走了。

白旦打光棍于族人脸上也是无光的，大家为他的亲事操了不少心，但始终没有结果。如今有这么个苕口，白旦自己也很满意，族人为此事高兴还来不及呢，哪有反对的道理。白旦给他们一说，他们一致叫好，日子很快就定了下来。家族内还分了工，把为白旦办婚事列为家族内眼前的头等大事，人人用力，不得有误。白旦的二爷是家族在世辈分最高的人，他对白旦说："旦儿，去给你爹你娘烧个纸，告诉他们，你又有媳妇了，让他们高兴放心。顺便也给果果他妈烧个纸，告诉她，两个娃儿有了新妈。新妈人不错，娃不会受屈的。"白旦点头称是，答应马上就去。

白旦来到白家坟地，先给爷爷奶奶、父亲母亲报了喜，烧了纸，然后来

到老婆坟前跪下，一边烧纸一边说："孩子他娘，你走后这几年，我是既当爹又当娘，孩子脏兮兮，屋里乱糟糟，经常是连口热饭都吃不上，家里没有个女人确实不行啊。我给孩子找了个后妈，想着让她帮我一把，你不反对吧？……听见了，你很高兴。那当然，孩子最要紧，她要是对咱娃不好，我立马把她赶走。你放心，我向你保证，绝不让孩子受委屈。过两天就要办喜酒了，我先敬你三杯。"白旦倒了三杯酒，绕着坟堆撒了一圈。又回到坟头，坐在地上回想往事，想着想着就落了泪，鼻子酸酸的，鼻腔也堵上了，竟情不自禁地抽泣起来。

迎娶的日子到了。一帮巧手娘儿们把队上的大红马打扮得花枝招展，这是为接新娘用的。说起这大红马来，那可不一般。

这匹马据说是西洋马。田仓的大舅哥是县畜牧站的站长，为了给本县培育良种牲畜，不知从哪里弄回了几匹高头大马。这批马公的多，母的少。公马主要是用来给当地土马配种用的，几匹母马是畜牧站打的小九九，想用它生出几匹良种小马卖钱。

这事儿让县长知道了，县长只问了两个问题："你们想赚谁的钱？你们是谁家的畜牧站？"

田仓的大舅哥听出味儿来，吓得要将母马赶紧处理掉。田仓最早得到消息，心里就痒痒，想给队里弄一匹回来。他的打算跟畜牧站一样，想用这马生小马卖钱，给队里挣些现银回来。再者说，畜牧站是处理这些马，价钱一定很便宜。自己的大舅哥就管着这件事，近水楼台，此时不出手，更待何时？他先找大舅哥要了准话，然后就回来和干部们商量。

干部们谁都知道，对于一个生产队来说，这可是一件天大的事情，谁也不敢表态。没办法，田仓只好召开社员大会，让大家投票表决是否买马。他对大伙儿说："咱们有啥？啥都没有。年底分红，只有点实物，连娃娃的笔墨纸砚钱，姑娘媳妇的雪花膏钱，一家人的辣子油盐钱都拿不出来。想卖点东西换点钱，可是能卖的政策不准卖，准卖的咱们却没有，你让我这队长咋当嘛！把这马买了，让它生驹子，咱卖马驹子，既不犯法也不犯政策。再说这驹子好，能卖上价，一年卖一个，啥都有了。你们说好不好？"

有社员问："好是好，就是太贵了。咱们穷得叮当响，哪有那么多钱嘛？"

田仓说："贵是贵点，就这还是人家贱卖的价。咱们队上一年的收入，不吃不喝也就五六千元，一下要拿出四千元确实难。不过我算过了，队上拿一点，社员各家凑一点，凑够两千元就行。我再觍着脸皮到银行磨一点农业贷款就够了。等把马买回来，只要它生一匹马驹，就能把账全还了。再生就是净赚了。"

田仓费了好大的劲才说服了大家，把马买了回来。马一进村，就成了明星、宝贝，来欣赏参观的人络绎不绝。一些有见识的人说，这可能是洋人优中选优淘汰下来的赛马。被选上的，一匹要值十来万元哩；训练出来就更不得了，你就是掏几十万，人家还不一定卖哩。社员们一听乐开了花，觉得他们捡了大便宜。

这么好的马，谁也舍不得让它干农活，只让它干些戴大红花夸街炫耀的差事。接新娘啦，送兵啦，送大学生啦，驮劳模游街啦，等等，都是些光鲜的事。不干活吧，生活水平还特别高，给它的草料是其他牲口的两倍，还都是上等好料。它也很争气，给大伙儿挣来了面子不说，还一连生了两胎，挣了很多钱回来。在大家眼里，它就是个功臣，是光彩和荣誉的象征。谁能骑上它，那是非常值得骄傲的事情。平日，当人们相互争执到了面红耳赤的时候，一个就说："你能行，咋不骑大红马呢？"另一个就反问道："你行，你骑了？"

骑着这样的高头大马去接秋香，白旦心里别提多滋润了。他骑着五彩缤纷的大红马，身上披着红，笑咧咧地走过街巷，见人就打招呼，也不管认识不认识，真是风光无限。他从白平家接出秋香，把秋香扶上马背，牵着马往回走。没走几步，就被一帮同龄的哥儿们拦住了，大家七手八脚地把白旦扔到了马背上。这还不行，非要白旦面对面地抱着秋香才行。白旦只得服从，真就这么抱了。马一步一摇地慢慢前行，白旦秋香随着马步的节奏晃动着，那动作可真酸哪，连小孩子都想到了那些事。看热闹的人笑弯了腰，直骂那帮老小子不正经。秋香的脸给羞得红扑扑的，她从白旦怀里挣脱出来，又把白旦推下了马。白旦落马摔了个跟头，又惹得众人哈哈大笑。白旦赶紧爬起来，拍拍身上的土，牵着马往前走。大家乐够了，就不再闹了。

白旦家张灯结彩，院中露天摆放着八张八仙桌，客人已坐满。为首的一桌坐着白旦家的长辈和兄长，还有队长田仓、介绍人白平两位有体面的人。白旦和秋香着新人装坐了首位。

白平主持婚宴："大家静一静……今天是个大喜的日子，我们的白旦同

志结束了多年孤灯只影的单身生活,秋香同志告别了颠沛流离的岁月,两人走到一起,喜结连理。从今天起,天下少了两个苦命人,多了一个幸福家庭。请大家鼓掌,向他们表示祝贺。"

众人鼓掌。

白平:"下边请新郎的大哥代表家属……"

"慢!"没等白平说完,田仓就高声截住了他的话头。

白平一愣,众人也愣了,全场鸦雀无声。

田仓说:"应该先走个证婚程序吧?"

白平缓过神来,点头称是。接着宣布:"请队长田仓同志为新人证婚。"

田仓站起来,先向新人道了喜,接着就向白平要结婚证。

白平双手一摊:"没有么,你不开证明,领不到么,你又不是不知道。"

田仓一本正经地说:"我还以为你们越过我直接领了呢,闹了半天没领到。没有结婚证就结婚,胡闹嘛!这婚我没法证,这酒我不敢喝。"说罢,离席而去。

众人愣了,本该是欢乐热闹的场面,顷刻间变得鸦雀无声。有几个怕事的村民也跟着走了。没走的你看看我,我看看你,不知如何是好。

婚宴冷了场,白旦秋香脸上实在挂不住,秋香把头埋得低低的,似乎在哭。此刻,白旦的二爷把桌子一拍,忽地站起来,坐在首桌的人跟着都站了起来。二爷说:"乡亲们,今儿是我侄孙大喜的日子,有人想搅和,办不到。白旦娶媳妇,队长不认,我们白家认。大家如果还认我们白家,就请你留下来捧捧场,我们白家感谢你;如果不认可以离席,我们绝不计较。"

说完,他扫视着大家,等着回答。忽然有人高喊:"我们要喝喜酒。"众人也跟着喊起来,场面一下子欢腾起来。

二爷脸上露出了笑容,他双手抱拳说:"谢谢大家!请大家举杯,喜酒终归是喜酒,让我们一同干了这杯酒。"

开席了,交杯换盏,好不热闹。新郎新娘挨桌给大家敬酒,遇到同辈分的,少不了调侃几句,惹得满院子的人哈哈大笑。

白旦秋香的孩子们没上桌。五斤先一天就进了白家的门,与白旦家的两个孩子已经熟悉了。他穿着新衣服,玩着白旦的儿子果果的皮球。果果大五斤一岁,农村娃上学晚,十岁了,才上三年级。他对五斤母子进自己家门不是很愿意,对五斤也是冷冷地爱答不理。他不让五斤玩自己的皮球,就从五斤手里要回皮球藏了起来。五斤又去一边摆弄铁环,果果又夺回铁环:"这屋里的东西都是我的,你不准动。"

五斤很委屈,搬了个小凳子坐到一角暗自落泪。

白旦的女儿杏杏拿着个塑料娃娃过来给五斤,说:"五斤哥,咱们一起跟洋娃娃玩,这是我的,我让你玩。"杏杏才五岁,看哥哥欺负五斤,怕五斤受委屈,就主动上来安慰五斤。

五斤说:"那是女孩子玩的东西,我不要,你玩吧。"

杏杏说:"那你别哭啦,行吗?哥哥乖,哥哥不哭。"

五斤擦了擦泪水说:"我没哭,我才不哭呢。"

杏杏又凑到五斤耳旁悄悄说:"等果果上学走了,咱们就偷着玩他的皮球,气死他。"

五斤苦苦一笑,算是应答。

四

白旦结婚的当天晚上，田仓把几个队干部召集到自己家里开会。

田仓说："咱们开会商量个事。大家知道，白旦今天跟那个要饭女人结了婚，家里一下添了两口人。你们想，咱们队里家家缺吃少穿，好点的人家，粮食也不过能挨到来年麦收，一半以上的人家都缺一半个月粮食，要靠政府救济才能挨到麦收时节。白旦家本来就不怎么样，现在一下子添了两个吃手，这日子还咋过呀？我承认，白旦是个忠厚人，手脚很干净，可是人再好也架不住肚子饿呀。我担心他饿肚子的时候，槽上的牲口料就难保安全了，这是其一。还有个问题，现在是啥社会？是有秩序的法治社会，是全国山河一片红的朗朗乾坤，不是乱世。可白旦呢，竟敢不领结婚证就明目张胆地结婚，这不是胡闹吗？说他们非法同居，一点也不过分。有这两条，我觉得再让白旦当饲养员有些不合适，我的意思，还是趁早把他换了，免得以后生事端，你们看怎么样？"

大家沉默了片刻，副队长先开了口："我看队长说得有道理，换就换吧。再说，白旦喂牲口的时间也够长了，俗话说：'常在河边走，难免不湿鞋。'做一天好人容易，做一辈子好人就难了。别等出了问题才想着换，那就被动了。为了大家的利益，也为了保护白旦自己，还是趁早换了吧，我同意队长的决定。"

其他干部随声附议。

妇女队长问："换谁呀？队长有合适人选没有？"

田仓说："我想好了，就叫田保民干吧。这人老实，勤快，瞌睡少，家庭负担也轻，我看挺合适的。"

田仓说得不错,田保民是这样的人。可这理由不是主要的,事情往往都是这样,说出来的理由不一定是主要理由,大不了占个二三成,可你不能说那不是适当理由。而主要理由往往都不说出来,因为那是端不到桌面上的理由。就拿田白村一队来说吧,队里田白两姓基本上各占一半。虽然田仓是队长,但在权力和公共位置上白姓还是占了多数。在一些问题的处理上,白姓的优势还要大些,这让田姓人家有些不爽,田仓一直想扭转这种局势。会计、出纳、保管员、饲养员,这四个位子,白家就占了三个。虽说饲养员不是什么要紧的岗位,可那是个大家公认的好差事,不是谁想干就能干的。田仓想趁此机会给田姓人家争一争,把田白两家的天平平衡一下。

　　大家知道田仓的用意。白姓干部也没有什么反对的理由,一来白家占的位子本来就多;二来这个位子一直是白家占着的,该换换田家的人了。于是大家一致同意田保民当饲养员。

　　田仓说:"那就这么定了,明天就办交接吧。"

　　第二天,白旦正在打扫圈舍,田仓就领着田保民来到饲养室。相互打了招呼,闲聊了几句,田仓就说到了正题:"白旦,你干饲养员有年头了,牲口养得也不错。不过,众口难调,干得再好也会有人议论。队里研究了,换一换,缓和一下,先让保民干一段时间,过几年你再接过去干。"

　　白旦愣了,他只听过赞扬声,从来没听说过什么不好的议论。在公社举办的牲畜比赛会上,他还得过优秀饲养员奖呢,怎么会有人议论? 他不相信。他说:"换就换,这没啥,牲口不是我家的,不能占着养不是。不过队长,你说有人议论,我咋没听说,他们都议论啥呢?"

　　田仓说:"他们当然不会在你面前说了。你也别在意,全当是耳旁风。咱堵不住人家的嘴,谁爱说说去。咱不干了,看他还有啥说的。"

　　白旦一脸的不高兴,把扫帚往保民手里一塞:"给,你弄吧。"他到炕上收拾自己的铺盖家什儿,边收拾边嘟囔:"换就换嘛,没啥,少给群众栽黑拐。都是一个队里的,谁不知道谁呀。"

　　田仓保民都听到了,话虽难听,却无法回应,只好默不作声。白旦收拾完行李,连招呼都不打就走了。

　　白旦夹着铺盖卷回了家。秋香问:"怎么把铺盖卷回来了?"

　　白旦不言语,把铺盖往炕上一扔,只顾闷着头抽烟。

　　秋香赔着小心细声问:"出啥事了?"

白旦愤怒地骂道:"妈日的,田仓不让我喂牲口了。我哪点得罪了他,总跟我过不去。"

秋香嘿嘿一笑:"我当啥事呢,不喂就不喂,吃苦受累的,啥好差事呀。咱不生气,啊。"

白旦说:"他这就是成心整我!就说昨天结婚的事吧,他明明知道咱们没领证,你不同意就别来么,还偏要来。来就来呗,好好地坐着吃席就行了,他不,偏要给你弄出些事端来,你说他这不是成心整我是啥?这牲口不喂就不喂,没啥。你猜他说什么?说群众有意见。狗屁!还不是他自己想换我,拿群众当枪使,啥货嘛。"

秋香安慰道:"生这种气不值,随他去。他捣乱,末了还是没拆开我们不是。咱不生气,啊。"她像哄小孩似的,又是揉胸又是捶背,把白旦给逗笑了。

新的学年开始了,五斤该正式上学了。他和别的学生不一样,人家直接到班主任那里报名就行,他是新来的,年龄也偏大,不知从哪个年级开始好,也不知道学校如何安排他这样的学生。白旦领着五斤和果果来到学校,给果果报了名后,就直接找校长商量五斤上学的事。

校长在办公室接待了他们:"你们家的事我都听说了,这就是那孩子吧?"

白旦道:"是,叫丁五斤,九岁了,还没上学呢。他妈买了一年级的书,天天教他,书也读完了。我想让他直接上二年级,你看行不行?"

校长说:"当然可以。不过,自己学跟学校教还是有区别的。这样吧,先让他在二年级上课,跟不上的话就从头来,你看如何?"

"这样最好,两不耽误,我没意见。五斤,你说呢?"

五斤点点头,表示同意。

校长又说:"其实现在上一年级也不算太晚,咱们这里的孩子启智晚,大都是七八岁才上学,九岁的也有。五斤就是九岁,上二年级不行的话,再回到一年级也耽误不了。走,咱们现在就去他们班主任那里,我去给他交代一下。"

校长领着白旦、五斤一同到了二年级教室。家长们领着学生正在报名、交钱,老师忙得不亦乐乎。校长把老师叫了出来,交代了几句就走了。

白旦给五斤报了名,把五斤交给老师就回家了。

秋香在家里做家务。她虽然没成过家,没当过主妇主理家务,可凭着女人的本能和从母亲那里学来的一些女工技能,也足以应付了。她这一做才知道什么叫家,她体会到了,家就是有男有女、有内有外、阴阳平衡、均衡向前的有机组合体,少了哪一样都不是家。看看白旦的家吧,乱得像个垃圾场,脏得像猪窝,家什随手丢,放在哪儿算哪儿。被子两端都成黑的了,散发着熏鼻的汗臭味儿。唉,没个女人打理,这还叫个家吗?真不知道他们爷儿几个是怎么熬的。现在她来了,就是要补上那失去的一极,使这个家完整起来,平衡起来,有个家的样子。秋香开始忙碌了,她要把几年来该干而未干的活在很短的时间里干完。此刻,院子里挂满了拆洗的被里被面,她手脚不停,还在忙活着洗洗涮涮。小女儿杏杏也跟着跑进跑出,欢蹦乱跳,时而哼哼些语焉不详的歌调,时而搭把手帮秋香拿拿衣物。秋香累了,坐下来休息。杏杏却若即若离,在不远处看秋香,不敢近前。

秋香叫她:"杏杏,过来。我问你,你叫我什么?"

杏杏站在原地不动,抿着嘴不说话。

秋香问:"爸爸让你叫我什么?"

杏杏把脸扭向一边,不好意思地说:"爸爸说叫妈妈。"

秋香问:"那你咋不叫呢?"

"你不是我妈妈,怕你生气,不敢叫。"

秋香过去把杏杏搂在怀里,柔柔地说:"乖孩子,叫妈妈,妈妈喜欢。"

杏杏怯生生地叫道:"妈妈!"

秋香答应着,亲着杏杏,说:"乖孩子! 赶明儿,妈妈给你做花衣裳,把你打扮得漂漂亮亮,好不好?"

杏杏抽泣着,紧紧地搂住秋香的脖子,不停地叫妈妈。

秋香也流泪了,把杏杏紧紧地抱在怀里。

休息了一会儿,秋香又开始忙碌了。整理家务中,她有不少新发现,新想法:在窑掌的一角有不少未弹过的新皮棉,足足有五六十斤。这可是宝贝呀,白旦为什么不用呢? 她想,这一定是队上每年分给社员的生活用棉,白旦家里没有女人,自己又不会加工,就一年年积压下来了。这下她可有的做了,她可以把这些棉花弹了后纺成线织成布,给全家人做几件新衣裳;还可以弹了后装被子装棉衣,这可都是上好的料啊,比用老套子翻新强多

了。在院子的一角,她又发现有不少的高粱穗子堆在那里,不知白旦要做何用,这东西也是个宝呀。记得小时候在老家,每当天阴下雨或是农闲时节,队里没活干,父亲就在家里纺麻线,又用麻线把打净了颗粒、刮净了米糠的高粱穗子捆扎成笤帚、锅刷子,或自用,或送人,或拿到集市上卖。从来不会像这样随便丢在这里任其腐烂,太可惜了。她又有的做了,她也可以像父亲那样纺麻线,扎扫帚,或用或送人或卖了。

白旦收工回来,觉得家里变了样,甚是欢喜:"哎呀!哎呀!有了女人,就是不一样啊!"他屋里屋外巡视了一边,巡到秋香身边,搂着秋香就是一口。秋香甜蜜地全身都在笑,她一把推开白旦:"有孩子呢,你干啥呀。"杏杏在一旁仰着脸看着他们,咪咪地笑。白旦抱起杏杏用胡子扎:"笑,笑,我叫你笑。"杏杏笑得更欢了。秋香夺过杏杏,嗔怪道:"看你那胡碴子跟针一样,别把孩子脸给刺烂了。"白旦摸摸胡子,死皮赖脸地说:"对对对,不刺小娃娃,刺大娃娃,大娃娃爱叫刺呢。"他边说边上,仰着头往秋香脸上拱。秋香吓得抱着杏杏就跑,边跑边叫:"大灰狼来了,大灰狼来了。"杏杏笑得越发厉害。

学校放了学,孩子们回了家,该是吃晚饭的时候了。白旦一家人围着小饭桌吃饭,五口人,只有四个玉米面馍,一碟野菜团子,一碟白萝卜丝,一碟咸菜,几碗稀汤。孩子们吃得很香,嘴吧唧吧唧地,很是热闹。

秋香说:"吃饭别吧唧嘴,吃相不好。等长大了,男孩子找不上媳妇,女孩子找不到婆家。改,从现在就改。"吧唧声立马没有了。

白旦笑说:"看看你们,屁大点孩子,就想媳妇想女婿了。"

秋香瞪了白旦一眼:"瞎说什么呢,正经点。"

白旦把脖子一缩,正声道:"吃饭吃饭,不许说话。"他看秋香只吃菜团子,没有馍吃,就把自己的馍掰了一半给秋香。

秋香推让说:"你吃吧,你干的都是体力活,不吃点干的怎么行。我有菜团子吃,饿不着。"

果果见秋香推让,就从白旦手里夺那半个馍馍:"她不吃,给我。"

白旦手一闪,果果没抢到。白旦瞪了果果一眼道:"晚上少吃点。"

秋香见状,就到厨间拿了半个馍给果果。五斤也眼馋,只顾盯着白旦手中的半个馍看,不说话也不敢抢。白旦看在眼里,疼在心里,手心手背都是肉,不能委屈了人家,就把馍给五斤吃。

五斤把馍刚拿到手，秋香就要了过来："给爸爸吃，爸爸干重活，不吃饱咋行。"

白旦看不过眼，埋怨说："你看你，干啥？给都给了，又夺回来，何必呢？给孩子吃吧，他正长身子呢，老饿着肚子还行。五斤，给，别怕，吃。"说着，又要把馍给五斤。

五斤不敢接，看着秋香，等秋香发话。

秋香点了点头说："爸给你你就吃吧。唉，我们娘儿俩一来，三个人的口粮五个人吃，怎么省也不够，这可怎么办好。"

白旦安慰秋香说："都一家人了，别说两家话。你放心，饿不死人，咋着也能过下去。"

秋香把她白天的想法告诉了白旦，说要弹棉花纺线织布，扎扫帚到集上卖。白旦听了哈哈大笑，说："纺棉花的事我赞成，扎扫帚的事我也赞成，就是这到集上去卖嘛……咋？你想做买卖呀？你不怕人家笑话？不行不行。"

"有啥好笑话的？我不怕，你别管。又不是让你去做去卖，你怕啥？"

白旦一想也是，不偷不抢，有啥好笑话的。过日子要紧，吃饱肚子要紧。自己害羞，可秋香不怕，就让她试试吧。于是说："那你就试试吧，不行就算了，别太在意。"

秋香又说："我进你们白家也有些日子了，不能老这么在家里囚着，该下地干点活，挣点工分了。我明天就想下地，跟妇女们一起拾棉花，你看行不行？"

"有啥不行的？我跟平哥家嫂子说说，你跟她去，好有个照应。下了地，就能多认识些街坊邻居，以后多走动走动，就不孤单了。"

"就是，我也是这个意思。和大伙熟悉熟悉，热闹。街坊邻居的，谁不认识谁，那哪儿行？"

白旦问："你不是说要纺棉花扎扫帚吗？一下地干活，哪还有工夫干这些？"

秋香道："晚上干就行了，这些都是零敲碎打的活，耽误不了。"

第二天，秋香跟着妇女们一起到地里去拾棉花。妇女们干起活来，手不停，嘴也不停。东家长西家短，谁家的男人身体好，老婆享受了快活，脸上往外滋着红光；谁家的老母猪昨天晚上一窝子就下了十三个猪仔，比三

个儿媳妇合起来都生得多。大家有说有笑,好不热闹,干活的劳累被这精神的愉悦赶跑了。

有人逗秋香玩:"我们很可怜,只知道一个男人的味儿。你好有福啊,你说说,男人跟男人是不是不一样啊……"

白平老婆截住了这婆娘的话头:"去去去,再找个相好的,啥都知道了。"又笑着对秋香说:"别听这些个骚货胡说。"

收工了,秋香拾了不少棉花,鼓囊囊、沉甸甸的。她费了劲扛回场院,一上秤,竟有六十多斤,能挣十几分工,顶得上一个壮劳力一天半挣的工分。秋香很是高兴,照这么下去,何愁工分挣不够,何愁分不上工分粮,何愁生活无着落?她正在高兴中,写码员把她叫到一边说:"嫂子,对不起,不能给你算工分。队长说,你没有户口,不是社员,不能记工。说咱们队上劳力多得用不完,有户口的都没活干,再让你这没户口的干,没法向大家交代。"写码员的话,在场的人都听到了。白平家嫂子上前评理。写码员说这是队长的意思,他只是个执行者,做不了主,要说理找队长去说。白平家嫂子骂骂咧咧,但无济于事。

一瓢冷水浇下,秋香再也高兴不起来了。竟有这样的事,扑着扑着给人家干活,竟被人家一脚踢了出来。真是热脸碰了个冷屁股,好难堪啊。她知道了自己在别人眼里的地位。她感到自己受到了莫大的羞辱!辛苦一天,竟落了这么个下场,要说不生气,不委屈,那要多大的度量才行啊。可是,有什么办法,你跟谁说理去?秋香没吭声,她低着头,含着泪匆匆往家走。白平家嫂子追着喊她,她头也不回,脚步却更快了,竟至碎步跑了起来。她想尽快远远地离开场院,离开这戳她心窝子的地方。

白旦在收工回家的路上,知道了秋香交棉花被辱的事。他很生气,要直接去田仓家理论。一位堂兄挡住了他,不让他去。这位堂兄说:"田仓从来都没有承认过你和秋香的婚事,他现在这么做,是前后一致的。不是社员,就不能挣工分,他是能自圆其说的。秋香拾棉花是她自己要去的,人家又没有叫她去,不记工分也能说过去。你去干什么?打架呀?算了,以后不给队里干就是了,回家去吧。"白旦想了想,觉得堂哥说得有道理,就打消了去田仓家的打算。可他没有马上回家,他不知道如何安慰秋香,如何让这个饱受苦难却又自尊自爱的女人抹平心中的创伤。

秋香现在只把自己看成是白旦家的人,白旦家族里的人,她再也不把
自己看成是这个村、这个队里的人了。她暗下决心,要用自己的一己之力
把这个家撑起来,撑得大大的,撑得让全村人羡慕。她要让那些总跟自己
为难的人看看,离了他们,离了生产队,她丁秋香能不能活。秋香明白,人
是要逼自己一把的,不逼一下,你就不知道自己有多大能量,不知道自己能
干什么。逼一下,你就知道自己有多能干,有多优秀,说不定你会创造出奇
迹来。如今自己和自己家的情况,不逼一下自己也不行了。一家老小吃什
么喝什么穿什么? 总不能让这个家高高兴兴把自己娶进来,然后再在穷困
潦倒中败落下去,绝对不能。

白旦回了家,压根不提秋香拾棉花的事。秋香看出来了,白旦一定知
道发生的一切,要不然他不会不问的。这毕竟是自己第一次参加队上的劳
动,怎么会不问呢? 她知道,白旦不问,是怕她伤心。好,你不问,我偏说,
我要让你看看你老婆我是多么刚强,抗打击能力是多么了得。秋香笑嘻嘻
地问:"掌柜的,你就不问问,你老婆我今天拾了多少棉花,上交了多少,偷
回来多少,挣了多少工分?"

秋香说的偷回来多少,白旦一听就知道是什么意思。他知道,妇女们
到地里拾棉花,多多少少都要给自己偷一点。胆小的少拿点,胆大的多拿
点,很少有人不拿的。队上也知道这种情况,所以在每年棉花开始采摘前,
就定规矩进行约束。约束归约束,大家都不当回事。只要你不是太过分,
就没人说你查你。公社如家,社员就是家里人,家里人拿家里点东西,正
常。就是亏了些听话的老实人,他们按规矩办事,不藏不掖,享受不到大家

庭的这点"优越性"。秋香第一次下地干活,她虽然看见人家往衣兜里、裤腿里、内衣里塞棉花,自己却一点都不敢偷。她的亏吃大了,工分没挣上,能顺手牵的羊也没牵。

白旦一看秋香这调皮样子就乐了,看来自己的担心是多余的。他用指头点着秋香的鼻子说:"你呀,真皮实,受了那么大委屈,竟没咋的。佩服呀! 你当初还真没吹牛,真是耐摔打呀! 好,这就好。以后没啥能整倒我们了。"

孩子们放学回来了。

五斤一进门,秋香便看见他噘着个嘴,老大不高兴。就问:"你怎么啦? 噘着个嘴,跟谁生气呀?"

五斤叫嚷着说:"我不上学啦。"

不上学了,这还了得:"为什么不上? 你给我说清楚。"

五斤把书包狠狠地往炕上一扔,喊道:"我就是不上,不上,不上。"

秋香来了气,扑上去要打五斤,被白旦拦住了:"干啥干啥,他不想上学是有原因的,你没弄清楚就打,合适吗?"

秋香还往前扑:"什么原因,你让他说。"

白旦给果果使眼色,让他把五斤拉走。果果去拉五斤,五斤不让拉,站在原地看着母亲,眼光里充满了敌意。秋香一看五斤用这种眼神看她,是又生气又伤心,她觉得这眼神又复杂又可怕,不是一个九岁孩子应有的眼神。五斤从来没有这样看过她,看过任何人,他是怎么了? 是受了什么委屈? 还是受了什么刺激? 她不再往前扑了,她的目光变得温柔了许多,眼眶里也渐渐地蓄上了泪水。白旦看秋香平静了下来,就松了手。秋香扑上前,蹲下身子搂住五斤,温情地说:"是妈不好,妈不该发火。来,你打妈妈。"她拉过五斤的手往自己脸上扇。五斤却抽脱了手,给妈妈抹眼泪。秋香露出了笑容,轻轻问:"那你告诉妈,为啥不上学了?"

五斤突然哭了:"他们骂我……我……是带来子。"

秋香木然了。

白旦心里也不好受,他一拍桌子,吼道:"谁? 是谁这么骂你? 他妈的,看我不撕烂他的嘴。"

白旦的话是粗鲁的,可秋香听着解气、舒坦。从那声音和表情上看,这个男人是护着她和孩子的,对她和孩子是真心的。她有些感动,心里的难受劲不觉去了一半。可是她也明白，带来子虽是骂人的称谓，可也道出了实情。谁也堵不住别人的嘴，这个称谓怕是要伴随五斤一辈子了。人好起来确实很好，可人要刻薄起来，却也十分可恶。他们一不高兴就会随口而出："带来子——你个带来子——哪有你这带来子说的话。"等等，你又能怎样？堵了嘴堵不了心，堵得了一时堵不了一世，总不能天天跟人置气、跟人打架吧？想到这些，秋香忍了。还是让孩子经历经历吧，经历一下或许会皮实一点，坚韧一点，没有坏处。于是对白旦说："你嚷嚷什么，有什么大不了的。叫就让他们叫，我们就是带来子，怎么啦，这不丢人。"又对孩子说："咱们是男子汉了，没什么可怕的。要上学，还要把学上好。有了知识，学好本领，他们反过来会尊重你的，谁还敢欺负你。"

白旦一旁也帮着腔，哄着五斤，让他好好念书。

五斤点头答应，也不哭了。秋香从炕上捡回书包，整了整交给五斤，又带他到他自己屋里做作业去了。

一天两次受辱，秋香心里很沉重，很难受。她想起小时候父亲说过的话：人到一个陌生地方安家，当地人都会欺客的。想要融入一个陌生的群体，不那么容易。金窝银窝不如自己的土窝，人们不愿意离开故土，这可能就是原因之一。自己虽然跟了白旦，但毕竟不是原配，这就差事儿了，人们不会像对待原配那样对待自己。五斤呢，又隔了一层，在别人眼里，他就是个外人。有什么办法。世俗就是这样。白旦没多大能耐，自己是个女人，孩子们还小，家境又不好，就这么一家人，不欺你欺谁？就是本地人过成这样，也难免不受欺负的。人爱有钱的，狗咬穿烂的，历来这样，你能怎样？就是明面上不欺负你，可心里鄙视你，还不是一样。欺就欺吧，既然选择留在这里，就该着有这么一遭。还是把自己的事情办好，等家境好了，家底儿殷实了，孩子们成了器，一切都会好的。眼下还有更要紧的事情要做：一家人三口变五口，怎么省，粮食也不够吃。眼看着囤里的粮食一天天往下落，不用说，今年的饥荒肯定比别人来得早。不等救济粮下来，人就饿得差不多了。就是救济粮下来，凭田仓现在的态度，恐怕也给不了多少。缺口太大，现在不提早想办法，非饿死人不可。

秋香开始了她的自我解困行动：弹棉花，纺线，纺麻线，刮高粱穗子，扎扫帚，喂猪喂鸡，还要给一家人做饭。缝缝补补，洗洗涮涮，没黑没白，整日价累得直不起腰来。白旦心疼她，不让她这么卖命。她只是笑笑，说："没

事,我不觉得累。"不累？鬼才信。白旦看得出来,秋香好像是要拼了命干点什么,拼了命证明点什么。她干的活顶得上两个壮劳力的工作量,只有有股子心劲的人用精神力量才能扛得下来。这么干怎么行？于是劝道："别太要强了,怎么都能活。有我在,这家败不了,天塌不下来。"

秋香笑了："有你在？嘿嘿,你会干什么？你会生出白馍来？你会印出票子来？你就会着急发火干叫唤,管啥用,能吃还是能穿？"

白旦一想还真是,自己能干什么？除了参加队里的劳动挣点工分,还真干不成什么。社员个个不都是这样吗？有什么办法。青黄不接时,勒着裤带瓜菜代,眼睛盯着救济粮,谁也没有另外的办法。有也没用,上头不准干,只能比谁更能扛饿,谁更会哄肚子了。还是秋香有远见,这么早就动手为度饥荒做准备了。

夜深了,孩子们早已进入了梦乡,白旦也早已呼呼大睡。秋香还摇着纺车纺棉线,她想在入冬前把棉花都纺出来,织成布。粗布可是个好东西,城里人稀罕,北山的山里人也喜欢,既可卖钱,也可换粮食。把这几年积攒下来的棉花全部纺成线织成布,今年的饥荒就可以度过了。她把纺车支在院子里的农具棚兼柴房里,离孩子白旦睡觉的屋子有几丈远的距离,为的是不影响他们的休息。半夜时分,天黑得什么都看不见,只看见秋香在油灯下机械地、迷迷糊糊地摇着纺车。夜静得什么都听不见,只听见秋香的纺车嘤嘤嗡嗡地低声吟唱。

白旦喂牲口时就养成了半夜起夜的习惯。因为半夜要给牲口加料,自己顺便也方便一下,久而久之就成了习惯,一到点就醒了。现在虽然不喂牲口,可这个习惯还没扳过来,一到点就醒。这会儿他又醒了,他知道又到了三更天。他伸手去搂秋香,没搂着,人不在。怎么回事？往日这个时候她是睡下了的,今天咋就来精神了,到现在还不睡。他躺在被窝静静听,听不到有纺车的声音。他感到诧异,就起来到柴房看究竟。微弱的灯光摇曳着,忽明忽暗,像鬼火一样,只有光亮,没有声音。白旦预感不妙,快步推门进去,发现秋香挂在纺车摇把上喘着粗气,汗珠子像从水里捞出来一样啪啪地往下滴。白旦抱起秋香不住地喊,秋香耷拉着头,闭着眼睛,只是微笑着,就是不说话。白旦害怕了,放下秋香就跑,他要去找村医来救秋香。

村医正在酣睡,懒得出诊。听了白旦的描述,在被窝里说："红糖水一杯,糜面馍一个,一吃一喝就对了,你回去吧。"

白旦半信半疑，站着不动。村医催他："咋还不走？"

白旦说："还没开药呢，你不给开点药啊？"

村医说："我刚才说的就是药，赶紧回家弄去。"

白旦似乎明白了，秋香是饿过头虚脱了，吃点东西就好了。唉，看我这男人当的，让一家人挨饿，让老婆饿着肚子拼命干活，这大男人的脸往哪儿搁呀？他匆忙往回赶，红糖、糜面馍都是现成的，先让秋香吃饱了再说。

路过饲养室门前，突然发现有人背着个布袋子从饲养室出来，沉甸甸的。不用说，一定是田保民往家里偷饲料。怎么办，管还是不管？白旦早就怀疑田保民有偷饲料的可能。他家原来是不喂猪的，当上饲养员后竟一下喂了两头。一个三口之家，喂一头猪都紧张，如何能喂得起两头，这不是公开向人们宣示"牛要哭，猪要笑，田保民，要偷料"嘛。自己当饲养员时，从来不喂猪，就是怕人怀疑说闲话。这保民也是的，胆子也太大了，大到不顾不怕胡来的程度。牲口一年四季从头到尾给人出力干活，人不能亏欠了它们，连口像样的草料都不给它们吃。牲口不会说话，眼看着自己的一点口粮被人偷了去，只有"哭"的份儿了。可人看见了就不能不管，不然对不起牲口，对不起集体，对不起自己的良心。想到这里，白旦大喝一声："干啥的？身上背的啥？"

保民一惊，撒腿就跑。白旦紧追两步，抓住口袋往下一拉，保民连人带口袋就卧到了地上。他双手抱着头，不敢抬头往上看。

白旦训斥道："想跑，跑得了么？"

"白旦，是我。丢人了。求求你放了我吧，我把料还回去，要不你拿走？"

"我知道是你。不是你还会是谁？我逮的就是你。"

"啥？逮我？你三更半夜的不睡觉，就是为了逮我？"

白旦被问住了，一时回不上话来。

保民又问："你咋知道我今天晚上要偷料？对了，你是个老手，当然知道啥时候下手最安全。"

保民不知道白旦是不是真清白，想用这话诈诈他，吓唬吓唬，好让他放了自己。而白旦自己心里最明白，他从不干偷鸡摸狗的事。保民的这句话激怒了他，他一巴掌扇过去，骂道："你这嘴是吃屎的，逮了现行还喷粪。走，见队长去。"他把保民从地上拽起来，拉着他去见队长。

保民害怕了，做贼的事多丢人，知道的人越少越好，怎么能去见队长呢。他忙跪地磕头："呀呀呀，白旦呀，饶了我吧，我这是头一回，以后再不敢了。"

白旦不相信："走走走，到队长家跟他说，我不管你是第几回。"他边说边拉，保民跟着走了几步，布袋子却留在原地没人扛。白旦又拉着保民回原地拿布袋子。保民又"扑通"跪下了："白旦——叔——爷爷，求求你放过我吧？"

白旦还是不依不饶："叫爷也不行，放了你，牲口都不答应，走。"两人吵吵嚷嚷，拉拉扯扯，早就惊动了睡在饲养室邻居家门房的五保老人田会会。他在屋里喊道："保民，你就跟他去吧，认个错，以后改了就行。"这一嗓子声音不大，态度也还柔和，但对保民来说有如五雷轰顶。完了，一切都完了，有证人了，而且这证人是个有德望的人，想赖也赖不掉了。保民蔫了，乖乖地跟着白旦去了队长家。

从队长家出来，已是四更天。白旦回到家里时，秋香早已入睡了。他不忍心惊醒秋香，就钻入柴房，靠在草垛上睡了。刚才发生的一切还在脑子里打转转，怎么也赶不走，搅得他久久不能入睡。他又回味起来：多亏田会会老人帮腔，要不然他真没法子把保民弄到队长家里。老人不糊涂，向理不向人。虽说他是田姓家的人，可田姓家没人管他，是集体养活了他，他自然对集体有感情，这人还是有良心的。

保民是田仓推荐才当上饲养员的，保民偷料不光丢了自己的脸，自然也丢了田仓的脸，田仓自然很生气。生气归生气，可保民毕竟是他的自己人，不知道他该如何处理，能不能一碗水端平？

天快要亮了，白旦也没了睡意。他起来来到自己屋门前，听了听，里边没动静，便把门悄悄地关严实了，他想让秋香睡个好觉。他好长时间没做过饭了，就钻到灶房里做起早饭来。天麻麻亮，他又把孩子们叫起来吃饭。吃完饭，又催他们去上学。孩子们一走，天已大亮，该是自己上工的时间了。忽听得门外有敲锣声，还有人喊叫着什么。怎么回事？上工都是敲铃的，怎么敲起锣来？白旦出门看情况，竟是田保民提了锣敲，身上还挂着个布袋子，布袋子鼓囊囊、沉甸甸的，周围围了几个看热闹的孩子。他敲了几下锣，就自己喊："我不是好人，偷了牲口料，我向大家赔不是。"

白旦对保民偷料的事虽说不满，可这么整保民他也实在是看不惯。这

44

田仓够缺德的,批评一下,处罚一下,把人一换就行了,何必这样糟蹋人。白旦急忙赶到保民身边,夺了锣,又从他身上把袋子卸了下来,说:"对不起,都是我害了你。不敲了,回去,队长要问,就说是我说的,让他找我的事。"

保民一时不知说什么好,是骂白旦害人呢,还是感激他救人呢?他也不知道此刻白旦是偷着高兴呢,还是真心给自己解难?不管怎么说,敲锣自辱总不是人干的。既然白旦愿意担沉,就让他担好了。保民一句话没说,转身回了家。

田仓知道后,也是一句话没说,更没找白旦的碴儿。原因很简单,田仓这么做是给人看的,他要让人们知道他是公道的。不管是谁犯了事,都得受到相应的处罚,包括田姓家的人和自己亲近的人。保民敲锣自辱,他心里也难受。可是为了挽回面子,镇住那些多嘴多舌的人,他不得不这么做。后来,在田仓的提议下,饲养员换了人,换的还是田姓家的人。人们只是议论议论而已,却没有人提出什么不同意见。

六

学校放学了。田小北和两个小伙伴早早跑出校园,在校门口外"嘀嘀咕咕"商量着什么。学生们三三两两从学校出来,五斤也随着大家出了校门。他刚一出来,就被田小北他们截住,几个小伙伴把五斤挟持到了一片洼地。

田小北指着五斤的鼻子说:"带来子,知道不,你后爸狗逮老鼠多管闲事,把我爸整得好惨。老子整了老子,我这儿子今天要为老子报仇,好好教训教训你这带来子。"

五斤不知道发生了什么事,就说:"你少骂人。谁整你爸了,跟我有啥关系? 你走开,我要回家。"

"还装不知道,回家? 哼,先把你腿卸了,看你还回家不?"田小北一个饿虎扑食,将五斤推倒在地,随即骑到五斤身上就打。

两个小伙伴在一旁呐喊助威:"打,打死这狗日的带来子。"

五斤被打急了,反手揪住田小北的头发往下搋。田小北用手护头发,抓住五斤的手不敢放松。五斤趁势咬住了田小北的手腕,疼得田小北哇哇乱叫,不住地求饶。五斤一松口,田小北就滚向一边,捂着手腕在地上打滚。两个小伙伴也傻了,赶忙查看田小北的伤情。五斤趁机爬起来就跑。田小北急令两个小伙伴抓五斤,别让五斤跑了。两个小伙伴这才想起要控制对手,急忙去追。田小北也一骨碌爬起来追。五斤早跑远了,哪儿还追得上。他们就在后边骂:"叫花子,带来子,白旦秋香带来子……"

五斤带着一身泥土,一口气跑回家。秋香见状嚷道:"看你跟个土鳖似的,你干什么啦,弄得一身土?"五斤没搭理,径直跑进屋里水缸边,舀了瓢凉水咕嘟咕嘟喝起来。

不一会儿,田保民两口带着田小北闯进白旦家。保民妻一见秋香就嚷嚷:"秋香,你家五斤呢?你看看,他把我娃咬成啥了。咋,老的欺老的,小的欺小的,这还欺上瘾了?"

秋香没接保民老婆的话茬儿,想着人家正在气头上,发发火也是正常的。她看了看田小北的手腕,发现红了烂了,咬得不轻,就朝屋内喊:"五斤,你出来。"

五斤从屋里出来。秋香问:"小北的手腕是不是你咬的?"五斤不言语。秋香用手指点着五斤的头训斥道:"你不好好念书,打什么架?你看你把人家咬成啥了?给人家道歉,赔不是。"

五斤强辩道:"不怪我,我不赔。是他们几个人先打我的。"

"那也不能咬人呀。不准犟嘴,跟人家道歉。"

五斤不服气,不认错:"咬他咋啦,活该,再打我还咬。"

保民老婆不答应了:"你是狗啊,咬、咬,你再咬试试。"

秋香忙赔不是:"嫂子,你消消气。孩子打架常有的事,别生气了。"

"常有的事?说得轻省,要是小北把五斤咬了,你还会这么说?"

秋香无奈,又厉声呵斥五斤:"给人家道歉。"

五斤很坚决,脖子的犟筋抽着,喊道:"我不!是他们合伙欺负我,骂我。凭什么要我道歉!"

保民老婆问:"骂你?他骂你啥啦?"

五斤说:"他骂我叫花子,带来子。"

保民老婆冷冷一笑:"这也叫骂?你就是叫花子、带来子么,你敢说不是?有人生没人教的野种。"

秋香愤怒了,一巴掌扇了过去,怒斥道:"孩子骂,你也骂?叫花子怎么了?带来子怎么了?关你屁事。小孩大人都想欺负人是不是,来吧,我不怕。"

保民妻吃了一巴掌,火气更大,扑上去跟秋香拼命。保民上去拉架,却只拉秋香,束缚了秋香的手脚,任由妻子厮打。五斤看出了保民在拉偏架,就抡起小拳头打保民。保民是大人,五斤的小拳头起不了什么作用。保民不理他,照样拉偏架。五斤急了,跑回屋拿了把菜刀出来,喊道:"不准打我妈。"随即闭着眼,挥舞着菜刀朝着保民砍来。

"这娃疯了,这娃疯了。"保民害怕了,放开秋香,拽着妻子儿子就往外跑。五斤抢着刀在后面紧紧追赶。

秋香也害怕了,呵斥道:"回来,把刀放下。"

五斤拐回身,秋香上去就是一巴掌:"小屁孩就敢动刀子,长大还得了!"

五斤脸上立马烙出五个红手印,他愣了,傻了,站在原地打晃晃,神情有些恍惚。秋香意识到自己手太重,把孩子打蒙了,急忙俯身把五斤搂在怀里,哭着说:"孩子,都是妈不好,妈不该打乖乖。"

五斤这才哭出声来,说:"妈,真的不怪我。是他们骂我,打我,我打不过他们,才咬他的。"

"知道,知道,妈早就知道。是妈没保护好乖乖,是妈不好,不怪宝宝。"母子俩哭成一团。

杏杏一直躲在屋里不敢露头。战事结束了,她才蹑手蹑脚地来到秋香面前哭着叫妈妈。秋香把杏杏揽在怀里哄着:"吓着娃娃了是吧?"杏杏点点头,搂着秋香的脖子哭着问:"他们为啥打哥哥和妈妈呀?"

秋香说:"没什么,我们是闹着玩的。玩完了,没事了。"

白旦领着果果回来,看见秋香和孩子们搂在一起说话,个个眼睛红红的,不知出了什么事。问:"你们怎么了,抱到一起哭啥哩?"

秋香说:"过去了,没事了。都回来了,吃饭。"她放开孩子们,转身回屋盛饭盛菜去了。

白旦问五斤,五斤不说,扭头跑回屋里。又问杏杏,杏杏说:"我看见小北一家人打妈妈和哥哥。妈妈说他们是闹着玩的,玩完他们就走了。"

白旦明白了,进屋问秋香:"是不是保民打你和娃了?"秋香点点头,马上又说:"是他们家小孩和五斤打架,五斤把人家手咬烂了,人家来问问,就吵了几句。没啥,已经过去了。"秋香怕白旦找人家闹事,只字不提对方骂人之事,想大事化小,不了了之。能平平安安比什么都好。白旦相信了,没再问什么。

新的一天又开始了,人们日出而作,个个忙忙碌碌,各自干着各自的事情。五斤背着书包独自走在上学路上,走着走着就放慢了脚步。他看看四下无人,就一头钻到了玉米地里。他扳下一个玉米棒,剥了皮,露出又小又嫩、黄中带绿的棒芯。好诱人呀,他贪婪地吞了起来,几口就吃完了。接着又去扳，一连扳了四个，吃了四个，再也吃不下去了。他从玉米地深处悄悄往外溜，刚一露头，就撞见了白平。

"五斤，你不上学，跑到地里干什么？"

五斤僵在那里，不动也不说话。

"满嘴棒子渣，是不是偷吃棒子啦？"

⋯⋯⋯⋯

"唉，看把孩子饿得。三口人的粮食五口人吃，不饿才怪呢。来，伯伯给你个麦面馍吃。"白平从口袋里掏出个黑面馍给了五斤。

五斤把馍塞进书包，说："谢谢伯伯。"

白平问："装起来干啥，咋不吃呢？吃。"

"我刚才吃饱了，带回去给妈妈吃。"

"真懂事。快上学去吧，别迟到。"

"嗯，谢谢伯伯。"

五斤转身跑了。白平看着孩子的背影，又是点头，又是摇头，叹息道："唉，咋办呀？"

秋香在家里还是没日没夜地干活。明天又是过集的日子，她要做一些笤帚到集上卖。送走了上学的、出工的，她就做起了自己的事情——扎扫帚。高粱有两个品种：穗子朝下低着头，散散的像女人的披发一般，人们叫它高粱；穗子整整地抱在一起，头朝天戳着，人们叫它黏黍。秋香把它们分了类，按其特点制作出不同形状的扫帚。孩子们放学回家的时候，她已做好了几十把。有大的有小的，大的可以扫地，小的可以扫炕、刷锅。有直把的有歪把的，歪把的大，是用散穗子高粱做的；直把的小，是用整穗子黏黍做的。秋香看着自己的产品，高兴地对孩子们说："明天是星期天，你们不用上学了，妈带你们赶集去。把这些东西卖了，给你们买好吃的，解解馋。"果果五斤一听就乐了。

杏杏以为妈妈只带上学的哥哥们去，急了，扑上去抱住秋香的腿，喊道："我也要去，我也要去。"秋香笑着说："去，去，谁说不让你去啦？一起去。"大家全乐了。

杏杏还小，小胳膊小腿的，县城路远，秋香怕走伤了孩子的腿脚，就借了一辆架子车，准备拉着孩子们去赶集。

第二天，秋香装了六十把扫帚，拉着孩子们就上路了。走不多远，就被

邻村的一帮肩扛红缨枪、臂戴红袖章的孩子拦住了去路。他们要秋香背诵最高指示，不背，就不准通过。果果跳下车说："我背我背：'多思'。"

红缨枪说："你背就你背，背吧。"

果果说："背过了，你们没听见？"

"没有，你还没背呢。"

果果又重复道："多思。"

红缨枪说："你背的是什么呀，那不是最高指示，不算。"

果果强辩道："我背的就是，怪你们不好好学习，不知道这是最高指示，怎么能不算呢？"

红缨枪还是不认，说："我们不知道，就不能算，另背。"

孩子们的争执，既天真又认真，秋香一旁看得直乐，就伏在车辕上欣赏起来。

五斤也从车上跳下来帮哥哥："我来背，'下定决心，不怕牺牲，排除万难，去争取胜利。'这回行了吧。"

"这还差不多。"

另一位红缨枪抢上前来："不行，他们一共四个人，要背四条才行。"

红缨枪们附和着喊："对对对，要背四条，一人一条。"

五斤说："背就背，你们听着：'领导我们事业的核心力量是中国共产党，指导我们思想的理论基础是马克思列宁主义。'一条了。'鼓足干劲，力争上游，多快好省地建设社会主义。'两条了。'不吃辣椒的人不是真正的革命者。'三条了。加上刚才的'下定决心'一共四条，够了。"

"不行，你刚说的不吃辣椒，不是最高指示，语录本里就没有。"

果果说："那就是红太阳说的。你们也太无知了，自己都不会，还来查人家。你要是不承认那是最高指示，就是反对红太阳，我们告你们去。"

果果这么一说，红缨枪们害怕了，忙让开路，说："你们过去吧。"

秋香乐呵呵地问："让过了？"

"过，过。"

秋香架了辕，把袢绳往肩上一搭，笑嘻嘻地拉车上了路。

进了城，她把车子放在街口，让孩子们看着。自己到卖农副产品的一排摊位前转悠，想看看人家的扫帚卖多少钱一把。她来到一位卖扫帚的老人摊前打听。老人说卖得很慢，农村人大都自己做自己用，不会花这冤枉钱！只有城里人才会买,挑剔得很哩。秋香看了看老人的扫帚,活做得很粗,实用倒是实用,就是样子丑了些,也难怪人家城里人挑剔。

这时,一个城里人来买扫帚,说是要买好多,问老人多少钱肯卖。

老人说:"大的一块一把,中号的八毛,小号的六毛。"

来人回价说:"我全要,大的八毛,中的六毛,小的四毛,行不行?"

老人直摇头:"不行不行,我就没胡要,一把也就挣个一两毛,叫你一下子说没了,不行不行。"

"那你总得让个价吧。直说吧,最少多少钱卖?"

"每把让五分,你全拿走。"

来人摇摇头,走了。

秋香告别了老头,快步追上买扫帚的城里人,说:"我的扫把比他的好,要我的吧,我再降五分钱,好吧?"

那人回头上下瞄了瞄秋香,问:"在哪儿?"

秋香领着他来到自己的车前,说:"你看,全在这儿,还没找到摊位呢。你就全要了吧,我给你送去。"

城里人拿起扫帚查看,看完大的看小的。秋香赔着笑脸:"我知道你们城里人讲究,做的时候是细工慢活,尽可能往好里做。不错吧,比那老头的活好吧?"

城里人点点头:"全要了,再降五分。"

秋香忙说:"不敢再降了,那老头确实没胡说,再降我们就白干了。你看看,我一个女人家,带着三个孩子,不容易,你就照顾照顾……"

还没等秋香说完,城里人就把手一举,说:"成交,就按你说的办。拉着车跟我走,不远,中心小学。"

秋香带着孩子们把扫帚送到县中心小学,一下子就领到四十多元钱。孩子们从未见过这么多钱,生产队年终分红时,大都是以实物顶钱的,谁也没一次性拿过这么多钱。看见妈妈有这么多钱,一个个高兴得活蹦乱跳,要买这要买那,跟着秋香寸步不离。秋香也觉得自己有了钱,能买好多东西,心里很是高兴。特别是孩子们围着她闹哄哄的,太有意思了,心里更觉甜蜜。她领着孩子们来到一家水盆羊肉店,要了三份水盆,想让孩子们吃点肉,解解馋。

果果问:"妈,我们四个人,怎么只要三碗,还少一碗呢?"

秋香说:"妈不吃羊肉,要一碗汤喝就行了。"

果果信以为真,就不说什么了。他不知道,不吃羊肉的人,自然也不会喝羊汤。妈妈能喝羊汤,自然是能吃羊肉的,只是舍不得罢了。他还是个孩子,哪儿会这么转着圈儿想事情。

秋香给自己要了碗清汤,就着自带的玉米面馍馍吃起来,一分钱也没舍得给自己花。孩子们一个个吃得香喷喷的,像多少年没吃过饱饭一般。秋香看到这情景,又高兴又难过。高兴的是今天给孩子们解了馋,吃上好吃的;难过的是孩子们太可怜了,正是长身体的时候,连顿饱饭都吃不上,更不用说吃好的了。

吃完饭,秋香带孩子们来到了布匹市场,她买了五尺黑哔叽布,做鞋面用的;又买了五尺白底蓝花布,要给杏杏做件花布衫。她数了数钱,还有三十多元,留下五元零花钱,剩下的全都买粮食吧,还是肚子要紧。

秋香拉着孩子们来到粮食市场。粮食的行情她早就知道,小麦一斤要四毛多钱,玉米两毛多一点就可以买到。钱是有数的,先保证有吃的饿不着再说。粗粮可以多买些,细粮连想都不敢想。他们在粮食市场转了一圈,竟看不到一粒粮食。只见人们或三五成群,或双双捉对在一起谈论着什么,神神秘秘,摸摸揣揣,东张张西望望,鬼鬼祟祟。秋香不知道他们在干什么。她看见一个中年男人独自站在电线杆下抽烟,就去问他:"师傅,这儿不是粮食市场吗,怎么不见卖粮食的?"

这人把食指往嘴上一竖,"嘘"了一声,小声说:"跟我来。"说着就朝市场外走去。秋香不知何意,放下车子跟了过去。没跟几步,就不敢跟了,他怕遇上歹人劫财劫色。她一停,中年男人就拐了回来,问:"你是不是想买粮?"秋香点了点头。这人说:"我就是卖粮食的。粮食是统购统销物资,不准私下买卖,这是个粮食黑市,动不动就有人来查,谁敢在这里摆粮食? 交易也不敢在这里进行,都是悄悄谈好后,再去取粮食。你要是想买的话,咱们到那边去谈。"

秋香看这人指的地方是个墙角,觉得没什么,就跟了过去。中年男人解开衣服扣子,从里面的口袋里一把一把地往外掏,有玉米,有小麦,有小米,有豆子,他说:"这都是样品,上好的货,你要什么只管说,说好了就去提货。"

秋香要了十斤小米,余下的钱全部买成玉米,能买多少买多少。两人说好了价钱，中年男人就领着秋香去提货。秋香拉着孩子们一同来到存粮点，装了十斤小米、一百三十斤玉米。

吃也吃饱了，喝也喝足了，玩也玩够了，该回家了。果果说："妈，你和杏杏坐到车上，我和五斤拉你们回家。"

秋香笑了："你们行不行？"

五斤说："行，哥哥驾辕，我拉梢，在村里玩的时候，我们拉过，没问题。"

秋香笑呵呵地说："好，那就试试吧，慢点走，别跑。"说着就上了车。

一家人一路说说笑笑，果果一高兴还唱上两句，声音虽大，调儿却跑得不近，逗得大家哈哈大笑。

走到半道上，秋香突然叫把车停下来。她跳下车，在路旁捡了根棍子，跑到地里戳了几下，竟挖出个大红薯。她高兴地喊道："快来，快来拾红薯。"

孩子们跑到母亲身边，看母亲是怎么从土里把红薯找出来的。秋香说："给生产队干活，人们都不想出力气。出红薯的时候，一窝只挖一耙子，最多再用耙子勾一下，能挖出多少算多少，挖没挖净跟他们没关系。所以啊，挖过的地里，就留下了很多很多红薯，多浪费呀。来，咱们挖一点回去。"

孩子们很好奇，分头捡了棍子树杈挖起来。不一会儿，几个人就挖了百十来斤，收获甚丰。他们把红薯装上车，刚要离开，就被人挡住了。两个中年男人站在路中间说："这地还没犁呢，你们咋就拾起红薯来？"

秋香无言以对。她知道，生产队还要犁一次地，前边犁，后边跟个人挎着篮子捡犁出来的红薯，经过这一道工序才算完，之后就可以随便捡拾了，就是外村的人也可以来拾。未犁就拾是不对的，跟偷差不多。秋香还知道，在农村，有些偷是不算偷的。比如到瓜地偷瓜叫跑园，跑园的人第二天还在大庭广众面前吹嘘，偷了几个生的，几个熟的；还看见了哪个女人跑到瓜园跟看瓜的搂抱打滚吃西瓜；又看见了哪个干部白吃瓜还捏走一些卖瓜的钱。比如偷苜蓿，比如偷嫩豌豆荚，等等，都算不得偷。偷者自得其乐，被偷者也不计较，究竟为什么，谁也说不清。自己拾红薯之事跟这个差不多，虽说不合适，却也不犯什么大忌。

两个中年男人不依不饶，非要没收秋香的红薯不可。

秋香央求道:"让我们拉走吧,下回再也不敢了。你看,孩子们在当面,你们要是收了,孩子会怎么看我?说我是小偷,偷人家东西,这还得了?这比你们收走更可怕。要不这样,我买,给你们两块钱可以吧?给我留点面子,好吧?"

两个汉子你看看我,我看看你,心里没了主意,眼睛却露出了喜色。秋香掏出两张一元钱票子,每人塞给一张。两人哼哼唧唧不知怎么说好,脚底下却不由自主地让开了路,放秋香过去了。

七

　　冬天到了,地里已没什么活可干。春秋夏是活催人的季节,而冬天则是人找活干的时候。不想闲着,好办,可以搞农田基本建设,铲高垫低,修渠补埝;可以搞点副业,做豆腐漏粉条,烧砖瓦织苇箔编炕席,只要想干,活多的是。这些活有个特点,就是可干可不干,可急可缓。人们干干停停,停停干干,聊着天,逗着乐,优哉游哉,这是农村最自在的时节。心闲长头发,手闲长指甲,狗闲乱叫唤,人闲生事端。有好事者看三队的白生金日子过得舒坦,就嫉妒上了。妒生恨,恨生恶,一发而不可收,非要打打他的主意不可。他们拉白旦当贫协代表,和他们一起整白生金的材料,说白生金是漏划富农,要把他从上中农的档档提拔到富农的阶级队伍里。白旦不知就里,以为自己当了官,便高高兴兴地去参加专案组的工作。他一进专案组,正好赶上他们给白生金罗织罪孽。贫协的白主席,也是专案组组长,打着节拍,念着顺口溜,征求大家的意见:

　　　　　　　　白生金,不是人,
　　　　　　　　心肠要比毒蛇狠。
　　　　　　　　土地占了几十亩,
　　　　　　　　骡马牛羊一大群。
　　　　　　　　吃了白的喝辣的,
　　　　　　　　穿了金的戴银的。
　　　　　　　　高墙大院深又深,
　　　　　　　　就像一口大血盆。

白生金，日你妈，
你把百姓给的扎。
长工两头不见天，
短工一个要顶俩。
干起活来鬼吹火，
吃起饭来耍麻达。
辣子无油开水和，
稀水米汤黑面馍。
奉劝乡亲擦亮眼，
饿死不给他扛活。

念完顺口溜，组长问白旦："你看说得对不对？你爸给白生金家干过短工，他给你说过没有，当年是不是这个样子？"

白旦先是摇摇头，忽觉不妥，又点点头。组长说："看，怎么样，白旦他爸就是证人，他还能赖掉，这回这富农成分给他划定了。"

"白旦他爸早死了，算什么证人？"有人当场提出不同意见。

组长说："咋不算？他爸虽然死了，可把话留给了娃，贫农的后代还能胡说？"

白旦说："我还没说话哩么，啥胡说不胡说，不沾边么。"

"对对对，你还没开口哩。你这就说，你爸给你是咋说的？"组长这才想起，应该从白旦嘴里抠出些证据来。

白旦觉得这帮人是吃饱了撑的，没事找事，日闲杆杆哩。人家早都把地交了，现在跟大家一样过苦日子，还整人家干啥，太不厚道了。有工夫想想自己的日子咋过吧，何必拿别人开涮。整了人家，自己就好过了？鬼也不信。不利己又何必整人呢，白旦觉得自己上当了，不该当这个贫协代表，不该卷到这个是非里来。可是他不能明说，省得给人抓了典型。现在就是这样，敏感得很，一定要左左左，就是左到牛屁眼里，也没人敢说你个不字。谁敢说句真话，谁敢客观一点，那你准触霉头，轻者挨批，重者查你三代。听说有个左撇子举着左手呼口号，竟被抓了现行，说他想打倒左派，挨了批，游了街。白旦不傻，胆子再大，脾气再坏，也不要在这方面找霉头。就是有意见，也不能明说。他突然谨慎起来，想了想，截至目前，他只摇了一

56

次头,点了一次头,一句话也没说,没什么辫子给人抓的。可是组长不放过他,非要他说点什么不可。他想了想,就说:"行,我揭发两件事,是我爸告诉我的。"

"看看,到底是贫农后代,阶级觉悟高,斗争最勇敢,革命最积极,就是好么。你说,大胆揭发。"

白旦说:"豁出去了,揭就揭。旧社会,白喜亮和白云天都给白生金家打短工。有一回,两个人吵了起来。白喜亮个子低,仰着脸骂;白云天个子高低着头骂。白云天看着白喜亮骂道'日你妈';白喜亮朝着天还道'日你妈'。白生金看到了,小声说:'等吧①高一点点,还要日天哩;你看他,支桌子,摞板凳,最多只能日眼睛,还想日天哩,够得着么。'这话不知怎么就传到了白喜亮耳朵里。白喜亮不答应,说这话比白云天骂他的话还难听,就去找白生金闹事。白生金哈哈一笑说:'他们懂个啥,我是夸你哩么,你咋就不识个好歹哩。'白喜亮问:'啥? 夸我哩? 那咋叫夸嘛?'白生金说:'咋不叫夸? 你听啊,我说鼓上蚤一点脚,还要上天哩。砸桌子,抢板凳,叫你断腿瞎眼睛。你知道鼓上蚤是谁不知道?'白喜亮说不知道。白生金说:'梁山好汉,地煞星,那就是个小个子,身手好生了得,是个英雄人物哩。我的意思是,白云天别看你个子大,你不一定是白喜亮的对手。你说,我这不是夸你哩么。'白喜亮一听高兴了,不知道自己在东家眼里还是个英雄,有这么高的地位,于是高高兴兴地走了。"

组长泄了气:"你倒是说了个啥,这跟剥削人欺压百姓有何相干?"

白旦说:"咋不相干? 鼓上蚤是什么人? 贼么。他把贫下中农比成了贼,这不是恶毒攻击革命群众是什么。"

"对对对,有道理有道理,赶快记下。这算一桩,还有呢?"

"还有一件:咱们南边四下村,过去村子穷,光棍多。有一天,我爸陪白生金去四下村办事。白生金问我爸,你知道四下村为啥穷,为啥光棍多不? 我爸说不知道。白生金说,主要是人懒。你看他们写村名字都偷懒,本来是四夏村,可是人太懒,写着写着就写成四下了,要往下走。下就下呗,好好写也行。可是还不知足,那个'下'字都懒得写上边的那一横,而是用'四'字下边的横代替,两个字放在一块像'四八'。懒不说,还咒自己死

---

① （男子生殖器·方言）

吧,能不穷吗? 你再看,还是这俩字,上边的四字大得像个簸箕虫(土鳖),下边那个八字,小得像两个虱子。簸箕虫日虱子,扣着弄哩,还一下弄两个,谁敢把女子嫁给他。"

说到这里,在场的人都大笑起来,收都收不住:"这狗日的生金,真是个蔫蔫怪,他咋能想得出来?"

组长也笑得前仰后合,不过收得要快些。笑完后他问:"白旦,你都把人逗死了,你说这有啥用吗?"

白旦一本正经地说:"咋没用? 你说这是不是宣传封建迷信,迷惑贫下中农哩? 说你受穷不是因为他剥削,而是因为你自己太懒造成的。咱贫下中农懒吗? 这不是恶毒攻击是什么?"

"对对对,有道理有道理,赶快记下,这又是一桩。"组长很是高兴,想不到今天的收获如此之多。一高兴,就给大家提前放了工。

下了工,白旦回家路过五保老人田会会门前,就拐了进去。他把顺口溜背给田会会听,老人一听就笑了:"这里头没啥干货么,就靠这能给人划成分? 胡闹哩么。"

白旦问:"你不是给生金家干过长工吗,你说说生金这人咋样。"

"其实生金人不错。我干长工,不是人家雇的我,是我找上门要给人家干的。你知道,叔不是个健全人,连个家都没有,一个人过日子艰难得很。我就去找生金他爸求情,想住在他家给他帮工。说是我帮他,其实也是人家帮我呀! 生金他爸不拿事,就到生金跟前给我说情,生金就把我收下了。从此以后,我就算有个家了,能吃口热乎饭,能穿上干净衣服,能有活干。其实人家可以不雇人,生金一身的好本事,除了农忙时节要雇人帮忙外,平时生金一个人就能把活干完。"

"哦,原来如此。那吃黑馍,吃水和辣子是咋回事?"

"哈哈哈,胡说哩。你知道吗? 咱农村人磨面时,都要收些二三遍的细白面擀面条包饺子用。收了细面,后头的面自然就黑了,谁家不是这样? 生金自己吃的也是黑馍。光说人家的馍黑,你咋不说人家给你吃的油泼面又白又筋又光呢? 没良心。再说那辣子,只用水和过一次。为啥用水和呢? 这是有原因的。那一天,生金老婆把油用完了,打开一罐新油,发现里边钻了不少蚂蚁,吃不成了。没办法,马上要开饭了,就赶紧用开水烫了些辣子。给大家吃的时候,生金还专门做了解释,大家当时都觉得没啥。几十年过去了，又把这事提出来，没事找事哩么。"

"照你这么说，他们这样整也确实无聊。我就不明白，白主席为啥要这么上劲地整人家？"

田会会诡笑着不说话，似有难言之隐。白旦试探着问："是不是有啥秘密，不便说？"田会会还是笑，不想说。白旦说："给我透透，不要紧，我烂到肚子里不给人说，你还信不过我？再者说，你要是不说，等你走了，不就成了千古之谜了吗？多可惜。"

田会会指着白旦的眼睛，说："你保证不对外说？"

白旦点点头："绝对不说。"

"好，我告诉你。"田会会讲述了当年的一件秘事：

"有一年夏收，白生金雇了些短工收麦子，白主席的父亲就是短工中的一个。有一天，大家在地里割麦子，到了饭口，白生金就让白主席的父亲回去把饭挑到地里。白主席的父亲四十来岁，正是如狼似虎的年龄。他回到生金家，生金老婆正在锅台上做饭。他在人家身子后头色眯眯地看着人家，看着看着就忍不住了，扑上去把人家抱住，又是掀衣服，又是摸奶子，还把人家掀倒在地，压在人家身上亲人家。生金老婆也是有点力气的女人，一把把他推开，拿起菜刀要砍他，把他吓跑了。他跑后就没敢再回去干活，饭还是我送到地里的。"

"哦，原来是这档子事。后来呢？"

"后来生金老婆把这事给生金说了，生金当然咽不下这口气，就叫了两个亲戚把白主席他爸打了一顿。你想，这是丢人的事，生金就警告白主席他爸，不准对任何人说起此事，要是他乱说，就撕了他的嘴。所以，到现在都没有几个人知道。白旦，这么多年，我给谁都没说过，现在也只给你一个人说了，你可不能到处乱说啊。"

"放你一百个心！我乱说不是给自己找麻烦嘛，我是瓜子？"

"不说就好。这回你明白了吧，白主席整人家，是公报私仇，给他爸出气哩。还有，生金会过，日子总比旁人过得好。就有人眼红了，盼着他家出点什么事，心里就平衡了。这人呀，真是个怪物，人家好过了他不高兴，总要说点什么；人家过烂了他笑话，也要说点什么。各过各的日子，人家过好过烂关你屁事。说长道短的，你的日子就好过了？"

白旦说："就是的，这些人就是好事，心眼也太多了，简简单单的多好，

非要生出些事端来,真他妈不是东西。他给他爸出气,还叫这伙人帮他,也太精了。这号事我干不来,明儿不去了。"

"不去?那你咋跟人家说呢?"

"这有啥难的,就说没能力,只会干活养牲口,干不了那动脑子的细活。"

"我看可以。嘿嘿,看不出你小子还蛮有心眼的。"

白旦回到家里给秋香说了白主席整人的事,秋香也觉得有些过分,赞成他退出专案组的打算。秋香说:"咱不干那缺德事,回来吧,能干的活多着呢。人家要问,就说咱是老粗,干不了细活,挣那工分心里愧得慌。还有,现在是冬天,还能抽出空干点正经事。等一开春,想干也没时间干。咱们家的粮食可是挨不到麦收时节的,就是有救济粮发下来,也还有一两个月的缺口。现在粮食还不算紧张,市面上可能便宜些,咱们得提早下手,别等青黄不接时再买,那价就大了。我想让你到北山跑一趟,拿我织的格子布换些玉米回来。我打听了,北山人喜欢咱们这里的家织土布,舍得粮食。你跑两趟,一趟换个七八十斤,省着吃,两趟就够了。你看咋样?"秋香说得有板有眼,白旦只有点头应承,哪有不同意的道理。

秋香又说:"你去问问白平哥,听说他早年在北山要过饭,他一定熟悉那里的情况。问问他,去北山路怎么走,该注意啥,有没有熟人。要知山中事,须问打樵人嘛。"

"对对对,得问问,我这就去。"

白旦来到白平家问事。白平说:"那里粮食确实便宜,只是卡得严,不让出山。有粮食可以交给国家,由国家调剂,不准私下买卖。可是,谁不想把粮卖个好价钱?缺粮的人多了,国家救济得过来?不可能。于是,黑市交易就泛滥起来,想管也管不住。粮食倒是好买,只是路上有卡子,运出来不容易。好多人运粮食,半道上就被没收了。为了安全起见,有些人就想了其他法子:农闲时,干脆拖家带口到北山吃粮,不用往回运了。在那里,可以给人家帮工,可以找活干。白吃饭不说,还能挣俩零花钱。你不行,娃们家正上学哩,去不了。"

"卡得那么严?有没有闯关闯过来的?"

"闯过来的多了,卡得再严也有漏洞,他们还有打瞌睡的时候。卡住谁谁倒霉,卡不住是你走运呗。度饥荒要紧,你去试试吧,放机灵点,卡住的一定是你？我看不见得。"

白平说得对，度饥荒要紧。在城里买粮食，也有被没收的可能。怕没收，就不买了吗？还是去吧，但愿自己是那幸运的一个。他说："我去。把你那辆自行车拾掇拾掇，借我用几天，没问题吧？"

"这有啥说的。我这车太实惠了，德国造，质量好，不要麻达；样式老，看上去就是一堆废铁，给贼贼都不要。你只管骑着去，安全得很，没人打你的主意。"

两人说话间，贫协白主席找上门来："白旦，到处找你，你钻到这儿干啥，咋不到队部上班去？走走走，大家都等着你呢。"

白旦说："我跟田仓说了，我当不了贫协代表，让他另选人干，我不干了。你去找他吧，说不定新人都选下了。"

"啥干得了干不了，你不是干得挺好么，为啥不干了？这工分挣着多轻松，动动脑动动嘴，风不吹日不晒，到哪儿找这种好事呀？你别瓜了，换啥换，走走走，我给田仓说，不换人了。"说着，就去拉白旦。

白旦是真心不想干的，他往后躲着不走，说："我真干不了，享不了这份福，待在那儿身上难受，你就饶了我吧。"

白平说话了："白主席，田仓昨天就把人换了，你再让白旦去怕不合适。你让人家的脸往哪儿搁？你还是找田仓问问看换的谁，换谁谁去不就行了。"

"真换了？"

"换了，就是不知道换的谁。"

"那我去问问。白旦，你等着后悔吧。"白主席撂下话，颠儿颠儿地走了。

白主席一走，白平就说："其实生金是个嫽（好）人，不知道为啥跟人家过不去。定成分是有硬杠杠的，想咋定就咋定，那不乱套了嘛。"

为啥要整，白旦是知道的，但有言在先，他是不能乱说的。于是说："瞎整呗，现在就是这形势，不闹出些事端来，咋能向上头表明他们立场坚定、警惕性高嘛。"

白平摇摇头，显得很无奈，说："唉，踩着别人的肩膀往上爬。让人家折腾吧，看能折腾出白馍来，还是能折腾出银子来。不说人家了，你回去准备准备吧。我把车子拾掇拾掇，你啥时走，啥时来推。到时候我把路线给你

画出来,你到山里找我那几个熟人,让他们帮你办,免得吃亏。"

白旦谢过白平就回了家,他让秋香把要带的土布准备好,一两天内就可以上路了。秋香扯了两丈布,叠好,用包袱包了,说:"两丈足够了,换个百十来斤玉米不成问题。准备哪天动身你说一声,我给你烙几张白面饼,带到路上吃,能撑到山里就行。山里有的是吃的,不用把石头往山里背。回来的时候把干粮带足,检查站不至于连干粮都没收吧?"

白旦脸一沉,道:"看你说啥哩,我还没动身呢,就没收没收的,多不吉利。我看还是别去了,省得给你这乌鸦嘴说中了,白跑一趟不说,还把布也折进去了。"

"呸呸呸,是我胡说哩,打嘴。"秋香边说边拍着自己的嘴,打得"啪啪"响。白旦拉住她的手,笑着说:"哎呀,开个玩笑么,你就当真了。你要真能说那么准的话,就给咱说一句捡狗头金的话,那咱不就发财了?"

秋香也觉得没什么,笑笑了事。

其实很简单,没什么好准备的,就是骑上自行车,到百十里外的北山换点粮食而已。第二天白旦就出发了。本来应该一大早动身,晚上就可以到达目的地了,可白旦偏等到中午才走。白旦有自己的打算:北山属另一个县管辖,两县以沟底的河流为界,从沟底到沟上,两边都有十里长的坡路。北山县的检查站就设在沟底河上的桥边。白旦想在沟底住一夜,摸摸检查站的活动规律,看看能不能找到冲关的最佳时机。白旦算过,中午动身,不慌不忙,晚上刚好到沟底,所以等到中午时分才上了路。

太阳落山时,白旦就到了沟底。这里很热闹,五行八作,干什么的都有,很像一个小镇子。他从一家烧饼铺子里讨了碗开水,蹲在一个避风处,拿出秋香给他烙的白面饼嚼了起来。吃饱喝足,天已擦黑。他寻了孔废弃土窑,发现这里可以直接看见检查站,便于观察动静,于是决定在这里过夜。他拾了些干草铺在地上,困了可以躺下打个盹。又拾了些干柴火,半夜冷时可以烤烤火。很快,夜深了,零散的店铺都打了烊,只有车马店那边还有灯火,时不时传来说话声和牲口的叫声。检查站的门头上挂着一盏马灯,亮亮的,把站前的马路照得通明,却不见有人出入。他们也是人,也要睡觉,也怕冷。这不正是冲关的好时机吗?好,明天晚上的这个时候,就是我白旦通关的时候。只要闯过检查站门口,顺利骑上前边那个慢坡就算成功了。再往前就是一段下坡路,他们就是想追也追不上,也追不成了,因为那已出了县界,不归他们管了。

他正得意地想着,忽见三个人骑着自行车飞一般地从眼前闪过,车后驮着百十来斤粮食。三个人冲过检查站,冲上慢坡,快到坡顶时,用力蹬骑了几下就上到了坡拐上,一转眼就没了影,他们闯关成功了。原来这么简单,看来人们说得那么邪乎,不过是传说罢了。突然又有一人驮着粮食冲了过来,车速极快。不好,前轮压着什么了,车子直打晃晃。车速太快,不好控制,总是摇摇摆摆扳不过来,三拐两拐,"哐"的一声就撞开了检查站的门,冲了进去。里边的人喊了起来:"干什么的!"紧接着,就听双方嚷嚷起来。嚷嚷了半天,就见这倒霉蛋蔫蔫地推着自行车出来了,车后座上的粮食给人家没收了去。

这一切,白旦看得心惊肉跳。那人撞门时,他竟闭了眼不敢看,心里骂道:"这挨千刀的,自己主动送粮上门,人家不想没收也得没收了。"待到这人出来,白旦却又同情起来。他赶过去把这人叫到土窑里,两人围着火堆聊了起来。通过聊天,白旦了解到,这人叫田兵,是个运粮闯关的老油条了,每年冬天都要闯他个二三十回。田兵说,给生产队干活,一冬天也就挣九百个工分,按每个工分一分五的收入计算,也就值个十来块钱。运一次粮少则挣个五六元,多则七八元。辛苦点三天可以运一次,吃不了苦,就五天运一次。一个冬天下来,能挣个二百来元,一年的花销就有了。

白旦问:"给人抓住了怎么办? 就像这一回,这不全赔了?"

田兵得意地说:"咋能让他抓住? 抓不住几回。你看见了,这回是我自己找上门的,要不然,还不是顺利过关。没收一次,跑三趟就赚回来了,总的算下来还是值得干的。"

"把粮运回去咋处理呢? 老卖粮食,还不给生产队抓了现行?"

"你看你老实的,我能在自己家叫卖吗? 县上的黑市上到处都有人收购,粮一到,就有人包圆儿了。咱把钱一拿,就开始跑下一趟了。"

"哦,是这么回事。我老婆上回在黑市上买了一百多斤玉米,原来这粮食就是这么来的? 哎呀,这也太不容易了。"

"如今干啥容易? 挣的都是血汗钱,吃的都是自己的肉。"

白旦又问:"明天准备咋办,回家?"

"咋能空着手回去,再进山弄粮去。现在在半道上,回去多可惜,这趟不能白跑了。干脆咱们一起走吧,路上也好有个照应。"

白旦早有这个想法，只是没好意思说出来。田兵一说，他自然高兴："好好好，我正这么想着呢。我是头一回，你路熟人熟，跟着你心里就有底了。"白旦把白平给他画的路线图拿出来给田兵看，又说了自己要找的熟人。田兵说他就是活地图，用不着。白平介绍的熟人几年前就死了。卖粮点多的是，价钱有行情，都差不多，用不着找熟人。

天亮了，两个人结伴踏上了进山的路。中午时分，就到了一处卖粮点。山高皇帝远，这里好像没有山外管得严，卖粮点甚至挂了幌子，毫无藏掖躲闪之意。田兵好像是到了自己的家里一般，又吃又喝又吆喝的，好像他是当家的。没多大工夫，田兵就买好了粮。主人的孩子帮他把粮袋捆到了车后座上。白旦是用布换粮食，办起来比较麻烦。首先是要给布作价，作了价才可算出能换多少粮食。粮食价是有行市的，布价就没准了。白旦和对方讨价还价，始终定不下来。田兵把主人叫到一边小声说了几句，主人回来就笑呵呵地说："好了好了，看在老田的份儿上，就按你说的办，一尺八毛，两丈给你换一百斤玉米，这回满意了吧？好好谢谢老田吧。"

白旦笑了，谢过老田后又说："袋子里少装四斤吧，给我换成四斤干粮，我和老田路上吃。"

主人点点头说："知恩知报，人不错。"又对儿子说："娃儿，按他说的办，"

按白旦的意思，主人的儿子装了粮，又帮白旦把粮袋捆在了车子上。

田兵说："吃点东西，休息一会儿咱们就走，半夜就可赶到检查站。他们都睡了，轻轻一冲就过去了。"

白旦说："听你的，你说咋办就咋办。"

两人吃过饭，和主人聊了一会儿就出发了。一个时辰不到，就到了沟沿上，下来就是十里长坡。这段路好走，下坡多，上坡少，省力气，速度快。两人有说有笑，不知不觉就走完了大半路程。前面横着一道梁，先上后下，一上一下就是五里路，翻过这道梁，就是沟底了。天已黑了下来，两人停了车，钻进路旁的一个土壕里避风休息。田兵点了纸烟抽，又递一支给白旦。白旦说抽不惯纸烟，随手装了锅旱烟抽了。

白旦问："老田，你常一个人走夜路，害怕不害怕？"

田兵想了想说："有怕的，有不怕的。什么妖魔鬼怪，狼虫虎豹，一点都不怕，就怕两种声音：一个是'打劫，把东西留下，快滚。'这是土匪说的；一个是'站住,你犯政策了,粮食没收。'这是干部说的。土匪劫道,只是听说,没遇到过。干部扣粮倒是常见,我自己也让扣过几次。"

"明白了,你的意思是说人比野兽、比妖魔鬼怪厉害。人不怕鬼不怕野兽,人就怕人,对不对?"

"就是这意思。鬼是虚的,是人自己吓自己;狼虫虎豹虽厉害,但没心眼,好对付,其实它们是怕人的,不愿意跟人作对。只有人最可怕,不好对付,好起来像太阳,温暖得很,坏起来像蛇蝎,狠毒得没法说。"

"有道理,人整人不露声色,人吃人不吐骨头。"

休息了一阵子,田兵说:"走吧,该动身了。翻前边这道梁,是要费点力气的。翻过梁,就该闯关了,都不是轻松活。"

他在路旁的大树上折了两根树枝,自己留下一根,一根给了白旦。白旦问:"要棍子干啥?"田兵说:"拿着,等会儿你就知道了。"两人骑车到了梁下,下坡突然改上坡了。借着下坡的冲力,加上他们的奋力蹬骑,也没走出多远就骑不动了,白旦只好下车推着走。田兵也下了车,他把木棍的一头插进车把的钢管里,另一头就搭在了车后座的粮袋上。他来到车后,手扶木棍,半趴在粮袋上往前推,看上去是那么协调自然,没走几步就赶上了白旦。他对白旦说:"伙计,用棍子把住车头,在后头推,省劲。坡又长又陡,像你那么推能把人累死。"

白旦照着做了,果然轻松了许多。再轻松,也是推着重物爬山,没走多远,两人便是大汗淋漓。隆冬时节,寒风凛冽,身上虽冒着汗,裸露在外的手和脸还是觉得冷风刺骨。寒风从脖子、从裤脚嗖嗖地往里钻,冷风吹湿汗,冰凉冰凉的,人不由得打着激灵,甚是不适。寒风又卷带着黄土和沙粒,从脖颈,从裤管往里灌,更是让人感到异样的难受。白旦干脆把棉衣脱了,想着这样就可以不出汗,就可以少受一种罪了。田兵看见他这样便说:"出点汗不要紧,别脱衣服,受了风寒可不是闹着玩的。要不这样,咱们歇歇再走。弄点火,烤着火擦擦汗,把挨身子的衣服烤干了再走。反正天还早,半夜到凌晨五点以前,都是冲关的好时机,误不了事。"

两人在路旁的破土窑里歇了。田兵点了一堆柴火,干柴烈火,火苗蹿得老高。白旦脱光了上衣,又赶紧把棉衣穿上,把被汗水浸湿了的衬衣在火上烤。他不无感慨地说:"他妈的,这真不是人干的活!一回就把我跑得认了卯,饿死也不跑第二趟。老田啊,我真佩服你呀,一个冬天能跑几十趟。你这一身苦比我大多了,你挣的可真是血汗钱呀!"

"唉,有什么办法,一大家子人要吃要喝,不这么干咋办呀!别的咱也不会,就是有一身的好苦力。有智吃智,没智吃力么。"

烤干了衣服,两人又上路了。推上坡梁已是半夜时分,下了梁就到了沟底。田兵停下不走了。白旦问:"咋不走了?"

田兵说:"先看看动静再说。"

白旦朝检查站那边瞭望,发现检查站外边有几个人走动,就问田兵:"那几个人是不是检查站的人?"

田兵说:"不知道,小心为妙,等没人的时候再过。"

就这样,他们又等了十多分钟。当确认确实没人的时候,田兵说:"走吧,可以过了。"又叮嘱白旦说:"放坡的时候一定要稳,不一定要多快。但是过检查站门前的时候,一定要快,用时越短越安全。过了检查站就该上坡了,要把吃奶的劲用上使劲蹬,最好能骑着过坡塄。只要一上坡,就万事大吉了。"

白旦不住地点头,心里却有些发怯,不知道自己能不能闯过这一关。田兵交代完毕,就率先骑上车放坡,白旦紧随其后。趁着下坡,两人朝着检查站方向冲了过去。快到检查站时,田兵突然加快了速度,虽说是在平路上行驶,可速度比放坡时还快。白旦不敢怠慢,紧蹬几下跟了上去。就在这个节骨眼上,检查站的门开了,里边走出来一个人。这人迷迷糊糊的,看见田兵白旦闯关,第一时间竟没有什么反应。白旦有些害怕,慌乱中放慢了车速。田兵急了,喊道:"快过,愣啥愣。"

这一喊,同时惊醒了检查站的迷糊人。那人下意识地喊道:"站住,不许跑。"随后就追了上来,边追边喊:"有人闯关,赶紧追呀。"

田兵到底是老手,闷着头只管蹬车,上坡的速度也没慢多少,利利索索地上了坡,逃脱了。白旦就不一样了,恐惧感让他卸去了一半力气,蹬到半坡,车速已降了不少。直行已经很费力气了,他只好走"之"字路,曲线行驶。后边的追兵越来越近,远处还有援军陆续赶来。白旦还在用力挣扎,快到坡顶时,车速降到了零,一歪一拐,连人带车倒在了地上。

检查站的人用电筒照照自行车,照照白旦,说:"你这老东西劲还挺大,差点让你给跑了。"其实白旦没多大年纪,还不到四十岁,只是不修边幅,胡子拉碴的,晚上看上去像个老头而已。白旦连人带车被带到了检查站,不用说,处理结果还是留下粮食走人。

谁也不会想到,白旦竟硬了起来,非要把粮食带走不可——粮留人不走,人走粮不留——跟检查人员较上劲了。检查人员说:"你违反国家统购统销政策,不抓你的现行就不错了,你还敢要粮食?"

白旦说:"这粮食就是我们一家五口的命,命都不保了,还怕你抓典型?你不给我粮,我就不走了,吃你们的,住你们的,看你能把我怎么样? 反正回去也得饿死,还不如留在你们这里寻条活路。"

检查人员气得冒烟了:"咋,你想要死狗呀?"

白旦不紧不慢地说:"我倒是想要活狗,可想活就得吃,你把粮食给我没收了,活狗耍不成了,只能耍死狗。随你怎么说,不给粮食不走人。"

田兵逃脱后,在前方不远处等白旦。左等等不来,右等等不来,天都大亮了,还不见白旦的面。他寻思,就是给人家抓住没收了粮食,人也早该回来了。他不敢往下想了。同路不舍伴,他要拐回去找找白旦。他把粮食寄存在一户人家,骑着车子原路返了回来。一路上看看这里,瞅瞅那里,又想找到白旦,又怕找到白旦。真的在路上找到了,那麻烦就大了,还不如让人家抓去扣粮好。一路寻来,就寻到了检查站。

白旦惊奇地问:"你怎么来了? 赶紧走赶紧走。"白旦怕检查站把田兵当成他的同伙抓了,逼田兵把粮食交出来。

田兵不怕,捉奸捉双,抓贼抓赃,这道理他懂,现在他只身一人,谁也把他怎么不了。他让白旦跟自己一起走,可白旦拗上了,就是不走。没办法,他只好自己回去了。

就这么着,白旦耗上了。一连几天,跟检查站的人抢吃抢住,弄得人家毫无办法。白旦也不愿意这么做,他明白,再好的政策也不能做到让人人满意,可再坏的政策也不能让人活活饿死。他不相信这事没有通融的办法,他相信这事最终会得到妥善处理。他忘不了秋香坐在织布机里的样子:织一阵,哭一阵;累了,就趴在织机上打个瞌睡,醒了再织,再哭。他忘不了秋香晕倒在纺车前的情景。可怜啊! 一想起这些,他就心疼,就伤心,就愧疚。这是用秋香的血汗换来的一点救命粮,能让它就这么没了吗? 天理都不容啊! 他就是豁出命,也要把失去的粮食夺回来。

白旦一走好几天回不来,秋香急了。她跑去问白平,白平也不知道是怎么回事,只是给她宽心。秋香后悔了,为什么非要到北山换粮呢? 图那

点便宜干啥，要是出点什么事，可怎么得了，她把肠子都悔青了。正着急间，消息来了，公社打电话通知村上，让村上派人去沟底检查站领白旦。电话还说，白旦太不像话，赖在那儿不走，闹得人家检查站无法工作，要求领回后对其进行批评教育。白平得知消息后颇感意外，想不到白旦还是个人物，敢跟官家论短长。秋香也长长地吐了一口气，双手合十，念念叨叨。只要人好好的，就算白家烧高香了。

村上派治保主任白栋和民兵连长白林一同前去领人。说好路费先由个人垫付，待把人领回后由白旦报销，因为这是为他的事发生的费用，自然应由他承担。白栋白林坐公交车赶往沟底，劝说白旦回家。

白旦说："回去可以，但村上得给我把粮食要回来，否则免谈。"

白栋无奈，只好找检查站负责人交涉。他把白旦家的情况向人家做了介绍，想唤起人家的同情心，然后请求人家通融。

这负责人说，自己没有这个权力，粮食已上交了，自己帮不了什么忙。又说，没收了的东西想要回去，从来没有过这样的先例，还是走吧，别再纠缠了。我们不是没有办法治他，实在是看他可怜，不忍心。好好劝劝他，在这里闹没用的，赶紧走吧。

白栋白林只好再做白旦的工作，磨了半天牙，连劝带吓唬，终于说动了，白旦同意跟他们一起回去。这事到此就算解决了。

回到家里，白旦感到对不起秋香，向秋香道歉。

秋香用手封住他的嘴不让说："快别说了，安安生生回来就好。都怪我贪图便宜，把你支了出去，我都后悔死了……"

白旦也伸手捂秋香的嘴，不让她说这些话。他自己伤心得都要哭了，只好绷着嘴往回憋，话都说不出来，两行热泪顺着脸颊往下流。

几天来，白旦没睡过一个囫囵觉，累、困、惊、惧，忽冷忽热，弄得他筋疲力尽。到了家，精神一放松，忽然觉得身上像抽了筋似的，一下子就瘫软了，还有些发烧，身子沉得一步都挪不动。趁孩子们上学、秋香出去干活的清静之时，他美美地睡了一觉，从早上九点多一下睡到下午六点。要不是白林来找他，他可能会一直睡下去。

白林是为讨要路费来的。白栋觉得白旦的损失已经够大了，自己垫的那点钱不算什么，就不要了。白林不行，他不愿意给白旦垫钱，所以就来讨要。他向白旦说明来意，白旦一下就恼了："不是我叫你们去的，我掏不着这钱。谁让你们去的,你就找谁要去。说实话,不是你们死乞白赖地叫我回来,我是不会回来的,说不定我已经把粮食要回来了。就是因为你们把我拽了回来,我才损失了那么多。不找你们赔就不错了,你反倒来找我要,真是岂有此理!"

白林愣了,想不到白旦会这么说话,太不讲理了。他说:"你讲不讲理?要不是你出事,我们能去?我们不去,你能回来?恐怕现在你早就让人家抓走关起来了。"

白旦毫不退让,说:"实话跟你说,我根本就没想回来。他想关只管关,关了也得管我饭吃,三天一洗澡,六天一会餐(注:农村有传说,说监狱里的生活就是这样),比在家里挨饿强多了。"

白林觉得白旦就是个搅屎棍子,不想跟他纠缠,就说:"废话少说,临走时队上就是这么交代的,回来后叫你报销路费。我只管要我的钱,你把钱给我,有意见找书记说去。"

一提队上,白旦就来气,他提高了嗓门说:"少跟我提队上,要不是队上,我还到不了这一步。他们要是把秋香母子接纳了,工分我也挣了,秋粮我也分了,年终分红我也领了,我还有必要上北山吗?都是队上把我害的。他不认我,我为啥要认他?他爱咋交代咋交代,关我屁事。"

白林也来了气,嗓门更大:"胡说八道,队上待你不薄,你不够吃怨不得别人,谁让你娶个黑女人(黑人黑户之意),养个带来子……"

"谁说我是带来子,我日你妈!"白林话音未落,丁五斤就冲了进来。他边冲边骂,冲到白林跟前就抡起拳头打起来。

秋香随后也冲了进来,质问道:"我怎么就是黑女人了,你给我说清楚?说不清就撕烂你这臭嘴。"说着就朝白林脸上抓去,三人缠斗在了一起。

秋香五斤原本不在家,可白林赶的这个点不对,正是学生放学、社员收工的时候。五斤放学回来,就听得屋里有人高声争吵。他来到屋门前偷听,想知道他们吵什么。秋香在外帮工也回来了,他们就一起听。当白林骂他们是黑女人带来子时,他们就冲进来了。

白林给这突如其来的变故弄蒙了,防备不及,竟被这对母子所控制,只有招架之力,没有反制之策。他只顾抵挡,却不敢还手。他知道,对方是女人和孩子,一个大男人动手打女人孩子是不合适的,更何况自己大小还是个干部,就更不应该了。白旦在一旁窃笑,心里说:活该,看你还胡说不。

他也知道白林不敢还手，所以，既不当帮手，也不去拉架，任由秋香母子撒野。秋香见白林并不还手，也就知趣地收了手，顺手又把儿子拉过一边。骂也骂了，打也打了，气也出了，秋香的心情也好了许多，她想，该收场了。可怎么收呢？她灵机一动，警告白林："白林，告诉你，我们母子不是好欺负的。以后你再胡说，我跟你没完。"说完，拉着五斤去了另一个屋子。

白林钱没要上，反窝了一肚子气，挨了一顿打，心里实在是憋屈。他瞪着白旦，气吁吁地说不出话。白旦收了笑容，一本正经地说："白林，你听哥给你说，这钱我真的出不着。你看是这样的，啊，检查站拿我没办法，就给公社打电话叫把我弄回来。弄回来干啥？还不是想让公社收拾我呗。公社让你们去领人，就是要收拾我么。你们合伙要治我，还叫我掏钱，世上哪有这样的道理？这是其一。队上说叫我报销，只给你们说了，却并没有给我这个要出钱的人说。有这样办事的吗？这是其二。第三，没经我同意，队上凭啥花我的钱？别忘了，你们出的是公差，不是给我办什么事。既然是出公差，凭啥叫我一个平头百姓报销？没有这个道理嘛，你说是不是？所以说你还是找他们吧，把我的话一字不落地告诉他们。如果他们还坚持让我出的话，就让他们来和我说。"

"哼。"白林没说话，气呼呼地走了。

八

　　白旦秋香家的日子总算撑到了夏天麦收时节,马上就可以接上夏粮了。从此后,至少半年光景不再为吃的发愁了,一家人的脸上也露出了笑容。

　　夏收开始了,村子的墙壁上刷满了白石灰标语,什么"防火防盗防破坏""龙口夺食颗粒归仓""抓革命促生产,大干苦干拼命干,敢教日月换新天"等等。人们的想象力、创造力在这里得到了尽情而充分的发挥,凡是跟夏收有关的口号应有尽有,跟夏收拐着弯沾边的也是应有尽有。人们的神经也绷了起来,个个摩拳擦掌,要跟大自然比高低,要给坏人颜色看。整个村庄呈现出一派三夏大忙的景象。

　　开镰的当天,还不到中午,这年的第一车麦子就从地里拉了回来。田保民喜滋滋地赶着大车,羊皮鞭摔得"啪啪"响。拉车的几匹骡子,面门上都挂上了铃铛,老远就能听到铃儿的叮当声。

　　一帮十多岁的小子尾随在车后,偷偷摸摸地从车上往下拽麦子。保民发现后,甩个响鞭驱赶他们,孩子们一哄而散。不一会儿,他们又悄悄跟了上来,又从车上往下拽麦子。这帮孩子里就有丁五斤,他们闹哄哄的,追着拽着,一直跟到场院门口。田仓就在场院门口站着,看见孩子们捣乱,便大喝一声:"都给我滚!"孩子们喊着叫着四散逃去。

　　虽说是龙口夺食的大忙季节,秋香还是不能参加队上的劳动。这会儿她正在自留地里割自己家里的那点麦子。学校放了忙假,孩子们也都回了家。果果已能干点轻活,如并麦堆、烧送开水、站岗放哨查坏人等等,给家里挣些工分。五斤、杏杏却是什么都干不了,给他们放假,不是指望他们能

干什么,而是为了解放老师,让老师回家参加夏收。忙假对五斤来说,就像孩子赶大集一样,就是个玩儿。五斤跟着一帮小伙伴疯去了,杏杏没处可去,就跟着秋香到自留地里玩儿。五斤疯够了,就蹦蹦跳跳地来到了自留地,手里还攥着一把麦子。秋香见儿子来了很是高兴,道:"我娃知道拾麦子了,真懂事。"

五斤说:"不是拾的,是从大车上拽下来的。"

秋香批评说:"只能拾,不能拽,以后别再拽了。"

五斤说:"他们都拽,我要是不拽,他们会笑我傻的。"

秋香又说:"他们知道什么? 那不是傻,是懂规矩,是乖。咱不管人家说什么,咱不拽就行。"

"嗯,不拽了。"

秋香让五斤把割倒的麦子绑成捆,以便往家里扛。又让杏杏捡拾地里的零散麦子,自己则继续收割,还没割几把,秋香就觉得浑身软瘫,虚汗涌着往外冒,她知道是怎么回事,便顺势往刚割的麦堆上倒去,接着就像面条似的匍卧在地上。五斤、杏杏急忙跑来搀扶妈妈,只见妈妈两眼紧闭,脸色苍白,豆大的汗珠往下滚,吓得他俩不停地呼唤妈妈。

秋香微微睁开双眼,有气无力地说:"赶快搓点麦粒给我。"

五斤搓了一小把麦粒给秋香。秋香一口吞下,说:"再搓。"秋香一连嚼了几把,才慢慢恢复了体力。不能再干了,剩下的麦子明天再割吧。她把捆好的麦子分成三份,三个人扛的扛,背的背,挑的挑,收工回家了。

白旦是个全劳力,夏收时节,队上的活路安排得满满的,没时间侍弄自留地的庄稼。他在场院干碾打的活儿,就在秋香饿晕嚼麦粒的时候,他也饿得差点晕倒。他躺在麦垛后,自己给自己搓麦粒吃。麦粒饱饱的,软软的,真是好吃呀。缓过劲后,他还在搓,美美地搓了两衣兜。他要带回去做一锅麦仁饭,给秋香和孩子们吃。不偷白不偷,哪个不偷? 下地割麦的,路上拉运的,场院晒麦碾麦的,谁衣兜里不是鼓囊囊的? 田仓的衣袋不鼓,人家看不上这小打小闹,人家是用口袋往回背呢。大河有水小河满么,大河已经水哗哗了,小河也该渗渗渠了,谁说谁呀?

农村的夏收是个又紧又急的活,普遍都是边收边碾边晒。晒干了不用入库,就在场院直接分到各家各户,省得以后倒二遍手在库里分。一个生产队几百亩麦子,十天半月就"颗粒归仓"了。私仓公仓国家仓都得堆一点,要不怎么会体现社会主义优越性呢。接下来就是"忙罢",紧张忙碌劳累了十几二十多天的农民们也要放松放松了。"忙罢"不是什么节日,却比过节有意思。"忙罢"不是一天,而是一段时间,在这段时间里,集体放松了对社员的管理,人们有了较大的自由空间,大家自由自在,"为所欲为"。有赶"忙罢"集的,有走亲访友互致问候的,有的队上还支油锅炸油糕分给社员吃;更有偷偷交易新麦,换俩钱买日用品买新衣裳的。总之,这段时间是农民们一年里最快乐的时候。

夏收的第三天,白旦所在队的第一茬麦子晒干了。吃罢晚饭,就开始分粮。社员们拿着口袋围在麦子堆周围,等着叫号分粮。

装粮,过秤,司秤人唱着斤两,登记员打着算盘,写着字码,一家一家地过。轮到白旦时,田仓发下话来:"扣他五十斤。"

白旦不解:"为啥要扣我的粮?"

"你家五斤在大车上拽麦子,就为这个。"

"就算他拽了,也扣不了这么多呀!"

"逮住一回,就是百回。谁知道他拽了多少?"

"你这不是欺负人吗? 我一颗都不要了。"白旦他把口袋往肩上一甩,气呼呼地走了。回到家里,他质问五斤:"你是不是在人家车上拽麦子了?"

五斤见白旦口气严厉,脸色铁青,有些害怕。他战战兢兢地说:"他们都拽,我才跟着拽的,就那么一回。我妈都说过我了,后来他们再拽的时候,我就没拽。"

白旦举起巴掌想扇五斤,举到半空,却又放下了。他狠狠地说:"拽,拽,拽,五十斤粮没了,看你还拽不?"

五斤不服气,心里说:你还说我呢,我才拽了多大一点;你天天往回偷麦粒,咋不说自己哩? 五斤不明白,大人都是暗着来哩,相互心照不宣,哪像他们这帮毛孩子,光天化日之下,号叫着抢哩么,攥着攥着戳人家的眼睛,人家想躲都躲不开,不想管都得管。

秋香赶过来问:"啥事,生这么大气?"

白旦没好气地说:"问问你那宝贝儿子吧。人家说他在车上拽麦子,要扣咱五十斤粮。"

秋香听后啥话不说,扭头便走。场院里还在热热闹闹地分粮食,秋香

风风火火地赶来质问田仓:"田队长,为啥要扣我家五十斤粮食?"

田仓阴着脸道:"白旦回去没给你说?"

"说了。我问你,在车上拽麦子的孩子多了,为啥只扣我们一家?"

"还有谁,你说出来,统统扣。"

"你问田保民,他是赶车的,他知道。"

田仓问田保民:"保民你说,还有谁家的娃拽麦子?"

田保民自然不会替秋香说话,更不敢得罪其他人,支支吾吾半天也说不出个眉眉眼眼。田仓急了,吼道:"你吭哧个屁呀,还有谁家的孩子,快说。"

田保民磨叽了半天,吞吞吐吐说:"……我没看见还有谁家的娃。"

田仓得意了:"秋香,听见了没有? 你说有谁?"

秋香知道,这是有意欺负他们母子的,她感到无奈,无助,哭着说:"你们这不是合着伙欺负人嘛? 我们五口人分三口人的粮,你还要扣,让我们怎么活?"

田仓戗道:"什么五口人,你和你娃都是黑人黑户,还想分粮,想得美。滚远点,你没资格跟我说话。"

秋香顿时感受到莫大的侮辱,她绝望了:"好,你不让我活,我就死在你面前。"她一头朝旁边的一个大碌碡撞去,近前的几个人急忙拦住了她。

田仓冷笑一声,道:"别拦她,让她往死里撞,吓唬谁呀。"

秋香又挣扎着去撞,没有挣脱,便躺在地上号啕大哭起来:"老天啊,你这是要杀人啊……"

白平看不下去了,就跟田仓说:"队长,娃们家拽麦子,稀松平常的事,年年都有,合起来也拽不了几斤。算了吧,别扣了,就那么点粮食,你再一扣,一大家子吃啥?"

田仓对白平本来就不满,白平这时候出来说话,正好给了田仓讥讽他的机会:"咋着,你心疼了,心疼把你的粮食匀给她点儿。"

这话可是够难听的了,更何况是当着这么多人的面。白平一股火气蹿上脑门,大声骂道:"我看你就是个二百五,胡咧咧啥哩,你再说一遍。"

田仓很是得意,淡淡地说:"我说了,你心疼把粮匀给她。"

白平真火了,操起一把木杈冲向田仓:"打死你这狗日的,我叫你胡说。"

几个社员立即抱住了白平,挡住他,不让他往前冲。还有几个人跑去护住田仓,怕他吃亏。其他人也都过来劝架。白平扑着骂着,田仓嘴也不闲:"放开他,你让他过来,谁怕谁呀。"

　　白旦的一位堂兄发现阻挡白平和护着田仓的都是田家的人,不由分说,就抄了把钢叉轮将过来,骂道:"日你妈,欺负白家没人是不是! 来呀,不怕死的只管上。"叉到之处,人们跑得比兔子还快。

　　这时,田姓家的一位老者突然站在白旦堂兄面前,不伸手,不眨眼,直直的,一动不动。白旦的堂兄傻了眼,举在空中的钢叉不知道该怎么划拉了。这老者说:"别闹了,你们都误会了,你没看见田家人都在拉架,没有人想打架。挡白平的是怕他惹下大祸,护田仓的是怕他吃亏。你睁开眼看看,你看看是不是?"

　　白旦堂兄一看果然如此,下意识地把举在空中的钢叉放了下来。白平的气似乎也消了一点,不再往前扑了。田家老者说:"说实话,田仓扣白旦的粮,我们也觉得不合适。娃们家在车上拽麦子,年年都是这个样子。他们知道个啥,那纯粹是闹着玩的,说不定一转身就把麦子给扔了,谁家还指望这个发财呀? 谁知道田仓是咋想的,大概是一时冲动吧。就算今天把粮扣了,过后一补不就没事了,有啥大不了的。可不敢这么闹,要出人命的。"

　　白旦的堂兄把钢叉扔到了一边,白平的木杈也让身边的人要走了,老人的话制止了一场可能发生的械斗。就在大家认为已经平安无事了的时候,田仓突然号叫起来,就像谁正在杀他似的。大家把目光齐刷刷地投向田仓,却见有个孩子从田仓腋下嗖的一下蹿了。这孩子没跑多远就停了下来,念道:

　　　　狗田仓,大坏蛋,欺负娃娃打老汉。

　　　　狗田仓,当队长,横行霸道胡张狂。

　　　　狗田仓,倒骑驴,胡说八道乱放屁。

　　　　狗田仓,哈哈笑,满嘴臭气往外跑。

　　　　狗田仓,实在坏,狗咬猪嫌人不爱。

　　　　狗田仓……

　　大家一看,这孩子不是别人,正是挑起今天事端的丁五斤。他还要往

下唱，就有人跑过去拿他。他一看有人追了过来，就跑了。刚才田仓为什么号叫？原来是五斤悄悄溜到他身边，抱着他的腿咬了一口。五斤本来是在家里待着的，秋香一走，他怕白旦打他，就偷偷地跑了出来。村子里漆黑一片，阴森森的有些可怕，他不知道该去哪里。他往前走了一截儿，发现场院那边亮堂堂闹哄哄的，便来到场院看热闹。来时正好看见妈妈躺在地上哭喊，白平扑着要打田仓，后来伯伯也扑着打起架来，就知道是怎么回事了。他趁人不注意，悄悄溜到田仓身边咬了田仓一口。

　　田仓差点被人打了，田家的长辈不支持他不说，还替对方说话，接着又挨了五斤的一咬一骂，面子算是丢尽了。保民一看这情势，觉得田仓再待下去会很尴尬，便到田仓身边拥着他往外走。田仓也感到自己没了颜面，很孤立。保民推他走时，故意强硬了几下做个姿态，便半推半就地走了。到了场边，田仓对保民说："你告诉会计，就说是我说的，给白旦家把粮食分了吧。"

九

　　分粮风波给秋香造成了心灵创伤，一肚子的委屈、闷气，憋得她难受，回到家里，再也没心思像往常一样熬夜干活。她早早地上了床，坐在被窝里想心事。分粮风波再次教训了她：生产队是指望不上的，靠生产队养活不了这个家。自己不想办法改变这种状况，这个家永远也翻不了身。人穷志短，说话没底气，处事不大方；马瘦毛长，干活没力气，走路打晃晃，越是这样，人家越是看不起你。人必须要自强，只有自身强大了，才会站得直，才会有尊严，才会赢得尊重。可是怎么样才能强大呢？还像现在这样没日没夜地拼命吗？当然不行，这么干，只不过能勉强顾住嘴而已，其他的什么也解决不了。她苦思冥想，终于想出了另外的路子，心中的忧愁也随之烟消云散了。

　　白旦在一旁呼呼大睡。她蹬了白旦一脚："起来，跟你商量个事。你的心可真大，刚刚窝了一肚子气，你竟然能睡着，没心没肺。"

　　白旦醒了，迷迷糊糊地埋怨说："哎呀，睡吧，累了一天了，有啥事不能明天再说。"他翻了个身，背对着秋香又睡了。

　　秋香又蹬了白旦一脚："不行，今天的事今天说，不说心里憋得慌。你能睡着，我睡不着，干脆谁都别睡。"

　　白旦又转过身来："好好好，不睡就不睡，你说吧，我听着哩。"

　　"不行，你得坐起来。躺着听，听着听着就睡着了，我不是白说了？"

　　白旦只好披了衣服坐起来："说吧，什么事？"

　　秋香问："你知道人家为啥老欺负咱们？"

　　"不知道，你说为啥？"

"一个字,穷。就因为咱穷,咱在村上才没地位,没尊严,人家才看不起咱。是人都想占个欺头,占个强势,这是人的天性。他们不敢跟强人争高低,于是就找软柿子捏,挽回在强人那里失去的面子。咱就是软柿子,人家没把咱们当回事,谁都想把屎盆子往咱们头上扣,把气往咱们身上撒。咱们成了出气筒,知道不?"

白旦想了想说:"有点道理。可又能怎么办呢? 现在啥啥都是队上的,自己有劲儿使不上,想不穷都难,自己能有啥办法?"

秋香说:"穷则思变,这是毛主席说的。办法是人想出来的,我都想好了,你听听怎么样:第一个办法就是弄个凉粉担子卖凉粉。咱们村后就是马路,赶集的,送货的,上学的,拉煤的,人人都从这里过。摊子就摆在路边,一天卖个一两块钱不成问题。一个月下来也有几十元的收入,顶得上一个县长的工资,养活两三口人不成问题。"

"这活儿重不重?"

"不重,就是费时间,算不了啥。我还是姑娘时,在家里跟我妈学过做凉粉。我妈做的凉粉比集上卖的都好吃,肯定没问题。"

"可以试试。第二个办法是干啥?"

"除了卖凉粉,咱再在自留地里栽上些苹果树,一亩园十亩田,盛果期能产七八千斤苹果,能卖几千块钱,一下子就翻身了。"

白旦惊得瞪眼了:"真的?"

"当然是真的,我骗你干啥。"

白旦高兴得要发飙了:"你咋一下子想出这么多办法,早干啥去了? 不行,我得罚你,来,让我弄一下。"说着就往秋香身上拱。秋香笑着推搡着,却是半推半就,两人高高兴兴地做成了好事。事毕,可是真累了,两人便搂着睡了。

秋香的两个想法白旦一百个赞成。说干就干,秋香放下了过去的活计,先紧锣密鼓地筹备着凉粉担担的事。几天后,筹备工作就完成了。这一天,白旦一家人围在大桌上吃饭。白旦问:"咋在大桌上吃饭,真不习惯。小饭桌呢?"

秋香说:"小桌用不成了,等会儿给你看,先吃饭。"秋香给每个人端上一盘凉粉:"你们尝尝,看味道咋样。"

白旦吃了一口:"不错,像街上卖的。"

杏杏咧着嘴说："真好吃。"

五斤、果果也都点头称道。

秋香高兴了："放开了吃，今天管够。"

吃完饭，秋香把她准备的行头亮了出来。她站在大家面前问："你们都看看，像不像个卖凉粉的？"

只见她挑着一副担子站在那里向大家微笑。她头戴草帽，肩搭汗巾，担子的一头是水桶，一头是小饭桌，胳膊上还挎了个竹篮子。既英姿飒爽，又和蔼可亲，像个精明利落的小商贩。

白旦一看乐了："你可真能折腾，蛮像的。"

秋香表演似的说："明天——开张，咱——也是生意人了。"

秋香的念白，把白旦逗得哈哈大笑："你别高兴得太早，还不知道能不能卖得了。一个个穷得叮当响，谁舍得花钱买凉粉吃呀！"

秋香不高兴了："你看你这臭嘴，人家还没开张哩，你就泼凉水。你不会说个吉祥话？什么财源茂盛滚滚来，还有什么达三江之类。"

"嘿嘿嘿，还滚滚来哩，不敢想，能赚个工分钱我就知足了。"

"你知道啥，赶路的人都带着馍，饿了就买凉粉当菜吃，就着馍好下咽。一盘才一毛钱，吃得起。吃的人多了，我不就发了？别小看这担担，小担担能挣大钱哩，我有信心。"

"好好好，挣大钱，越大越好，祝你好运！"

第二天，秋香就把凉粉摊摆到了村后的公路边上。不一会儿，白平过来了。秋香忙招呼："大哥，来盘凉粉尝尝？"

白平惊讶地说："原来是你！我还当是谁呢。你可真行，不声不响的，就把凉粉摊摊摆上了。好！我看没问题，一年下来，至少顶得上一个壮劳力的收入。"

"大哥夸奖了，这不都是给逼出来的吗？风吹日晒的，谁愿意干呀！"

秋香做了一盘凉粉给白平。白平一吃，道："味道不错，正宗着哩。卖得怎样？"

"卖了几盘，还不错。"

白平吃完要付账，秋香不收："不用不用，不能收你的钱。我要饭的时候，你给我的饭要钱了吗？"

白平说："两码事。小本生意，我咋能白吃呢。你不收钱，以后我就不敢吃了,收下吧。"

秋香还是不收:"这回算尝,下回收,下回一定收,这总可以了吧?"

"这还差不多,下回一定要收啊。你忙吧,我走了。"

下午,秋香挑着担子回了家。白旦问:"咋这么早回来了,是不是卖不动?"

秋香瞪了白旦一眼:"又胡说!告诉你,卖完了。第一天做得少,先试试,我看还行,明天多做些。"

"这么说还行啊,卖了多少钱?"

"大概算了一下,除过本钱,能挣九毛钱。"

白旦惊讶道:"我的妈呀,顶我干几天呢,看来还真行。"

秋香:"我说行吧,怎么样,高兴了吧?"

"高兴高兴。我给咱做饭,你歇着,你是咱家的功臣了。"

秋香卖凉粉的事在村里传开了。一石激起千层浪,各色人等都争相发表自己对此事的看法。除了白平和白旦家族的人支持外,多数人是持反对意见的。反对者认为秋香做买卖挣钱是不务正业,庄稼人应守本分,老老实实种地才是正道。

站着说话不腰疼,他们忘了,秋香是个无地可种的人。秋香无地可种、无粮可分的时候,他们站在高处看热闹,连屁也不放一个。这会儿他们出来论短长,装正经来了。

秋香看不起他们,不屑于跟他们论是非。

几个有手艺的人也有意见,他们不是反对秋香卖凉粉,而是要求与秋香享受同等待遇,允许他们外出干活,吃点手艺饭。他们找到田仓家说:"队长,我们想出去干私活,你说上头不允许,那白旦家老婆挑着担担卖凉粉咋就允许了?"

田仓说:"白旦老婆卖凉粉没有向队里请示,队上也是才知道。她这么干不行,队上肯定要管的。你们就老老实实地待着吧,别胡思乱想了。"

田仓觉得事态有点严重:如果让秋香继续这么干,群众的情绪就不好控制了,不知道会产生什么样的后果,所以,一定要制止秋香的不当行为。田仓到白旦家找白旦说事,白旦冷面相待,不上茶,不递烟,不说话,全不把队长当干部。对此,田仓都硬着头皮忍了,他知道自己是干什么来的,只要能达到目的,面子可以不要了。他说:"秋香卖凉粉的事,群众有意见,也闹着出去干私活，这还行？队上研究了，让我来通知你，不要叫秋香卖凉粉了，影响不好。"

白旦冷笑一声，道："秋香好像是黑人黑户，好像不是咱们的社员，好像不归咱们队管吧？"

白旦够骚情的了，明明是确定了的东西，却偏偏用了一连串的"好像"，这不是挑逗田仓哩么？

田仓没想到白旦撂了这么几句，想了半天也不知道该如何应对："可是……可是……"可是了几下，终于有答对的话了："虽说她不是咱们的社员，可她是在咱们村的地头上摆摊的，这怕不合适吧？"

白旦脱口而出："没有的事，她是在国道上摆的摊，没占咱们的地方。"

田仓万万没想到，白旦的反应怎么这么机敏，谁教他的？两句话，两层意思，都叫他滴水不漏地给堵了回来，而且那么随意，那么自然，那么不假思索。人不可貌相，海水不可斗量。谁说群众是阿斗？群众中藏龙卧虎，谁知道其中蕴藏着多少智者和能人。就说白旦吧，这是他看不上眼的一个人。可就是这个人，从他娶秋香，戏耍白主席，大闹检查站，赖白林的出差费，支持老婆卖凉粉，回答自己不让卖凉粉的说法，哪一样不是充满了智慧和胆量？哪一点比自己这个队长差？眼下，人家又把我这个队长架到了半坡上下不了台，能说这是个没本事的人吗？能随随便便糊弄人家吗？

白旦看田仓被动挨饿的尴尬样子，心里暗自高兴，脸上却一本正经，等着田仓说话。

田仓说："白旦啊，几十年了，我今天才领教了你的厉害。我说不过你，我也不说了。我要你说，现在大家人心惶惶，都闹着要出去做工做生意，他们都拿秋香说话。做生意是上头明令禁止的，你说叫我这个当队长的怎么办？"

白旦又是不假思索地说："这好办，没什么难破的芝麻秆。两个办法选其一：一是把秋香和娃的户口落了，按社员平等对待，她就不卖了。二是让想出去干活挣钱的人，把户口销了当黑户，就不用你管了，你也好给上头交代。按哪条办都行，你自己定吧。"

田仓的反应也不慢，头摇得像拨浪鼓一般："去去去，你出的倒是个主意？我一样都办不到。"说罢，拂袖而去。

白旦看着田仓的背影冷冷一笑："什么东西，见不得穷人米汤起皮。"

秋香挑着担子回来了。

白旦问："卖完了？"

"还剩点，自己吃。今天做得多了点，不过还不错，净赚两块多，知足了。"

白旦接过担子："不少了。你有功，歇着吧。"

"不歇了。给杏杏做了件新衣裳，还差几针，赶紧做出来，娃都等急了。"

白旦心里高兴，嘴上却说："刚挣俩钱就臭美，就不能在手里多捂一会儿。"

秋香做个鬼脸："去，就臭美，气死你。"

没多长时间，白旦家的生活就发生了巨大的变化。杏杏有好几件好看的新衣服；果果、五斤穿上了秋衣秋裤运动鞋；不过年不过节的，白旦竟在光天化日之下吃起了白馍馍。青黄不接闹春荒的事再也没有发生过。这些都让队上的社员们刮目相看，艳羡不已。白旦家的人更是高兴，个个兴高采烈，走路仰着头，专爱往热闹处钻，被人羡慕的感觉真好啊！

这一天，一家人围坐在饭桌上吃饭，白旦对秋香说："后天是你的生日，你是咱家的功臣，这生日一定要过好。咱们把白平两口，还有哥嫂他们都请来，好好喝一壶，给你庆祝庆祝。"

秋香说："我命贱，从来都没过过生日，还是算了吧。到时候做一锅长寿面，全家人一起吃，就算过了。"

白旦不同意草草了事："这事你听我的。穷人也是人，也有生日，自己不疼自己，谁把咱当回事？这不只是过生日那么简单，我是要让他们看看，你不是欺负我们吗？你越欺负，我就活得越旺，小酒都喝上了，气死你。"

秋香笑了："较那劲干啥？没必要。你想过就过吧，随你。"

白旦把五斤叫到身边，说："五斤，今年是你妈的本命年，后天就是你妈三十六岁生日，咱们热闹热闹。你的老师不是在公社'革委会'工作吗？你明天去找他开个证明，到县城割二斤肉回来。"

五斤点头应承道："知道了。让我和小妹一起去吧？"

"行，随你。把她看好，别跑丢了。"

"知道，你放心，丢不了。"

白旦又给果果派活路："你明天到学校要点废报纸。你们都长大了,爸扎个纸墙,把炕隔起来,男女分开睡。"

　　秋香插话说："先这么将就一年半载,等攒够了钱,咱们在院子盖三间大瓦房,你们分开住,生活学习互不干扰。"

　　孩子们听了十分高兴。

　　第二天,按照分工各人干各人的事。五斤领着杏杏出了门,来到公社革委会,找到了老师："老师,我妈过生日,想到城里割几斤肉,请您给开个证明吧?"

　　老师答应了五斤的要求,领着他们到管公章的秘书那里开证明。

　　秘书说："开过生日的证明怕不行,人家不会卖给你的。开个结婚证明怎么样?"

　　五斤说："谁结婚? 我才十二岁就结婚,人家才不信呢。"

　　工作人员笑着说："谁说是你结婚了? 他要问,你就说是你哥哥,或者说是你叔叔。管他呢,只要能买上肉就行。"说完就伏案写证明,边写边唠叨："什么事嘛,吃点肉还要公社开证明,想起来都觉得好笑。"

　　开好了证明,五斤就带着杏杏进了城。他们来到肉店,把证明递上柜台。

　　穿蓝大褂的胖店员看了看证明,又退给了五斤："不行。"

　　五斤不知道为什么,就问："这是公社革委会开的证明,咋不行?"

　　胖店员说："不行就是不行,要用肉票买才行。"

　　五斤问："肉票在哪儿开?"

　　"肉票不是开的,是发的。"

　　"发,谁发? 我长这么大,也没见过谁给我们发肉票呀?"

　　"是发给城里人的,农村没有。"

　　这时候,有个男孩儿来买肉："叔叔,我妈说让您给割五斤五花肉。"

　　胖店员笑着问："怎么,你妈想通了,要大块吃肉啊?"随即割了一大块,包好后交给小男孩。又用讨好的口气说："回去问你妈好!"

　　小男孩走后,五斤质问胖店员："他没有肉票,你咋卖给他了?"

　　胖店员斜了五斤一眼,说："你这娃倒管得宽,我愿意,怎么啦?"

　　五斤一本正经地指责道："你这是走后门,是不正之风。"

　　胖店员不屑地说："嗨,你小子,这后门我就开啦,怎么的? 有本事你去

告吧。告诉你,他是局长的儿子,你算老几?"

五斤气鼓鼓地说:"我是局长他爹,你说算老几?狗奴才。"

"你敢骂我!"胖店员气势汹汹地从柜台内往外跳,他要出来打五斤。

五斤一看情况不妙,拉着杏杏就跑。边跑边骂:

狗奴才,舔屁眼,

咬了主子牛蛋蛋。

主子疼得乱叫唤,

奴才吓得瞪眼眼。

……

五斤杏杏前面跑,胖店员后面追。店员太胖,跑了几步就跑不动了,蹲在地上直喘气,骂道:"狗日的,别让我把你逮住了,逮住了非把你撕成碎片不可。"

五斤杏杏跑得飞快,不小心和行人撞了个满怀,抬头一看竟是白平伯伯。

白平见是两个娃娃撞来,急忙张开双臂护着他们,以防他们摔倒。定睛一看竟是五斤兄妹,便问:"咋是你们两个,跑什么跑?"

五斤上气不接下气地说:"有人要打我们。"

白平抬头朝前方探寻,想看看是谁要打孩子。他看见前边不远处有个穿蓝大褂的胖子蹲在地上喘着骂着,就问五斤:"是不是那个人?"

五斤点点头:"就是。"

白平问:"他为什么要打你们?"

五斤说:"我拿着公社的证明,他都不卖给我肉。有个小孩儿什么都没拿,他就卖给他好多肉。他走后门,我看不惯,就骂了几句,他跳出来就要打我。"

白平一听哈哈大笑:"小小年纪就知道后门前门,骂得好。咱管不了后门,骂他几句解解气也好,让他难受难受。你看看他那熊样,胖得跟猪一样,还能打人?挨打还差不多。不用怕他,哈哈哈,这么说,肉没买上?"

"嗯。"

"把钱给我吧,我给你买。你们回去吧,把妹妹带好,别跑丢了。"

五斤把钱交给了白平,就领着妹妹逛街去了。

果果从学校抱回一大捆废报纸,白旦用这些废报纸和高粱秆儿给土炕扎隔断。他手里干着活,眼睛却不时地看看报上的文字。看着看着,就磕磕绊绊地读了起来:"柬埔寨国,王西哈努克亲……王八日到京,外交部部长姬鹏……飞到机场……迎接。飞到机场迎接?人咋飞呢?写错了,报纸也会出错?太粗心了。"

　　"报纸出啥错了?"白平来了。

　　白旦一看是白平,手里还提着一块肉,就说:"是你呀,来就来呗,拿肉干啥?馋我呀,还是送我呀?"

　　白平说:"想得美,我还没肉吃呢,给你拿?"

　　"那你这是……"

　　"我在县城碰见五斤和杏杏,他俩拿上证明也没买上肉,还差点挨了打,我就托人买了几斤给你带回来了。你可真行啊,这日子是一天好过一天,又是喝酒又是吃肉的,我都眼红了。"

　　"平哥说笑了。这几年多亏了秋香,明天是她的本命年生日,给她过个生日,趁这个机会表示一下谢意。你说应不应该?"

　　"太应该了。你娶了秋香,算是烧高香了。你挨家挨户排一排,看谁家的女人能和秋香比。田仓的老婆算是个识文断字的,不也就那个样子吗?"

　　"谁说不是呢。不过你可别当着她的面这么说,省得她翘尾巴欺负我。"

　　"哈哈哈,看你那点出息。只要有好日子过,我才不怕欺负呢。"

　　"你刚才说五斤差点挨打,咋回事吗?"

　　"哦,是这样的:人家不卖给他肉,说他开的证明不管用。可有个小孩儿啥都没拿就把肉买上了,五斤不服气,就骂了人家。人家要打他,他就跑了。我正好撞上他们,就托人给你把肉买回来了。唉,细想起来,这倒是个啥道理嘛?农民养猪不准自己宰杀,非得交给国家不行。好,交就交吧,可是自己想吃点肉,拿钱买都不卖给。这还讲不讲道理?世上还有这号没良心的货?什么种瓜得瓜,种豆得豆?他的是他的,别人的还是他的。历朝历代有这样的弄手没有?我从来没听说过。"

　　白旦问:"那你是咋买上的?"

　　"还不是托熟人走后门买的。人家也不用开证明,也没拿肉票,一句话就买上了。你说说,这倒是个规定,熟的软来生的硬,看对谁呢。"

白旦说："生那气干啥,历朝历代不都是这样?规定是给老百姓用的,从来不会管自己的。埋怨有啥用?不卖就不吃呗,省钱。明天秋香过生日,你过来喝酒,把嫂子也带上。这就算通知你了,别到时候不来。"

白平放下肉说："好,我们一定来。我走了。"

第二天,白旦一家、白平夫妇、白旦的堂兄夫妇等,满满坐了一桌人给秋香过生日。大家你一句我一句,好话说了一大筐,祝福献了一大箩,欢天喜地,热热闹闹。

酒过三巡,白旦的堂兄说："白旦啊,你还是低调些好,枪打出头鸟,当心有人找你们的麻烦……"

白平打断了他的话："不准说不吉利的话,今天是个高兴的日子,来,喝酒。"大家端起酒杯,气氛显然冷了许多。

白旦堂兄不幸言中了,秋香惹上麻烦了。

白生金上划成分的材料报了上去,上头没有批准,说是材料虚的成分多,感情成分浓,实际数据指标有些欠缺,要求补充材料后再报。白主席决定开斗争大会,发挥群众的力量,把埋藏很深的白生金彻底挖出来。

与往常一样,地富反坏右、牛鬼蛇神各路人等,都要挂牌陪斗。让人不解的是,秋香也被点名参加陪斗,说她是挖社会主义墙脚的坏分子。

为了鼓励大家的积极性,白主席邀请了县剧团组成的宣传队,在会后演革命样板戏《智取威虎山》。

秋香被两个武装民兵从家中带出,她胸前挂了块牌子,上面写着"坏分子丁秋香"几个字,字上还打了红叉。五斤追了出来,推开民兵,抱住妈妈,喊道："不准斗我妈!"

民兵上前拉五斤,被五斤踢了一脚。

"哟,你这个带来子还野得很,走开!"民兵骂骂咧咧,又去拉五斤。

秋香瞪了民兵一眼,一句话不说,转身就往回走。

民兵拦住她："丁秋香,你想干啥?"

秋香严肃地说："你,给五斤道歉!"

"道歉,道什么歉?"

秋香把拦路民兵拨到一边,又往回走。民兵一看秋香动怒了,心里有点怵,就追了上去,说："好好好,我道歉,我道歉还不行吗?"

民兵来到五斤面前说："五斤，叔刚才说走嘴了，对不起，请你原谅。我们是执行任务，带你妈去开会。请你让我们走，好不好？"

五斤还是不依。

秋香发话了："五斤，你回去，这是大人的事，你别管。"

五斤这才让开了路。秋香跟着民兵走了。

坐落在村子中间的大戏台上悬挂着："田白村斗争大会"的横幅。

台下站了一排"牛鬼蛇神"。

秋香是"新鬼"，站在最边上。

他们的对面是全村的村民，身后是戏台，台上放着两张条桌，桌后坐着村干部和公社干部，斗争大会开始了，大会由大队长主持。

他说："社员同志们，今天，我们根据公社'革委会''关于在全社进一步开展抓革命、促生产运动的通知'精神，召开斗争大会。大会的主题是：提高警惕，深挖罪孽，决不让一个坏人漏网。大会现在开始，第一项，交代罪行。首先由漏划富农白生金交代自己的罪恶。"

站在中间的一位"牛鬼蛇神"跨前两步，开始交代："广大的……广大的男女关系……不是……男女观众同志们……"

会场"哄"地发出一阵笑声。大队长警示大家："严肃点，不要喧哗。"

白生金继续交代："我有罪，我交代。……这个……我是个笨人，过去只知道下苦挣钱，挣下钱不敢花，赶集连一碗凉粉都舍不得吃。攒下钱就买地，买下地再下苦，再挣钱，再买地，地就买多了。现在我认识提高了，不能买地，你买了地，人家的地就少了。还有，挣下的钱一定要花。钱是个……害人哩！要吃，要穿，要花完。花完了就能当贫农，就能当革命群众，就能和你们一样坐到下边听会，而不是现在这样子，站在这里受罪。"

秋香本来窝了一肚子气，听到这里也忍不住笑出声来。这一笑，反倒觉得轻松了许多：这跟过家家有什么两样，值得生气吗？

这时，群众也有起哄的，大喊："吃光花净闹革命。"

众人大笑，台上的干部也有扭过脸偷着笑的。

大队长当即稳住阵脚："不准喧闹！白生金，你不老实交代，革命群众是不会答应的。你就交代你当时是怎么剥削贫下中农的，废话少说。"

"是是是，我老实交代……"

白生金交代完毕，贫协白主席等人就上台发言揭发。会开了半天，揭来揭去也没揭出什么新鲜事来,时间一到,大会就结束了。

吃过晚饭,人们又聚集到戏台前,这回是来看戏的。看戏的人远比开会的人多,除了本村的,还有周边村子的人,把个小小的露天剧场挤得满满的。人头攒动,熙熙攘攘。

县剧团扮演杨子荣的演员是个美男子,是全县家喻户晓的名角儿。只要有他登台表演,不管节目好坏,台下总坐满了大姑娘小媳妇,中年妇女也是一群一群的。看不看戏不要紧,不看"杨子荣"几眼,将会遗憾一辈子。平日里没有机会,杨子荣来了,这机会就不能错过。

田白村的徐寡妇三十多岁,如狼似虎,是个小有名气的骚货,见了男人就掉裤子,也不管对方是什么货色。"杨子荣"要来村里演戏,她高兴得竟亢奋起来。还没吃晚饭,就早早地把凳子放在戏台下边,占据了最前边的位置。她要好好地欣赏一下这个梦中情人的英姿。

戏开演了,杨子荣的每次亮相,都博来一阵阵叫好声。杨子荣打虎上山时,一亮相就博了个满堂彩。徐寡妇眼睛瞪得像牛蛋,恨不得把人家装到眼眶里。看了脸还不够,又把视线移到人家的裤裆处。杨子荣穿的是紧身裤,她想看看那儿顶起来没有。可惜,灯光照不到,那儿黑乎乎的看不见。于是就想,他那家伙一定是一等一的好宝宝,是个女人都会稀罕的,想着想着身上就燥热起来。她对身边才几岁的女儿说:"去,你到后台给杨叔叔说,演完戏到咱们家吃饭,妈妈给他包饺子。"

女儿不想去,说:"队上把饭都派好了,不轮咱们管。"

徐寡妇说:"他们的饭不好,别亏了人家。去,你只管去叫。"

徐寡妇女儿来到后台,把"杨子荣"拉到一边说:"我妈叫你唱完戏到我家吃饭,她给你包饺子吃。"

"你妈是哪一个?"

"我妈是徐寡妇。"

"日你妈,这不是日弄我哩么,滚!""杨子荣"来前就听说过田白村的轶闻趣事,其中就有徐寡妇的故事。所以一听是徐寡妇叫他吃饭,马上警觉起来。

挨了骂的女儿回到母亲身边,委屈地说:"人家不来,还骂我哩。"

徐寡妇问:"骂你?为啥?他咋骂的?"

"他说'日你妈。'"

徐寡妇一听乐了："骂得好,看把妈舒服的。"

母女俩的对话给旁边的人听到了,第二天就在村里传得沸沸扬扬,后来就成了人们茶余饭后说笑的材料。如果有人用"日你妈"这三个字骂人的话,旁边就会有人劝说："这样骂吃亏哩,说是骂人家哩,其实是人家舒服你生气,划不来么,还是别骂了。"

斗争会后,白生金的材料还是老样子,还是不能上报。秋香跟没发生任何事一样,该干啥照样干,这个会算是白开了。

要说是白开,这要看站在什么角度说了。要是站在官家的立场上说,确实是白开了,因为没有达到目的,没有任何收获,但是站在老百姓的立场上说,这会没白开。因为他们看清了,这帮掌权的干什么真是没谱,一阵一阵的。今天还表扬你呢,明天说不定就批斗上你了,变起脸来要多快有多快,像川戏中的变脸戏一样。他们说好,不一定好,他们说坏,则未必坏。是好是坏,全凭他们的一张嘴胡咧咧,而且左右逢源,咋说咋有理。这个时代真不得了,一下子出了那么多"掌握真理"的人,其实群众也不都是阿斗,他们的眼睛是雪亮的,看得多听得多了,就不信了,就反感了。

秋香的陪斗在白平看来就是胡闹。第二天在地里干活时,他就为此事和田仓争论起来。他问田仓："秋香好好地过着自己的日子,没招谁没惹谁,更没伤谁没害谁,为啥要把人家拉出去陪斗?"

田仓说:"唉,有啥法子,人家要抓阶级斗争新动向,非要每个队出个表现不好的去陪斗。咱队上有啥新动向? 还就是秋香,说她弃农经商也好,说她挖社会主义墙脚也好,都能沾点边,只好让她去了。再说,大队上也没提反对意见么,说明让她去是对的。"

白平反驳道:"你这话就有点不讲理了。什么弃农经商? 人家倒想务农,你不承认她是社员,不给她记工分,叫她怎么务农? 没农可务何来弃农? 你这不是自己打自己的嘴嘛!"

田仓也觉得白平说得有道理,可他不能马上认错,那样就太不严肃,太没尊严了。他反问白平:"那你说,不让她去让谁去?"

白平说:"没人就不去了嘛。怎么,牛鬼蛇神还有指标啊? 没有坏人难道不是好事吗? 怎么非要造出个坏人才行?"

田仓急了:"你以为我愿意这么干吗? 还不是上头逼的。你跟我说顶

个用？昨天在大会上你咋不说呢？"

说着说着两人就吵了起来。白平埋怨田仓对上不敢说硬话，不保护本队社员利益。田仓说他已经做得够好了，要是换了别人，还不知道会生出什么事端来。两人越吵越凶。

白旦过来把白平拉开了，说："白平哥，你就别说了，你再说，你就是新动向，下回斗你。"

白平人走话不走，骂道："扯淡，斗红眼了，看谁都是坏人，他妈的就你们自己是好人。都是穷庄户人家，看自家的日子咋过吧，跟着上头胡折腾。人家能给你发封封呀？"

白旦劝道："好了好了，你生的哪门子气嘛。秋香都没当回事，开完会，照样卖凉粉。算了算了，让他们闹去。"

白平气不过，把锨一扔："不干了，干他妈个×。"他在地头找了个草窝窝坐下来点了烟抽，抽一口叨叨一句，像个怨妇。

大伙一看白平不干活，就都不干了，各自找地方休息。

给生产队干活就是这样，上工时慢慢悠悠，生怕早早走到工作面。反正出了家门，走路也是为干活走的，不能说我迟到。到了工作面，先抽袋烟，养养精神，养足了再干，有力气。这力气只管几分钟，几分钟后，又要休息养精神。这一养可得了，也许十多分钟，也许一个小时。再起来干活时，抢几锄头，撂几锨土，就该下工了。干活多少不是主要的，主要的是半天的工分混到手了。养精神时，要是有人要拉屎撒尿，那就更不得了。怎么的？旁边就是高秆庄稼地，进去方便了就是，没什么麻烦的。错了，高秆庄稼是队上的，自己的屎尿是吃自家的粮食憋下的，自家的东西哪能白白地甜活大家，瓷锤么？他必然会远远地跑到自家自留地里拉厔厔。哪怕没有高秆庄稼遮丑，哪怕是白地，脱了裤子就来。咱这黑尻子还怕人看？想看只管看，不要钱。他这一去，说不定就自己给自己放了工，不会回来干活了。就这样，你还得给他把农具扛回来，还得给他记工分。你敢不记，他就敢跟你闹：我拉稀，回不来么，你总不能像地主一样，连贫下中农的死活都不顾。可以这么说：一个人要是好好干的话，不用费多大力气，可以干出这些人十个人的活。人民公社的优越性完全体现了出来：就是能把人歇美，歇得人疼。白平倒是个有良心的，一窝蜂干活的话，他一个人能干好几个人的活。可要是计量干的话，他最多只能干半个人的活。因为他年龄稍大,体力一般,干力气活不是他的特长。现在,有良心的人因生气躺倒不干了,榜样的力量马上就显现出来:白平都不干了,咱还干个啥,会着眼吃亏哩么。

田仓窝了一肚子气:他妈的,这到底是咋回事? 谁错了? 咋把火往我身上发? 不干拉倒,不干都别干,收工,我看到时候饿的是狗肚子呀!

十

　　阳春三月,万物复苏,正是植树的季节。秋香要实施她的第二个计划了:她要在自家的自留地上种满苹果树,以树代粮,将传统种植观念来个全面颠覆。

　　这天一大早,白旦下地前叫孩子们起床:"果果,五斤,起床了。今天是星期天,你们两个到自留地挖树坑。坑位我都画好了,上午每人挖两个,中午我检查。我下地干活去了,你妈等会儿也要出摊,再没人叫你们起床了,快起来啊。"

　　杏杏也没起床,在被窝里问:"我干啥呀?"

　　"你? 十点多给你妈送一趟水,到摊上帮你妈洗盘子。"

　　"好嘞。"

　　安排完各人的活路,白旦就扛着耱下地了。队上派他耱麦地,一来为松土保墒,二来为给刚泛绿的麦苗脱死叶子。白旦会使牲口,也爱惜牲口,所以这些活总少不了他。白旦一走,秋香随后也出摊走了。

　　中午时分,干活的人们该收工回家吃中午饭了。白平等一干人路过秋香的凉粉摊子,秋香热情地招呼大家吃凉粉,大家也哼哼哈哈热情地回应着,可就是没人真的停下来吃一碗。谁都知道,秋香是客气,要是真去吃,那可就有点"二"了。花钱吃,谁也不舍得,在家门口花钱吃东西,不过日子了? 那么多人,只有白平停下来坐到了凉粉摊子上,说:"哎呀,嘴里没味,寡得很,来一盘吧,哪怕明天喝西北风呢。"

　　秋香笑了:"一盘凉粉都舍不得吃,你也太抠了。吃吧,我请你,不要钱。"

"啥意思？不想让我吃是不是？那我走，不吃了。"

"好好好，不请不请，我给你多做点总可以吧，一下子咥美。"

"哈哈哈，行，咥美就咥美，一盘不行就咥两盘。"

秋香给白平实实在在地做了一盘。盘子太满，几根凉粉挂在盘子边上往下滑，白平急忙用筷子往回收，紧接着"哧溜"一大口，这才把盘子里还要往外滑的凉粉收了回来。他咕哝着说："你也太实在了，这叫人咋吃嘛。我要是个新女婿，可把人丢大了。"

秋香也觉得失了手，盘子做得太满了。她开心地笑着："让你放开了吃呢，你还有意见，啥人嘛。"

白平咂吧着嘴吃着品着："好吃，解馋，过瘾。你知道吧，好东西不能吃饱，吃伤了就不想吃了，以后就会少一样爱吃的东西，多可惜。"

来了两位过路的客人要吃凉粉，秋香做了给客人吃，客人从布包里掏出馍馍，就着凉粉吃了起来。

白平对客人说："这凉粉味道不错，多吃点，一盘不够，再来一盘。"

客人笑着说："确实好吃。不过，这就是个馍引子，能把馍哄下去就行了。庄稼人不讲究，好打发，一盘就行了。"

白平说："说的也是，谁不是一个钱掰着花呀。你们这是赶集呀？"

客人道："赶什么集呀，粮食不够吃，出去找点活干，补贴补贴。"

白平很惊讶，问："你们那儿允许社员出去干私活？"

客人道："嗯，也是刚开始。干完活，回去给队里交点钱买工分就行。队长说，队里就那么点地，连一半的劳力都用不完，都待在家里干啥？还不如让人出去找点活干，不管是对集体还是对个人，它总是多了一条路子，多了一份收入，总是在原基础上往上增加哩么，有啥不合适的。老哥你说是不是？"

"那是当然，多清楚，多简单的道理，没什么可争论的。我就知道，现在这种搞法长不了，不让干这个，不让干那个，社会还咋往前走？人是有灵性的活物，他知道该怎么活，知道怎么打理生活。别总是指挥来指挥去的，一个个跟神仙似的。这才几年，不行了吧？早该改了。秋香啊，我看你这凉粉担子也该动动窝，到城里办个店了。"

秋香说："我可没那么大本事，只要安生，能在这儿混下去就不错了。"

"啥本事？货真价实，干净勤快，啥都有了。我看你是走不开，一大家

子人，没个女人打理怎么行。哎呀，白旦不知敬了哪位神仙，娶了你这么个能人。"

"快别说了，你看这几年把我都给折腾成啥了，白旦也给连累得走不到人前头。"

白平说："他们懂个屁！他们就知道瞎嚷嚷。可你看看，哪个过得比你强？贫协白主席闹得最欢，可家里七口人只有三条被子，冬天孩子穿着没跟的鞋，脚后跟露在外头，口子裂得像娃娃嘴……"

秋香打断白平的话："别说了，人家正吃凉粉呢，恶心不恶心。"

客人哈哈大笑："不恶心，不恶心，我家孩子也那样，着实叫人心疼啊！可就是没有办法么。"

白平转了话题，他问秋香："我刚才看见五斤哥俩在自留地里挖树坑，怎么，你真要栽树啊？"

秋香点点头说："栽。就那么点地，种粮食才收多大一点，解不了饥荒。还是栽点树，能多收点。我算了，栽成树不仅可以解决吃的问题，连收三年，还可以盖起三间大瓦房。过几年孩子们都不小了，可以让他们分开住了。往后的事情还多着哩，孩子们上学你供不供？结婚成家你管不管？哪一样不花钱？你不趁早打算，将来怎么办？"

"哎呀秋香啊，你的主意正啊，比男人都强。自愧不如啊！"

"你可别这么说，你是没到这一步，到了这一步，你一发狠，肯定比我厉害多了，啥奇迹都能创造出来。我总结了，是个人都会有了不起的能量的，就看你用不用。用了，你就会做成很多事情。不用，就荒废了。这种能量，人自己可能都不知道，只有给逼急了，他才会使出来。一使出来，人就变了，事也变了。他这才知道，噢，我还挺能行的，事情原来这么简单。"

白平都惊呆了，眼睛瞪得跟牛眼似的："哎呀秋香，你到底是干什么的？是盘龙还是卧虎？难怪你们的日子一天比一天好，原来你就是个高人么。"

"呀呀呀，什么高人，高人有卖凉粉的吗？别糟蹋这高帽子了。"

"对了，应该选你当队长。你当队长肯定比田仓强。"

"你是咋回事？就吃了一盘凉粉，没喝酒么，怎么尽说醉话？我连社员都当不上，还能当队长？行了行了，别瞎扯了，让人家听见了笑话。"

"嘿嘿，咱倒是怕个屁呀。对着哩，不说没用的，那你就说说，这种苹果树到底行不行？"

秋香一本正经地说："平哥，绝对没问题。俗话说，一亩园十亩田，咱不说十亩，三五亩总是顶得的。我们家只有一亩多自留地，全部种成树，就等于种了五六亩庄稼，吃的问题不就解决了吗？我劝你呀，也把树种上，到时候你就知道了。"

"好吧，我考虑考虑，回去跟你嫂子商量商量。好了，我走了，该上工啦。"

白平走后，秋香用盖布盖了凉粉和调料，让杏杏看着摊子，自己跑到自留地里看孩子们把树坑挖得怎么样了。树苗马上就要到了，不能耽搁，得赶紧把树坑挖出来才行。来到自留地，发现白旦也在地里和孩子们一起干活，就问："你不是耥地去了，怎么在这儿？"

白旦说："牲口病了，下午不用去了。得赶紧把树坑挖出来，这是正事。我看明天你也不要出摊了，也来挖树坑。今天一整天，能挖二十来个，按这个进度，再有两天就可以挖完。树苗一到，就可以栽了。"

秋香怕白旦着急，就关切地说："不急，早几天晚几天误不了事，别太累了。"

"那不行，等树苗发了芽再移栽，就不好活了。赶早不赶晚，一误就是一年，咱可误不起。"

"那好，明天全家一起上，我也来挖，凉粉先不卖了，停两天。"

她来到果果、五斤跟前问："你们两个累不累？"

两人齐声答道："有点累。"两个孩子的小脸红扑扑的，上面趴满粒粒细汗。

秋香说："这是大人们干的活，你们干确实有点费劲。你们两个嫩胳膊嫩腿的，称着劲儿干，千万不敢用猛力，知道吧？"

"知道啦。"

秋香从肩上取下汗巾给两个孩子擦汗，发现果果手上磨出两个水泡。她握住果果的手，又摸又擦又吹，心疼得不得了。她拉过五斤的手看，五斤手上也起了水泡，心里更加难受，马上说："你们两个别干了，回去吧，现在就走。记住，千万别把水泡弄破了，等它们长老后，皮自然就脱落了。"她回身责怪白旦："你也不照看一下他们俩，干不了就别让他们干，你看把他们的手磨的，你也太粗心了。"

白旦说："男孩子嘛，吃点苦受点罪没坏处，别太在意。"又对孩子们

说："好啦,你们就别干了,干一点是个样子。这回知道干农活的味道了吧? 好好念书,长大到高楼大厦里头干事去,就不用下这苦了,知道不?"

两个孩子傻笑着不回答。秋香催他们回家休息,他们这才离开自留地。

一亩多地,总共六七十个树坑,白旦两口子又整整挖了两天才挖完。挖完了树坑,就该栽树了。白旦借了白平的自行车,准备到五十里开外的县苗圃买树苗子。因为路太远,路况又不好,一天打个来回有些紧张。白旦就决定下午出发,赶天黑到苗圃,在苗圃住一夜,第二天再往回赶。这样一来,时间宽宽松松,人也不急不累,挺好。吃过中午饭,白旦就上路了。

晚上,秋香和孩子们睡得正香,忽然被一阵锣鼓声、呐喊声和汽车的轰鸣声惊醒。秋香披上衣服出门查看,原来是公社宣传队来报喜,说是最高领袖又发出了最高最新指示,他们欢呼着,用小喇叭、喊话筒宣读着,不一会儿就招来了一大群人围观。宣读完最高指示后,宣传队走了,他们还要到下一个村子宣传。热闹过后,人们也散了,他们还要抓紧时间把耽误的瞌睡补回来。

天亮后,队上的上工铃声响了起来。所不同的是,队长敲过铃后又喊了两嗓子,通知全体社员到大队部开会,听取最高指示,而不是像往常一样下地干活。

秋香犯愁了,去还是不去? 去,自己不是社员不合适;不去,白旦不在家,家里就没人能去了。她明白,虽说他们不靠生产队养活也能过得很好,可是当下什么都离不开集体,没有集体发话,你连门都出不了。孩子们长大后要奔前程,不管是上学、招工、当兵,还是婚丧、嫁娶、种地、盖房,干什么都要过集体这一关。自己是过来人无所谓,可不能耽误了孩子们,不能让这个家游离于集体,被农村主流社会边缘化。若是那样,就什么也干不成了。学习接受最高指示是何等的大事,这样的场合怎么会没有白旦家的人在场,这不是自找苦吃吗? 想到这里,她还是决定前去开会。

到了会场,秋香有意在队干部面前晃了几晃,她想让队里知道白旦家来人了,没落后。大会开始了,书记在台上宣布:"请地富反坏右五类分子离开会场,这是无产阶级司令部对革命群众发出的继续革命的动员令,你们没有资格听。"书记话音一落,就见有几个人低着头灰溜溜地离开了会场。他们来开会本是想表现积极呢,没想到跟屁股跟得紧了,让人家踢了一蹶子，唉，好难堪、好丢人呀。过去他们得势的时候，也没有这样对待过他人。如今受了这等侮辱，他们连个屁也不敢放，只能老老实实夹着尾巴做人。秋香有点恻隐之心，认为书记不应该这样欺负人家。既然不让人家听最高指示，为啥通知时不说清楚？把人家叫来了，又当着这么多人的面让人家滚蛋，这不是欺负人是什么？怎么可以这样做事？正寻思间，突然听到书记叫自己的名字：

"丁秋香，请你也离开。"

秋香脑子里嗡的一下，登时一片空白。她木了，不会思想了，不知道该如何处置当下的局面。她脸色窘白，肌肉僵硬，机械地坐在原地发呆。

不远处的田仓叫她："秋香，秋香，听到没有，让你离开会场呢，还不快走，愣着干啥？"

秋香结结巴巴，小声问："为什么？我不是五类分子，为什么要我走？"

她的声音不大，好像是对别人说话，又像是自言自语，傻傻的，跟祥林嫂问鬼神的神情一样。声音虽小，但是整个会场都能听到，因为此时会场鸦雀无声，全村的人都朝这边看，她成了会场的焦点人物。

老天啊，你究竟想怎么样，竟把这么一个可怜的女人拿来戏耍、玩弄，不给她留一点颜面，说你是王八蛋不冤枉你吧。

突然，秋香清醒了，她站起来就走，连小凳子都忘了带。人们目送着秋香一步步离开，直到她消失在大家的视线里。

回到家里，秋香蒙着被子大哭一场，哭得恸天恸地，万籁为之肃声，万物为之动情。嗓子哭哑了，眼泪哭干了，她不哭了，却又坐起来发呆。她回忆着刚才的情景，不知道自己是怎么回的家。五类分子走的时候是一伙人，没人注意他们，自己还在心里同情他们，为他们鸣不平。可自己呢，独独一人，还被点了名，万众瞩目，千夫齐指，比他们惨多了，又有谁同情自己，为自己鸣不平呢？到了今天这个地步该怪谁呢？只能怪自己，谁让你选了一条与众人不同的道路？既然选了这条路，就应当承受与众人不同的后果。路都是自己走出来的呀，怨不得别人。想到这里，她的心情好多了。

白旦回来了，他把车子往院墙上一靠就进了屋。

秋香急忙下了炕，揉着眼问："回来了，树苗买到没有？"

白旦发现秋香的眼圈是红的，下眼睑好像被泪水浸泡过，便问："你怎么了，为啥要哭？谁欺负你了？"

秋香笑笑说："没事，眼里进了点灰，刺的。现在好了。一会儿孩子们就放学了，我得做饭去。"她躲开白旦的目光，低着头钻进了厨房。

吃过午饭，秋香和白旦一起到地里栽树，一天半的时间就把树栽完了。

没多少天，小树枝头便憋出了绿绿的叶苞，几十棵树几乎全部成活，白旦心里自是高兴。这天收工后路过自留地，他又来到地里欣赏小树苗的身姿。他蹲在一棵树下看着想着算着，憧憬着自己美好的未来，想着想着就咧开嘴笑了。忽然，一阵嘈杂声把他唤回到现实中来。他朝来声处观望，原来是田保民一家吵吵嚷嚷地朝这边走来。田保民家的自留地和白旦家的地是挨着的，麦子刚开始拔节，地里没什么活可干，不知他们一家轰轰烈烈地来要干什么？

保民一家气势汹汹来到白旦面前。保民说："白旦，你这树栽不成，树一长大，我地里通风光照都受影响，你还让我咋种地嘛？不行，你这树得拔。我们就是来拔树的。正好你在，你说是你自己拔呢，还是让我们帮你拔？"

白旦是有些经历的人，保民气势汹汹的样子他并不怕。他慢悠悠地说："我不会拔的，你也拔不成。这树离你家的地八丈远，咋就胁（注：影响的意思）着你的地了？"

"咋胁不着？你没看见牛娃家的那棵花椒树，周围胁了多大一片，光秃秃的毛都不长。你这树将来长得比花椒树高多了，又是几十棵连在一起，我这一绺子地就别种什么了。"

"我不信，我这是苹果树，不是花椒树。花椒是麻的，老远就能闻见，当然胁庄稼了。苹果是甜的，说不定对庄稼还有好处哩。不能拔，我也没把树栽到你的地里，你凭啥拔！"

两人争执不下，就吵了起来，大老远就能听到他俩的吵闹声。秋香听到后赶了过来，先是解释劝说，不管用，于是也和保民夫妇争执起来。双方争吵，永远也吵不出结果来。吵得累了，保民就提出要找队长评理。

"找就找，谁怕谁呀。"白旦同意了。

双方都噘着个嘴来到田仓面前，保民说了自己的意思，白旦也说了自己的道理。田仓为难了，不知道该如何处理。他想了想说："双方都让一步如何？"

白旦保民同声问："咋让嘛？"

田仓说:"两个方案:其一,白旦把靠保民家地的一行树拔了,移栽到院子里,保民不准再为此事找麻烦。其二,不拔树,等树长大后确实胁了保民家的地,白旦要按实际损失赔产。这两个办法都是好办法,看看你们选哪一个。"

白旦说:"第二个,我愿意到时候赔产。"

保民说:"第一个,拔了零干,我不想年年为这事找他。"

两人又争上了。

田仓一挥手:"行了,别争了,乡里乡亲的,为这点小事互不相让,不怕人笑话? 好了,我做主,不拔树,如果有影响,按第一年定的赔偿数,白旦年年主动上门理赔。怎么样?"

白旦、保民点头应允,此事到此便告了结。

三年过后,果树挂果了,每棵树上结了十来个、二十多个苹果不等。白旦算了一笔账:这刚一挂果,收成就比种粮食强。要是到了盛果期,产量至少是现在的七八倍到十倍,秋香说得一点不错,真是一亩园十亩田呀。

秋后果子熟了,一共采摘了三百多近四百斤苹果。按市价算,如果全卖了的话,能卖近二百元钱,能买回近五百斤小麦。白旦觉得这已经很不错了,比种麦子强。他高兴地问秋香:"这么多苹果怎么卖呀?"

"卖啥卖,不卖。自己留一点,其余的都送人。"

秋香的回答把白旦吓了一跳:"送人? 送谁呀?"

秋香说:"给全队的人每家送一份,按人口送,保证每个人能吃到一个。大队部的人也要送,村学校的老师也要送,咱们白家门里这几支支还要多送些。你看看,还有能卖的没有?"

"为什么要这样? 难道田仓家、白林家、保民家也要送?"

"统统都送。不管人家对咱们怎么样,咱们都要以厚道良善之心待人。再说,就那么几个苹果,能卖几个钱? 一村子的人,有的连苹果见都没见过,更不要说吃了。送他们吃,他们会想到我们的好的,会改变对我们的看法的,我们的日子不是会过得更有滋味吗? 我们的果树不是更能安全地生长吗?"

白旦没啥说了,秋香想得这么全、这么远、这么有道理,是他一个男人都难以做到的,自己还有什么可说的。他又问秋香:"那给保民家赔不赔产?"

秋香说:"当然要赔。"

白旦有点想不通:"我看不用赔了,因为咱没给他造成任何损失。你也看到了,咱们挨着他的地种的麦子,比他的麦子长得还好,说明不存在胁地的问题。既然没胁地,那还赔个啥?"

秋香说:"咱赔咱的,让不让赔是人家说了算。人家也不是瞎子,有没有影响看得见。你送苹果的时候带上二十元钱给他,说是赔产钱,看他怎么说。"

"我明白你的意思,就这么办,但愿他是个识趣的。"

隔日晚间,白旦提了五斤苹果去了保民家。保民两口子一见白旦提着礼品前来,脸上立即挂满了笑容,端茶倒水让座,嘘寒问暖问收成,很是客气。白旦看火候到了,就假意做着从口袋里掏钱的样子,说:"当年咱们有言在先,苹果树胁了地,我是要给你赔偿的。你看看,你的损失有多大,赔多少好,我带钱来了,顺便给你一赔?"

保民心里清楚,自己一点损失都没有,而且,挨苹果地的那缕儿庄稼要比里边的更好。因为白旦秋香和孩子们常给果树浇水,果园的墒情特别好,自己实际是沾了光的,哪好意思再让人家赔,传出去多不好听。于是说:"你这不是砸刮(注:讥讽之意)人哩么,赔啥赔,不准你再提这事。"

白旦还在做掏钱的动作,被保民伸手拦住了。

十一

　　"一年一度秋风劲,不似春光,胜似春光,战地黄花分外香。"五斤放眼大地,大地一片金黄,到处都是熟透了的庄稼。一年一度的秋收季节又到了,他感慨地朗诵起诗文来。

　　他和果果同时结束了学业。果果是高中毕业,因为"学制要改革,教育要革命",大学不能直接考,大学的生源要从工农兵知识青年中层层选拔。所以,高中毕业等于失业,他只好回乡务农。

　　五斤的情况就特殊了,他还没上完高中,就被学校勒令退学了。五斤不是捣蛋的孩子,为什么会被学校开除呢? 说起这件事,五斤至今都不服,他是个认死理、不盲从的家伙。正是这个性格,才导致了他的被开除。

　　事情是这样的:学校开批林批孔大会,会后各班组织讨论,要求大家深刻认识林彪孔老二的欺骗性,肃清余毒,提高思想觉悟。

　　讨论会上,五斤发言说:"要说林彪有野心,想抢班夺权,那没什么说的,应当批判。可林彪说群众缺吃少穿有怨言,我觉得人家没说错。不能一批判,啥都不对了,人家也有说对的地方。人家说对了,咱们就要注意改正,批人家这个干啥?"

　　当时有同学提出不同意见,说五斤是为林彪喊冤叫屈。

　　五斤说:"你是没在农村生活过。让你到农村待几年,你就不这么说了。"

　　接着说到孔老二。五斤说:"孔老二有些说教确实过时了,不能拿到今天来用。可是要批学而优则仕、有教无类的思想,我不赞同。我认为,学而优则仕,就是今天的好好学习,天天向上,做革命事业的接班人。有教无类

就是今天的全民教育。这些都是好东西，为啥要批判？要说孔老二说错了，为什么能留芳两千多年而不衰？为什么被人奉为圣人言？难道说中华民族的基因发生了突变，到我们这一代，大家都突然变得绝顶聪明起来，圣人言一下子成了烂渣渣？我看不是。现在都是瞎咋呼，没几个有本事的。诗曰：尔曹身与名俱灭，不废江河万古流。用不了几年，批孔老二的人都会销声匿迹，而孔老二还像原先一样，一代代传承下去。很多人本来不知道孔老二说了些什么，包括我们这些学生，这一批判，大家都知道了。批的结果，不仅没批倒批臭，反而给人家做了一场免费宣传，何苦来哉？"

又有同学不同意，批评五斤把孔老二抬得太高，还敢把孔老二的言论和毛主席的教导等同起来，简直是大逆不道，简直是反革命。

情况反映到班主任那里。班主任找五斤谈话："学生要好好读书，不懂的东西不要瞎说。你们还年轻，前途一片光明，不要自己给自己找麻烦。"好心劝他注意管好自己的嘴。

五斤心里虽说不服气，嘴上却也不说什么，这事儿好像就这么过去了。

树欲静而风不止，斤的发言问题，不知怎么就反映到校长那里去了。校长让教导主任会同班主任对五斤进行教育，一定要把五斤的思想扭转到正确的轨道上来。经过两位老师的一番教导，五斤好像迷途知返了，这件事再一次"好像"没事了。

风不止而树不静，这事儿传到了学校工宣队的耳朵里。工宣队是干什么的？是专门抓革命促教学来的。他们正愁找不到革命对象呢，五斤就送上门来了。这下糟了，学校想瞒也瞒不住，想保也保不成了。工宣队调查后，按现行反革命定性，把材料报到了政法组，要求政法组抓人。

树不静而根不动，政法组一看材料，发现五斤还是个孩子，又是在讨论会上发言，不应胡乱定罪，因而不想抓人。他们请示县"革委会"主管领导，获得首肯，于是把报案材料发回到学校工宣队。工宣队不服气，准备再次上报。学校害怕了，为了保护五斤不受法律制裁，匆匆决定将五斤开除。

不管怎么说，两个学生都回来了，家里添了两个壮劳力，白旦和秋香觉得一下子轻松了许多。

今年的苹果结得特别多，一家人看着快要熟了的苹果，脸上挂满了笑容。这天，白旦领着果果和五斤一起在地头搭建看园子的窝棚。果果问白旦："爸，这还要天天看着呀？"

白旦说:"那当然。整个田白村就咱们这几十棵苹果树,谁不想摘几个吃。更有些眼红的,晚上敢把你的树砍了。"

"这不是跟种瓜一样了吗?"

"都是摘下来就能吃的东西,有啥不一样的。瓜还有个季节,这苹果怕是连个季节都没有,得时时照管。"

"那是为啥? 果子一卸,就剩干树枝枝了,谁要那个干啥?"

五斤一旁插话说:"哥,你应该知道:你过好了就有人嫉妒,妒生恨,恨生恶,他敢把你的树生生地给砍了。"

"对对对,有道理,我把这碴儿给忘了。"果果明白了,他接着说,"我们班有个同学,他说他爸为人谦和,和同事们关系都不错。可是他爸一提拔,情况就变了,好同事都不搭理他了,有的还写匿名信告他,贴小字报腌臜他。他爸不明白是怎么回事,觉得自己跟过去没什么两样,对人更谦和了,工作更勤勉了,大家为什么会这样对他? 后来他想明白了,这是他和同事之间失去了平衡。过去大家都是平等的,现在他升职了,地位发生了变化,人家感到有了落差,接受不了。都是一样做事,都有一样的经历,都有同等的条件,为什么单单是你升职了? 看不出你哪点比人强,一定是活动了,或者是上头有人。于是怎么样? 就像你刚才说的,不平衡产生了嫉妒,嫉妒诱发了仇恨,仇恨驱动了行为,各种意想不到的事情就发生了。"

五斤说:"咱这果树还没赚钱呢,他们还不知道这东西的经济价值,甚至等着看咱们失败的笑话。等赚了钱,他们就眼红了,就该嫉妒了,就该生恨了,就该有动作了。爸说有人甚至会偷着砍树,这种可能不是没有的。"

白旦听着孩子们的议论,心里十分高兴,觉得他们长大了,懂事了,说起话来一套一套的,还蛮有道理。尤其是五斤,学习比果果好,说话更有条理,更可贵的是还有股男人的性子,恐怕以后谁也不敢再欺负秋香了,因为五斤这一关就不好过。孩子们说得对,这人呀,真是个怪物,你贫他笑你,你好他恨你。白生金不就是过得比一般人好,才招来一堆是非吗? 秋香不就是能干,把个穷家过得有模有样,他们才斗她的吗? 真不知道,世上还有这么多人盼着别人遭灾受难,盼着别人不如自己,还有这么多人把眼睛盯到别人身上,生怕别人比自己强,生怕别人走到自己前头。唉,怎么活才能安稳,才能不招人注意呢? 这个平衡可真难把握,活个人可真难啊! 白旦

不参与孩子们的讨论,他知道自己说起理论来不是孩子们的对手,所以,不想把自己的不足暴露在孩子面前,他想维持住自己做父亲的尊严。于是一本正经地发出号令:"快干活,别光顾着说话。"

晚上,乡间的小路上游动着两个黑影。

一个说:"老白家的苹果长成了,弄几个解解馋?"

另一个说:"这可是个好东西。走,多弄几个,带回去给娃们家解个馋。"

两个黑影潜到了果园边。地头的窝棚里亮着灯,灯光里的人影晃来晃去。黑影说:"不行,老白看着呢,没法下手。"

另一个说:"多等一会儿,干了一天活,他总有累的时候,等他睡下再说。"

窝棚里只有白旦一人。孩子们要来看园子,白旦不放心,觉得他们瞌睡重,睡得沉,贼把他们抬走了他们都不知道,还如何看园子。所以,每天都是自己来看。他提着马灯在园子里转了一圈,回到棚子后点了烟抽。该休息了,就熄了灯,坐在被窝里叼着烟锅吊瞌睡。

窝棚里的灯灭了,只有一点红火头一闪一闪的。黑影说:"老白抽烟呢,还没睡,再等等。"不一会儿,窝棚里就传来了鼾声。

黑影说:"老白睡着了,走,咥活。"

两个黑影钻进园就偷上了,没摘几个,便装满了衣服口袋。

一个说:"狗日的真大,装不了几个么。"

一个说:"笨,你不会把衣服脱下来当包袱。"

两人偷得正欢,突然发现地里一闪一闪的有亮光。贼最怕的就是响声和光亮,两人以为有人来了,迅速趴到地上四下察看,这才发现大事不好,是窝棚着火了,火苗嗖嗖地往外蹿。

一个说:"呀,是窝棚着火了,这可咋办,老白还在里头呢。"

另一个说:"赶快救火吧,别把人给烧死了。"

一个说:"不能救,一救咱两个就暴露了。"

另一个说:"哎呀,救人要紧,咱不过是偷几个苹果吃,就是暴露了又能咋。"

俩人为救不救火争执了起来。

一个说:"这不是跑园偷苜蓿,这是自留地,逮住了就是贼,知道不?"

另一个说："贼就贼,管不了那么多了。"说完就爬起来,折了根树枝前去扑火。趴在地上的这一个骂道："狗日的,逮了你,我也跑不了。去他妈的,贼就贼,救人要紧,豁出去了。"他也折了根树枝前去救火。

干草烈火趁着风势越烧越旺,两人奋力扑打,丝毫不见效果。

一个喊："水,没水不行。"

另一个说："到哪儿弄水去? 等把水弄来,人早就烧死到里头了。"

这个又喊："快跑,有人来了,让他们救吧。"自己撂下树枝先跑了。

另一个一看果然有人来,也跑了。

确实有人来,来了很多人。他们边喊边跑,到了火场,一鼓作气,很快就把火扑灭了。有人把白旦抱了出来,喊道："人不行了,赶快送医院。"于是有人忙去把窝棚里的床板搬了出来。大伙把白旦放在床板上,抬起就跑,直奔离这里最近的地段医院。

这时候,秋香、杏杏、果果也赶来了,他们呼喊着、追赶着,一路跟着跑到医院。可惜晚了,白旦重度烧伤,抢救无效,到医院半个时辰后就停止了呼吸。秋香、果果、杏杏号啕大哭。只可惜,再哭也唤不回逝去的亲人了。

灵堂设在东屋。果果、杏杏身穿孝服守在灵前回拜前来的祭奠者。

院子摆满了花圈,人来人往,忙忙碌碌。

白平前来祭拜,发现五斤母子不在家中,就问果果是怎么回事。果果说明了原委,白平听后很生气,就找白旦家的长辈理论。白平问："你们为啥不让秋香母子参加葬礼,还要把人家赶走?"

"这是我们白家的事,你不用管。"

"我也姓白,往远的说,我是能管的。不管姓什么,人总得讲道理吧? 人家母子待你们白家不薄,安安分分地跟白旦过日子,辛辛苦苦地操持这个家,人家怎么了,凭啥把人家赶走?"

"凭啥? 好,那我告诉你:救火的人说,窝棚着火的时候,还有人往里添柴火。大伙儿赶去救火,那两个人就跑了。白平你说,除了他们母子,谁会干这种事?"

白平严肃起来："这话可不能乱说,是要负法律责任的。不过话说回来,他们一家和睦相处,无冤无仇,为什么要干这种事呢? 你可不能冤枉好人啊!"

"宁可信其有,不可信其无。谁敢保证不是他们干的?"

白平说:"我看你这是借口,想借机把人家赶走,给果果争家产,是不是?"

长辈有些不耐烦了:"是又怎么样?这家产本来就是果果的,还用争吗?你还是少管闲事吧,我还忙着哩,没工夫跟你搅稀稠。"说着,撇下白平走了。

白平无奈,到白旦灵前上了香、鞠了躬,摇摇头走了。

秋香和五斤又回到了他们初次来田白村时住过的草窑。夜深了,五斤已入睡。秋香身着素服,含泪看着白旦的遗像,白旦生前的影子不断在面前晃来晃去。她用心跟白旦说话:白旦啊,你是我们母子的恩人,我们母子是用心对待你的。为什么你临走还要给我们扣个大黑锅呢?这黑锅也太大太沉了,我们背不动啊!你回来吧,救救我们!

"妈,快睡吧,别熬了,为他们,不值。"五斤醒来催母亲睡觉。

"你少胡说。你爸对咱们有恩,要懂得感恩,知道吗?"

"咱们对他们也是真心的。为了这个家,你看你都累成啥了!这几年不是他们养活咱们,是咱们养活他们。他们凭什么把咱们赶出来?"

"是他们一时糊涂,他们早晚会明白的。谁一辈子不办几件糊涂事,别太较真,啊!"

"既然是他们犯糊涂,你为啥还要拦着我,不让我和他们理论?"

"唉,你不懂,死者为大,逝者为尊。你爸死得不明不白,可以说是死于非命,这已然是很不幸的事了,就让他安安生生地入土吧。你一闹,他的灵魂都不得超脱,造孽哩,咱可不能干那号事,先把人发送了再说,这是大事。谁是谁非总会搞清楚的,不用着急。"

"嗯,我明白你的意思,是不能闹。赶快睡吧!"

白旦出殡,送葬队伍必从草窑门前经过。

秋香头戴白花,腰系白布条;五斤身着孝服号衫,母子两人双双跪在草窑门前等着路祭。灵车经过时,秋香趴在地上失声痛哭,五斤也含着热泪,不停地作揖磕头。

果果跟着灵车慢步前行,看也不敢看五斤和秋香一眼。

白家长辈斜了一眼,哼了一声,拂袖而过。

杏杏从送葬队伍里跑过来,跪倒在秋香五斤面前,深情地哭着叫着:"妈,哥,你们别难过,办完事我就来接你们回家。"

白家长辈看到了,大声喊道:"杏杏,你给我回来。"

杏杏回头瞪了那爷爷一眼,又故意动情地去拥抱秋香和五斤。她就是要让那爷爷看看,她对秋香母子是有深厚感情的,对爷爷的所作所为是不满的。

白旦丧事一毕,白家人就把秋香母子告到了白栋那里,要求白栋先问问,探探虚实摸摸底。

白栋也不相信窝棚着火系秋香母子所为,心中老大的不高兴,不愿意管这没影儿的事。可是群众找了来,他连问都不问一下也说不过去,只好硬着头皮把秋香叫到大队部。

秋香来了,她往白栋对面一站说:"我来了,想问啥你就问吧。"

白栋倒不好意思了:"这是干什么? 坐下坐下,坐下说话。"他站起身,指指对面的椅子,让秋香就座。秋香坐下后,白栋说:"你不要紧张,叫你来就是问个话,说明白就行了。"

秋香说:"我没紧张。我知道你要问什么,为人不做亏心事,不怕半夜鬼敲门,我没什么可紧张的。你问吧。"

"噢,这么说我是来敲门的鬼了?"

"嘿嘿嘿,不是说你,我怎么会说你呢? 你应该清楚我说谁。言归正传,你问吧。"

"他们反映说,你们母子害了白旦,你说说到底是怎么回事嘛。"

秋香叹了口气,说:"白主任,害人都是有目的的,你说说,我们母子为什么要害他? 害了他对我们有什么好处? 是他有财产? 没有。就是有,也轮不到我们母子继承。是我外头有相好的想跑? 要知道,我们至今都不是合法夫妻。从政策规定上说,我还是个单身,是自由之人,想走随时可以走,连招呼都不用打,何必要杀他? 是我们有深仇大恨? 没有么。白旦是我们的恩人,感谢人家还来不及呢,怎么会杀人家? 嘴长在人家身上,想说啥说啥,我有什么办法? 一提这事心里就难受,这么多年算是白辛苦了,怎么落下这么个名声? 人们怎么会这么看我?"说到这里,秋香伤心地哭了。

白栋默默地坐在对面,任由秋香哭泣。秋香说得没错,她为什么要害白旦? 白家人的指控毫无道理么。看得出来,秋香伤心的样子是发自内心的,这不是想装就能装出来的。唉,白家人啊,你们把好人冤枉了。你们这么对待秋香,白旦要是活着,也是不会答应的。他对秋香说:"好了,别哭

了。我只是问问,了解一下情况。你回去吧,没事了。"

秋香回去了。田仓、白林和白旦的堂哥来了。田仓见面就问:"白主任,还没查清呢,咋就让她走了?"

白栋说:"尽干些捕风捉影的事,有啥证据证明是人家害的?没证据,我有什么理由扣人家?"

白林说:"咋说没证据?明明有人看见了,那不是证据?"

白栋问白林:"看见什么了,看见秋香点火了?谁看见的,让他来说清楚,他到底看见什么了?"

白旦的堂哥说:"你不审她,咋能清楚?一审不就知道咧。"

白栋说:"我审过了,人家不承认,我有啥办法,总不能逼供信吧?我审不了,你们审吧。我还有事,先走一步,告辞。"白栋撇下众人独自走了。

田仓对白栋的做法很是不满:"说的是啥话嘛,咱们审,咱们有啥权利审人家?大队都不想查,还查个屁呀,算了吧。"

白林说:"那也不能就这么算了。当时明明有人看到了两个人往火上添柴火,大家一来,两个人就跑了。你们想想,如果不是他们放火,他们为什么要跑呢?跑,就说明火是他们放的。既然有人放火,为什么不查清呢?白主任不愿意查,就去公社反映,让公社查。"

白旦的堂哥马上附和道:"对,到公社告去,让公社查。"

田仓说:"这个办法不错,热事热办,时间长了就不好查了,你们快去反映吧。我还有其他事,就不一道去了。"

田仓想过,在这件事情上,他只能躲在幕后摇摇鹅毛扇,当当狗头军师,不宜抛头露面登台表演。说秋香母子谋害白旦,实在有些牵强。告准了,军师的功劳自然是大大的;告失塌了,没几个人知道他,他可以全身而退,何乐而不为呢?不过从心底里讲,他十分希望将秋香母子绳之以法,即便做不到这一点,能赶出田白村也是不小的胜利。几年的较量使他清楚地看到:秋香不是一般的女人,眼睛里能磨沙,肚子里能跑船,要是机遇好的话,肯定是个了不起的人物。五斤生性随母,肯定是个不好对付的硬汉子。当初真是瞎了眼,怎么就没看出来,偏偏在这两个人身上抖威风。他预感到,秋香母子将是他今后最强大的对手,特别是五斤退学回乡务农后,就像在他面前突然立了一根擎天大柱,胁得他都不敢直着腰走路。今天,他本不想来大队问事的,是白旦的堂兄硬把他拽了来,说什么队长说话有分量,非要他一同前往不可。他想，白旦家族的势力毕竟不能小觑，不能再得罪了，于是就硬着头皮来了。公社是万万去不得的，那里都是外人，人家才不会替你保密呢，所以不能去。他说自己有事去不了，那是假的，想溜号躲事才是真的。

白旦堂兄拉着白林来到公社，找到相关部门告发了秋香母子。

白林给干部建议说："秋香那婆娘是茅坑的石头，又臭又硬，想从她身上打开缺口，难。她儿子丁五斤还是个乳臭未干的娃娃，没见过世面，建议你们在他身上多下点功夫，兴许会有所收获。"

公社采纳了白林的建议，决定把五斤传来询问。公社派几名联防队员到田白村去带五斤。他们来到草窑，秋香母子正吃午饭。带头的问："你们就是丁秋香丁五斤母子吧？"

秋香没有正面回答，反问："你们是干什么的？"

带头的说："我们是公社联防队的，奉命前来请丁五斤到公社走一趟，有几句话要问他。"

秋香说："你们要问的事我知道，好像这事归公安局管，怎么会是你们来了？"

"可能是还没到那一步吧，我们也不清楚。我们只是前来带人的，有话到公社再说，请你们配合。"

"这事跟五斤无关，我跟你们走。"秋香放下碗筷，在炕上拿起外衣，就要动身跟来人走。

带头的拦住秋香："上边交代要丁五斤去，这种事怎么能顶替呢？还是让你儿子跟我们去吧。"

五斤也站起来拦住母亲："妈，还是我去，没事的，你放心。"

秋香是担心孩子年轻气盛跟人家闹起来，那样会吃亏的，所以要自己去。看来自己是顶不成了，就叮嘱说："你去就你去吧，到那儿好好跟人家说，别吵。"

五斤应道："我知道，您放心。"五斤跟联防队员一起走了。

五斤被带到一间空房子里，里边只有一张桌子，一条板凳，两把椅子。看得出来，椅子摆在桌子后边，是给问话的人和记录的人坐的，凳子是给被问者准备的。不一会儿，进来两个干部模样的人，一个年长的，一个年轻的。不用问，一个是问话的，一个是记录的。二人绕过桌子到椅子上就座，

又伸手示意五斤，让他也坐下。

问过了姓名、年龄、身份、籍贯、住址等等后，干部问："窝棚着火的那天晚上，你在干什么？"

五斤从容地答道："我在县城看球赛。"

"看球赛？什么球赛？"

"篮球。"

"谁跟谁比赛？"

"驻军部队和煤矿建安处。"

"谁能证明你看了比赛？"

"他们都不喜欢篮球，我是一个人去的，没人能证明。"

"看到几点？"

"大概……大概十点多吧？"

"看完以后呢？"

"回家。"

"着火的事你知道吗？"

"知道，回来后才知道的。"

"编得不错，滴水不漏。"

"我没编。"

"人家看得清清楚楚，是你放的火，还往里添柴火，难道还想抵赖不成？"

"谁说的，他们胡说八道。你把他们叫来，我跟他们当面对质。"

"小伙子，你别嘴硬，别以为我们拿你没办法。你也不看看这是什么地方，你就是钢嘴铁牙，我们也有办法叫你开口，你信不信？"

"我信，我一直开着口呢。是你们不信，不信我说的实话。你们想听啥我知道，可我不能说瞎话、假话不是？你们实在不想听真话，我也没办法。可要我说假话，你就是把我的骨头敲碎了，也别想听到一句，我丁五斤不是那号人。"

什么乳臭未干？这才真正是茅坑的硬石头。白林这小子，一个村上的人竟不了解人家的秉性。干部急眼了，就给站在五斤身后的两名联防队员递了个眼色，两人会意地离开了。不一会儿，两名联防队员又悄悄地返了回来。他们手上举着一个张开大口的麻袋，从身后猛地一下把五斤套进了麻袋里。这时,白林也露了面,和联防队员一起对着麻袋拳打脚踢。白林更狠,转身抄起门后的拖把,使劲朝着麻袋捣了起来。

五斤叫喊着,挣扎着,一发猛力,竟从麻袋中露出了头,白林见状扭头就跑,联防队员也停了手。干部好像这才看见,装模作样地指着两名队员厉声呵斥道:"为什么打人?谁让你们这么干的?"

五斤无力地躺在地上呻吟着,脸上青一块紫一块,嘴角流着血。他问联防队员:"刚才跑的那个人是不是白林?"

没有人回答,也没有人敢回答。

这时候,两位中年农民找上门来,说有情况要向干部反映。

干部急忙出来挡在门口,问:"你们是干什么的?要反映什么情况?"他往身后挥挥手,示意两名联防队员赶紧把五斤挡在身后,别让老乡看见了。随后把门一带,站在院子和老乡说话。

"说吧,有什么事?"

"自首,投案。"

干部一愣:"投案?投什么案?"

来人说:"听说你们把五斤抓了,我们是来说明情况的。"

干部露出喜色:"说明情况就说明情况,为啥要说投案?胡说哩么。赶紧说,你们知道什么情况?"

来人说:"不说投案怕你不理人么。"

"少啰唆,赶紧说正事。"

"好好好,我们说。情况是这样的:那天晚上我们两个回村,路过白旦家的果园,就想摘几个苹果吃。摘果子的时候发现窝棚着火了,一定是白旦抽烟把麦草点着了,火才烧起来的。我俩就折了树枝救火,火越烧越大,扑了半天都扑不灭,这时候就见有人喊着来救火。我们两个怕人家看见落个贼名,就跑了。他们看见的就是我们两个,我们实际是在救火,是他们误会了,说什么还往里头添柴火,就更是没影的事了。可能是我们跑的时候,把树枝丢到了火里,从远处看就像添柴火吧?"

"原来是这么回事。那你们咋不早说呢?"

"开始不敢说,怕丢人呗。后来看把事情弄大了,我们的名声再要紧,也抵不上人家坐牢甚或抵命的事大么,你说是不是?这才豁出去跑来说明真相。你们把五斤放了吧,这事纯属意外,跟人家娃没关系。"

干部斥道："话多了，把情况说明就行了，别的少管。来，把你们刚才说的写下来，签个字，摁上手印，就没你们的事了。"干部把两人领到另一间屋里，拿了纸笔，让他们写情况。

窝棚着火的事情搞清楚了，五斤被放了回来。秋香看见五斤脸上青一块紫一块的，就问："他们打你啦？"

五斤点了点头，说："没事，伤着点皮肉。"

秋香抚摸着五斤脸上的瘀伤，眼泪哗地就流了出来。她发现儿子衣服上也有血迹，便慌忙扒开他的上衣。儿子身上的伤痕一块块、一片片清晰可见，刺得秋香的心都要碎了，她一把把五斤揽在怀里放声痛哭："我的儿呀……"

五斤眼含泪水，一声不吭，任由母亲纵情地放开去哭。

十二

　　白旦的丧事办完后，白家门里一天也没消停。杏杏动不动就和哥哥闹一场，非要把妈妈和五斤哥接回来不可。果果拿爷爷和伯伯压杏杏，杏杏不服，几次上门跟爷爷闹，跟伯伯闹。爷爷说："傻孩子，你别急嘛，上头正查着呢，等查清了再说。你现在接回去，等查出来就是他们害的你爸，那可咋办呀？如果不是，到那时再接回来，不是顺理成章的事么？"杏杏压根就不信妈妈哥哥会害爸爸，不管爷爷怎么劝都不管用，还是天天闹。她威胁果果说："哪天不把妈妈哥哥接回来，哪天就别想过安生日子。"闹得一家人焦头烂额。

　　这天，杏杏又找哥哥的碴儿了："你说，你凭什么把妈和五斤哥赶出家门，你还有良心没有？"

　　果果没办法，又往长辈那里推："你老是跟我吵啥？我给你说一百遍了，是爷爷和大伯他们定的，我有什么办法？你找他们去。"

　　"又是爷爷伯伯，这是咱们的家，凭啥要他们管？我就是要你和我一起把妈接回来。说，你去不去？"

　　"爷爷和大伯不发话，你就是接，他们也不会回来。"

　　"咱们一起去接，我不信他们不回来。"

　　"我不去。爷爷和大伯也是为咱们好，怕咱们吃亏才这么做的。你别不识好人心。"

　　"胡说，我看就是你不想接。"

　　"不想就不想，怎么的吧！"

　　"没良心，白眼狼。"杏杏气呼呼地把门一甩，走了。她没去别处，而是

来到草窑看秋香和五斤。她一进门就乐滋滋地说:"妈,我跟哥哥吵架了。"好像打了一场胜仗似的。

秋香说:"你这孩子,吵什么吵,爸不在了,要听哥哥的话。"

杏杏说:"我才不听他的呢。白眼狼,没良心。"

秋香批评道:"怎么说他也是哥哥,不准这么说哥哥。唉,说到底,你们还都是孩子,怎么会知道大人的苦心啊。爷爷伯伯都没错,他们这么做,都是为了你们。傻孩子,别人怎么不这么做呢? 因为你好你坏跟他们没关系。爷爷和大伯就不一样了,他们是真爱你们哪。"

"你看你,人家都把您赶出家门了,你还替他们说话,你还有点原则没有?"

"嘿嘿嘿,我们杏杏都知道原则啦,真是长大了,嘿嘿。"

"你看你,人家可是认真的。"

"认真认真,杏杏啥时候不认真啦?"

"哼,不跟你说了。"

杏杏又去找哥哥说话,突然发现五斤脸上有伤,就问:"哥的脸怎么啦,青一块紫一块的,打架啦?"

五斤说:"没有,不小心碰的。"

"别骗我啦,碰能碰成这样?"

五斤转过脸避着杏杏的眼光,说:"真的没打架,不信你问妈。"

杏杏相信了:"没打就好,以后小心点。妈,别听他们瞎说,你和哥哥搬回去吧。"

秋香说:"好,回去,过几天就搬。"

"不,现在就回。你不回,我也不回。"

秋香笑了:"就这么个小炕,你不回睡哪儿?"

"我睡草堆里。"

"这孩子,有家不回,不成野丫头啦。"

"就不回,就不回。"

"好好好,不回不回。哎呀,还是闺女跟妈亲啊!"

晚上,秋香和杏杏睡在炕上,五斤睡在草堆里。半夜时分,五斤看秋香和杏杏已经熟睡,就悄悄地溜出了窑门。屋外一片漆黑,什么也看不见,阴森森的有些怕人。五斤在这里生活了十来年,对村上的角角落落了如指掌，黑暗挡不住他的去路。他顺着墙根溜到一户人家的大门口，推了推，门是在里边闩着的，推不开。他拿出水果刀拨门闩，拨了几下就拨不动了，门闩上肯定插了木销子，锁死了，看来大门是走不通了。他又摸到院墙的边墙一侧，发现有一面墙有些破损，比其他墙矮一点。他后退了几步，然后往前一冲，纵身一跳，便爬上了墙头。他骑在墙头上观察院内动静，院内跟外头一样，死一般寂静，只有屋内传出主人轻微的鼾声。他跳下墙头，轻手轻脚地来到屋门口，突然一脚将门踢开，冲入房内。

主人惊恐地将灯打开，屋内顿时一片光明。五斤看见，白林在被窝里半起着身子正在开灯，灯亮了，手还没离开灯绳。被窝里的另一个人钻到深处不敢露头。说时迟，那时快，五斤一个箭步跨上炕，骑到白林身上就是一顿暴打。白林虽说年龄大些，但力气不比五斤差多少，要是反抗起来，五斤未必能占到什么便宜。奇怪的是，白林并不反抗，只是一个劲儿地求饶。

五斤质问道："我跟你无冤无仇，你为什么要害我？这会儿知道求饶了，早干啥去了！"

白林说："五斤，手下留情。你打错人了，是田仓要整你们的，我只是奉命行事而已。你找他算账去。"

五斤说："他整我？难道他也让你在公社打我？我看你就不是什么好东西。先把你的账算清再说。"他骑在白林身上，左右开弓，又接连抽了无数个耳光。

白林实在受不了，一用力，差点将五斤掀了个仰面朝天。五斤怕摔倒，下意识地抓了一把被子。不料想，这一抓抓出了西洋景：白林身边的女人被赤条条地晾在了灯光下。五斤一看吃了一惊，这不是徐寡妇吗？她怎么会钻到白林的被窝里？你看她，一丝不挂，白花花、肉乎乎地团在那里，活脱脱一个肉蒲团。五斤明白了，白林之所以不反抗，为的是想守住他和徐寡妇的秘密。这下可好，真相大白，白林没什么可担心的，可以拉开架势拼他一拼了。五斤怕自己吃亏，趁白林给徐寡妇捂被子的机会，从门后抄起顶门棍扑向白林，又一次把白林压在身下。他用棍子卡住白林的脖子，使劲往下压。白林这下真是扛不住了，憋着一口气硬撑着，话都不敢说，只能用双手在空中比画着投降的意思。

可以了，见好就收吧，五斤松了手，起身想要撤了。就在这时，白林忽地跃起，朝五斤扑来。五斤见白林来势凶猛，情急之下将顶门棍回手一抢，

正好打在白林腰上。只听得"扑通"一声，白林便倒在地上没了声息。倒地时还挂到了灯绳，把灯也给熄灭了。屋里顿时漆黑一片，什么也看不见。五斤知道打重了，扔掉顶门棍撒腿就跑。

下一个轮到田仓了。田仓的老婆养了条卷毛狗，腿短嘴也短，跑不快也不咬人，但耳朵鼻子奇灵，一有动静就汪汪叫，给主人报告危险信息。这个情况，五斤是知道的，所以他事先就想好了对策。来到田仓家门口，他照样是先推门，自然也是推不开，又照样用水果刀拨门闩。没想到，拨了几下竟拨开了。这田仓也够胆大的，得罪了那么多人，竟不怕半夜鬼叫门。好，今天就叫你尝尝小鬼的厉害，看你怕不怕？"吱呀"一声，五斤推开了门。卷毛狗立马"汪汪"着扑了出来。狗是白的，黑暗也不能掩护它，五斤看得清清楚楚。五斤用早已准备好的棍子朝狗的屁股打了过去，不偏不倚，打个正着。卷毛狗"噢"的一声跑了，一路发出挨了打的那种惨叫声。

狗的叫声惊醒了主人。田仓老婆开了灯，推了田仓一把，说："哎，哎，你出去看看是怎么回事，白娃好像给人打了，要不就是给大家伙咬了？"

白娃是卷毛狗的昵称。田仓老婆做姑娘时就养过一条京巴狗，嫁给田仓后还想养，田仓不同意，说现在过的是贫下中农的穷日子，不是你当年穿金戴银的地主日子，养什么养，人家会说闲话的。老婆喜欢这个，非要养不可。无奈之下，田仓就找了条类似京巴、却比京巴大了许多的杂种卷毛狗应付妻子。田仓觉得这狗好，既可以当宠物养，也可以当看家狗用，两全其美。更主要的是能堵住别人的嘴，省得人说闲话，什么资产阶级小情调啦、玩物丧志、斗志消退啦，等等。

白娃的惨叫声，田仓也听到了。他也有点害怕，心想：人家敢打狗，敢咬狗，说明不是个怕事的、胆小的，自己何必跟人家硬碰硬呢？如果是贼，外边有啥你偷啥，只要不进屋就行。偷完走人，你我相安无事。如果是猛兽，外头有猪、鸡、兔子，想吃啥吃啥，只要不吃人就行。吃完就走，你我相安无事。

可老婆不答应，又催他出屋看究竟。

田仓恼了："你是要狗要东西呀，还是要我的命呀？你就不怕贼把我杀了，狼把我吃了？要去你去，我还想多活几年哩。"

老婆灵醒了过来，觉得田仓说得在理，就不再闹了。她往被窝深处一钻，紧紧地搂住田仓，觉得安全了许多。

五斤躲在黑暗处等着主人出来查看,以便自己下手报仇。可等了半天也不见人出来。时辰已是四更天,再等下去,天都要亮了,原定计划还如何实现? 不能再等了,你不出来,我就进去,非把仇报在当夜不可。五斤大摇大摆地朝田仓屋里走去,卷毛狗躲在窝里,连屁也不敢放一个。五斤将房门撞开,闯了进去,接着跳上炕,将田仓骑在身下。

　　"田仓,你就不是个人! 我们母子都是苦命人,一路要饭来到这儿,好不容易有个家,想着能过几天安稳日子。可是你,处处刁难我们,欺负我们,这回还想把我们送到牢里,这到底是为什么? 咱们前世无冤,今世无仇,你为什么总跟我们过不去? 你想过没有,我是会长大的,会寻仇的,你就不怕我杀了你? 今晚上先给你个警告:只要我活着,谁再像以前那样欺负我们,当心他的狗头?"说完,五斤就开打了。田仓已是五十大几的人了,哪有力量反抗,他憋着气、鼓着劲,极力地撑着、忍受着。他也没什么话可说,多年来,他确实做得有些过分,人家来报仇是可以理解的,报应啊!

　　田仓老婆从一开始就不住地求情,叫侄子,叫大哥,叫爷爷,软话说了一大堆。这还不算,又数落了田仓的不是,说田仓不是东西,是龟孙子,说田仓也后悔,也曾想补救自己的过失。千说万说,归根到底就是一句话——饶了田仓。

　　看在大妈的份儿上,五斤不打了。他从田仓身上爬起来下了炕,却见田仓死猪一般躺在那里一动不动。田仓老婆摇着推着喊着,田仓还是不动。"哇"的一声,田仓老婆号了起来:"不得了啦,打死人啦,我的那个天哪!"

　　五斤一看闹出了人命,转身就跑。田仓老婆光着脚光着腿光着膀子追了出来,边追边喊:"你不能走,来人呀,抓杀人犯呀!"

　　五斤逃出田仓家,发现街上人声嘈杂,灯光四射,到处喊着抓人。五斤不知道,他从白林家出来后,徐寡妇就把白林用凉水喷醒了。白林受了重伤动弹不得,就叫徐寡妇先找人来救自己,然后给白栋报案抓人。徐寡妇不想去,怕这么做会暴露自己和白林的奸情,以后不好做人。白林说:"我现在是在鬼门关挺命呢,你就为了那点名声看着我死呀? 再说,咱都叫五斤捉到被窝了,以后还会有秘密,有名声吗、真是个猪脑子。"

　　徐寡妇一听这话,立马打消了顾虑,报案抓人,找人救白林,一会儿工夫就办完了。白栋接报后,一边组织民兵、青壮年社员抓捕五斤,一边派人到县公安局报案。民兵和青壮年社员们封锁了出村的道路,在草窑的周围

也安排了暗哨,然后三个一组、五个一群,对村上的每个角落进行搜查。

五斤尽量朝黑暗处、没人处跑,一心想着如何能出村,只要出了村就没事了。他试了几个出村的路口,都被堵了回来。不能再这么莽撞了,还是先躲躲再说吧。他钻进一片草地,躺在高高的蒿草丛中,把自己藏了个严实。

他太熟悉这块草地了:春天的时候,他常来这里观赏各种叫不上名字的野花,闻它们的香味,欣赏它们的芳容;夏天的时候,多种多样的虫儿在这里聚会,有绿的、褐的、白的蚂蚱,绿的、褐的、白的扁担(长条形的蚂蚱);有蝈蝈,有蜗牛,有壁虎,有毛毛虫;秋天最有意思,他在这里采过驴奶桃、羊角菜、野番茄吃;烤过麻雀、红薯和玉米棒子吃;如果保护得好,还可以吃上小甜瓜。每次来这里玩耍,他就会想起鲁迅笔下的百草园,多么惬意啊!人还是不要长大的好,一长大,一切都变了,变得那么实惠,那么露骨,那么婆婆妈妈,那么没有诗情画意。如今自己也长大了,有了年龄,没了憧憬;长了胡子,少了纯净;眼下竟沾染上了血腥,长大有什么好?他望着天空,任由思绪信马由缰,云里雾里,天上地下,虚虚实实,亦真亦梦。想着想着就睡着了。

一道道光柱划过夜空,人们穿梭往来,喊声连天,大有抓不住五斤绝不收兵之势。他们跑来跑去,忙得不亦乐乎,就是没有人到草地里转转找找。

天麻麻亮时,五斤醒了。他看看四周无人,也没有什么响动,便钻出草丛,向村外走去。把守村口的人看见了五斤,急忙大声喊道:"五斤在这里,快来抓人哪!"他喊着跑着,要过来抓五斤。

五斤返身往回跑,没跑几步,又有人堵住了去路。他只好拐向碾麦场方向跑,这里照样有人堵,三路人马把五斤逼到了碾麦场上。五斤跑到场中间的水窖旁,对众人喊:"不准过来,再过来我就跳下去。"

众人被这一举动震住了,都停了下来。有人喊:"五斤,你不要胡来。"

五斤命令众人往后退,众人只得后退。在五斤要求下,大家一退再退,一直退到五十米开外才作罢。

五斤问大家:"白林、田仓死没死?"

有人答道:"都住院了,估计没什么大问题。"

"狗日的咋没死呢,死了多好!"

秋香、杏杏哭喊着来了。她们穿过围观的人群,朝五斤跟前扑来。五斤不准她们近前，大声喝道："妈，杏杏，你们都不要过来。你们过来，我照样跳。"

秋香、杏杏都愣在原地不敢动了。秋香伤心地痛哭着，动情地劝着五斤："儿呀，妈知道你心里委屈，难受，可你知道妈心里有多难受吗？你这么干，妈的心都要碎了、你不管妈了？不要妈了？你好狠心哪，你忍心把妈一个人扔在世上受罪呀？妈是为你才活的，你要有个好歹，妈还活个啥意思嘛！"她哭着说着，长一声短一声，有一声没一声，声泪俱下，撕心裂肺。说着说着，就"噗"的一声倒在地上，抽起风来。

五斤也是泪流满面。母亲倒地抽风，更使他心如刀绞。他上前几步想去搀扶母亲，却发现背后有人迂回过来企图占领水窖。他急忙退了回去，把住窖口，喝退了迂回者。

人群中，白栋走了出来，他劝五斤说："五斤，你还是个孩子，以后的路长着呢，千万别干傻事。"

五斤说："白栋叔，路长路短对我有啥意义？我们母子二人来到咱们村，赔着小心过日子，见了鸡狗都绕着走，没少吃苦，没少受累。可怎么样呢？谁想欺负谁欺负，谁想骂谁骂，一点尊严都没有。欢乐幸福不是我们的，阳光大道不是我们的，这种日子有啥可留恋的？白栋叔，你是好人，我不想伤害你，你离远点，最好别管这事。"

白栋知道，五斤不是笨人，道理他都懂，他甚至可以给大家讲人生课，没有真东西，谁也说服不了他。于是摇了摇头，无奈地退了回去。

几名公安干警驱车赶到。白栋拦住警车，不让他们进现场："你们不能去，一去他更紧张，说不定就跳下去了。咱们先商量商量再说。"

带队警官问："现在情况如何？"

白栋说："已经僵持两个多小时了，谁劝都不行。"

带队警察说："他还是有顾虑，不知道事大事小。不如直接告诉他，给他以希望，让他打消顾虑，放弃轻生念头。"

白栋击掌叫好："早该这样了，我一百个赞成。你们去说吧，你们说话有分量。"

警察们穿过围观群众，直接面对五斤观察现场情况。五斤看到警察后更加紧张，干脆坐到窖口上，将两条腿吊在窖里晃悠。

秋香害怕了，她拱起身子，一步步爬到警察面前，跪着哀求道："别抓我

儿子,我愿意给人家看病,赔不是。别抓我儿子,我愿意给人家当牛做马,任由他们使唤。"秋香的举动感动了在场的每一个人,人们纷纷低下头,别过脸,不忍心观看这揪心的场面,很多人流下了伤心的眼泪。

警察连忙搀扶秋香,安慰说:"大嫂,快起来,没事的,没事的。你放心,我们不会伤害他的。"秋香刚抽过风,身子还是软的,怎么扶也扶不起来。

白栋说:"别扶了,让她坐在地上歇一会儿。"他把自己的外衣脱下交给杏杏,然后抱起秋香,让杏杏把衣服垫到秋香身下。

五斤坐在窖沿上,看着母亲可怜无助的样子,真是心如刀绞。他恨不能变作一只大鹏,把母亲掩在翅翼下带入高空,带往幸福自由的乐园。他背靠辘轳架,抬头望着天空,泪水已经挡住了他的视线,他不擦不抹,任其自由地流淌,期盼着这泪水能把自己的委屈和苦难带走。

警察开始喊话了:"丁五斤,你听着,我们是县公安局的。接到报案后,我们先去看了伤者,两个人伤势都不重。相对来说,你的法律责任小了许多。你呀,用不着做无谓的牺牲,拿自己年轻的生命去赎罪。你看看,你的母亲现在就躺在这里,为了你,她不惜放弃自己的尊严给他人下跪求情。为了你,她泪流满面,肝肠寸断。为了你,她伤心伤到不省人事。作为人子,你总该有点孝心,有点怜悯之心吧?"

警察的喊话起了作用,五斤的态度变了,直接问:"我能判多少年?"

警察说:"我不是法官,我说不好。但凭我多年的办案经验判断,这种情况判不了几年。再者说,你这也是事出有因,如果态度好,免于刑罚也不是没有可能的。清醒清醒吧,别拿生命开玩笑了,不值啊小伙子。现在给你十分钟时间,你好好想想吧。"

秋香颤微微地站了起来,喊道:"孩子,认了吧,我们服法。听话,啊!"

杏杏也难过得不能自制,她动情地喊道:"哥,你可怜可怜妈妈吧,一定要听妈妈的话。哥,就是判几年,我们都等你。你放心,我会照顾好妈妈的。等你出来了,我给你当媳妇儿,咱们一起过日子。哥,咱们的好日子还长着呢,你看远点。"杏杏边说边哭,泪人儿似的。

这时,果果也被这场面感动了,他说:"兄弟,这么多年哥对不起你,哥给你赔不是。"说到这里,他给五斤深深地鞠了个躬,接着说:"刚才杏杏说的,我没意见,我做主把她嫁给你。今天我就把妈接回去住,我们一起等你回来。我的好弟弟,你可千万要想开啊。"

五斤从窖里拔出双腿，满含着泪水离开井台，伸着双手向警察走来。

警察并未抓他，只在他耳边说了几句话就上了车。

五斤来到母亲面前，跪在母亲脚下深深地磕了三个头，然后扑到母亲怀里，哭着说："妈，儿子不孝，让你受惊了。往后可能还要你受几年苦，这简直就是大逆不道，儿对不起你呀！"他拉着母亲的手往自己脸上扇。秋香哪里舍得，抽出手，将儿子紧紧搂在怀里，母子两人抱在一起，又是一场痛哭。

警车喇叭响起，提醒五斤时间到了。五斤告别了母亲、妹妹和哥哥，跟着警察走了。

五斤走后，秋香又坐在地上哭了一场。杏杏和果果在一旁照看着，也跟着落了泪。哭罢，果果和杏杏要扶秋香回家，秋香不回，执意要去草窖安身，等儿子归来。果果、杏杏拦住妈妈不让她去，双方争执着。这时候，白旦的堂兄进了场院，老远就看到孩子们拦着秋香不让走，心中已明白了八九分，他喊道："秋香，你等一下，我有话说。"他来到秋香面前，说："我刚从二爷那儿来，二爷说了，是我们冤枉了你，应该给你赔礼道歉。他说他没脸见你，就让我代他给你道歉。他说：'秋香是个好女人，接回来吧，让她领着娃们家过日子吧，如果她嫌这样不明不白，我就领着全族人到草窖给她谢罪，风风光光地把她接回来。'秋香，你大人别记小人过，我们诚恳地请你原谅。跟娃回去吧，娃们家离不开你，这个家离不开你。以后有什么困难只管说，咱们白家不会亏待你和五斤的。"

秋香听得出来，堂兄的态度是诚恳的，白家是真心的。过去的已经过去了，记仇结怨有什么好处？人家已经道了歉，还要怎样？回吧，回去过日子吧。以后的事还多着呢，没个大人操持怎么行？她点了点头说："谢谢！谢谢二爷，谢谢大哥！我现在就回去。"在杏杏和果果的搀扶下，秋香终于名正言顺地回了家。

十三

　　五斤用了好几天时间,断断续续地讲述了自己的故事,末了说:"这就是我入狱前的人生经历。你们看一看,辛酸不辛酸,艰难不艰难,可恼不可恼,可怜不可怜!"

　　一位狱友感慨地说:"不幸的人各有各的不幸啊!难怪你唱的戏词那么忧伤,谁知道你唱的竟是你自己的真情实感。苦命的人啊……"

　　另一位狱友好奇地问:"说了半天,你到底没说把那两个人打成什么样了?为什么一下判了你六七年?"

　　五斤说:"说来话长。审理时我才知道,白林断了两根肋骨,治好后无大碍,可定为十级伤残,应该是轻伤;田仓的一只眼被打瞎了,治好后装了个假眼,可定为五级以上伤残,应是重伤。按规定,判我三至五年就可以了,可是一上纲上线,就判重了,一下判了八年。听说研究的时候,判官们争议很大,有人说我这是报复革命群众,报复基层政权,性质恶劣,影响极坏,后果严重,不重判不足以平民愤,应定为反革命故意伤害罪加以重判。而那些墨水喝得多的年轻人不同意这样的观点,他们坚持'罪名法定'原则,说不能随心所欲想定什么罪就定什么罪,应该就事论事,是什么就是什么,不能感情用事,随便给人戴高帽子,随便上纲上线,无限拔高。两种意见争执不下,就有人给年轻人施加压力,警告他们看清形势,不要太右,当心犯政治错误;说天有多高,地有多厚,不是读几本书就能知道的。年轻人被镇住了,对我的判罚自然就重了。"

　　一狱友气愤地说:"这也太儿戏了,不管人家犯了啥事,随便一句话,说轻就轻,说重就重,太不严肃了!唉,老百姓啊就是鱼腩,往砧板上一放,人家想咋剁就咋剁,悲哀呀。"

另一个说:"叫我说呀,当初还不如把那两个家伙剁了,一命换两命,值。让他们看看,鱼腩也不是好欺负的。"

五斤摆摆手:"快别这么说,他们也是小老百姓,也是鱼腩。人和人之间,相互闹点意见也是常有的事,随随便便就打打杀杀,那人的命也太贱了。今天你杀我,明天他杀你,这世道还不乱套了? 凡事忍为高,进一步走投无路,退一步海阔天空,古人一点都没胡说。我总结了,人不能太逞强,逞强是非多,麻烦多,没有消停的时候,一辈子不得安宁。蚂蚁急了还咬人呢,谁怕谁呀,你强,还有比你更强的。要说最强的,莫过于时间、岁月。你信不信,在岁月面前,再强的人也是弱者。疯狂过后、辉煌过后再回头看看,星星还是那个星星,月亮还是那个月亮;山还是那座山,河还是那条河;还是马驾辕,还是驴拉套;知了、蝈蝈年年都在叫,几乎什么都没变。再看看爱逞强的自己,或七老八十,或已作古,一个过客而已。你的强势呢? 你的辉煌呢? 全他妈烟消云散了。所以呀,平平淡淡度光阴,平平安安最是真。不信的话,你们可以实践一下,保准受益。"

五斤的一番话,说得众人直点头。

"丁五斤,出来,有人探视。"管教传五斤。

五斤跟着管教来到了探视室,秋香和杏杏已在这里等候多时了。母子两人在这种场合再次相会,不用说,还是以泪开头。哭一哭好,哭一哭就不难受了,就可以说说话了。

秋香抹了抹泪说:"给你带些苹果、烙饼,拿回去大伙儿一起吃。杏杏,把袋子给哥哥吧。"

杏杏腼腆地把袋子推到五斤面前。她长大了,知道害羞了,姑娘害羞的样子是十分动人的。五斤这是头一回看见,头一回领略,这让他吃了一惊:自己的妹妹竟如此美丽动人,他心里都快甜死了。

秋香看见了两个小人儿的动作表情,心海不由得泛起幸福的涟漪。这涟漪又荡漾了出来,驱散了主人脸上的阴霾,挂在主人的脸庞久久不愿离去。秋香强忍着不笑出来,怕破坏了孩子们的甜蜜氛围。皮笑肉不笑一看就能看出来,装是装不像的;谁知肉笑皮不笑也是装不得的,一下也能看出来,五斤就看出来了,他问:"妈,你笑什么?"

秋香憋不住了,开心地笑了起来,说:"心里高兴呗。咋,只准你们笑,

不兴我笑啊?"

五斤问:"高兴什么? 能告诉我吗?"

"当然可以。告诉你两个好消息:一个呢,是你白平伯当了队长,给咱娘儿俩落了户,分了承包地,咱们也是正式的村民了;一个呢,是你果果哥成了亲,就住在老院,我和杏杏住在咱们另建的新房里。等你回来,就给你们成亲。哟,这是第三个好消息啦。"

五斤乐了,看了杏杏一眼。杏杏羞得把脸扭向一边,心里也是乐开了花。

五斤说:"妈,我也告诉您一个好消息:我的减刑报告快批下来了。只要一批下来,我就能马上出狱,出去后,我一定好好孝敬您。"

秋香说:"妈为孩子吃苦心甘情愿,再苦心里也高兴,不图回报。只要你出来就好,出来就能团团圆圆地在一起过日子了。时间有限,我就不说什么了,你和杏杏多说会儿话。"

五斤把目光转向了杏杏。杏杏只叫了一声哥便低下了头,脸红扑扑的,好像没什么话要说。这也难怪,当初五斤离开田白村的时候,杏杏还是个十三四岁的小姑娘,对爱情婚姻家庭的认识还是懵懵懂懂的。和五斤相处,不管是心理上还是形式上,都是两小无猜的真正的兄妹之情。在碾麦场上,她当着众人的面喊出了要给五斤当媳妇的话,那只是她想救五斤却又不知道如何救,心里着急才喊出来的,她自己当时也不知道这句话的分量。这一喊不要紧,大家都当真了,白家的、田家的、村上的,都把她当五斤的未婚妻看,直到现在也没人敢给她介绍对象,看上她的小伙儿也没有一个人敢跟她谈情说爱。杏杏对自己贸然的一喊,从来都没有后悔过,她甚至庆幸自己当时的冲动。在她心里,五斤就是她要找的好男人,是她的白马王子。她自己对伙伴说:胡乱放箭,竟射中了个白马王子,我可真是个幸运儿呀!这几年,她和五斤分处两地,一年见不上几面。见面时又有人在一旁监视,体己的、热情的、亲昵的,以及"爱的废话"都说不成,肢体的爱抚就更不可能有了。所以,两人总是这样,生生分分,羞羞答答,扭扭捏捏。有时瞬间放点电,想搂抱一下,可还不等擦出火花,就被监视人员有意的干咳声关了电门。这回来之前,她在家里酝酿了很久,一定要爆发一次,亲亲五斤。可是一见五斤就蔫了,又回到从前的样子。

这回还是五斤主动挑话,他小声说:"姑娘十八变,越变越好看。你越来越好看了,我喜欢你。"

杏杏心花怒放,嘴上却说:"坏,没正经的。"

五斤又说:"小子不坏,姑娘不爱。你说个'我爱你',我想听。"

杏杏用气声悄悄说:"我——爱——你!"

五斤点点头大声说:"收到啦。我也爱你!"

杏杏看看四周,脸一下子就红了,埋怨道:"你看你,声音那么大,羞死啦。"

五斤说:"怕什么,我还敢大声喊呢!"说着,就拉出要喊的架势,吓得杏杏忙捂他的嘴。五斤趁机抓住杏杏的手亲了一口。杏杏顿觉像过电一样,浑身麻麻酥酥的。她忽地将手抽了回来,向秋香告状道:"妈,你看他。"

秋香笑得合不拢嘴,说:"这回饶了他,等他回来再跟他算账。"

"时间到了,会见结束,都回去吧。"管教提醒着探监的人们。

会见结束了,秋香、杏杏离开了监狱。

五斤带着笑脸回到监室,狱友们问长问短,他都饶有兴致地一一作答。

有狱友叹道:"唉,看把人家幸福的,啥时候能轮到咱们呀!"

他这么一说,大家的兴致一下子就没了。

号长不愿意了:"你是咋回事嘛,大家正高兴呢,你来这么一句,有意跟人添堵是不是?"

这位忙道歉:"对不起,对不起,我是找揍呢。"于是就朝自己嘴上扇巴掌,边扇边说:"叫你胡说,叫你胡说。"

五斤上前拦住他说:"好了好了,谁不说个错话,意思一下就行了。"

这人看看号长,号长点了点头,这事儿就算过去了。

号长说:"咱们还是高兴起来。五斤啊,你马上要出去了,以后还不知道能不能见上面。趁你还没走,就给咱多唱几段娱乐娱乐,你看怎么样?"

五斤说:"没问题。走之前,我每天都给大家来那么一段,自娱自乐嘛。今天我唱一段雷抒雁的诗,我觉得这诗所表达的情感跟我现在的心境差不多,你们看好不好?"

号长说:"你随便唱,我们懂个屁呀,只要好听就行。"

五斤又用碗筷脸盆等什物当乐器,敲敲打打,唱起了秦腔:

那只雁是我
是我的灵魂从秋林上飞过；
我依然追求着理想，
唱着热情的和忧伤的歌。

那只雁是我，
是美的灵魂逃脱了丑的躯壳；
躲过猎人和狐狸的追捕，
我唱着热情的和忧伤的歌。

飞过三月暮雨，是我！
飞过五更晓月，是我！
一片片撕下带血的羽毛，
我唱着热情的和忧伤的歌。

唱罢，五斤又把这首诗朗诵了一遍。他说："从这首诗里，我们可以感受到雁的忧伤，雁的情怀，雁的追求，雁的执着和坚强。大雁是春消息的传播者，她的飞过是要给大地披上绿装；大雁是大自然的精灵，她的迁徙是要让季节按禾苗生长的节律流动。为了这个既定的目标，她目视前方，勇往直前，飞过秋林，飞过暮雨，飞过晓月，飞过枪林弹雨。即便是伤痕累累，也动摇不了她前进的决心。人也是大自然的精灵，更是万物之灵，人人都有不顺的时候，坎坷的时候，忧伤的时候。特别是我们这些人，比一般人更甚。大雁在忧伤中尚且有情怀，有追求，有坚强的意志，有勇往直前的决心，作为万物之灵的我们人类，难道不应该有更高的追求，更博大热忱的情怀，以及更加坚不可摧的钢铁意志吗？"

五斤说得太精彩了，把大家的心都说热了。他们似乎看见，前面有一条阳关大道正等着他们去走。

十四

半个月后,五斤出狱了。此刻,他正行走在山间的公路上,他要赶往前边的公交车停车点,坐车回家。这时,一辆小轿车从身边路过,没跑多远,就停在前边的轿车前头一拐,就把它挡住了。只见前车上跳下几个汉子扑向后车,他们蒙着脸,手持刀棒,逼着后车的司机下车。后车司机乖乖地下了车,被几个大汉扭着塞进了前车的后座,另一大汉钻进后车的驾驶室,跟着前车一同走了。整个行动,前后不到两分钟。

这一切,五斤看得真真的,真是惊心动魄。不用说,这一定是绑票勒索了。这种事过去多少年都没听说过,这才离开社会几年,竟实实在在地发生在眼前。看来社会变了,变得如此快,如此大。他挡住一辆摩托车,也不管人家愿意不愿意,就坐到了后座上,命令道:"快,跟上前面的两辆车。"摩托车主人不知五斤是什么来历,只见五斤气势汹汹,说话都是命令的口吻,不容商量,他就有点害怕,五斤让他干啥就干啥,问都不敢问。他带五斤追赶着前面的车辆,五斤不停地催他:"快点,再快点,跟紧,别跟丢了。"摩托车怒吼着,紧紧地咬住前面的汽车,就这么一路跟着。

轿车在一处废砖窑前停下。一伙人下了车,推搡着被绑司机进了砖窑。

摩托车也在不远处停了下来。五斤跳下车,在后备箱翻来翻去,想找一件趁手的家伙用,找了半天也没找到,就拿了一根钢丝缠到手上。他对车主说:"没你的事了,你走吧。"

五斤绕行到砖窑附近,正要向砖窑门口潜行,忽见三个汉子从砖窑里出来。他急忙躲开,看着三个人上了前面的车,开车走了。

五斤隐蔽前行,悄悄摸到砖窑门口。他把钢丝的两头分别缠绕到两只手上,然后往砖窑里扔了一块砖头,引诱里边的人出来。他躲在门边,双臂交叉举过头顶,钢丝在双手间形成了一个半圆状。

窑内出来一个汉子查看动静,刚一露头,五斤就套住了他的脖子,轻轻一勒,汉子便无声无息地往下坠。五斤问:"里边有几个人?"

没有回答。

五斤一看,汉子脸青了。他赶紧松了松手,等汉子缓过气来,又问:"里边有几个人?"

汉子说:"连我两个人。大哥饶命,我们只是想弄几个钱花花,没有害人之意。"

五斤说:"你放老实点就没事,走,咱们进去。"五斤勒着汉子进了砖窑。

窑内,司机被反绑在运砖车上,旁边站着一个汉子看守着。看守的汉子见同伴被人勒着进来,立即把刀架在司机脖子上,威胁说:"你把他放开,不然的话,我把他杀了。"

五斤哈哈一笑:"你随便,我不认识这个人,他死他活与我无关。不过,你敢动手,我先勒死这家伙。"说着,手一抖,手头的汉子便哇哇直叫:"还不把刀放下,勒死我了。"

那汉子乖乖地放下了刀。

五斤又令看守解开司机的绳子,他不解。五斤手头又一用力,汉子又叫了:"解解解,赶快解开。"

看守解开司机的绑绳扔到地上,说:"解开了。你把我伙计放了,我让你把这人领走。"

五斤笑笑说:"你倒很聪明,可我也不笨。放了他,你们两个好一起没有顾忌地收拾我们,我们走得了吗?听我说,你乖乖地靠在运砖车旁边,叫这司机老哥把你绑到车上。"

看守把刀片往车上一拍,厉声说:"想得美,敢绑我的人还没出世呢。你把我伙计放了,咱们井水不犯河水,各自走人。你若不放,我先把司机杀了,然后跟你过招。咱们一命抵一命,谁怕谁呀!"说话间,他又把刀架在了司机的脖子上。

司机吓得直哆嗦,连声说:"别别别,有话好说,有话好说,你们不就是要钱吗？我这就打电话，让人把钱送来，怎么样？"他又对五斤说："这位好汉，谢谢你！为几个钱连累你，我于心不忍。算了吧，咱们和平解决，你好我好大家都好。钱是个王八蛋，没就没了，人要紧啊！"

五斤又是哈哈大笑："我说过了，我不认识这位司机先生，他死不死的我不关心。倒是你这个伙计，我稍一用劲他就死定了，不知道你关不关心他？"五斤手下稍一用力，这汉子就发出杀猪般的叫声。他骂道："狗日的，你是想叫我死呀，赶紧的，按这好汉的话办，让司机把你捆了。"

看守软了下来，毫不情愿地往运砖车上一靠；"来，你绑吧。"

司机拿着绳子，战战兢兢地把看守捆到了车上。随后，五斤和司机一起，又把钢丝勒着的汉子绑到了车上。

"快跑。"

五斤一声令下，拉着司机就往外跑。他们一路奔跑，跑到了停放车辆的公路上。还好，被绑司机的车就停在马路上，钥匙都没拔。两人上了车，迅速脱离了险境。

汽车行驶在进城的公路上。五斤说："这帮劫匪，一点眼力见儿都没有，你绑一个司机干啥，司机能有多少钱？"

司机说："小兄弟，不是人家没眼力，是你没看出来。我开的这个车挂的是私家车车牌，能开私家车的人，你敢说他没钱？"

"哦，原来是这么回事。孤陋寡闻，孤陋寡闻，见笑了。"

司机问："恩人尊姓大名？"

五斤道："什么恩人，我叫丁五斤。"

"丁——五——斤。五斤兄弟，什么地方人，在哪儿发财？"

"渭北田白村人。实言相告，我是刚从监狱出来的，还没回家呢。"

"哦，对不起。那你以后有啥打算？"

"没打算，先回家看看再说。"

"我也实言相告，我姓张，是果汁厂老板。你跟我干吧，给我当副总，每月给你开一千元工资，年终根据效益情况，还有不少奖金。"

"好家伙，你可真大方，一千元，顶十个县长的工资了，可是我什么都不会，咋能当副总？我知道，你这是谢我，这钱我拿着心里不踏实。"

"你真是个实诚人。越是这样我越喜欢，就这么定了，你来吧。"

五斤说："我救你，真是本能反应，你千万别把我当什么恩人呀、英雄

呀、好汉呀看待,我真的受不了,也不习惯。我一点要你报答的念头都没有。事情已经过去了,咱们都把它忘了吧。你把我送到长途车站就行,我得尽早赶回去。家里人还不知道我已经出狱,得赶紧回去告诉他们,免得他们没日没夜地为我操心。"

"是是是,是得赶紧回去。不要坐长途了,等会儿我派人送你回去。"张老板加快了速度,车窗两边的风呼呼地往里灌。他问五斤话,五斤听不清,啊啊地要他重复。他关了车窗问:"家里都有什么人?"

五斤答:"老母亲,小妹妹。噢,是妹妹,也是未婚妻。"

"这么说你还没成家?"

"没有,回去就办。"

"恭喜恭喜。"张老板把五斤拉到自己的果汁厂。他领五斤进了办公室,从抽屉拿出一万元现金装入袋中,说:"结婚花销大,你又是刚出来,不可能有什么钱。这钱算我随个份子,你千万不要拒绝。"

五斤接过袋子掂了掂,说:"哪有这么大份子?给一百元我要,太多我不要。"

"你成心跟我过不去呀?你不想交我这个朋友?别惹我不高兴。"

五斤看张老板是真心帮自己,就说:"这钱我先拿着用,等我翻过身来还你,你看好不好?"

张老板不想这么没完没了地推让,就说:"行行行,你先拿走用,以后再说。结婚日子定了后告诉我,我要讨杯喜酒喝。"

"一定一定。"

张老板叫来司机,叮嘱道:"把丁师傅平平安安送回家,一路上照顾好。记住路,下回去还是你开车。"

司机应道:"请张总放心,一定完成任务。"

秋香不知道儿子何时才能回来,只要手头一闲,她就会坐在门口等儿子,天天如此。她时不时地朝村口看上一眼,想着儿子会突然出现在村口,一摇一晃地朝自己走来。只要村口有人出现,她都会从个头、走路姿势上仔细地辨认一下,看看是不是儿子回来了。上次探视时听五斤说,只要减刑报告批复一下,他就可以回来了。这就更让她急不可待了,成天坐在门口不愿进屋,生怕不能第一眼看到儿子进村。直到天黑杏杏叫她时,她才

130

回屋休息。回到屋里心也收不住,掰着手指头算日子,甚至让杏杏到县城的律师事务所去咨询,问问法院的工作流程,看看这样的报告要多少天才能批下来。

这一天,秋香照旧坐在大门前等儿子。

一辆轿车迎面开来,停在她面前。五斤从车上下来扑向母亲:"妈,我回来啦!"他伸开双臂将母亲紧紧地抱在怀里,眼泪刷刷地往下流淌,呜呜咽咽地竟说不出话来。

秋香被这突如其来的惊喜弄蒙了,她不敢相信这是真的,还以为在梦里。直到五斤抱住了她,她才感受到了真实,于是搂住五斤哭了起来,母子二人搂在一起哭成一团。

杏杏听到母亲的哭声,不知道出了什么事,出门一看才知是哥哥回来了。此情此景,也让她悲喜交加,泪水不由得就流了下来。

五斤曾经在戏词里唱道:"苦尽甘来应有期,平平安安度时光。"现在,一家人高高兴兴地团聚了,应该说这一天已经来到。五斤坚信,以后的日子会好起来的,他们的生活一定会充满阳光。

十五

　　半个月后，一切准备停当，秋香要为五斤和杏杏完婚了。秋香找人为两个孩子合了八字，择了吉日。又找人向本家和亲戚朋友发了喜帖，恭请大家届时光临，共度吉日。

　　良辰吉日到了，秋香家院内院外张灯结彩，一片喜气。大门外的彩棚里，县剧团的名角轮流唱着自己的拿手名段，引来一阵阵掌声、喝彩声。

　　一辆小轿车领着一辆皮卡车，拉着一台挂着红色彩带的电冰箱从村口徐徐驶来，到了五斤家门口，便停了下来。张老板从小车上下来，指挥着手下人把冰箱从皮卡车上卸了下来。大家抬着冰箱，在司机的引导下，簇拥着进了五斤家。

　　五斤迎上前来接待客人："张老板，欢迎光临！请大家屋里坐。"

　　张老板双手合十："恭喜恭喜……五斤老弟，我想电视机、洗衣机你应该有了。农村一般不置办冰箱，所以，就送一台冰箱给你，算是贺礼。"

　　五斤说："礼重了，礼重了。你都随过份子了，咋还送礼？"

　　"两码事，两码事。你看看，放在什么地方，让他们直接放好。"

　　"就先放在院子里吧，回头再说，先进屋喝茶。"五斤领着张老板看了新房，又领着他去见母亲。秋香正和客人们在自己屋里说话。五斤一进门就喊："妈，这就是我说的张老板。"回头又向老板介绍，"这是我妈。"

　　五斤介绍时，张老板和秋香两人还是笑脸相迎。介绍毕，两人一对视，傻了。他们相互打量着对方，脸上的笑容已荡然无存，换上的是惊诧的表情。

　　秋香指着张老板："你是张志清？"

张老板指着秋香："你是丁秋香？"

五斤惊讶地问："你们认识？"

秋香忙说："认识认识，几十年了。"她一边说，一边把五斤挡在背后，悄悄给张志清递眼色。

张志清一头雾水，不知道秋香是什么意思，便只打哈哈不说话。

秋香对五斤说："你快去准备接新娘去，张老板这儿我来招呼。"边说边推，让五斤赶快走。

五斤只好走了。

秋香回过身来，咬着牙冷冷地对张老板说："人多眼杂，只管吃饭喝酒，不要乱说乱动！"

张老板点头称是。

秋香又恢复了原状，大声招呼道："哈哈哈，张老板，请坐，喝茶，这儿有烟，你抽烟。"

张老板也恢复了原状，笑呵呵地说："不客气，您不用招呼我，您忙您的去吧。"

张老板和一道来的几个员工，找了合适位置坐下喝茶抽烟。张老板思绪已然乱了：他万万没有想到会在这里碰到秋香，五斤会是秋香的儿子，鬼使神差也不会这么巧吧？偏偏在自己遭难时遇上了秋香的儿子，接着就遇见了几十年想见而见不着的初恋情人。他只顾想自己的问题，烟快烧到了嘴边还在抽，员工和他说话，他答非所问地应付着人家，人家就不和他说了。

五斤安顿好张老板后，就在伴郎的陪同下，骑着大红马去接新娘。大红马老了，步履不再敏捷有力，可那体形、个头、毛色、气质还是一流的，在人们心中的地位也是不可替代的，夸街的事非它莫属。

杏杏当然要在老屋出阁，大哥大嫂当然是娘家人。前一天，果果陪着杏杏给父母上坟，告诉父母杏杏要成亲了，让父母放心、高兴。今天，白家的人都拥到了果果家，给杏杏梳洗打扮，也给院子房子梳洗打扮，一派喜庆景象。

从新屋到老屋只有一百来米的距离，不到两分钟，五斤就到了新娘家。经过一番嬉闹，新娘被接了出来。五斤把杏杏抱上大红马，自己也骑上马，在身后搂着杏杏。回来时不能走回头路，迎亲队伍就绕道村北公路，从村

子的西口回家。

一路上，两人照例被乡亲们戏耍了一阵子。有人拦住大红马问五斤："你是要文闹呀还是要武闹，是要甜闹呀还是要酸闹？"

五斤说："当然要甜闹文闹。"

"好，文闹就文闹。"拦马人给了五斤一张字条，说："你和杏杏一人唱一遍，唱完就让你们过去。"

"没问题。"五斤看了看字条，用信天游的曲调唱了起来：

骑红马，戴红花，

二哥哥娶了兰花花。

兰花花是金凤凰，

二哥哥心里喜洋洋。

丁五斤，白杏杏，

两个苦瓜一根藤。

亲嘴嘴，拉手手，

咱们一搭到白头。

五斤唱完，自己给自己鼓起掌来，引得众人哈哈大笑。

拦马人说："不算不算，你怎么把词给改了？"

五斤悄悄说："你谢我吧，看你写的是个啥，五大三粗的不够文化么。我给你文化文化，旁人还以为是你写的，这不是给你长脸哩么。"

拦马人偷着高兴起来，就不再追究了，只要求杏杏再唱一遍，就算过关。

五斤说："杏杏不会唱，我替她唱怎么样？回头我给你一盒好烟抽。"

拦马人答应了。

于是，五斤扯着嗓子又唱了一遍。

话分两头说，五斤那厢正在过五关斩六将，艰难前行，而秋香这边更是热闹。以白平老婆为首的一群婆姨，把秋香摁在椅子上给她装扮：头戴鸡公帽，耳挂算盘珠，额头写了个王字，脸上一边一个红太阳，下巴上还沾了一撮山羊胡子。男不男，女不女，怎么丑怎么来。这还不够，胸前身后还挂了两块牌子，胸前的牌子上写着"我要抱孙子"，身后的牌子上写着"我要

134

洗尿布"。

化好装，就该出门迎新人了，可这身打扮，把秋香羞得哪里还敢见人？大家簇拥着她，硬是把她轰到了大门外。这时，又有人从彩棚里借了剧团的铙钹出来给秋香，让她接新娘时转着圈儿敲。这帮娘儿们啊，好像不闹出点花样来，怕人笑她们没水平似的。

大红马终于来了。五斤、杏杏刚要下马，就被婆姨们挡住了，她们让秋香敲着铙钹绕着马转圈圈，还要边转边说边跳。秋香是个不苟言笑的人，哪里肯这么表演，于是婆姨们就推着她转。秋香害羞，不说不跳不敲，捂着脸干转，场面一下就冷了下来。

看热闹的人群中有人喊道："让筋斗云替她转！"

这一喊，引得众人跟着起哄，他们齐声喊："筋斗云，筋斗云……"

筋斗云是县剧团的武把子，演过孙悟空，翻过筋斗云，功夫了得，全县知名。筋斗云一听众人呼唤他，不请自到，从彩棚里翻着筋斗就来了。他一进场子，二话不说，又翻了三个无底跟头，现场立即沸腾起来。他参加过许多婚礼，懂得婚礼程序，知道大家唤他来干什么。他从秋香手中要过铙钹，腾空一跳，将铙钹拍在一起，"噗"的一声，铙钹发出闷闷的声响，随着声响，筋斗云念白道："拍一拍，捞（生孩子）一百。"

接着又是腾空一跳，扇了一下铙钹，双臂张开，让铙钹的声音完全展放出来，念白："扇一扇，捞一万。"

再下来，筋斗云把铙钹合在一起，"噗噗噗"地打着节点，绕着大红马走起矮子步来，走着念着：

不拍了，不扇了，
捞上两个就算了。
一个儿，一个女，
儿女双全没得比。
儿子进了国务院，
整天围着总理转。
女子当了科学家，
两弹一星上了天。
丁五斤，白杏杏，

英雄父母好光荣。
计划生育就是好，
国家繁荣你轻松。
你——轻——松。

走完矮子步，筋斗云就地一滚，弹了起来，扎了个高、大、全的英雄势，念道：

秋香要活三百年，
放眼看，
儿孙满堂福满园。
福——满——园。

表演到此，观众已经狂热起来，尖叫声、口哨声、叫好声，声声刺耳。没有相当的忍耐力，怕是消受不了这等福分。

筋斗云真是个人来疯，大家越是闹得欢，他就越是亢奋。筋斗云疯狂地翻起了筋斗云，一个接一个，一直翻进彩棚，一直翻到大家看不见他为止。

筋斗云的表演太吸引眼球了，以致人们竟忘了主角新郎新娘。筋斗云走后，大家才想起一对新人，往马背上一看，哪里还有新娘新郎，他们俩早就趁人们狂热之机，悄悄下马溜回了新房。

喜宴开席。秋香卸了装，挨桌给客人们敬酒致谢。

杏杏也褪去婚纱，换了敬酒装，和五斤一道来答谢客人。敬完了第一桌的长辈，五斤就领着杏杏来到第二桌贵宾席，张老板和几个员工就坐在这里。五斤给杏杏介绍说："这就是我给你说的张老板，他是从市里赶来给我们贺喜的，要是没有张老板出手相助，咱们的婚礼办不了这么排场。来，咱们敬张老板一杯。"

五斤说了什么，张老板听得模模糊糊。他此刻的注意力不在这里，而是放在了五斤的身材长相、一举一动、一言一行上，他想从五斤身上寻找自己的影子。五斤给他敬酒，他心不在焉，只管闷着喝。一杯一杯地干，给他倒的门前杯他也喝，弄得五斤不得不一次一次地给他补，半天敬不完贵宾席。一旁的员工提醒他，他才反应过来，这才留住了门杯酒。酒不醉人人自醉，席毕，张老板说他喝醉了，要在主人家醒醒酒再走，让司机先把员工们送到县城宾馆住下，晚上再来接他。

送走了最后一拨客人，已是掌灯时分，忙忙张张乱哄哄，热热闹闹笑呵呵的一天总算过去了。送走了客人，秋香回到自己房间，一屁股坐到沙发上，深深地喘了口气，自言自语地说："总算是办完了，再不会有什么大事了。"

她想在沙发上眯一眯，等隔壁闹新房的娃们家走后再睡觉。她刚一静下来，就听得隔帘后的床上有轻微的鼾声。谁呀，怎么睡在这里？她起身过去，掀开隔帘，发现床上躺着个男人。这人满身的酒味，格外刺鼻。天哪，谁这么没规矩，大白天睡到别人家女人的床上，成何体统？秋香叫醒了醉汉，等醉汉坐起来一看，才知是张志清。怪不得送客时没见着他，原来他躺在这里睡大觉，他可真不把自己当外人啊。秋香问："你怎么没走？喝多啦？你看你，躺在这儿算怎么回事？真是的。快起来，要是让人看见了，我这脸往哪儿放。"

张老板迷迷瞪瞪的，看是秋香站在面前，就低了头哼哼着："嗯——心里难受，喝多了。我问你，五斤是不是我的儿子？"他抬起头看着秋香，眼里汪汪地噙着泪水，等着秋香回答。

秋香和张志清是有感情的。他们之所以没有走到一起，不是他们自身的原因，不是感情出了问题，而是社会的原因，可恶的城乡差别的原因和固执的道德观念原因。这些原因扭成一股劲，就变成了一根大棒。棒打鸳鸯，生生地将一对有情人打开打散。这么多年，她从来没有忘记过他，一个人独处的时候，遇到难处的时候，被人欺负的时候，看见五斤的时候，她都会思念他。有时想得心里难受，像有一块大石头压着，憋得她喘不过气来。现在，张志清用乞求的眼光看着他，一下子把她的感情拉回到二十多年前。我的你呀，为什么现在才出现？你可知道，我的一生就是为了这份情活着，为了你和你的孩子活着。你可知道，为了这份情，我遭了多少罪，受了多少委屈和苦难？她上前半步，把张老板的头搂在怀里，将那张泪脸埋入自己的胸脯，含着泪告诉他说："五斤是我们的儿子。你不在他身边，他常遭人欺负，委屈没少受。孩子向我要爸，我说爸死了，家也没了，你只有妈妈，妈妈会保护你的。我一个单身女人，带着孩子四处流浪，你知道有多难吗？"

张老板搂住秋香的腰,脸在秋香的怀里厮磨着,说:"疙瘩!我的宝贝疙瘩!对不起,让你受屈了,受罪了。我不是人,你恨我吧,打我吧!"

二十多年前,那个年轻的教师张志清就是这么称呼她的。现在,她又听到了二十多年前的昵称,心里感到十分甜蜜、舒坦。虽说受了那么多的苦难,只要有这份情支撑着,有那么多美好的瞬间可以回忆,这一辈子就算没白活,值啊!她低下头,把脸枕在他的头上。她想依着他,让疲惫的身子歇一歇,让孤独的心感受一下爱的温暖。

隔壁闹房的动静大了起来,有人笑咯咯地跑出来,好像是要到这屋里来。秋香赶紧推开张老板,拉上隔帘迎了上去。进来的是两个小伙子,烟抽完了,过来要烟抽。秋香给了他们两盒,他们就走了。

张老板从帘子后头出来坐到沙发上,喝了口凉茶,清醒了许多。他问秋香:"当初,你父亲逼你打掉孩子,你没打?"

"孩子有什么罪,为什么要打?我不认为我做错了什么。打掉孩子,那才是最大的罪恶,我会一辈子不安的。"

"多亏没打,五斤可是个好孩子呀,有情有义有担当,像个男子汉。要不是他,我怕连命都没了。真是无巧不成书,竟然是我儿子救了我,跟演电影一样。你说这老天是咋安排的,咋就这么巧?"

"唉,也许是命吧。"

"这么多年,你都是咋过来的?"

秋香沉默了片刻,流着泪说:"我从公安局作证回来,我爹就把我赶出了家门,我在姐姐家生下五斤。那时候,家家都很困难,姐姐哪能养活得了我们。我就领着五斤沿街要饭,一要就是六年。要到这个村的时候我病了,这家人收留了我,我们就在一起过。后来,五斤他继父死了,五斤也出了事……这往后你都知道了,不说了。"

"唉,真是不容易,苦了你和孩子啦。"

"自己选的路,自己就得承担,再苦再累,也得往前走。都过去了,不提了。"

"有一点我不明白,咱俩一见面,你就警告我说不许乱说乱动,这是为什么?"

秋香又笑了,她说:"这么多年我都给五斤说他爹死了,没有家啦。现在突然冒出个爹来,怎么给孩子解释?再说,你肯定也是有家有室的人了,现在突然冒出个儿子来,回去怎么交代?人家还不跟你闹翻天。除了五斤的继父外,这个村子没有一个人知道我的来历,更不知道我的身世经历。我是怕你触景生情,把咱们以前的事情说出来,那还不给我惹出乱子来?这才刚刚平安几天,千万不要再发生什么事了。"

"照这么说,你是想继续瞒下去,不想让我们父子相认?"

"就是的。都习惯了,我可不想打乱现在的状态,再生出些事端来。认啥认?那不是没事找事吗?"

"父子相认,再正常不过的事情,能生出什么事端来?"

"这儿是农村,不是城里。你不懂,这事就别提了。"

"有儿不能认,你要憋死我呀?"

"活该,谁让你没良心。不说我啦,说说你吧,你被开除以后,干什么去了?"

"被学校开了以后,就回城做小买卖,攒了点钱,开了个果汁厂。"说到这里,张志清不往下说了。秋香还在等下文,等了半天,张志清就是不开口。秋香催他:"怎么不说啦?往下说呀。"

张老板不耐烦地说:"随便成了个家,生了两个娃,过日子呗,还能咋样。"

秋香斜着眼说:"瞎说,我还不知道你,又是爱得死去活来对不对?"

张老板不好意思了:"哪能啊,我爱的还是你。爱情这东西怪得很,爱了你,就再转不过筋了,谁都不行。虽说成了家,可老想着你,一开始我还找过你,都说不知道你的下落,我就死了心,这才成了家。"

"瞎说,我才不信呢。"

"真的找过,不信你回老家问问。"

"这还差不多,算你有情有义。"

说到这儿,张老板话题一转:"不说过去的事了,说点别的吧。秋香,咱们这儿的经济来源主要靠什么?"

"种地呗。咱们家稍好点儿,有一亩多苹果树。树龄太老,快不行了。再就是在村外摆了个凉粉摊子,快二十年了。咱们比别家过得强一点。"

张老板叹道:"唉,挣的都是辛苦钱,不容易啊!家里还有苹果没有,我尝尝,看看味道如何,能不能榨果汁。"

"有,每年都留一点自己吃,我给你拿几个去。"秋香到地窖里拿来几

个苹果,洗了洗,让张老板尝。张老板咬了一口,嚼了几下,说:"口感不错,比我们那里的好吃,榨汁一定不错。叫我说呀,你们干脆别种庄稼了,全种成苹果。到时候,能卖商品果就卖商品果,不能卖我全收,你们旱涝保收,没有风险。要不了几年,你们村就变样了。"

"要是这样就太好了,不知道大家会怎么感激你呢!"

"这对我来说没啥,收谁的果子都是收,我为啥不收老婆儿子家的呢?"

"去,谁是你老婆,别蹬鼻子上脸的。我可告诉你,把嘴把严实些,别不分场合地嘟噜出去,省得惹麻烦。"

大门外响起了汽车喇叭声,张老板说:"是来接我的,不早了,我该告辞了。大面积种苹果的事,让儿子明天给村里打个招呼,让他们考虑考虑。我明天下午来和他们商量。"

"知道了,明天一早就让他去说。"秋香把张老板送出了门。

第二天一早,五斤就去找白平说种苹果的事。

白平一听,拍手叫好:"这是人家给咱们送富贵来了,为什么不要?种,我带头种。要是早两年就好了,地没分,队里就可以决定,不用挨家挨户征求意见。现在就有点麻烦,要一家一家地问。但不管怎么说,一定要种,能种多少算多少。"

五斤问:"要不要给大队说说,让全村的人都种,有财大家发嘛。"

白平想了想说:"先不要说,咱们先和张老板谈谈,等有了眉目再说不迟。"

"对对对,还是稳当点。张老板下午就过来,咱们先和他谈。"

"不要叫人家来回跑了,不合适,咱们要主动去登门拜访才对。你知道他住哪里吗?"

"知道,县城宾馆里。"

"你回去准备一下,咱们一起去,马上就走,等人家出了门就晚了。"

白平、五斤赶到县城,与张老板在宾馆相见。寒暄过后白平说:"村里条件差,还是在这里谈方便。秋香把种苹果的事说了,大家觉得是件好事,都同意种。我们来,就是想了解一下张老板的意思,看你是怎么想的,还是请张老板说一说吧。"

张老板只是点头微笑,却不接话。他只顾用异样的眼神端详五斤。五斤有点不自在,不知自己什么地方不得体,引得他不停地环顾自己,在自己身上找毛病。突然,张老板笑着问:"五斤,想好了没有,跟我干吧?"

五斤觉得张老板有点怪,一看见自己,人就有点走样。白平问他话他不作答,却来问自己跟不跟他干。昨天席间敬酒时,也是这样,心不在焉,到底是怎么回事?有问就得有答,既然问到自己了,不回话就不礼貌了。于是说:"谢谢您的好意。我和家人多年不在一起了,想多陪陪她们。先在家里干几年再说,干不下去我就去找您。"

张老板点点头说:"真是你妈的好儿子,有情有义有孝心。好吧,你就留在她身边照顾她吧。其实在家里也可以替我做事,你就给我当联络站负责人吧,每个月给你开一千元工资,这个总没问题吧?"

"联络站?什么联络站?"

"你看我,说话没次序。是这样,昨天晚上我想好了,写了一份合同,你们看一看。"

张老板拿出一份合同手稿交给白平,说:"我跟村委会签合同,村委会再跟各家各户签合同,我只对村委会,不对各家。厂子在田白村设立一个联络站,由五斤任站长,主要负责厂子与村委会之间的协调事宜;另外还要负责种植、管理、收购、运输等工作。"

白平看过合同后说:"挺好,没意见。张老板很照顾我们呀!"

"谁让我是五斤的……不,说错了,谁让五斤是我的救命恩人呢?我心甘情愿这么做。如果没什么意见,是不是可以打印签字了?"

白平表态说:"我没什么意见。五斤,你看呢?"

五斤说:"你是队长,听你的。"

白平对张老板说:"合同内容可以定下来。不过,我只是一个队的队长,做不了全村的主。我有个建议你看行不行,这份合同算是跟我们小队签的,我们回去后给大队介绍介绍情况,如果他们也想干的话,就让五斤代表厂里跟他们签合同。当然,合同的内容和样式,就按这一份依样画葫芦,你看如何?"

"完全可以,面积越大越好,我就不用到处跑了。就按你说的办,五斤可以代表厂方签合同。"张老板又对五斤说:"双方合作以后,你就是厂里派到这里工作的站长了,以后就要替厂里办事。大胆、认真、细心地干,相信你会干好的。人手不够的话,你可以再雇一两个人。工资由厂里发,每月一百元。有什么问题、困难，及时跟我联系，咱们一同解决。"

五斤点头应承着。

合同签订后，张老板在宾馆招待两人吃饭。饭后，相互道别，张老板回市里，五斤、白平回村子。

白平、五斤带着合同回了村，高高兴兴地来到大队部找书记，想让大队牵头和各队签合同，把全村的种植产业带起来，让大家共同致富。他们两人以为自己办了一件大好事，不想刚一说完，书记就兜头泼了一瓢凉水："谁晓得这事有没有把握，大队不敢冒这个险。现在把地都分到了各家各户，种啥不种啥都是自己说了算。咱不能再走回头路，去强迫人家种这个种那个吧？"

白平解释说："不是要强迫谁，还是采取自愿原则，谁想种就种，不想种拉倒。大队只是出面组织一下，任何事情必须有人着头不是吗？"

书记说："那就让五斤着头吧，他不是厂里的代表吗？就让他跟各家各户直接签合同，这不是更省事吗，何必要大队再插一杠子？说实话，大队不参与有不参与的好处，将来有个矛盾啦，有个利益纠纷啦，等等，大队可以居中给你们调停调停。如果大队参与进去，成了矛盾的一方当事人，到时候谁给你们调解去？"

白平、五斤一听，觉得书记说得有些道理，何必要多这么个环节呢？要知道，环节越多越麻烦，既费人力又费财力，效率还受影响。不知道张老板是怎么想的，为什么要这么干？

白平说："书记说得在理，咱们不妨一试。五斤，你和张老板通个话，问问他能不能按书记说的意思办。如果行，咱们队上的合同也这么办，由你直接和大伙儿签，队上就不出面了，有什么问题，有什么困难，队上能帮上的一定帮。"

"好吧，我问问他，看他怎么说。"

五斤请示张老板，张老板说可以，还解释说："当初只是怕麻烦，怕个人是非多，厂里没有那么大精力来应付，才要和队里签合同。只要你不嫌琐碎，不怕麻烦，你就这么干，没什么原则问题。"

五斤不觉得这里边会有什么麻烦，虽说琐碎一点，但没什么难干的。于是决定，自己代表厂方跟各家各户签合同。

五斤开始了他联络站站长的工作：编写制作了情况介绍和利益评估报

告等宣传资料,起草印制了制式合同和合同样本。一切准备就绪后,又找人掐了个吉祥日子。吉日一到,五斤就拉开了事业的序幕,田白村的高音喇叭上一遍又一遍地广播着通知:

全体村民请注意,下边广播通知——为了促进我村经济发展,提高村民收入水平,丁五斤同志为我村引进了种植果树的项目。项目的主要内容是:市果汁厂免费提供树苗和技术服务,由我村村民在自己的承包地上栽种果树,果子成熟后由果汁厂收购。在果树挂果前的三年里,果汁厂给每亩果园半价补助一百五十斤面粉、二斤食用油。种植户应付的半价价款,待果树有收益后,从果子的销售款中扣除。有愿种者,请到大队部登记,并办理合同签订事宜。

村民们三三两两地来到大队部,浏览着宣传资料,探讨着合同样本,计算着损益比重,很是认真。白平、五斤、杏杏在屋内负责登记事宜。

有村民问:"简介上写的百分之三十是什么意思?"

白平解释道:"就是说,如果市场好,大家可以把品相好的拿到市场上交易,但必须留够总量的百分之三十,以低于市场的价格卖给果汁厂。如果市场不好卖不掉,果汁厂保证全部收购。"

村民疑惑地问:"这不是旱涝保收吗?"

白平说:"你可真聪明,一下就看出来了,就是那么回事。"

村民还是不敢相信:"有这样的好事?我咋不敢相信呢,难道说我们碰见傻子了?"

白平又解释说:"你有所不知,是这么回事:咱五斤救过果汁厂老板的命,人家要报答五斤,五斤不接受,人家就想了这么个办法回报他。明白了吧?"

"哦,原来是这么回事。那咱们应该谢谢五斤才对么。"

五斤说:"乡里乡亲的,谢啥谢。"

"那就给我登上,我种五亩。"

杏杏高兴地说:"好嘞,先登记,再签合同。"

有人带了头,愿意签合同的人就多了起来。杏杏一个个地办着,真有点应接不暇。五斤对大家说:"不用着急,这不是什么急活,有的是时间。

今天办不了明天办，白天办不了晚上办。我们两个就是村里人，只要不误季节，啥时候办都行。"这么一说，大家就不往前挤了。

晚上回到家里，五斤问杏杏："今天登了多少？"

杏杏说："五十户，三百多亩。"

"田仓、白林报名没有？"

"他们好意思来？来了也不跟他们签。"

五斤道："冤家宜解不宜结。都过去这么多年了，忘了吧！"

杏杏埋怨道："你可真是好了伤疤忘了疼，要忘你忘，我可忘不了。"

"忘了吧，人要有胸怀，乡里乡亲的，和和睦睦多好。"

"田仓就是个小人，尽给人使坏，咱不和这种人打交道。"

"小人也会改的，他小咱大，不就把他融化了？歌里怎么唱的：'一条大河浪打浪，小伙儿心胸多宽广'。"

杏杏纠正道："什么浪打浪，是波浪宽。"

五斤说："波浪宽不押韵，不好听。"

杏杏说："那是没有我，有我就押韵了。"

"没有你？你怎么押韵？"

杏杏唱道："姑娘就像花儿一样，小伙儿心胸多宽广。押不押韵？"

"嘿嘿……还姑娘呢，婆娘吧你。"

"我才多大，就婆娘啦？"

"结了婚就是婆娘。你不是我婆娘，难道是我姑娘？"

"去，净瞎说，我不爱听。"

"好了好了，不说不说。"

签合同，种果树，在田白村已经成了人们热议的话题。白林坐不住了，他来到田仓家，想和田仓商量商量这个事情。寒暄过后白林问："人家都报名种树了，咱们报不报？"

田仓瞪着眼说："报你个头啊！你好意思吗？你去报，人家不跟你签合同，难堪不难堪？"

"眼看着人家发财，你就不眼红？"

田仓也知道这是个天上掉馅饼的好事，如果两家没有过节儿，他早就报名签约了。三十年河东，四十年河西，谁知道现在轮到人家风光了，自己有什么脸面去求人家？你走你的阳关道吧，我还过我的独木桥。咱们井水不犯河水,各自过各自的日子吧。

田仓动着自己的心思,没有回答白林的问题。白林见田仓半天不说话,就建议说:"干脆咱们自己种,想咋整咋整,更自由。"

田仓一辈子也没种过果树,他不知道这里边到底有多大风险,多大利益,更不敢贸然上马单干,于是语重心长地说:"白林啊,咱们太弱了,赚得起赔不起呀,事事都要'稳'字当先。自己种,卖不了咋办?赔了咋办?一家子喝风拉屁呀?这财不是谁想发就能发的,还是稳当些好。他吃他的鱿鱼海参,咱吃咱的麦米菜籽油。鱿鱼海参固然好吃,可麦米菜籽油也不错啊。"

两人正说间,五斤来了。他面带笑容,和气地问道:"田仓伯好!白林叔也在这儿啊?"

田仓一惊,忙客气地招呼道:"五斤来了,快请坐。老婆子,快给五斤沏茶。"

五斤忙说:"不倒茶了,我刚喝过。不用客气,我说几句话就走。"

五斤坐下后,田仓说:"士别三日当刮目相看,五斤真的是出息了。"

五斤谦逊地说:"伯伯夸我呢,没有的事。我来呢,有两件事要说。第一,我是来给您道歉的。正好白林叔也在,我也给您道个歉。当初都怪我年轻气盛不懂事,做下不该做的事,害了自己不说,也伤害了你们。对不起!我给你们鞠个躬,认个错,请你们原谅。"说着,他站起身,要给田仓、白林鞠躬赔礼。

田仓忙上前拦阻,感动地说:"使不得,使不得。娃呀,伯伯也有不对的地方,是伯伯对不起你呀!伯伯早就想登门道歉,可就是爱面子,抹不开这个脸呀。你来了就好,伯伯就趁便给你说一声,对不起!我希望,咱都把过去的事忘了吧,就像上头说的,团结一致向前看,你看行不行?"

五斤点点头:"说得好说得好,团结一致向前看,我赞成。过去的事就让它过去吧,谁都不要再提了。"

白林也不住地点头:"对对对,不提了,都忘了吧。"

五斤把田仓扶回到座位上。田仓坐下后,抬头微笑着看五斤,五斤也看着田仓,两人脸对脸看了个真切。五斤还是第一次这么近距离地看到田仓的这只义眼。义眼白多黑少,眼窝塌陷,眼眶也退向四边;整个眼球比那只好眼大了许多,与脸面不成比例;眼珠子更是瓷瓷地没有表情,看上去有

些怕人。五斤心里咯噔一下，一种说不出的愧疚感涌上心头：道个歉就能弥补这个缺陷吗？道个歉就能抹去这个标记吗？不会的，永远都不会的。人说一失足就成千古恨，一冲动不也成千古恨了吗？唉，后悔也晚了，以后多多弥补吧。于是他说："我说的第二件事，就是想问问，你们咋不报名种果树呢？是不想种，还是有啥顾虑？这可是个好事，我是真诚地希望你们参加进来，咱们一同致富。"

白林沉不住气，先开了口："咋不想，还不是怕你不要我们么。"

五斤说："我一想就是这问题。伯、叔，种吧，别想那么多。有人给咱们兜底，旱涝保收。再说收入也多，一年少说也能顶庄稼五年的收入，为啥不干呢。我先给你们打个招呼，你们考虑考虑。我有事先走了，你们考虑好后，随时可以来签合同。"

田仓说："没什么好考虑的，回头我们就去签。谢谢你想着我们，你走好。"

田仓、白林恭恭敬敬地送五斤出门。看着五斤的背影，田仓感动地对白林说："这孩子大人大量，像个干大事的人，就跟着他干吧，错不了。"

十六

田白村的土地上到处都是挖树坑的和挖好的树坑。土一锨一锨地往外扬，就像战场上的土工作业。坑土一堆一堆地连成了片，好像战场上挖的战壕一般。土工作业也好，战壕也好，都是为了保存自己，战胜敌人。田白村的人们挖树坑，是期盼着这片厚土能给自己长出摇钱树，长出几代人期盼的幸福生活。

五斤陪着从苗圃请来的专业技术人员，到地里给农民做指导。技术员转了转，看了看，指了指，点了点，末了说："这个活没什么技术含量，坑的尺寸和树的间距够了就行。坑挖好后，最好用人粪尿或其他有机肥料浸一浸，这样就能多存点墒，地力就厚实了，对以后的生长有好处。不要怕麻烦，人勤地不懒，一份努力，一份回报。"

五斤点头应承着："这不是过去给生产队干活，都是给自己干，只要有好处，他们是不会偷工减料、惜力偷懒的。"

技术员说："其实这和种庄稼一样，要把事当事干才行。胡日晃晃，啥都干不成。"

五斤点着头回应着："有道理，是这么回事。"

"季节到了，再有几天就可以起苗栽树了。到时候我们通知你，你就可以派人来拉树苗。"

"行，我们做好一切准备，等你们通知。"

两人在地里转了一会儿，五斤提议说："咱们回村吧。补助粮油下来了，他们正在大队部给各家各户分粮，咱们看看热闹去。"

"你们还叫大队呀？不是早都改成村委会了吗？"

"早改了,叫顺了口,一下改不过来,还是大队小队公社的叫着,都这样。"

"唉,改个称呼都这么难,改造社会,改造人的旧观念老毛病坏习惯,那还不得难死!"

"哈哈哈……"

"哈哈哈……"

两人都笑了,心里说:改不改的,咱管得着吗?瞎操心。

村委会院内,几个村民在杏杏的指挥下,从卡车上往下卸面粉和食用油。高音喇叭反复播放着通知:

"各位村民请注意,现在广播通知:市果汁厂补助果农的面粉和食用油已经拉回。请签过合同的果农前来村委会领取……"

村民们陆陆续续地来村委会分粮,有拉板车的,有蹬三轮的,也有空手来看热闹的。杏杏翻着登记册,叫着名字,唱着字码:"田四宝,面粉一千零五十斤,油十四斤。"

管分粮的两位村民给田四宝的板车上装面粉,装到一半多,车满了。田四宝忙阻拦:"别装了,再装车胎就放炮了。"

有人起哄道:"咋不让母老虎来嘛,她一个人就能驮回去,还费这劲。"

田四宝回敬说:"老虎是吃人的,不是干活的。倒是你一定要把花大姐叫来,她一来呀,不用你扛,老少爷们一人一袋就给你送回去啦。"

田四宝的话,惹得众人都笑了。花大姐是那人的婆姨,长得白净可人,够得上"村花"级别,人见人爱,所以田四宝才这么说。

田四宝把面粉在车上挪来挪去,就是装不上。杏杏看着着急,就说:"你不会先送一趟回去,再来一趟吗?看把人笨的,猪是咋死的?"

田四宝不服气:"笨死的呗。你还说我笨?我看你才是真笨。一下分这么多,不好拿不说,这一时也吃不完。放的时间一长,还不都出虫发霉变坏了?你就不会发成本本,让我们自己去领,吃多少领多少,还不用你雇车一趟一趟地拉。你说我说得对不对?我笨?你让大家说说,到底谁笨。你说猪是咋死的?"

杏杏跷大拇指说:"高!实在是高!我就没想到这个。你看把人忙张的,找车装车卸车分粮,整整一天没停点,明天还得搭进去。说来说去还是我笨,这就是对笨人的惩罚,活该受罪。你这个建议实在是高,谢谢你啊。

今年不行了,明年就按你说的办。"

田四宝倒不好意思了:"谢啥嘛,说到底还是应该谢你们。"

杏杏:"别说了,快把这点送回去吧。下一个,白建林,面粉一千二百斤,油十六斤。"

田小北一直在现场看热闹,看得眼馋心痒痒,他来到杏杏跟前央求道:"杏杏,想跟你商量个事。"

杏杏问:"什么事?你说。"

"给我也分了吧,我马上签合同。"

杏杏笑了:"这个我做不了主,你得问五斤。"

"你们是两口子,问谁不都一样吗?再说,我……我不敢找五斤。"

"为什么?他又不是老虎,你怕他什么?"

田小北不好意思地说:"小时候……我们不是打过架嘛,到现在我还怕他,一见他心里就发毛,说正经事就更不行了。"

杏杏感到奇怪,问:"当初不是你打的他嘛,怎么你反倒怕他?"

田小北小声说:"唉,你是不知道,第一回是我打他,可是没打赢。第二回是他找我单练,把我美美地揍了一顿。从那以后,我在他面前就彻底失了势,见了他心里就发毛。他打了田仓和白林后,我就更害怕了。又听说他空手斗歹徒,一个对两个,我简直佩服得五体投地。你说,我咋敢在英雄面前讨便宜嘛。"

杏杏哈哈大笑:"哎呀你呀,真有意思,那是小时候的事,他早就忘了,没想到你还落下病根了。后来的事,都是给倒霉催的,没办法,就别提了。你这是心病,心病要用心药治。回头我跟他说说,让他趴在那儿,你用柳条狠狠地抽他一顿,你的心病兴许就好了。"

"得得得,你吓死我吧,我可不敢抽他。"

这时候,五斤陪着客人进了院子。杏杏对田小北说:"正好,五斤来了,你去给他说。我给你帮帮腔,兴许没问题。"

田小北吓得往杏杏身后一躲,小声说:"你说吧,我走了,说成了回头重谢你。"说完,从人缝中溜了出去。

白平刚把面领回家,老伴就用上了。她一边揉面一边说:"这面真白,也还算筋道。大半辈子了,也没敢这么放开地吃白面。"

白平在一旁说:"要不是五斤,你能吃上洋面?吃水不忘挖井人,田白

村的人都应该念人家的好才是。"

"五斤这娃儿真厚道，不记仇，心好。"

"就是的。可我不明白，他好像换了个人似的，把过去的事忘了个精光。要是我，我可做不到。"

"这娃度量大，你当然不会明白。你就知道跟我吵架，你还知道什么？"

"你看你看，说着说着就来了，啥事都能把我牵连上，有影没影地把我数落一顿，能不吵吗？"

老伴"扑哧"笑了："你看你，又来了，一点不吃耍。要是五斤的话，会像你这样？好了，你不让连你，我不说还不行吗？……这面倒是挺白的，可就是没有麦麸，将来拿啥喂猪嘛。"

"哈哈，山高不算高，贪心比天高；井水当酒卖，还嫌没酒糟。看来人永远都没有满足的时候。没啥喂就不喂，叫你享福都不会，贱！"

"不喂猪，零花钱从哪儿来？你别站着说话不腰疼。"

"你猪脑子啊，苹果卖了不是钱？"

"你咋骂人哩！谁猪脑子？不做了。"老伴生气了，把面团一丢出了屋。

刚一出屋，迎面就碰上了来造访的田小北："小北来啦？你平伯在屋里呢，快去屋里坐。"

"大妈可好？还没吃饭呢？"

"还没呢，快做好了，马上就吃。你去说话吧。"

田小北进屋见了白平："平伯好！"

"小北，我知道，你是无事不登门。说吧，什么事？"

"看你把我说的，好像我平时没来过似的。不过您说对了，确实有点事。我想好了，还是种果树吧，我想跟村里签合同。"

白平高兴地说："好事呀，欢迎！不过你找错人了，队里不管合同的事，合同是跟果汁厂签的。五斤是果汁厂的代表，找他就行。"

田小北为难地说："这我知道，我怕他不跟我签，所以来找您。您是长辈，又是他的恩人，您的话他不敢不听。您就给说说，让我把面和油先领了，随后我就和他签合同，怎么样？"

白平："你小子尽想好事，你还没种树呢，就想领面？"

"马上种马上种，面一领就种。"

白平一阵大笑："你昏了头了？你地里的麦子都要拔节了，你想毁了呀？你不觉得可惜呀？人家领面的人是去年签的合同，秋播时就没种麦子，留了白地准备种树。因为今年没有收成，所以人家才给发面发油的。去年动员你种树，你说天上不会掉馅饼，不相信会有那好事，说什么也不签。现在看人家分面分油，眼红了？早干啥去了？"

"早晚不都一样吗？我肯定是要种的。你给说说，先让我把面领了，我马上签合同，明年保证把树种上。"

"我告诉你，合同可以签，面领不成，你还是跟第二批一起签吧。先把今年的庄稼收了，秋后把地留出来，明年就可以种。树一栽，面和油自然有了。"

田小北一听这话就没了兴趣："这样啊？那——那还是等等再说吧，我走啦。"说罢起身就走。来到院子，白平老婆留他吃饭："小北别走，我给咱用刚领下的洋面做扯面吃，吃了再走。"

田小北一脸的不高兴，说："你们自己吃吧，我没资格吃。"

"这，你这是啥话？"白平老婆不知何故，注视着田小北的阴脸问："你咋咧？生你平伯气啦？你先别走，我说说他，叫他给你认错。"

这时候，白平也从屋子出来了。他对老伴说："让他走，别拦他。他是跟自己置气呢，我解不了他心里的疙瘩。"

白平这么一说，田小北加快了脚步，迅速离开了白平家。白平老婆问缘由，白平叹息道："唉，目光短浅呗。只看到眼前的一点蝇头小利，没沾上光，就生气了，等大家以后赚了钱，他还不得气死。"

"农村娃娃么，有几个有眼光的？你都活了几十岁了，也没看见你有啥眼光。"

"咋说着说着又把我连上了，我说你这毛病能不能改。我没眼光？我没眼光能把秋香接到村里来？能让秋香嫁给白旦？没有秋香，白旦能过上好日子，能有如今的五斤？没有五斤你能吃上洋面？我没眼光，没眼光人家能让我当队长？"

白平老婆"咯咯咯"地笑了起来："这可真是人家说的表扬与自我表扬相结合；苜蓿地的刺角花，人家不夸自己夸，没羞没臊。秋香、五斤来田白村是你的功劳啊？秋香不落难，你接个屁；秋香不愿意，你嫁个屁；白旦不

打光棍,你介绍个屁;白旦人不好,他娶个屁。我看这里头没你啥事,咋一下都成你的功劳了。"

"胡搅蛮缠,不跟你说了。赶紧弄饭,我饿了。"

"我没眼光,做不了。饿了自己弄去。"

"嗨,翻天了……"

"谁翻天了?平伯,看你凶的,要吃人呀?"五斤领着苗圃客人来了。

白平两口马上多云转晴了:"是五斤呀,还带了客人。快请客人到屋里坐。"老两口领着五斤和客人进了屋。

五斤说:"我是来讨饭吃的。大妈的面食做得好,你拿洋面给咱做两碗扯面,让客人尝尝面的味道,也见识见识大妈的手艺。"

白平说:"这还有啥说的,面早都醒好了,手到擒来。老婆子,先给客人和五斤弄两碗。"

"这个简单,说好就好。你到院子拔几根菠菜、香菜,我这就做。"白平老婆绾了袖子,揉面、擀面、抻条一气呵成,利利索索,像是要故意露一手给人看似的。两碗面一会儿就好了,热腾腾地摆在了客人面前。

客人一看,点头称赞:"好,又白又光又滑,看一眼就流口水。大叔大婶,我就不客气了,先咥咧。"

白平说:"咥咥咥,不能等,一耽搁就坨到一块儿不好吃了。"

五斤陪客人吃了起来。两人边吃边夸,一碗面条一阵响,转眼间便碗底朝天。吃得两人鼻尖上直冒汗,鼻腔里吸溜吸溜流鼻涕。

客人放下碗说:"嘿嘿,失态了,大叔莫笑。我们在苗圃吃饭都是胡凑合哩,没吃过这么可口的。这么好的饭食,恨不得把头卸下来往肚子里倒。"

"哈哈哈,有啥稀奇的,饭就是要这么吃哩,热饭热吃,香。慢悠悠的不过瘾,还没吃几口就饱了。那不叫吃饭,是品饭哩,把品功用错地方了。"

两人的话,把五斤逗乐了:"你们两个说相声呢?咱们三个说个群口相声:看我俩的吃相,像不像猪八戒吃西瓜,吃人参果,像不像壮货(猪)拱槽?"

白平瞪了五斤一眼:"放尊重点,人家是客人,别乱说。"

客人笑呵呵地说:"没事没事,开玩笑么。我们两个年龄差不多,也混熟了,狗皮袜子没反正,不讲究。"

152

人家大度，五斤不能自己原谅自己，他道歉说："请老兄多多包涵，一时高兴，说秃噜嘴了。"

技术员一挥手说："闲话不说，言归正传。请问大叔，我吃这面筋道得很，是不是里面使了啥东西？"

白平摇摇头说："没有，咱们这一带的土质和气候适合麦子生长，人家洋话咋说来着？什么纬度……"

"地球经纬度。"技术员提醒道。

"对，就是这个，纬度适合麦子生长。虽说产量一般，可是面的口感好，筋道、光滑。庄户人家过得仔细，吃的都是一罗面，磨得扎，麸子留得少，所以把面的优点给埋没了。洋面就不一样，人家是供城里人吃的，都是八五（出粉率）面，甚至有七五的，所以就好吃多了。"

技术员点头道："怪不得不一样，原来还有这么一层。这么好的地，种树有点可惜了。"

五斤说："谁说不是，可粮食卖不上价么，大家辛苦一年，还是过不上好日子。咱们只能从土地上想办法，这才想到种树，看看能不能翻个身。"

技术员说："种树肯定比种庄稼强么，你们走的路子是对的。咱们这儿的人还转不过筋来，都不愿种，觉得种树是不务正业，胡整哩。你不信看着，等你们挣了钱，他们就眼红了，一窝蜂地都跟着种。到那时候麻烦就来了，果子不能当饭吃，多了就没人要了，非烂到地里不可。你们趁早把树种上，抢个先，等他们灵醒过来，你们已经赚得盆满钵满。到时候，市场浪了，卖都卖不动。你们呢？树一拔，转行了。"

技术员的一番话，给了五斤和白平极大的鼓舞，两人露出了得意的笑容。

十七

五年后。

又到了收获的季节，五斤牵着儿子强强的小手在果园里转悠。他摘下一个苹果，擦了擦，给儿子吃："尝尝，看好不好吃。"

儿子咬了一口："甜，好吃。"

一位客商匆匆来到五斤身边，说："丁站长，我是县果品公司来收购苹果的。果农们说，你不发话他们不敢卖，所以我来找你。去年果子少，都是随便卖。今年的产量比去年多了一倍，反倒管得严了，为啥嘛？"

五斤说："你有所不知，果农们和市果汁厂是有合同的，每年要拿出产量的百分之三十低价卖给果汁厂。人家免费提供了树苗，提供了技术服务，挂果前每年还半价供给种植户面粉和食用油。该是咱履行合同的时候了，你猜怎么着？"

客商摇摇头说："猜不出来。"

五斤说："第一年刚挂果，果汁厂说，让大家把果子拿到市场上卖个好价钱吧，尝尝赚钱的滋味，改善改善生活，我们就不收了。第二年果子产量成倍增加，该执行合同了，我们给各家估了产，确定了每家应卖给果汁厂的数量，让大家按时按量自觉履行合同。让我没想到的是，我的这些父老乡亲个个心怀小九九，打起了自己的算盘，大多数人把果子一个不剩地卖给了客商，留给果汁厂的，全村合起来也不到百分之十。你说气不气人？"

客商点点头："是有点过分。"

五斤抱起儿子说："走，咱们一起回去，我到村委会高音喇叭上喊一喊，你就可以直接从各家收果子了。"两人沿着村道往回走，五斤接着说："人家果汁厂白白把树苗给你供上,把粮食给你补上,投入那么大。现在该你出点水了,怎么的,脚底抹油溜了,问问自己良心何在? 果汁厂倒是好说话,说卖就卖了,来年看紧些,以后不再违约就行。人家这么说,也是被迫无奈。可我呢,领着人家的工资,享受着高管的待遇,就这样给人家工作? 你让我给人家怎么交代嘛?"

客商安慰五斤说:"别往心里去,正常的。看样子,我可能比你妄活十多年,经的事要多些。咱们中国老百姓的诚信水平实在是不敢恭维,见钱眼开,见利忘义,往往为一己私利翻脸不认人,不认事,不认账,不认道。自己说过的话可以不认,自己许下的承诺可以不兑现。他们还会找出千条理由、万条说道跟你狡辩,从来不知道认错。钱一进腰包,就别想让他再掏出来。除非你捏着他更大的利益来交换,否则别费那力气。不知道站长今年怎么个整法?"

五斤说:"能有什么办法,看严点呗。哪家能卖多少果子是一定的,他们自己也知道。我们告诉他们,凡是卖果子的,都要给客商发路条,写明是哪家卖的,卖了多少,卖主还要签字画押。我雇了几个人把出村的路口封死了,见条子放行,没条子的不准出村。我看他们还有什么办法。"

客商说:"只要把守路口的人不被收买,应该说没什么问题了。"

五斤说:"不会的,我给他们开的工钱不低,料他们不会那么干。"

客商微微一笑,说:"但愿他们忠于职守,不会两头吃利。"

"两头吃利?"五斤倒吸一口冷气,"这可怎么办? 老兄,你给出个主意。"

客商说:"道高一尺,魔高一丈;道魔之争,永无止境。尽心吧,意思到了就行了,你改不了现实和人心的。有本书叫《丑陋的中国人》,台湾的柏杨写的,买一本看看,什么都清楚了。——你赶紧去广播吧,我该收果子去了。"

客商急急忙忙走了。白平急急忙忙来了,见面就喊:"五斤你去哪儿了,书记到处找你呢。"

"书记找我? 他找我干啥?"

"乡长又带了一拨人来,说是要参观取经,要你接待一下,还要介绍经验。"

五斤一听就来了气:"哪个农民不会种树,介绍个屁经验呀,又是游山

玩水打秋风的。我不侍候这帮老爷,谁爱接待接待去,我不去。"

"你看你,书记点名要你去,你敢不去?"

"我为啥不敢?我是一个普通农民,不是你们组织的人,别呼来唤去的。他们参观的是什么?是农民如何种树致富。而我呢?我是果汁厂的驻站代表,凭什么要我介绍?求我办事还差不多。呼来唤去,有这么求人的吗?连个见面礼都不带,还要我招呼他们吃饭,走的时候再送上一箱一箱的果子。这是哪家的规矩?对不起,今天爷不伺候了,爱咋咋的。"

五斤没好气地说着,还一套一套的,给了白平个对不起。白平闹不清五斤为什么突然这样,就提高嗓门训斥:"嗨嗨嗨,你中邪啦,有一搭没一搭地你胡咧咧啥哩。前几次你咋不说?这回咋就不行?你也是过三十的人啦,对了,你还抱着强强,是当爹的人啦,怎么就没个定型呢?快把孩子送回去,赶紧跟我走。"

"哎哟哎哟,我的妈呀,怎么回事?"五斤呻吟着往地下坠,差点把孩子摔到地上。白平急忙护住孩子,眼看着五斤窝到地上,问:"你怎么啦?"五斤说:"老毛病犯了,头晕,肚子疼,别动我,让我在这躺会儿。你把孩子放下,赶快回村委会,跟书记请个假,就说我病了,要休息一两天才行。接待的事让他们办吧,怎么办我都没意见。"

白平要扶五斤去医疗室看病,五斤不去,说自己知道自己的病,村医看不了。白平要扶他回家,他说暂时不能动,只能躺着等,啥时候过了这个劲,啥时候就自己起来回家。他催白平赶紧去村委会应酬,省得误了事。白平无奈,只好走了。白平一走,五斤就一骨碌爬起来,自言自语说:"一帮吃货,白吃白喝又白拿,还仰着脸儿做指示,什么玩意儿。"他拍拍身上的土,笑呵呵地回家了。

回到家里,五斤让杏杏赶紧去村委会广播通知,让各家各户开始销售苹果。杏杏问他为啥自己不去,他说自己不能去,要是遭遇吃货团,非得当冤大头不可。杏杏会意地一笑,放下手中的活计,去了村委会。不一会儿,村委会高音喇叭就传出了杏杏的声音:"全体村民请注意……苹果已到采摘销售季节,现有客商上门求购,请大家主动与客商联系销售事宜。切记,每户的销量不得超过产量的百分之七十,如有超卖,后果自负。"

满载着苹果的卡车一辆辆驶出田白村。五斤满怀喜悦,在果园里转来转去,来回巡查。杏杏风风火火地来到果园,东张张西望望,寻找着什么。

五斤上前问:"你来干什么?"

杏杏说:"找商客,卖苹果呀。"

五斤说:"回去吧,咱家的先不卖。"

杏杏知道五斤的意思。去年自己家就没卖,最后全交到了果汁厂,少收了几千元。杏杏觉得吃了亏,秋香就劝她说:"五斤做得对,咱不能亏了人家。人家给他开那么高的工资,他把人家的事没干好,该给人家补偿补偿。"秋香这么一说,杏杏就不吭气了。今年又是这样,杏杏有点不乐意,自己交够自己的就行了,为什么要给超卖的人家补?谁超卖罚谁,不能给他们惯这个坏毛病。杏杏说:"年年都这样还行?咱又不欠他们什么,为啥要替他们填窟窿?不行,我非卖不可。"

五斤脸一沉:"不行,不能卖。啥亏不亏的,多少是够?"

俩人争执起来。这时,田仓也来果园转悠,来到五斤夫妇面前。两人马上不争了,笑着和田仓打招呼。五斤问:"田伯,你家的卖了没有?"

田仓说:"先不卖,等等看。"

五斤问:"行情已经不错了,可别错过行情。"

田仓说:"不是行情的事,看这架势,还会有人超卖。到时候,你拿啥给果汁厂交货?去年的教训你忘啦?我先留着,看看情况再说。"

五斤有些小感动,说:"田伯,你卖吧,我有办法。去年你就贴了,不能年年叫你贴么。"

田仓说:"人应该知足,这一年的收益能顶庄稼几年的收成,可以了。人家果汁厂又不是白要你的,只是价钱低些,这也是应当的,人家当初的投入就不是钱?人还是要有点良心的。"

五斤说:"田伯到底是当过领导的人,就是不一样,有大局意识。"

"行了,你就别夸我了,我干下的瞎瞎事能装几草笼。"

"一时一事么,不能拿现在的标准衡量过去的事情。那时候,谁不干几件可笑的事儿?当领导事事都得管,可笑的事儿肯定就多,你说是不是?"

"确实可笑,我都不知道自己当时是怎么想的,把你妈给得扎的,现在想起来都觉得脸红。"

杏杏插话说:"其实看咋说呢,叫我说,人经受一点磨难不是坏事。我们家就是个例子,我们经受的磨难田伯你最清楚。就是这磨难,才把我们的心劲激发了出来,才有了今天的好日子。"

田仓点头称是,道:"杏杏说得有道理。谁都有不顺的时候,谁都有走出不顺的那一天。人还是要厚道一点,不要落井下石,不要站在一旁看笑话,能拉一把就拉一把。笑完了人家,回头自己不顺了,还笑不笑? 你看我笑话,我看你笑话,看人家等于看自家。人生路上没定数,都是活在笑话中,谁笑谁呀。"

五斤赞道:"哎呀田伯,你可以当教授了,这话精辟呀! 你别落在……"话还没说完,五斤却突然猫着腰溜了。他一路小跑,跑到地头堎边,纵身一跳,不见人了。

田仓杏杏不知何故,四处张望,这才发现村子那边过来一拨人。杏杏看得清,领头的是书记和白平,其他人全是生面孔,一个都不认识。杏杏一猜就知道这伙人是干什么的,便钻进园子躲了起来。田仓老眼昏花,看不清人,也不知道是怎么回事,就背着手站在那里,目迎着这拨人到来。走近了才知道是一群来观摩学习的人。书记、白平主动和他打招呼,他哼了一声,连个笑脸都没有,就背着手仰着脸走了。

白平看见田仓那个样子,心中老大的不快。他想,过去田仓当队长的时候,他就看不惯田仓的做派。如今自己当上了队长,人家也看不惯自己,这是可以理解的。可是这次不同,这次是陪同上头的人来打秋风,谁见了都不会高兴的。就是自己也不愿意干这个。田仓看不惯这种事,那是对的,是人家有骨气。可是看他那眼神,好像是对自己陪客人这件事有些鄙视。这可就冤枉人了,王八蛋才乐意干这个呢,就是你当队长,不也得这么干嘛?

白平这会儿正在犯愁,不知道该从哪里刮出十多箱苹果来送人家,该到哪里刮出一顿像样的饭食来招呼人家。这两个问题不解决,你就是说得天女散花也是白搭。现在田仓又用这种"行为艺术"来气他,他如何能不生气? 他恨不得一跺脚不干了,爱谁谁。可白平到底是白平,有春秋的人了,不能这么感情用事。没有办法也得想出办法来,没有东西也得变出东西来。

杏杏钻进果园,躲过观摩团,从果园另一头的堎上跳下,回了家。

秋香在院子里逗孙子玩。她从针线笸篮里拿了个红纽扣给强强看:"强强,这是什么?"

强强说:"红纽扣。"

"强强真聪明,一下就说对了。"她又把纽扣当着强强的面握在手心,问:"强强,奶奶手里握的什么?"

强强说:"红纽扣。"

秋香把手伸开:"得儿,嘿,真是,我还以为是毛毛虫呢,原来是红纽扣。强强说对了,强强真聪明。来,奶奶奖一块糖给强强吃。"秋香在衣袋里摸糖,摸不着:"咦,这糖真调皮,藏哪儿去啦?"

强强不愿意了:"奶奶骗人,你没有糖。"

"不准这么说奶奶!奶奶怎么会骗人呢?"杏杏推门回来了。她绕到秋香背后,悄悄塞给秋香几块糖。

秋香手中有了糖,就变起戏法来。她把手举在空中,一划拉,一吹气,再伸开:"得儿,这是什么?"

强强拍着小手喊:"糖,奶奶没骗人,奶奶有糖。"

秋香把糖给了强强,强强接过糖就跑了。

秋香问杏杏:"咋这么快就回来了,联系好啦?"

杏杏说:"五斤不让卖,还是怕有人超卖,给果汁厂没法交代。妈你说,别人欠账咱们赔,这不是瞪着眼吃亏吗?"

秋香还是老一套:"啥亏不亏的,都穷怕了,想多卖俩钱,不奇怪。乡里乡亲的,别太较真。张老板对咱不薄,给你和五斤发那么高的工资,咱不能昧良心亏了人家。少卖万把块钱不算啥,不吃亏。五斤这么做是对的,不许你跟他闹,听见没有?"

"妈,你看你,谁闹啦,我就是给你说说嘛。"

"没闹没闹,我娃没闹,是妈冤枉我娃了。"两人都笑了。

杏杏又说起五斤和她躲观摩团的事。说起白平接待观摩团,像给强力胶粘住一样脱不开身,秋香听后哈哈大笑。她说:"有啥好观摩的,一亩园十亩田,这是大家都知道的。想种就种,不种拉倒,哪个农民不会栽树,还要到这里来学?真是吃饱了撑的。过去工作组来,吃的是派饭,吃完还留下四两粮票一毛钱。现在倒好,白吃白喝不给钱,走的时候还要拿,难怪百姓不欢迎。过去公家人来,田间地头,那是扑下身子真干。现在可好,专往富人家跑,专帮富人,一吃二喝的,没个正型,老百姓怎不讨厌他。五斤给抓了两回差,至少赔出去五百元。这回看你平伯怎么办?拿什么来招呼人家?"

"能有啥办法，还不是自掏腰包呗，谁让他是队长。"

大约过了半个时辰，五斤回家了。杏杏问："观摩团走没走，你就跑回来了，你不怕人家到家里来抓你的差？"

五斤哈哈大笑："不用担心，已经招呼过啦。"

"招呼过了？谁招呼的？"

"还能有谁？平伯呗。"

"他是怎么招呼的？"秋香、杏杏问。

"哎呀，笑死人了。平伯真是个老江湖。"

五斤叙说了白平招呼干部的经过：一行人在地里转到吃饭时间，白平悄悄跟书记说，他们是来参观全村的，又不是只看我们队一家，招待也应该和村上两家分摊才行。书记说分摊就分摊，问怎么个摊法。白平说，我们管吃饭，村上管送礼。书记说没问题，就这么定了。又问白平，饭点儿到了，想请大家吃啥呀？白平说，吃油泼扯面么。他把老伴做面食的手艺大加赞赏了一通，说谁谁谁都吃过，吃过后都不走，想等肚子空一空，再吃第二顿。来参观的这些人都是见过世面的，什么样的东西没吃过，再好的东西也不稀罕，就用油泼面招待，他们一准喜欢。书记就同意了，于是，大家就一同去了白平家。

白平老伴一看，来了这么多干部吃饭，就装出受宠若惊十分高兴的样子招呼人家。沏了茶，敬了烟，摆上干果，然后说，家里面太少，怕不够吃，要去邻居家借点面回来。

说到这里，杏杏问："怎么就没面了，前天我还见白杰给他爷扛过去一袋面呢，这么快就吃完了？"

"别打岔，听我说。"五斤继续叙说道："大妈这一去，就再也没回来。干部们干坐着等，抽足了烟，喝够了茶，还不见大妈回来。再笨的人也该看出来了，主人家不欢迎他们，于是，干部们就饿着肚子离开了。书记说，还有土特产奉送，要大家到村委会去拿，他们哪里还有脸面去拿？从白平家出来，就直接回乡上去了。"

杏杏听了大笑，说："怪不得人家说'敬神敬鬼敬佛祖，防火防盗防干部'呢，干部到底咋咧，那么不受人待见？"

秋香说："你平伯过分了，连点人情味儿也没有。唉，到底是怎么回事啊，是哪儿出了问题？"

五斤说："问天问地问鬼神，都不如问问自己。不是人不待见你，一定是你自己出了问题。"

杏杏端饭上来，招呼大家吃饭："吃饭吃饭，管那些闲事干啥。天塌下来有大个子顶着，关咱们屁事。"

是啊，干部有干部的脑子，人家怎么想是人家的事，关咱们屁事，百姓把自己的日子过好就行了。该吃饭了，一家人的话题，又回到了平凡世界。

新的一天又开始了，五斤依旧到果园巡查。他来到田小北的果园，发现树上的苹果已所剩无几。果园的草棚子摇摇晃晃，好像有人在里边。待走近了才听得女人的哼唧声和男人的喘气声。五斤不敢再往前走了，他不知道里边是谁跟谁，别像当年打白林时顺手捉了奸，面子上实在不好看。就是两口子做爱，那也是秘密的，只能是两个人的事。自己插一脚，坏了人家的兴致，搅了人家的好事，也是不道德的，他只好站在棚外近处等着。

里边又传出了滋润舒坦的声音，刺激得五斤下身硬邦邦的。往下看，裤子被顶得老高，站着实在太难看，于是就蹲了下来往回憋，尽量不听声，不想酸事好事。棚内终于消停了，不声不响，可五斤那家伙却不愿消停，大有不给点实惠不低头的决心，闹得五斤不敢贸然起身见人。他蹲在地上等着老人家低头，这时候，棚内传出了说话声：

女："在野地里弄就是不一样，以前怎么不知道哩。"

男："那就天天在野地里弄，叫你吃个饱。"

女："果子卖完了还来干啥？就为个这？还不叫人笑死。"

男："瓜样子，还能敲锣打鼓地来？地里的活多着哩，啥时想弄，啥时就扛个锄头下地了，谁知道你来干啥？"

女："嘿嘿嘿，就你点子多。"

男："没点子敢把苹果一下卖完？没点子能让你上头下头都享福？"

女："对了，一下子就给卖完了，我看你拿啥给果汁厂交货。"

男："没的交就不交了，我看他丁五斤能把我吃了。"

女："人家能把你咋样？关键是咱的脸往哪儿放？签了合同，说话不算话，谁还敢跟你打交道。"

男："脸皮厚，吃个够。脸皮厚也是本事。只要咱的小日子过得滋润，不愿意打交道拉倒，咱还省心了呢。"

五斤听出来了，里边没有奸情，是领了执照的小北两口子打野味、尝新鲜哩。不管在家里还是在地里,人家都是合法经营,正常营业,没什么丢人的。于是他大声干咳两下,算是敲门打招呼。

咳声一出,棚子里立马慌乱起来。田小北两口子忙起身提裤穿衣,窸窸窣窣,做贼似的。五斤站在门口笑着说:"别慌别慌。猪打圈,狗连蛋,两口子闹春不稀罕。野欢的味道一定比在家好吧?"

小北媳妇责道:"五斤,你说话咋这么粗呢。"

五斤坏笑着问:"粗? 你咋知道? 你是见过还是用过? 有没有小北的粗?"

小北媳妇脸刷地红了:"你越说越不像话了。"

"哈哈哈……不说了不说了,说正经的。小北,你咋把果子一下子给卖完了,你拿啥履行合同呀?"

小北支支吾吾:"我……我没注意,是客商雇人卸的,一下就……卸冒标了。我栽树晚,比人家少卖一年,照顾一下,今年就算了。明年,明年我多交,都补上,行不行?"

五斤说:"这怕不行。一年是一年的行情,如果明年果子多了,卖都卖不动,你多交,不是又沾光了? 要是去年卖超了,混也就混过去了,今年不行。还是想办法吧,看谁还没卖,补个差价,让人家替你交。"

小北媳妇忙应承道:"这办法好,我们找人替。你放心,一定补上。"

五斤说:"这就好。我推荐个人,你们去试试,田仓伯的果子一斤都没卖,你们毕竟是本家,好说话,找他说说,准行。好了,你们继续玩,我就不耽误你们的好事了。"

田小北超卖,怎么会通过路卡? 五斤不明白,就去村口检查。把守的人说,田小北并没有超卖,他拿出田小北的路条给五斤看。五斤一看,确实没有超卖。可是园里的果子没了,难道是估错了产量? 不可能啊,错也不过两三个点,怎么会错这么多? 他悟出来了,一定是小北有意写少的。一大卡车货,多个一两千斤,不注意还真看不出来。他对把守说:"再过车的时候,不要只看路条,还要看看货,看和路条上写的数字是不是一致。不一致的,也不能放行。多长点心眼,别让人给涮了。"

两个把守点点头说:"知道了,条子和实物都要检查核实,不一致的不能过。"年龄稍长的把守又说:"丁站长,这么看是看不住的,人家晚上出货怎么办? 分车装货分路出村怎么办? 买通我们这些把守出村怎么办? 还有……一二三四,办法多了。你一个人和上百人斗法,怎么斗得过。"

五斤没想到,一个给人看场子的伙计,还这么有心计,就说:"哦,没看出来,你还挺有见解。那你说说,除了这个办法,还有什么高招?"

把守说:"其实也简单,四个字:'先交后卖'。先让他们把合同执行了,不执行的不准出货。到时候把路口一把,按名单放行,爱拉多少拉多少。这不就省事多了?万一有人捣鬼给全卖了,人少,也好处理,补个差价,由别人代交,他也沾不了光。慢慢地,就没人捣鬼了。"

五斤一拍脑门:"对呀!这么简单,我竟没想到,真是废物一个。今年算了,明年就这么办。谢谢你提醒,小诸葛。"

"什么小诸葛,这也能算小诸葛?要是算的话,那天底下得有多少小诸葛?天下得有多混乱?"

"哈哈哈……"

"哈哈哈……"

十八

小诸葛的主意真不错,第二年没几家超卖的。超卖的人也后悔了,他们都没沾上什么光,该补交的还是一斤不少地补上了,补的时候还挨了个大价钱。还有更惨的,竟连儿子的亲事都给整黄了。女方说:"这家人德行不好,说话不算话。跟这种人生活在一起不安全,还是算了吧。"女方不知道,其实大家都差不多。那些没超卖的,大多都是在五斤的严格管控下,才有了好德行。被推掉婚姻的这家人还是不错的,如果仅以卖果子的事由断了亲,那就冤枉人家了。但对全村的人来说,未尝不是好事,看谁还敢不讲诚信,你不讲,就叫你娃问不上媳妇儿。

又是一年果熟期。五斤让各家各户把要卖给果汁厂的果子卸好堆在地头,由他统一安排车辆,排期运送。汽车有雇来的,也有果汁厂自备的。运送过程异常顺利,没几天就送得差不多了。五斤松了一口气,大白天竟睡起懒觉来。

几天轰轰烈烈的大运送,惊动了乡税务所的干部。他们要收取下年的农林特产税,任务布置下去后,还没见回音,就发现田白村大张旗鼓地卖起了果子。打电话给村上,村上没人管,后来干脆连电话都不接了。没办法,就派人下来直接到各家各户收。

装到口袋里的钱,谁也不愿意往外掏。再说,这种税收得不伦不类,更没人愿意交。税务所的人转了几家,竟没收到一分钱。于是他们想了个绝招,在村口公路上拦截拉果子的车辆,逼货主缴税,不交不准走。仅半天时间,就拦下了十多辆车。

白生金的车也被拦住了。白生金是个蔫蔫怪,说话软耷耷的,但内容往往是绵里藏针又带刺,让你几天都消化不了。他见几个村民和干部理论,半天也没结果,就下了车,摇摇晃晃地朝干部面前走去,老远就喊:"种地纳粮天经地义,他们不交,我交。"

干部听了高兴,就兴致勃勃地迎了上来:"好好好,你看人家,觉悟多高。"

生金一副诚恳的模样对干部说:"我确实想交,可钱在老婆手里,那可是个母老虎,我回去得给人家有个说道。说不清楚,她不会给我钱的。请干部同志给指点指点,我回去怎么给老婆说呀?"

干部说:"就说公家要收农林特产税么,还能咋说?"

"不行,老婆知道,特产税都交过了,咋还缴,她不会相信的。"

"你就说,先前交的是今年的,现在是预收明年的。"

"明白了明白了,就是要寅吃卯粮么,对不对?"

干部瞪了眼:"你这是什么话,什么寅吃卯粮?现在是新社会,咋能那么说。"

白生金微微一笑,说:"你也知道这话不好听?我老婆也知道这话是骂人的。她才不信,公家怎么会干买骂口的事儿?你看,连个老婆娘都不信你们会这么干,我是当今社会的黑斑头(受歧视的倒霉蛋之意),过去大队斗我的时候,批判我盘剥百姓,寅吃卯粮。站板凳,挂牌牌,把罪受扎了。说实话,这税我不敢交,省得人家又斗我,说我死不悔改,帮着干部寅吃卯粮,拉干部下水,还是个现行,这罪过一定小不了。我有罪倒没啥,老运动员了,大不了让人家再运动运动。可是连累了你们就不合适了,我心里也过不去不是吗?所以啊,为你们着想,还是放我过去的好。"

干部说:"好我的老叔呢,我们也没办法,这是上头定的,我们只是奉命行事。天塌下来有上头顶着,没我们什么事。你们也别为难我们,你们一交,咱们都省事儿。"

白生金说:"你们回去给上头说说,就说老百姓不愿意交是有理由的,不是要偷税漏税抗税。"

"有理由?什么理由?"

"你想啊,特产税特产税,是有了产才征税。明年的果子还没长出来呢,收的什么税?如果明年遭了灾,没有产出怎么办,你还要收?所以说,你这税收得没名堂,百姓自然不想交了。国家钱不够花时,国务院也只是

发发国债,向百姓借钱,他也没敢收来年的税。你们乡务院才多大,就敢收?"

"好了好了,大叔你别说了。我们没那么大的权给谁免税,也没那么大的胆给领导说。各人干好各人的事就行了。你悄悄地吧,该干啥干啥,啊。"

就这样,双方又僵住了。

谁知半路杀出一群程咬金——司机们不干了,他们找货主嚷嚷:"这不行,我们可耽误不起,要给我们支付等时费才行。"

货主说:"付啥付,又不是我们不让走,你们找他们税务所的人要去。"

几个司机你看看我,我看看你,没了辙。他们商量了一会儿,就一同找干部说事:"干部同志,咱们商量一下。"

"哦? 商量什么?"

司机说:"你看,这伙农民抠得很,想找他们要钱,恐怕要不下。我们有个主意,保准能要下,就看你们愿不愿意配合。"

干部很是高兴:"能要下? 啥主意,你说,我们愿意配合。"

司机:"真的?"

干部:"那还有假,只要能收上税,我们一定配合。"

司机:"其实不要你们干什么,只要把运费给够我们就行。"

干部严肃起来:"你说啥? 运费? 谁给你运费?"

司机:"你看你看,还说配合呢,这还没动真格的,就翻脸了。算了算了,我们也不管啦。"

干部:"回来回来。你说清楚,到底是啥主意,运费的事好商量。"

司机诡秘地凑到干部耳边说:"你们有权,我们有力。咱们各人发挥各人的强项:我们几个司机把那几个农民捆起来,往车上一扔。咱们把苹果拉到市场上给贱卖了,你们收税,我们收费。剩下的……"

"你给我滚,这就是你们的主意? 这不成土匪打劫了吗? 我看你们没一个好东西。"还没等司机说完,干部就训斥起来。

司机们跑向路边,边跑边笑边喊:"打劫了,打劫了,土匪打劫了。"一个个笑得前仰后合。

五斤懒洋洋地起了床,打了个哈欠。杏杏说:"村口出事了,乡税务所的人把卖果子的车堵到了村口,说要收明年的特产税,不交不放行,村上的人正跟他们吵呢。"

五斤揉揉眼说:"没想到,他们自己亲自跑来了。他们让村上帮着收,村上觉得不合适,都不想出面。这不急了,自己跑来了。"

"明年还没到呢,这么早就收。今年收了,明年咋办?"

"明年收后年的,狗撵兔,一年一年往后撵呗。"

"什么狗撵兔,还年年都撵,不干正事了?"秋香一进门就拾了个半截话,打起岔来。

杏杏"咯咯"地笑起来:"您可真会打岔。我们说收税的事,什么狗撵兔。"

"噢,狗撵兔还要收税? 这可真是天下奇闻。"

五斤、杏杏笑得更欢了。五斤说:"说你打岔,你还越打越岔。我们说的是政府今年收明年特产税的事,你看你扯到哪儿了。"

"哦,这个呀? 没什么稀奇的。我小的时候,经常听你姥爷说政府寅吃卯粮的事。政府没钱花了,就收来年的税,还有收后年的,不稀奇。"

"你说的是旧社会的事,新社会不兴那个,还批判呢。"

"不管新社会旧社会,政府都是要花钱的,没钱花了就得找钱花,不找老百姓要,就得去美国借。美国爱老蒋,不爱咱,怕是借不下。那怎么办? 只能找老百姓要了。叫我说呀,钱其实是够花的,就看你怎么花了。上回我去给咱家申请庄基地,一个人给我办手续,三个人在那里打扑克。一个人的活,安排了四个人干,把那三个人开了,你看钱够不够花。"

五斤嘿嘿一笑:"妈的眼可真尖,连几个人办公、几个人晃荡都看得清清的。养了那么多闲人,要吃要喝要工资要房子,有多少钱也不够花。不说闲话了,我去村口看看去。"

五斤赶到挡车处,发现车已堵了一大串。他来到堵车干部面前说:"我搞不明白,我们上学的时候,课本里说寅吃卯粮是不对的。咱们乡政府是人民的政府,怎么也这么干? 这怕不合适吧?"

干部说:"合不合适我管不了,我只知道执行任务。有意见可以反映,先把税交了再说。"

五斤说:"我这不是正在反映嘛,你总得给一个答复吧?"

干部说:"我算老几,答复不了你的问题。你找上头说去,人家说不收,我们立马走人。风吹日晒的,连口水都喝不上,你以为我俩愿意在这儿

待呀。"

五斤以商量的口吻说:"你们看这样行不行,先让他们走,我们去乡里反映。如果乡里不同意再补交行不行?"

干部无奈地说:"我看你呀,还是别去的好。上头也是按他的上头的旨意办的。他们只会对上负责,不会听你的,多少人都反映过,没用。"

五斤无奈地说:"那就算了吧,我们也不卖了。存起来,等明年过年的时候再卖,说不定还卖个好价钱。"

他回头对大家说:"都把苹果拉回去,我们不卖啦。"

众村民嚷嚷起来:"为什么?凭啥不让我们卖……"

五斤回道:"嚷嚷什么?谁想卖就去卖,没人拦着你,你去呀!"

"怎么没人拦,那不是吗?"

"还是的呀。听我说,先回去,咱们另想办法。"

没办法,只能先回去了。司机们不想往回开,围上来问五斤:"我们是靠拉货跑路挣钱的,你这么一停,我们的运费怎么算?"

五斤说:"放心,少不了你们的。你们又不是乱——收——税。"后边的几个字,他有意放大拖长了声音,显然是说给干部们听的。

五斤有自己的打算:跟干部硬碰硬不行。你有你的办法,我有我的对策,你们也就是上班时间堵一堵车,晚上、星期天还能堵吗?你啥时候不堵,我啥时候出货。农民有的是时间,有的是精力和体力,看谁能扛过谁。

十几辆车掉头开回到地里,五斤这才交代说:"不要卸车,今天晚上九点以后再出发送货。出了村先往北走两公里,从北村那条路进城。这样就可以躲过乡政府,省得人家在自己家门口堵你。"

到了晚上,一辆辆满载苹果的车辆从果园里开出,驶离田白村。车灯的光柱划破夜空,引擎的轰鸣声穿透黑暗,给常年宁静的夜晚带来一丝活力。五斤得意地站在村口为他们送行。小小的胜利,给他脸上挂满了喜悦的色彩。送走了大家,五斤一个人哼着小曲回了家。

第二天,俩干部又来堵车收税。堵了一天,也没见一辆运货车出村,两人蔫耷耷地走了。如是几日,俩干部仍是一无所获。

有位提议:"咱们去园子里看看,我不信他们会这么僵着,一个果子不卖。果库里才能存多大一点,剩下的总不会烂在地里吧?走,溜达溜达,看看去。"

俩干部来到果园勘察,发现枝头已是稀稀落落,没有多少果子。提议者说:"这才几天工夫,果子都给卖完了。啥时候卖的,没见他们往外运么?"

　　另一位推测说:"看来是偷着运出去的。那天把车拦回去的那个人就是丁五斤,听说这人又能又犟,肯定是他捣的鬼,把咱们给涮了。"

　　"丁五斤? 好么,我叫你能,看你还能能过国家。"

　　远处走来几个小学生,俩干部迎了上去:"小同学,你们好!"

　　孩子们没见过世面,村里人也没有这么问候人的。这一问,把他们问住了,不知道如何应答,都往后躲。大点的没躲,只是看着干部,没有要说话的意思。

　　干部又问:"你们是田白村的吧?"

　　大孩子点点头。

　　"这苹果还没见卖,怎么就没啦? 你知道都放哪儿啦?"

　　大孩子说:"咋没卖? 天天卖。你们来晚啦,要是早几天,还能买上好的,现在只剩下次品啦。"

　　"我们一直在附近找果子呀,怎么没见他们往外拉,就没了?"

　　"怎么没拉? 天天都拉,都是晚上拉,躲乡干部呢。"

　　"为什么要躲呀。"

　　大孩子摇摇头:"不知道。"

　　"好,谢谢你! 你们走吧,再见!"

　　提议者说:"听见没有? 跟我们打游击呢。你说得没错,一定是那个叫丁五斤的在捣鬼。"

　　"走,回乡里,反映反映,看看领导怎么办!"两人回去向领导反映了田白村偷卖苹果的情况。

十九

一辆警车开到五斤家门口停下。车上下来两名警察,进了五斤家。"这是丁五斤家吗?"警察问。

秋香在院子里干杂活,见来了警察,就客气地招呼道:"是五斤家。请屋里坐。杏杏,来客人啦,快沏茶。"

秋香招呼客人坐下,杏杏端上了热茶。秋香问:"你们找五斤有事啊?"

警察说:"也没啥大事,乡税务所那边反映说,他们来收税的时候,丁五斤有抵触情绪。我们是乡派出所的,领导派我们来了解了解情况,问问到底是咋回事。怎么,丁五斤不在家呀?"

秋香警觉起来:"是,出去办事啦,一时半会儿怕回不来。"

"去哪儿啦? 你打个电话,让他赶紧回来好不好?"

"可以可以,我打电话,让他赶紧回来。"秋香用身边的座机要通了电话,对着话筒说:"五斤吗? 我是你妈。你赶快回来,乡派出所的同志找你有事。啊,啊。回来的时候,你顺便去一下张老板那儿,把咱们家的高压锅带回来。什么什么,让你要你就要,哪有那么多什么什么。"

秋香放下电话,面带笑容,说:"好啦,你们等等,他马上就回来。你们喝茶。"

两警察交头接耳小声说:"回不来了。老太太精着呢,说的是暗语。丁五斤肯定躲起来啦。"

"我听出来了。本来就不该抓人家,跑了好。"

五斤在村委会开会,商量如何向上反映寅吃卯粮的问题。接过秋香的电话后，他就愣了神。白平问："五斤，你怎么啦？愣什么神啊？刚才是谁的电话？"

五斤说："是我妈的电话。没说完就挂了，好像不高兴。"

白平问："她不高兴？你惹她了？"

五斤说："我没说什么呀，你们都听到了，我说什么刺人的话了吗？"

大家摇摇头，没人听出不合适的话来。

五斤若有所思地说："她从来不这样，怎么怪怪的……哎，你们看我妈这是什么意思？她说派出所的人来找我了解情况，让我赶快回去。又说让我顺便到张老板家把我们家的高压锅捎回去。我们家从来就没有过高压锅。再说，张老板远在市里，离咱们这儿近百公里路，怎么个顺便？这不是说胡话嘛。"

白平明白了："嗨！这你都听不明白？这是暗语，就是不让你回去。她怕派出所的人抓你，当着人家的面又不敢明说，只能用暗语。"

另一村干部说："老白说得有道理，一定是这样的，你千万别回去。"

五斤惊愕地问："抓我？凭什么抓我？我不怕，我跟他们说理去。"说着就要回家。

几个村干部拦住五斤不让走："你傻呀？好汉不吃眼前亏，不管人家为什么，咱先躲过这一劫再说。"

白平说："我猜呀，八成跟收税的事有关。好家伙，都动公安了。这样吧，你就别回去了，这里也不能待，先去谁家躲躲吧。我去会会他们，摸摸底，看看到底是咋回事。"

白平来到五斤家大门口，故意大声问道："五斤在家吗？"

秋香迎了出来："是队长啊，五斤不在家。"

白平努努嘴，使使眼色，又故意大声问："他干什么去了？这两天都没见人。"

秋香也故意大声回答："出去办事啦。刚打了电话，一会儿就回来。"

白平问："家里有客人呀？"

秋香回说："有，是乡派出所的，找五斤有事。"

两警察出了屋："是白队长啊，你来得正好，进来坐坐，有点事想问问你。"

"是你们两个呀，怎么不到我那儿去，绕着走啊？哪儿得罪二位啦？"

"看你说的什么话呀？这不是公务在身,不敢耽搁嘛。改日专程登门拜访,这总可以了吧？别开玩笑了,咱们屋里谈。"

众人进了屋。警察说:"老白是领导,我就不瞒你了,直接说,好吧?"

"什么领导,跑腿的而已。你就别客气了,有话直说。"

"是这样的:乡税务所反映说,他们来咱们村收税,大家都不愿意交。不交也就算啦,以后慢慢收。让他们不能接受的是,有人跟他们打游击逃税,躲开他们的监控,深更半夜把苹果拉出去卖了。老白,这是咋回事,你该知道吧?"

白平说:"知道,是这样的:开始吧,他们让村里替他们收,村上没答应。为什么呢？因为他们要预收明年的特产税。特产税特产税,有产才有税。还没产呢,收什么税？村上觉得没法向群众开口,就没接受这个任务。村上不帮他们,他们就自己来了,在路上设卡堵车,不缴税不放行。大家急了,不能让果子烂在地里,也不能错过季节呀,就躲过他们,晚上偷偷往外运。就这么回事。"

警察:"哦,是这么回事呀。那就没个领头的、出主意的?"

"嗨,谁家的东西谁心疼,谁不想把果子赶紧卖掉？你还以为是吃大锅饭的时候,干什么都要有组织,有计划？现在是各顾各,早没啦。"

警察:"不对吧？他们说的可是有鼻子有眼。"

"他们说什么？说来听听。"

警察看了秋香一眼,说:"大妈,你先避一避好吧?"

"好好好,我出去。你看我这没眼力见儿的。"秋香出了屋,没走多远又拐了回来,在窗子外侧耳偷听。里边说话咕咕哝哝,听不清。秋香刚要离开,一位警察出来叫住她:"大妈,你跟嫂子都先别走。我们走了以后你们再出门。请您配合一下,好吧?"

"嘿嘿嘿,怕我们报信是吧？你去忙吧,我们不出去。"

另一警察和白平也出了屋。警察对秋香说:"大妈,我们就不等五斤啦,让老白跟我们走一趟。没什么,协助调查,做个笔录就回来。"

白平点点头说:"我去去就回。五斤回来告诉他,没他的事,让他在家里老实待着,别到处乱跑。"

秋香点点头:"知道啦,你们走好。"

白平坐上警车,和警察一道走了。

警察一走，秋香就急忙回屋给五斤打电话："五斤，你快回来吧，他们走啦，不知道咋回事，把你平伯带走了。你先回来再说。"

警车回到派出所，白平等人下了车。所长奇怪地问："咦？不是让你们带丁五斤来吗，怎么把老白叫来了？"

警察回说："情况有变，跟丁五斤无关。让老白跟你说吧。"

白平跟着所长到了办公室。

所长问："怎么是你来了，到底是咋回事？"

白平说："他们说是五斤领头抗税逃税，错啦，其实谁也没领头。各家的利益各家上心，还要谁领吗？可你们的人硬要找个领头的，那只能是我呗，谁让我是队长呢。"

所长说："老白，这可不是开玩笑的事儿，搞不好要坐牢的。"

白平说："所长，你还别吓唬我，我心里有底，说到天边，我们也是有理的，坐不了牢。"

"嗨，你还挺自信。"

"那当然，没这个自信，我这一把年纪不是白活了吗？"

所长说："其实我们也不愿意抓人。不就一点税吗？回去动员动员，让大家把税一交，我去给税务所说，让他们把案子一撤，不就没事啦？"

"谁爱动员动员去，我不去，我张不开这个口。"

"你看你这倔老汉，你要这样的话，就不好办了。你想，我们交不了差，案子是不是还得往下办？我们辛苦点没啥，可你怎么办？这么大岁数了，我们也不忍心叫你受委屈是不是？"

白平不领情，说："我早有思想准备，你就看着办吧。"

所长无奈地摇摇头说："唉，咋就碰上你这么个倔老头，你呀你。"

接到母亲电话，五斤匆忙赶回家。秋香告诉他："是收税的事，警察让你平伯去协助调查，他们就一起走了。你说他们会不会把你平伯扣起来呀？"

五斤说："咋不会？扣不扣还不是一句话的事儿。是我让大家晚上往外运果子的，他们抓平伯干啥？"

"对了，你平伯走的时候说，没你的事，让你别惹事。"

"我明白了，他们是来抓我的，肯定是平伯自己认了事，人家才带他走的。"

母子俩交谈时,白平老伴就赶了过来,站在大门口倚门而听。当听到五斤说白平有可能被抓时,吓坏了,身子顺着门框往下滑,瘫倒地上后,就大哭起来:"我的妈呀,这可怎么办呀?"。

五斤一家子忙去搀扶劝慰。秋香说:"嫂子快起来,你别哭,没事的,他只是去说明说明,说完就回来啦。"

哪里劝得住,白平老伴长一声短一声地哭诉着:"他那一把……老骨头,怎么经……经得住嘛。他是为……为了啥呀要遭这……这个罪……罪。要是有个三长两短,我……我可怎么活呀?"

哭声引来众人围观。女人们也来劝说:"咱不怕,白队长是为大家的事才被叫走的,大家不会不管的。你快起来,地上凉,小心身子。"

五斤回屋推了摩托车出来。秋香问:"你干什么去?"

五斤说:"我去把平伯换回来。"

白平老伴迅速从地上爬起来拦住五斤:"傻孩子,你不能去。你太莽撞,会把事办坏的。"

众人也躁动起来:"我们都去,看他能怎么样。"

"对,我们都去……"

五斤劝大家说:"用不着,我先去看看是咋回事,又不是去打架。这儿没事了,你们都回去吧。"

五斤来到乡派出所,找到所长,见面就说:"所长,田白村不交税的事情是我组织干的,与我们队长无关。你们开始抓我是对的。没抓着我,就把队长抓来了,其实是抓错了。我现在来了,你们把他放了吧。"

所长觉得好笑:"嘿嘿,你倒是敢作敢当啊,好汉救主来啦?"

五斤说:"真是我干的,队长这是冒名顶替,真的与他无关。"

所长说:"可他说是他干的。怎么,一个不够,再搭一个?我看你就别凑热闹了,还是回去动员大家把税交了吧。"

五斤说:"我算老几?我没这个权力,也没这个能力。还是让队长回去动员吧,大家听他的。再说他年纪大了,经不起折腾。出了问题,你们也腾不离手不是吗?"

"出问题?出什么问题?你以为我们为难他是不是?你放心,好吃好喝地待承着呢,不会出什么问题。"

"你就通融通融,关谁不是关,有人承头担责任还不好?他们告的是我,你们抓的是我,这不是顺理成章的事嘛。"

"这不是换的事,你以为小孩子过家家呢?别磨叨了,走吧。"

五斤不明白派出所不让换人的道理,以为派出所认定了白平是组织者,要拿白平开刀。其实人家精着哩,人家知道白平在村子里的影响要比五斤大,关了白平,关心的人多,税款就可以逼上来。关了五斤,没多少人理会,达不到收税的目的。既然白平主动出面认事儿,那好,正中下怀。他们怎么会换一个不值钱的人呢?

五斤则觉得这事儿跟白平没多大关系,不能让人家替自己背黑锅,所以坚持要换人。于是说:"既然你们不肯通融,那我就找乡长说去。到时候别说我告你们的黑状。"

五斤来到乡长办公室。

乡长一见五斤,就笑嘻嘻地说:"吆,大站长来了,快请坐,我给你沏茶。"乡长拿了杯子,放上茶叶,倒水端茶,一本正经地招呼着五斤。五斤不好意思,要自己倒水,被乡长拒绝了。上好了茶水,乡长说:"丁站长有啥事只管说,乡上就是为大家服务的,不要客气。"

五斤把白平被派出所扣押之事说了,请乡长给解决解决。乡长听后哈哈大笑,问:"这会儿把乡长当干部了?还记得不,上次我带人去你们村学习考察,你们跟应付日本鬼子一样对付我们,连口饭都没吃上。你就更不要说了,躲得连个人影都见不着。这会儿怎么想起我了?不过,我毕竟是一乡之长,自然不会计较这些的。工作嘛,该怎么办还怎么办,不能马虎。我只是想让你知道,生活在社会里,总要跟各种人打交道,躲都躲不过,不管你愿意不愿意。你看,你本来不想和我打交道,可是现在,自己主动跑来找我,由得了人吗?"

五斤早已无地自容,脸上那窘态无以复加。他支支吾吾认着错,不让乡长再说下去。乡长很是知趣,见五斤那窘样,心里已很满足,就不再说了。五斤关心的是白平的问题如何解决,就跟乡长说:"我想把白平换出来,派出所不干。请您给他们打个招呼,让他们换了得了。"

乡长说:"税务所、派出所,都是县局的派出机构,乡上不好管人家的事。不过话倒可以说,他们还是把我这个乡长当干部看的。世上的事就这么怪,不认你的人却找你来了,认你的人却不一定给你办事。话我可以说,但不一定管用。毕竟是个人关系,不是工作上的领导被领导关系。不行的

话，你就去县里找他们的上级反映吧。"

"那您就先说说吧，不行的话，我们找上边去。谢谢乡长！"

五斤无奈地离开了乡长办公室。一离开，就像获得解放一般，长长地出了一口气："我的妈呀，受死我了。"他都后悔死了，骂自己不长脑子，不长记性，主动送上门，让人家好一顿奚落。长了这么大，还没受过这种折磨。过去虽然被人欺负，受人歧视，可自己心里是硬气的，好对付。今天这一遭就非同寻常，那滋味简直就没法形容，太那个了。唉，酸甜苦辣，人间百味，哪一味都得尝尝啊！

不知道乡长给人家说没说，反正几天过去了，白平没回来，五斤也没进去。不能老这么拖着，五斤又找到了县税务局。

结果可想而知，说了半天，不起任何作用。怎么进去的，怎么出来。

他又去县公安局，结果还是可想而知，说了半天，不起任何作用。怎么进去的，怎么出来。

五斤不死心，又到信访办反映。

五斤不知道，前边找的几个部门，如果说它是西医，可直指病灶，药到病除的话，信访办就是正儿八经的中医了，他不直接对病而上，而是隔墙打人，就是能打着，也慢得很。要是碰到了懒医生，不用心号脉，随便下药，那就一点作用都没有了。

他去了，人家倒是热情接待，望闻问切，甚是认真，感动得五斤直发感慨："早知道这样，何必跟那些老爷们费口舌。"

办完事，他高高兴兴地回了家，见人就说："有进展了，说不定今天就会解决。"

几个今天过去了，也没什么音信，五斤的嘴一下子金贵起来，再也不敢胡说了。他去信访办问情况，人家告诉他，已经转到有关部门了，正等着处理结果呢，让他耐心等待。他问何为有关部门？人家说："就是你反映的税务局、公安局呀，怎么连这个也不懂。"

五斤恼了："妈日的，弄屁了几天，你是叫人家拿自己的戳自己的眼睛哩，你都不想他能戳得住么？"爆了粗口，算是排泄了点闷气，五斤无奈地走了。

自从白平被带走以后，白平老伴整日以泪洗面，家里哭不下她，就跑到大门外，坐在门墩上哭。她是要哭给大家听的，白平是为大家才吃的罪，大

176

家得了好处，却让白平一人去受罪，管都没人管，良心何在？我就是要哭给你们听，让你们的良心不得安宁。她骂儿子没本事，老爹叫人关了，连个屁都不敢放。孙子白杰倒是威猛，可惜太年轻，犟劲上来，敢把派出所房上的瓦揭了。她压着孙子，不让他惹是生非。她找书记解决事端，书记派白栋去通融，结果和五斤一样，碰了一鼻子灰回来。

五斤从信访办回来，没敢从白平家门口经过，他怕遇上门墩上哭的大妈。要是大妈问起来，他真不知道如何回答。瞒得了大妈，瞒不了大妈的孙子白杰。白杰瞒着奶奶跑到五斤家，问："五斤叔，我爷爷能不能回来？"五斤只是摇头，没有话说。白杰明白了，转身就走，那气势，要吞山河，要吐云雾，要日狮子，要打老虎。五斤怕他莽撞，喝令他回来，白杰脖子一梗，头也不回："你别管。"

白杰也是干叫唤哩，他能有什么办法？从五斤家出来，就直接去了田仓家。他要找田仓的孙子田大林商量。田大林比白杰大两岁，算是一辈的人。他长相不武，个性也比白杰温和，可他遗传了田仓的基因，脑子环环多，遇事不慌有主张。别看他在一辈里武力最弱，谁都打不过，可是他的领袖地位却无人能撼。朋辈里谁有个疑难事，往往找他讨主意。白杰找他，就是讨主意来了。

"哟，气呼呼的，跟谁呀？"大林问。

白杰答："我爷到现在还叫人家关着，我奶成天骂我爸不管事，可我爸有啥办法。五斤叔天天跑，也没个结果。唉，急死人了，你说咋办呀？"

大林慢条斯理地说："团结是大局，团结一致向前看是大势，寅吃卯粮制造不稳定因素，跟大局大势对着干，结局一定是悲惨的。"

一听"悲惨"二字，白杰急了："什么什么，悲惨？你是说我爷要倒大霉？"

大林一脸的无奈："哎呀，你会不会听话呀？"

"咋咧？悲惨不是你说的？"

"好好好，不说那么多，直接说咋办吧。听我说，你找书记去，就说平爷是为了大家才遭的难，村上不管说不过去。让他带些人到县里去请愿，要求政府放人，保准能把平爷救回来。"

"真的？"

"真的。"

白杰像得了验方，屁股还没坐热，就屁颠屁颠地到村委会找书记去了。见了书记，说明来意。书记说："这怕不合适，一来跟大形势相悖，二来村支部村委会也是正规的组织，不能这么干。"

白杰不依，一说二闹，非要村上出面不可。书记被这小子闹得头疼，实在没办法，就说："你去找你五斤叔，把你刚才的意思说说，让他想想办法。祸端是他惹下的，他应该管到底才是。再说，他是普通村民，他出面总比村上出面顺当、好说。"白杰一听有道理，就不闹了，又拐回来找五斤说事。

两天后，田白村上百人在县政府门前两边有序地排成两排。他们扯着两个条幅：

"寅吃卯粮税务所收荒唐税。"

"是非不分派出所抓无辜人。"

五斤手举木牌站在中间，木牌上写着"纠错放人"四个字。

街上行人驻足观看，还有不少围上来看热闹的。来政府上班的人也停下脚步，读条幅上的内容，品其中的意思。

这时，白杰带头喊道："纠错、放人"。

大家跟着喊："纠错、放人。"

他们不停地喊着，招来了更多看热闹的人。五斤给众人讲解事情的原委，说得众人激动起来，也跟着喊起了口号，有的甚至起哄乱叫。吵闹呼喊声惊动了县长大人，他派县办主任到现场去请请愿者代表。

五斤被请到了县长办公室。县长上下打量着五斤，问："你是田白村的丁五斤吧？"

五斤点点头："是。"

县长自我介绍说："我是县长，去过你们村，见过你。干得不错嘛，小伙子。"

五斤不好意思地低下了头，说："干得不好，大家不满意，都跑到政府门前请愿来了。"

"所为何事呀？"

五斤一五一十，如实道来。县长听后说："这个问题我来解决，但是有一条，你先把外头的人撤了，都拥到这儿多不好，留两个代表就行啦。"

五斤说："撤人没问题，但你一定要为我们做主啊！"

"你放心,我说到做到。希望你也能说到做到。"

"没问题,我保证。现在我就让他们走。"

五斤来到大门外,留下大林一人,让其他人解散自便,迅速离开政府大门口。乡亲们离开后,五斤带着大林进了县长办公室。

县长跷起拇指说:"说话算话,好样的。现在该我兑现承诺了。"

他拨通电话,对着话筒说:"喂,张局长吗? 田白村的群众反映说,你们已经开征明年的特产税了,还抓了人,有这事吗? ——乱弹琴。你听着:一,立即停止收税,已经收上来的如数退回;二,立即放人,你和公安局的领导一同前去,向被抓的人道歉;三,你们局向县政府就此事做出书面检查。听明白了没有? ——不用解释。抽时间到我这儿来一下,咱们商量一下税收问题。"

放下电话,县长问:"你们看,这样处理还满意吧?"

五斤高兴地说:"满意满意。早知道这么简单,就不用……"

县长:"就是嘛。谁都有犯错的时候,按正常渠道反映,没有解决不了的问题。你看你大张旗鼓的,影响多不好。好啦,我还要开会,咱们就不聊啦,你们回去接人去吧。告诉乡亲们,政府工作如有不对的地方,欢迎大家提意见。"

五斤感动而热情地和县长道了别。出了县长办公室,大林却冷冷地说:"还是管管你手下的那些大小官员吧。上边的经都是好经,可歪嘴和尚实在是太多了。"

二十

　　星移斗转,又是两年。田白村种苹果致富的事,几年前就传开了。周围的村子、乡镇,甚至临县,都大面积种植了果树。现在,这些果树多已挂果,相当一部分已进入盛果期。物以稀为贵,价由供需定,田白村一带的果价连年走下坡路,好在有果汁厂兜底,还不至于卖不出去。这种局面没撑多久,就撑不下去了。眼下问题有点严重,严重到有价无市,有果卖不出的境地。

　　果汁厂那边也出了问题:当地果树遍地都是,也找不到销路。政府给果汁厂下令,放开收购当地果,不准外地果进厂。果汁厂争辩说要履行收购合同,不能违约。政府不同意,说违约事小,百姓生产生活事大,安定团结事更大。调子一下子升到了高八度,拔到政治层面来说事。张老板就是吃了老虎胆豹子心,也不敢去摸老虎屁股,去揪豹子胡须,只能放开收购当地苹果。短短几天,厂子一年的消化量就收够了。这还不够,政府又加了码,要张老板再收半年的量。张老板不同意,理由有两个:一是没有资金;二是没有仓库。政府说,资金可以用农业贷款解决,仓库可以免费提供,只要张老板能多多吞货,政府将全力支持。还有什么好说的? 放开收吧,哪怕将来烂在库里。社会上不是流传着一组八字箴言吗:"煽起,整大,董(胡搞的意思)乱,怂管。"人家以这种态度做项目,干事业,毫不负责地糟蹋着社会财富、国家资源,不以为耻,反以为荣。自己损失这么点算个屁! 况且自己是被动的,钱也进了百姓的腰包,自己只是个中间传递人而已。管他呢,自己也胡整一回,潇洒一回,过过糟蹋东西的瘾,享受一下日塌家当的快感。

江山易改，本性难移。老实人干起坏事来也是规规矩矩，处处模范。他老老实实地收货、付款、入库，不敢有丝毫懈怠。他完全可以把钱给五斤，让五斤把田白村的果子收购储存起来。要知道，田白村的百姓，也是中国的老百姓，况且他们还有合同支撑着。张老板要这么做，完全合理合法，万一出了问题也说得过去：到时候丢就丢了，烂就烂了，报个损，赖个账，就过去了。管他呢，反正是贷款。不是有人说，贷款就是利润吗？都利润了，还有什么可怕的。可他没这么做，还是严格执行上级的指示，外地果子一个不收。

张老板一老实，田白村的百姓就遭了殃。果子价钱低不说，关键是没有客商上门，三百万斤苹果挂在树上不敢卸。有胆大的，自己押货到外地销售，但结果都不好。一个连运费都没挣回来，回家后，又从家里拿了一千元付运费。一个受骗了，对方说要往俄罗斯发送一个车皮的货，说好先收货，销售后再付款。结果，收了货后再也找不到人了，田白村的这位哥儿们落了个血本无归，四万元的果品打了水漂，还赔进去九千元长途运费。客商不来，出师不利，愁坏了田白村的男女老少，更愁坏了五斤站长。

白平来找五斤，让他和果汁厂联系联系，看能不能把今年的果子全收了。

五斤摇摇头，算是回答。

白平不知就里，问："怎么？出什么问题了？"

五斤说："麻烦大了。张老板说，他们那边种树的人也多，果子卖不出去，市里就命令他们只准收当地果，外地的一律不准收。收上来的果子堆成了山，两年都榨不完，到时候果子一烂，他就只能破产了。"

白平瞪着眼问："这么残酷？那咱们怎么办？"

五斤说："张老板还说，好几年了，我们也赚了钱，他对得起乡亲们。见好就收吧，这也是没办法的事。"

"唉，这也怪不得人家，市场就这么残酷。知足吧，别再难为人家了。"

五斤说："赶紧通知大家，别等了，八仙过海，各显神通吧。"

村委会高音喇叭播出通知："紧急通知，紧急通知……由于市场发生变化，苹果在大范围内已是供过于求。果汁厂所在地政府不允许果汁厂收购外地苹果，所以，我村的苹果就必须靠自己销售。请大家积极行动起来，八仙过海，各显神通，抓紧时间推销自己的果子，把损失减小到最低限度。"

　　这则通知,可说是果汁厂向村民们发出的正式违约函。对于果农来说,这个消息就是一颗重磅炸弹,把人们的心绪炸得七零八落。一石激起千层浪,人们纷纷议论,如何挽回损失,如何保护自己的利益。

　　人们拥到五斤家,有问责的,有打听情况的。那些没种果树的人,盼星星,盼月亮,总算盼到了这一天,他们也专门跑来看热闹,看笑话。五斤家院子挤满了人,房子里也拥得实实的,比过红白喜事还热闹。五斤忙着给大家解释,秋香、杏杏面带微笑,倒茶递烟招呼着大家。人们叽叽喳喳,说东道西,场面乱成一锅粥。五斤也没经过这样的事情,不知道该如何解决,只是一味地说明情况,请求大家原谅。

　　这时有人喊道:"不行,他们违约在先,咱们损失在后,得让他们赔偿损失才行。"

　　随即有人助威呐喊:"对,要他们赔!"

　　众人也异口同声,要求赔偿的声音占了上风。

　　五斤不再解释了,低着头,满脸忧愁,机械地站在那里。

　　这时候,田仓站了出来。他大声喊道:"乡亲们,别闹了。"他往高处一站,说:"乡亲们,听我说几句。商场如战场,形势瞬息万变,贩猪的时候羊贵了,贩羊时候猪贵了,谁也说不清明天又是啥贵了。现在,我问大家一句话:你们当中有谁敢站出来说,十年前你就知道会有今天这个样子?"

　　他停顿了一下,一只眼向四周扫来扫去,等着有人接话。等了半天也没人接,他又问:"有没有人站出来说话?……没有人是吧?看看,我问你们,你们个个都不知道,那你们凭啥要五斤必须知道?五斤跟咱一样,他也不知道么。这几年,我们靠果园发了家,有盖了房的,有买了车的。你们说,没有果园能盖上房,买上车?是五斤给咱领的路,让咱过了几年舒心日子,该知足了。眼下市场变了,这是谁也没有办法的事。果汁厂是咱的恩人,人家都要倒闭了,咱还要逼人家,往人家伤口上撒盐。摸摸咱的胸口,还有没有良心?果树种不成,砍了,拔了,大不了再种庄稼,有啥了不得的。有本事,自己闯出一条路来,不要昧着良心在旁人身上打主意。我过去得罪过不少人,没落下好名声,一句话:乡行不好。可是在这件事情上,我绝不会干那种见利忘义的事。看自己的日子咋过哩,自己的难过咋受哩,莫在这儿瞎闹活了,我的话说完了。"

　　姜还是老的辣,田仓一席话,说得众人不再闹了。

五斤感动了,拉着杏杏来到田仓面前,给田仓鞠躬。

　　田仓急忙拦住五斤两口,反过来要给五斤和杏杏鞠躬。

　　五斤、杏杏又急忙拦住田仓:"使不得,使不得,哪有长辈给晚辈鞠躬的道理。"

　　田仓动情地说:"是你给田白村带来了变化,是你推着田白村往前走的。该谢该谢!"

　　谁都知道,田仓、五斤是一对仇人。俗话说,仇人相见,分外眼红,可是现在,仇人之间竟有这般举止境界。众人看了,不禁有些羞愧,于是便悄悄地散去了。

　　田仓从五斤家出来,直接去了地里,远远看见有吊车在果园里作业,马达声嗡嗡的,不知在干什么。他前去察看,才知道是白林拔自家的果树。他问:"好好地拔它干啥?多可惜。"

　　白林就是出去卖果子赔了钱的那位。他去的是南方,回来后不好意思对人说赔了钱,就说自己少赚了点,但他却劝大家千万不要去,说去南方卖苹果的太多了,一天一个价,现在去肯定赔钱。现在田仓问他,他说实话了:"好叔呢,实不相瞒,我去南方这一趟赔大了。你不知道,一路上都是拉苹果的车,果子多得堆成了山。南方人就是把苹果当饭吃,也吃不了那么多。我看这势头,没个几年缓不过劲儿来。干脆把树拔了,别误了地。建议你也拔了,早拔早省心。"

　　田仓啧啧着:"哎呀,那么大的树,实在舍不得。这就跟下了一辈子苦的老牛一样,不中用了,杀坊来买,也舍不得卖它,不忍心让它挨那一刀。宁可养着它,让它老死,埋到土里才安心。这么大的树,怪可惜的,看看再说吧。"

　　来寻事的乡亲们走后,五斤家恢复了平静。杏杏督促孩子做作业,秋香带着老花镜做针线,五斤坐在沙发上抽烟愣神。

　　秋香说:"咱们把树也拔了吧。"

　　五斤问:"拔了种啥?"

　　"就种粮食,粮食稳当。"

　　杏杏说:"粮食不挣钱,以后用钱的地方太多了,种粮根本不够用。说是以粮为纲,无粮不稳,可你卖粮的时候,没有一个人把它当纲看,就它最不值钱。粮食不值钱吧,东西还越来越贵。辛苦一年,连个辣子油盐钱都挣不到,到哪里说理去?唉,种地的最倒霉。"

五斤说:"光靠种地当然不行,必须有副业、有生意才行。副业也不容易,风险也挺大。听说外村养猪的大户,也是一年赔两年赚,三年下来不划算。省城边上有人种草莓发了,结果大家都跟着种,草莓一下子泛滥成灾,白送也没人要,全烂到地里了。干什么都是这样,一好起来都跟着干,供大于求,马上完蛋。咱这苹果就是个样子。"

杏杏说:"听说北村拔了苹果树,开始种起猕猴桃来,不知以后会咋样?"

秋香说:"照五斤说的那样,最后还不是完蛋。打头的人能赚些钱,后跟上的就不一定了。"

五斤岔开话题说:"张老板说,现在盖房子卖很挣钱。他资金不够,当不了开发商,但完全可以当建筑商,给人家盖房子。他准备把果汁厂卖了,到省城盖房子去。他请咱们跟着他一起去,你们说,这个方案可行不?"

秋香当然觉得好,让五斤、杏杏进城务工,离开土地离开庄稼,挣那不靠天不靠地、不担惊不受怕、没季节没风险的钱。让子孙后代生活在城里,过上和城里人一样的生活,这该是多么好的一件事啊,她当然赞成。可是她自己不想去,她不想和张志清待在一个城市里。抬头不见低头见,时不时地要从脑子里过他的电影,这会让她伤心的。要是给他老婆知道了,就更不好办了,非惹出事来不可。她看过红楼戏,林妹妹是怎么死的? 就是离宝哥哥太近而又得不到,才抑郁而死。要是两人离个十万八千里,林妹妹早把宝哥哥忘了,哪里还会死。于是说:"我老了,习惯了这里的生活。城里楼高人多,出门要爬楼梯、躲汽车,进门憋在屋里没个去处,我不习惯,就不去了,但你们一定要去,就是为了孩子的前途,你们也要去。"

杏杏却说:"妈不去我也不去,我留在家里陪妈。"

秋香急了:"我一个人可以,不用你陪。两口子分居两地怎么行,你们就一起去吧。我在家里种地看家,你们常回来看看就行。"

五斤也不同意:"那怎么行,你年纪大了,种什么地,人家不笑话死我? 噢,两口子到城里快活去了,把个老娘扔在家里没人管。"

"谁爱说说去,我都叫人说一辈子了,还怕他说这些? 就这么定了,你们都去,我看家。"

杏杏见母亲执意不肯进城,就对五斤说:"还是你一个人先去吧,看看再说。"

五斤道:"好吧,我先去探探路,到时候看情况再定。"

二十一

　　不到一个月时间，张老板就将厂子处理掉了。他在省城买了房子，携全家人一同到省城居住，成了省城的新市民。一到省城，他就开始筹建自己的建筑公司。朋友告诉他，开办建筑公司，可不是一件容易的事。张老板说，世上就没有容易的事，不能因为不容易就不做事了，他还是坚持自己的意见，要开一个建筑公司。赶得早不如赶得巧，张老板怎么也没想到，正在他为筹办公司东奔西跑的时候，头一低，竟拾了个没毛鸡——有家现成的公司要转让。

　　经人介绍，他约见了这个公司的老板。这老板比张志清大几岁，相貌儒雅，气质高贵，不像个建筑商。张老板觉得，他应该坐在局长办公室看报喝茶，或者是站在大学的讲堂上，给娃们家讲课。坐在这位老板面前，就像小苗长在花椒树下，觉得胁得慌。来前还想扎个老板势，给他一个下马威，不想一见面就转了势，自己的想法让人家用上了，自己反倒成了"小的"。于是小的就毕恭毕敬地问："敢问老先生，现在正是建筑商的黄金时代，您干得好好的，怎么会有转让公司的想法？"

　　"嘿嘿，你是不是以为我赔了，或者是干不下去了？"

　　"没没没，你误会了。虽然我是个五十大几快六十岁的人了，可在这方面还是个新手。我是想从你这里掏些干货，学习学习。"

　　"呵呵，原来如此。唉，够咧，干够咧。世上的钱多得很，你挣不完，多少是个够嘛，年龄不饶人啊！"

　　张老板点点头，颇有同感："谁说不是呢。我还能动，找点事做，忙忙碌碌日子过得快，也能活动活动筋骨多活几年。你说是不是？"

"一个人有一个人的性子，你可能行，我不行。够了，实实的够了。"

"有啥不顺心的，叫你对这行当如此反感？"

"唉，好老弟呢，你也是过来人，你应该知道，做任何事情都不容易。其实事情本身并不难，难的是事情以外的事情。比如说盖房吧，什么钢筋混凝土、灰沙砖石、工程技术等等，这些都简单，不是什么难题。难的是和各色人等打交道。人是个活物，浑身长心眼，没个定性。你就是使出浑身解数，也摸不着人家的心思。摸不着，你就办不成事。就说揽工程吧，你要先渗渠，都要渗到，留一块干土都不行。拉关系走后门，送礼求人是我的短板，关键是我讨厌这个东西，让我干什么都行，就是不愿意低声下气去求人。我总在想，任何事情都应该交给最有条件、最合适的人去做，既可保证产品质量，又可节约社会资财，实现社会经济利益的最大化。可现实不是这样，往往是最合适的人做不了最合适的事。交给谁做呢？当然是交给关系最铁的人，渠渗得最滋润的人。这些人拿了工程不一定会做，他回头还来找你这最合适的人来做。人家成了吃二馍的二老板。你呢？你就是个吃剩饭的打工的。我做的工程，一半以上是二包。怨谁呢？只愿自己自命清高不渗渠，刚直不阿穷正经。别以为自己高洁，有品有德，在人家眼里，你就是个冥顽不化的干屎角。你问我为啥不干了？这就是原因之一。我没多少年活头了，钱也够花。不干了，也不看了，离得远远的，干净，好好为自己活活。没有上级管束，没有对手博弈，不争利益，不博名声，潇潇洒洒、轻轻松松、自由自在地过一段属于自己的生活，也不枉自己这一世人生。"

张老板不无感慨地说："说得好说得好，再过几年，我也会走你这条路的。您刚才说揽工程难，这我听说过。还有什么难的，请老哥也给指点指点。"

"这第二难就是索要工程款了。现在这人，心狠胆大，手里有杆鸟枪，就敢打北京城。没资金也敢上大项目。他先把你诓进去，让你垫资修建，到他该付款的时候，脸一变说没钱。还想继续干吗？请你再垫点。好，再垫。又该他付款了，他又说，钱还没到位，请你再垫。你说不想垫了，那好，你走人，我换人来垫。你说，走人可以，给了钱再走。他说，有钱给你，就不换人了。你还有啥办法？为了讨回工程款，那可真是求爷爷告奶奶，想尽法子跑断腿，非要叫你知道什么是孙子，什么是大爷不可。小儿黄世仁求杨白劳大爷,话不到不行,礼不到更不行,本杨大爷就是没钱,爱咋咋的。哎呀……老弟呀,你可要想好,接手后,这些你都要面对。要是没这个耐心、忍性,没有不厌其烦、死缠烂打的磨功,还是少碰这一行的好。"

张老板说他不怕,他早有思想准备。又说,干什么都有麻烦,有风险,只是麻烦跟麻烦不一样,风险跟风险不同类而已。要想做事,就不能怕麻烦,怕麻烦就不做事了吗?一家人吃什么,喝什么?他决定了,麻烦也得干。

两人商量了一些具体事项,定下了公司收购的具体步骤和时间表。两人相谈甚欢,结束后,还在一起吃了饭。

一切进展顺利,半个月后,张老板全盘接手了目标公司,包括公司的工程技术人员、机械设备和正在实施的在建工程。收购完成后,只做了公司出资人和法人代表人的变更登记,其他的一切照旧。

公司一铲子都是老人手,张老板一个都不认识。这不行,没有自己人管,没有一个哥儿们亲信,如何能叫人放心。不用说,张老板第一个想到的就是五斤,他想让五斤来帮他打理。于是,他给五斤打电话,通报了办公司的进展情况,让他速来省城上班。

五斤接话后,稍做准备,就和哥哥果果一道,驱车进了省城。进城后,他们直接来到张老板家。

"你们来了,欢迎啊!"

"张老板,一向可好?大家都惦记着您呢!"

"好好好,能吃能睡,没心没肺,身体棒着哩。谢谢大家!"

果果、五斤都笑了:"嘿嘿,张老板可真幽默。"

环顾四周,果果被张老板家的豪华宽敞吓着了:"妈呀!城里人真敢整呀,住得跟宫殿一样啊!"

张老板住着一套四室两厅两卫一储一厨的大户型单元房。客厅装修古香古色,墙上贴着暗花壁纸,挂着名人字画;地上铺着木地板,摆着大花瓶、大鱼缸、大沙发、大茶几;沙发对面是大电视;大鱼缸旁边是一座小假山,山虽小,气势却了得,高耸入云,巍峨磅礴,站在一旁观赏,有置身其中的感觉。客厅内各种摆设应有尽有,考究、文雅、高贵。饭厅和客厅连在一起,足有半个排球场大。两厅中间,顶天立地地隔了半道宽不足两米的透明花格子木墙,花格里摆满了各种很好看却叫不上名字的物件。两厅这么

巧妙地一隔,既区分了功能,又不失敞阔之感。整个大厅显得优雅宽敞,富丽堂皇。

五斤也是第一次看到这么豪华的厅堂,不禁赞叹起来:"好家伙,跟宫殿一样,住在这里,一辈子不想家。"

张老板笑说:"住在这里,这就是家了,还想什么家?这没什么,你们以后好好干,说不定还能住进别墅呢。"

果果说:"那可不敢想,我看您这就美着哩,有这么一套房住着,给个县太爷也不干。"

张老板斜了果果一眼:"瞧你那点出息,这就满足了?连想都不敢往大的想,还能干成个啥?过去不是说人有多大胆,地有多大产嘛。首先要有想法,然后有毅力,没有干不成的事。你们还年轻,机会多着呢,要敢想敢干,才会有出头之日。"

五斤说:"张老板说得对,没有想法,啥都干不成。当初种苹果的时候,就有许多人怕这怕那,就是不种,结果怎么样?吃大亏了不是。"

"对了,你不说我还真忘了。现在果树情况怎么样?"张老板问。

五斤说:"大多数人都把树拔了。有的种粮食,有的种大棚菜,能顾住吃喝,不敢有病有灾,供不起大学生,经不住大事情。现在,社会像脱了缰的野马,一日千里地往前狂奔,可是,我们不敢跟进,因为我们太弱,赚得起赔不起,经不起任何打击。路边飞起一粒小石子儿,也能要了我们的命。我都看了,如果国家不回护一下农民,农民就会像美国的印第安人一样,远离现代文明,被中国社会边缘化。只是,中国的农民人口占比,要比印第安人大得多,那可不像印第安人那么好安抚。社会的列车跑得再快,只要不把他们拉上,他们就会伸出胳膊,把这趟车拽回来的。谁也别想比谁强多少,这样的例子太多了,俯拾即是。"

张老板张着嘴,瞪大了双眼看着五斤:"你这套理论是从哪里听来的,这好像不是你的话?"

五斤笑着说:"张老板真厉害,能听出我嘴里出来的话不是我的话。你说对了,我是呀呀学舌。这是我们村一个娃儿说的,他叫田大林,二十岁出头。别看人家年龄小,我觉得人家说得还是有道理的。"

张老板叹了口气,道:"这个我知道,单靠农业是翻不了身的。无粮不稳,无工不富,粮食只能解决个吃饭问题,可是人光有饭吃不行,人还有很多追求,要富足,要体面,要精神文化方面的享受。这些,靠种地是满足不了的。长此以往,你们山珍海味,花天酒地,让人家在那里吃糠咽菜,凭什么?人家会答应?一旦倾斜超出了一定限度,就会轰然倒塌的。这孩子没说错,是个有思想的人。"

三个人在客厅转着看着说着,兴致勃勃,张老板竟忘了招呼客人坐下喝茶。这时候,张老板的老伴和大女儿拎着菜回来了。张老板忙向客人介绍:"这是我老伴,你们就叫她刘姨吧;这是我大女儿,叫张兰芳,你们叫她小张就行。"

五斤、果果同声问候:"刘姨好! 小张好!"

张老板又向老伴和女儿介绍说:"这就是我常说的救命恩人丁五斤,那位是他的哥哥白果。"

刘姨惊喜地问候道:"你就是丁师傅? 你们哥俩可好啊?"

果果、五斤点头道:"好。"

刘姨说:"早就让老张把你请来,我要好好谢谢你。可他总说忙,没时间。十来年过去了,都没见上恩人的面。多亏你救了老张,要不然,还不知道能不能见到他。今天我表现表现,给你们做好吃的,好好谢谢你的大恩大德。"

五斤客气地说:"不麻烦了,随便做点什么就行,简单点。"

刘姨道:"那可不行,这是我们第一次见面,随便还行。"她见几个人都站在那里,茶几上也没有招呼人的气象,就埋怨起来:"哎,我说老张,傻站在这儿干吗,还不请客人坐下喝茶? 你看你,一点礼貌都没有,真是。赶紧的,你们都坐吧,我要忙活去啦。"教训完老公,刘姨领着女儿进了厨房。

张老板用功夫茶招待客人。他边"功夫"边说:"我从一位老先生手里接了个建筑公司,现在已是个正儿八经的建筑商了。"

五斤、果果抱着双拳含着笑,道:"祝贺祝贺,恭喜恭喜!"

张老板却说:"不忙祝贺,还不知是福是祸呢。那老先生挺实诚的,他把啥话都给我说了。他说,干建筑,有两大难题始终无法解决。一是干的人太多,竞争激烈,工程揽不到手。揽到手上的利润空间就不大了,处处要精打细算。第二个就是工程款难要。开始自己先垫钱,到了该付款的时候,甲方一拖再拖,总是不能按时按量付款。为要款,办法都想扎了,经常有因工程款拖欠停工的事情。最后的尾款就更难要了,经常是拿几套房来

抵。压在他手上的就有好多套。这些房变不了现,资金链条经常断裂。没有资金,下一个工程拿不到手不说,工人工资也发不出。工人们上门讨薪,政府找你谈话是家常便饭。收不到款,赊购的材料款就付不了人家,建材商跟着屁股要账,都不知道跟人家咋说了。当老板的就是忙这些,而且自己控制不了。工程上倒没啥,自己也能掌控。总之,这个行当很复杂,比较难干。"

茶水"功夫"好了,张老板做着示范,教二人如何闻、如何品、如何饮,就是没教如何大口大口地喝。急得五斤、果果想把茶壶端起来往肚里灌。张老板看出了两人的心思,就换了大杯,重新沏茶给他们喝。他接着说:"我老了,应付不了这么多事情。孩子们各有各的事业,他们看不上这个行当,都不愿意来帮我。让你们来,就是想让你们来帮帮我。看得出来,五斤是个有能力的人,又重情重义,忠诚老实。好好学学,历练历练,希望将来能帮我打理打理,也让我轻松轻松。另外,还有一层意思:去年没收购你们村的苹果,总觉得是自己毁了约,对不起乡亲们,就想着咋样能给乡亲们一些帮助,弥补弥补。这不是机会来了吗,我干工程,总是要聘请劳务队的。肥水不流外人田,不如由你们两个牵头,把田白村的青壮年组织起来,成立个工程劳务队给我务工,这不是一举两得的好事吗?"

五斤说:"谢谢张老板还想着我们。当初你给了我们很大的帮助,乡亲们都念您的好。厂子关了,是没有办法的事,乡亲们都能理解,没什么对得起对不起的。这回,你给大家找活干,这又是个大的帮助。乡亲们知道了,不知该怎么感谢你呢!"

张老板摇摇头说:"不敢言谢,不埋怨就是万幸。十个指头不一般齐呀,乡亲们大都不错,可也有差劲的。有几个人要告我,委托律师找我谈判,要我赔偿损失,不赔的话,法庭上见。"

"谁? 是谁这么没良心?"

"是谁你也别问了,事情都过去了。"

"怎么,你给赔了?"

"没有。我对律师说,我已经离开了厂子,想管也管不了啦,你去找厂子谈吧,后来就没消息啦。估计厂子不认他,他怕麻烦,就不闹了。你看看这些人,多少是个够? 我都倒闭啦,他还要我履行合同,良心何在,人心何在? 钱就那么重要,别人的死活都不管了? 干脆把我拉出去杀了卖肉,这该满意了吧。"

果果也是直摇头："人心不足，有了一个想两个，有了十个想百个，永远都满足不了。我看呀，找几个对劲的就行了，其他的不管，省得来了找麻烦。"

张老板说："你们在一个村子生活，互相都了解，招人的时候注意一下，不要招那些爱耍心眼的，爱占小便宜的，爱争高低多少的。反正用不了那么多人，你们的选择余地还是挺大的。"

五斤说："这些都好办，我担心的是，庄户人家，没什么手艺，只会干些粗活、笨活、重活。盖楼的学问这么大，我怕大家干不来。"

"谁天生也不是啥都会。我也是两眼一抹黑，不是照样当老板吗？你们先在工地上学学，学会了，就可以成立劳务队包活干了。只要我有活，就给你们干。我没活时，也可以给别人干。工程这么多，你们闲不下的。"

说话间，餐厅的饭桌上已经摆满了丰盛的饭菜。刘姨叫他们上桌吃饭，三人来到餐厅就座。

刘姨招呼说："你们先喝着，还有几个菜，弄好了我就来。"

张老板的手机响了起来。接听后，他对五斤、果果说："安监大队来人检查施工安全，我得去应付一下，你们先吃。真是不巧，饭都吃不到嘴里。"他到厨房把女儿叫来陪客，交代完就走了。

兰芳是个三十出头的成熟女子，招呼客人应对自如。席间，她突然问："哎，你们两兄弟怎么一个姓白，一个姓丁？"

五斤怕果果乱说，抢答道："他是老大随父姓，我是老二随母姓。"

"不不……"果果含着饭咕咕哝哝，想要纠正五斤的说法。五斤怕他说漏嘴，踢了他一下。果果看看五斤，忙附和道："是，是，我随父姓，他随母姓。虽是两个姓，其实是亲兄弟。"

兰芳说："哦，没想到，农村家庭还这么开化民主。"

五斤说："时代不同了，男女都一样嘛。"

兰芳说："这与时代没关系。从基因遗传角度说，男女都一样，都是父母基因的传承者，不是我们传统中说的那样，好像只有男的才能传宗接代，女的就不行。其实是一样的，不管男女，都有父母各一半的基因。再往下，你的孩子就有爷爷奶奶各四分之一的基因，咋能说女的不能传宗接代？这是科学，不是什么观念就能改变的。你看人家西洋人就有女王，女的继承

王位。按咱们这种说法,下一代的王位不就传给外人了吗?"

五斤笑了:"这还是头一回听说,新鲜。"

果果却说:"那还不乱套了,那江山到底是谁家的? 新国王该姓啥?"

兰芳也被问住了,她说:"江山当然还是他家的。至于国王姓什么,我也不知道,反正江山没丢就行。"

刘姨做完菜,也上了桌。四个人边吃边聊,场面就更热闹了。说着说着就说到了干工程的事。刘姨问女儿:"你爸说他干什么去了,连饭都顾不上吃?"

兰芳说:"他说安监局来工地检查,要他去一趟,不去怎么行。"

刘姨嘀咕上了:"又来检查,又得招呼,又得花钱。折财免灾,不罚款就行,钱也没算白花。"

张老板离开饭桌来到工地,干部们给他指出了安全隐患问题,要他立即纠正。张老板说:"是我管理不严,有漏洞,我认错,马上改,马上整改。不过,还请您手下留情,少罚点款。"

干部训斥说:"谁说要罚款呀? 你以为我爱罚款呀? 几十个人只有五六个戴安全帽;防护网有一半都是破的;再看看你那脚手架,稀稀拉拉,密度不够。万一出事怎么办? 给你们说几回了,就是不整改。你是新来的,不能算是你的错,就不开罚单了。但我们希望,你这新老板不要让我们一遍一遍地跑,只认错,不改正,让我们失望,好不好?"

张老板点头称是:"马上改,马上改,今天就动。"

"这可是你说的。我们明天还来检查,到时候不见动静,我们可要开罚单了?"

张老板说:"您放心,今天一定办。"

干部舒缓了口气,说:"张老板,安全方面不舍得花钱,好像是省俩小钱,可要是出了事,花的就是大钱,甚至要坐牢。掂量掂量,哪头重哪头轻?"

"您说的是,这个我晓得的,一定会重视起来。"

"那好,你抓紧办,我们就不打扰了。"

张老板殷勤地说:"吃了饭再走,都准备好啦。"

"我们也准备好了。下回再说吧。"

安监干部上车走了。张老板给人家留下了好印象,人家也把张老板的面子给足了。张老板心里乐滋滋的,把人家送出工地,又目送人家走到老远老远,这才想起打电话,让五斤他们过来看看工地。

电话是打给兰芳的,接过电话后,兰芳说:"我爸让你们过去呢。赶快吃,吃完咱们就去工地。"

五斤问:"工地在哪儿?"

刘姨说:"不远,等会儿我带你们去。"

"谢谢刘姨,我们自己去吧,您就别跑了。"

"反正我也没事,出去转转。兰芳去不去?咱们一起去吧?"

"你们去吧,我留下来收拾碗筷。"

刘姨高兴地说:"也行,那就辛苦你了。哎,你们吃好了吗?"

五斤、果果齐声说:"好了,好了。"

刘姨说:"把门前酒一喝,咱们走。"

大家一饮而尽,起身离席。出门时,兰芳斜着头、眯着眼在身后偷偷看着五斤走路的样子。出门后,兰芳又趴在窗户上瞭望,目送他们离去,脸上露出一丝莫名的笑意。

五斤、果果在刘姨的引领下,开着车来到工地。张老板领着他们在工地转了一圈,然后进了项目部休息喝茶。相互介绍之后,张老板对项目经理说:"以后就让他们俩跟着你熟悉情况,主要是到施工现场学学看看,你给协调一下。"

"没问题,你们想看什么,想学什么只管说,我让他们给你提供方便就是。"

张老板问:"住的地方安排好了吧?"

经理回说:"好了,咱们看看去。"

经理领着大家到了宿舍。这是一间活动板房,房间有两张床,一台电视机,一些简单的生活用品。

张老板看了看说:"还行,虽说简单了点,但比工棚强多了。工地嘛,就这条件,你们两个就住这里吧。"

五斤说:"这就好着呢。谢谢张老板,谢谢经理。"

张老板叮嘱说:"吃饭就跟项目部的人一起吃。"

"知道了。"

"那你们就留下吧,互相熟悉熟悉。我还有事,先走了。"

张老板和老伴向大家告别,开车离开工地。他把老伴送回小区,又开车走了,老伴独自上楼回家。兰芳在客厅看电视,见母亲回来,便神经兮兮地把母亲拉到沙发上,问:"妈,你看丁五斤这人怎么样?"

刘姨觉得奇怪,回头看着女儿,问:"你这是什么意思?人家怎样不怎样,跟你有什么关系?"

兰芳笑着说:"妈,你看你神经兮兮的。没事的,我就是瞎问问。"

"谁神经兮兮?我看你才神经兮兮。发现什么啦?说说。"

兰芳说:"我看他挺男人的,个性一定很硬朗。保准不是小心眼、碎嘴子。"

刘姨驳道:"男人就是男人,什么挺男人,有什么不一样的。碎嘴子怎么了?碎嘴子那是关心你,心里有你,身在福中不知福。你是没跟横男人过过,一天打你一顿才舒服呀?"

兰芳强辩说:"人跟人当然不一样。现在有几个真男人,一个个跟太监似的,一点阳刚气都没有,想找个好男人比登天还难……"

兰芳还要往下说,刘姨便打断她的话头,问:"唉,我说兰芳,你是不是一见钟情啊?是不是要打人家啥主意?"

兰芳:"你说哪儿去了?我能打他啥主意?……不过,我要真的看上了他,怎么办?你不反对吧?"

刘姨斩钉截铁:"胡说。人家可是有家有室的人,又是咱家的大恩人,不许你动这个念头。"

"哟哟哟,看把你吓的。谁动心思了?忙你的去吧。"兰芳要赖似的把母亲推出了客厅。

兰芳并非待字闺中的黄花大闺女。二十来岁时,在媒妁之言、父母之命下嫁了个门当户对的。可结婚不长时间就离婚了,理由是两人性格不合,说不到一起,过不到一块。按兰芳的话说,前夫不像个男人,太碎,碎得令人难以接受;一分钱的事情,他要关照上千遍万遍;举手投足,他会指导你千次万次。兰芳说她实在受不了,人都快要崩溃了。牙一咬,脚一跺,离了。离婚后,一直没找到合适的,一拖就是七八年,现在已经三十出头,成了大龄单身徐娘。五斤的出现,让她眼前一亮,觉得此人好像是自己想要的那种人。虽说土一点,但骨子里有一股劲,或者说是气,实在是勾人。朦朦胧胧的,说不清是怎么回事,她的心总是不由自主地,呼啦啦地往工地那边飘。

194

五斤、果果在工地开始了自己的事业。他们和劳务队的工人们一起扳钢筋,固定模板,搅拌灰沙,卸砖搬砖扛大包,无所不干,无所不学。项目经理对他说:"张老板的意思是让你学管理呢,不是让你当小工、干重活脏活的。"

五斤说:"不会干,咋会管呢?艺不压身,学学没坏处。我有的是体力,没事的。您忙您的吧,不用担心。"

吃午饭时,经理问五斤:"丁师傅,怎么样,活不难吧?"

五斤说:"看起来不难干起来手生,还挺难的。"

经理说:"都是粗活,没啥技术含量,一看就会,是个人就能干。慢慢来,工程一完,啥都会了。"

几个月后,张老板请五斤和果果在家吃饭,刘姨和兰芳一同陪客。张老板说:"工程快收尾了,大部分施工你们两个都参加了,该学会了吧?过一段时间,下个工程就要开工,趁这个空当,你们两个回去招一些人吧。我说过,最好招些有一技之长的,木匠啊,瓦匠啊,铁匠啊,都用得着。有三十来个就够了,我再给你配几个有技术的,一个劳务队或者说是劳务公司就算建成了。下个工程我不想再外聘施工队伍,就由你们来干。"

五斤心里没底:"我还是没把握,怕干不了。"

张老板给他打气说:"很简单,不要有顾虑。项目部的人都是有技术懂管理的专业人员,他们怎么说你就怎么干,不难。"

"那就试试吧。"

刘姨也鼓励五斤:"大胆干吧,你张叔也是啥都不懂,不是照样投资上马,边干边学。自己不懂不要紧,有技术人员看着呢,有甲方监理人员看着呢,只要你管好就行。世上无难事,只怕有心人,只要你认真干,没啥难的。"

兰芳一直注视着五斤,她接过话茬儿鼓励说:"我看丁大哥跟我爸一样,准能成,说不定会超过我爸呢!"

张老板自嘲道:"我算个啥,狗屁不懂。再说,永远都是长江后浪推前浪,我这前浪该到沙滩上晒太阳去了。"

张老板这么说,刘姨不高兴,问:"你晒太阳,那公司谁管?"

兰芳调皮地说:"这还用问,后浪管呗。"

刘姨饯着女儿说:"胡咧咧啥呢,你管,还是你弟弟管?"

张老板听得心烦,制止道:"行了行了,吃饭时不准说话。"

二十二

田白村的高音喇叭播出通知:"全体村民请注意……丁五斤同志要成立一支劳务队,到省城从事建筑工作。现招收工人三十名,有一技之长者优先。有愿意参加者,请到丁五斤家报名应聘。"

五斤在院子的树下摆了张桌子接待前来应聘的乡亲。通知播出后,陆陆续续有人前来应聘。

有人问:"一个月能给多少工钱?"

五斤介绍说:"这要看你干什么活。小工底薪六百元,超产有奖励,一个月下来千把块钱;大工底薪一千元,加上超产奖一月下来一千五六。"

一村民来到桌前报名:"五斤,我参加,给我登上。"

五斤问:"和家人商量了没有?"

"商量了,都同意。在家也是闲着。"

"好,算你一个。"

白杰抢到五斤面前:"把我也写上,算我一个。"

五斤问:"你爸你爷答应让你去了?"

"我都多大了,还要他们拉着手走路啊? 写上写上,他们同意了。"

"咱可说好,到城里,你可得听招呼,不准惹是生非。"

白杰不依了,他瞪着五斤说:"五斤叔,我在你眼里就是个惹事精是不是? 你说,我啥时候惹过事?"

五斤被问住了,细想起来,这小子虽说脾气冲一些,还真没惹过什么事。就说:"我没说你惹过事,我看你脾气大,怕你以后惹事。好啦,别瞪眼了,给你登上还不行?"

一天下来,有五六十人报名。五斤从中挑选了三十人,建成了一支自己的、全部由农民组成的建筑劳务队。

劳务队要出发了,三十来人背着铺盖卷与送行的亲人道别。五斤对果果和田大林说:"我先进城打前站,他们就交给你们两个了,路上小心,注意安全。"

果果说:"你放心,我一定把他们安安全全地带到,你走吧。"

五斤开车走了,果果也领着大家上了路。路程不远,几个小时,大家就安全地到达了目的地。这是张老板通过关系新揽的工程,三通一平已完成,马上就可以开工了。给工人们住的工棚,就搭建在工地的一角,大林白杰他们就住在这里。另一角房子好一点,是管理人员办公和住宿的地方,五斤、果果和项目部的人住在这里。

还有几天才能开工,趁此机会,五斤请项目部的技术人员给劳务队讲了两天课,对大家进行上岗前的基本技能培训。培训结束后,仍未开工,五斤就给大家放了假,让大家到城里逛逛大街,见见世面,看看西洋景。五斤对大家说:"再过两天才开工,这两天,大家熟悉一下周围环境,可以出去看看高楼大厦,逛逛商店,买点日用品。记住,出去时要打招呼,必须是两人以上结伴而行。出去后注意安全,不要惹事,天黑以前必须归队。不出去的就熟悉一下自己工种的职责规范,为开工做好准备。别的没什么,请各位自便。"

要出去的人纷纷告假外出,工棚一下子空了许多,稀稀拉拉只剩下几个人。白杰和白生金的孙子白顺要好,两人便结伴而行。他们一进繁华街区,就见有两位街头艺人在花池边的空地上卖艺唱歌,一群人围着观赏,白杰、白顺也挤上前观看。看了一会儿,觉得没意思,就去大街上溜达。走到一个拐角处,看见三四个人围在一起吵吵嚷嚷,不知在争论着什么。两人好奇,就围上去看热闹。

一个二十多岁的红鼻子疙瘩小伙儿,手里攥着个黄澄澄的东西说:"上万元的东西,你只给三千,亏你说得出口。不卖不卖,走远点,不跟你说。"

欲购买者是个土老帽,三十来岁,相貌打扮跟白杰、白顺差不多。他说:"你急着用钱,还想卖原价,掏原价我到金店不能买,要你的?再说,我也是要冒风险的,谁知道你那货是真是假?"

红鼻子生气了:"你连货真货假都弄不清,还敢吃货。我可不是什么好

人，当心上了我的当。去去去，离远点，不买就别搅和，别误了我的事。"

土老帽挨了呲儿，十分不悦，口气重重地说："你这人，不卖就不卖，说话别欺人嘛！有块金子咋咧，有块金子就成了克林顿咧？"

红鼻子正要对吵，一位穿着讲究的年轻人往中间一站拦住他，说："别争了，别争了，都是些干话（没用的话），有啥争的。咱俩说，他不要我要，你先把货给我看看。"

红鼻子拿出一个金元宝给年轻人。年轻人掂了掂，看了看，又用牙咬，思忖了一会儿说："真倒是真的，就是成色差些，最多不过八五。"

红鼻子说："嗯，至少比那货强，能看出真假，成色说得也八九不离十。小哥，告诉你，至少两个九。我请人拿仪器验过，没错。"

年轻人说："你知道我是干啥的？我是专门收毛金提纯的，打眼一看就知道。你蒙不了我，最多也就九〇。"

红鼻子一把夺回元宝，不屑地说："别吹牛，我的东西我知道。你想砍价就砍价，少说我的东西不好，诚心砸行当不是？"

"我不是说了，我是收毛金提纯后做首饰卖的。不管你信不信，我得对自己的钱袋子负责，对自己的生意负责。你不是急等钱用吗？说实话，我就是要借这个机会占你的便宜哩。你说个实价，到底多少钱出手？"

红鼻子说："刚才你都听到了，半价五千，一个子儿都不能少。"

年轻人转身和自己的同伴小声商量，商量完，转回身说："我比他再多加一千元，你看行不行？"

"四千？不行。"

"我看你就不是个做生意的料，哪能你说多少就多少，连个价都不还。不卖算了。"说完转身就要走。

红鼻子急了，忙喊道："再加五百你拿走。"他把手举得高高的，晃动着，像要把手中的东西白送人一样。

年轻人头也不回，道："就四千，一分都不加。"

白杰、白顺看得入神，不住地往前凑，想看看红鼻子手里的东西。这可是他们生来都没见过的宝贝啊。俩人凑得太近，惹得红鼻子动了肝火："你们两个挤啥挤，想要啊？挤，挤，有啥好挤的。"

白杰、白顺不好意思地摇摇头，憨憨地说："看看，嘿嘿。"

"看到眼里就拔不出来了。看一眼一百元，看几眼啦？交钱。"

白杰、白顺触电似的把脖子一缩,不敢看了,逗得围观的人也笑了。

红鼻子得意地说:"就是的,看你们那样子,穷里巴叽的,啥都敢看? 你两个要是能掏出一千元,我把这东西给你。"

白杰被激怒了:"你别小瞧人,我要掏出来咋办?"

红鼻子轻蔑地说:"哟嗬,癞蛤蟆憋气了,吓唬人不是? 你掏,掏出来给你。"

"说话算话。"

"君子一言,白不染蓝。"

白杰掏出八百元,又找白顺要了二百元,凑成一千元。他把钱高高举起:"你看,这是啥?"

红鼻子脸不变色心不跳:"呵,没看出来,要饭的拿出了金镶玉。好啊,你把钱拿来,我把东西给你。"

白杰一挥手:"慢,钱是真的,谁知道你那元宝是真是假? 咱们验过以后再说。"

这时,红鼻子向旁边使了个眼色,第一个买金子的土老帽,一个箭步上前,从白杰手中把钱抢跑了。

白杰、白顺赶紧去追,没追多远,白杰对白顺说:"咱们上当了,他们是一伙的。我追这个,你回去看住那几个。"

白顺跑回原地,那几个人早已没了踪影。他又返回去追白杰。

土老帽跑进一个公园,白杰尾随追了进去,门口检票人拦也没拦住。土老帽跑不动了,抽出一把弹簧刀,明晃晃的,回身瞪着白杰往前逼。

白杰害怕了,就说:"你把钱还给我,我就放过你。"

土老帽威胁说:"门都没有。你不让开,我就花了你。你走开!"

白杰说:"你不还钱,我不走。"

土老帽舞着刀子向白杰逼近:"你走不走?"

白杰且防且退。这时候,红鼻子、年轻人,还有和年轻人商量事的那个伙伴,都赶了过来。他们手持木棒围攻白杰。白杰试图从红鼻子手中夺回一根木棒,以改变自己的劣势。可刚一沾手,就被年轻人那伙伴一棍子打到腿上,"噗"的一声,便倒在地上,再也爬不起来。买卖元宝的四个人趁机跑了。白顺赶来时,白杰已哼哼呀呀多时了。他把白杰背出公园,挡了辆出租车,送到附近医院救治。

医院按急诊病人为白杰治疗，结果发现并无大碍，打打针，清清瘀伤，包了包，开了些药，就算完事。

白杰、白顺身无分文，清不了医药费，出不了院。无奈之下，只好给五斤打电话告知实情，请五斤前来交费接人。

五斤带着大林赶到医院，见白杰躺在急诊室的病床上，腿上打着绷带，像个伤兵，就训斥道："你们都多大了，咋不让人省心？不让你们惹事，偏不听，一出门就董乱子（招惹祸端之意）。你都不想想，那么贵重的东西，有在街头嚷嚷着叫卖的吗？如果是真的，人家不会交给银行，交给金店，有必要到街上贱卖呀？在家的时候，一个个比猴精，一出门脑子就进水了。哼！现在还疼不疼？"

白杰说："还有一点。医生说没伤着骨头，只是点外伤，不要紧。"

"不要紧，要是有个三长两短，叫我怎么向你爸你爷交代？噢，我把娃交给你，是叫你领着他们干活挣钱的，钱还没挣下，人就给……该长点记性了吧？"

白杰低头不语，白顺也老老实实地站在一旁不敢说话。

大林交完费，回到急诊室清了手续。五斤说："回去把钱还给大林。白顺扶着他，咱们走吧。"

几个人上了车，还没开动，五斤的手机又响了。电话是田小妹打来的，她说白多多出了事，警察把他带走了。

五斤脑子嗡地一下："真他妈扯淡，一桩未完，一桩又来，还叫不叫人消停。"按田小妹说的位置，五斤驾车来到北大街人行天桥下，与田小妹见了面。

田小妹是徐寡妇的女儿，就是当年那个到后台找杨子荣挨了骂的女孩，如今已是大龄美女了。她本是田白一枝花，美丽大方，性感迷人，追她的人排成排。可是寡妇都一一拒绝了，原因是这些人实现不了她的进城梦。时间一长，就把女儿的婚事耽搁了。可是她还不死心，标准还没降低。老一茬的男孩儿们都成家了，该下一茬的出手搞姐弟恋了。就目前来说，全村的小伙儿，也只有多多配得上她。小妹依然那么美，也看不出年龄，说她只有二十一二岁，也不会有人怀疑。她的性感和她妈不一样：她妈的性感是骚情出来的，是屁股拧出来的，那屁股拧得俏板、灵动，如果穿一件洋面料的好裤子，还能"吱宁吱宁"地拧出声音，像是一首单音节的骚情歌。

村里的男人都盯着她的屁股看,臆想着这屁股拧到自己被窝的情景。女人们却恨死了她,骂她是骚狐狸,可回到家里,却照着大衣柜的大镜子学徐寡妇拧屁股:拧小了不好看,拧大了步子就乱,自己能把自己绊倒。于是更恨她,恨到当面跟她吵架摔醋罐子。小妹的性感是天然的,是青春活力滋益出来的,自然天成。白萝卜的胳膊白萝卜的腿儿,桃花面儿樱桃嘴,是个人见人爱人人想的角儿。她不是劳务队的成员,是送男友白多多进城,顺便逛逛省城来的。白多多是治保主任白栋的孙子,身材适中,结构紧凑,一看就是个精干利落之人,和电影《南征北战》里的高营长、日本影星高仓健是一个类型的。用农村人的话说,就是"麻利精干、洒脱秀流"之人。其综合能力甚至超过田大林。他在田白村一朋里的地位与田大林比,就是"既生瑜何生亮"的关系。亮者大林,瑜者多多,都是能人堆里的能人。

五斤一行与田小妹在天桥下相会。五斤问:"怎么回事? 出什么事了?"

田小妹把刚才发生的事情,向五斤、大林他们做了详细介绍:

多多、小妹相伴上街,过北大街人行天桥时,多多看到地摊上摆着的一根烟袋不错,铜锅子,玉石嘴,中间的连杆像古藤,油光发亮。爷爷用的还是几十年前的老烟袋,铁锅,铝嘴,竹子杆,就想给爷爷买一根,让小妹带回去。他知道,玉石这玩意儿贵得很,一个小挂件就要好几百元,这套烟袋怕也便宜不了。于是问摊主:"这烟袋多少钱一个?"

摊主是个五十多岁的小老头。他不报价,却眯着眼打量多多,问:"你只是问问呢,还是真想买?"

多多说:"当然想买,价钱合适的话,买两个,我爷我爹一人一个。"

小老头说:"真是个乖娃,有孝心。真想要的话,我就给你说个实价,八百元一个。货真价实,童叟无欺。"

这个价远远超出了多多的估价。他想到了爷爷常说的砍价原则——见价减半腰里砍,就是朝主家报价的一半的一半砍去。不妨试试,看看会有什么结果。于是说:"你要是二百元肯卖的话,我一下买两个。"

谁知小老头非常爽快,道:"为了成全你的孝行,这钱不赚了,成交。"

多多愣了,本想小老头会扯一阵子,磨磨价,不想人家竟爽快地答应了,他马上产生了上当的感觉,想反悔,可又不好开口。这价钱毕竟是自己叫出来的,人家答应了你,你没有理由说"不"。怎么办? 正犹豫间,小妹

从身后拉了他一把。他问何事,小妹指指旁边的摊位小声说:"跟他的一模一样,八十元一个。"多多这才恍然大悟:这小老头真不是东西,欺自己是农民,不识货,竟敢漫天要价,欺骗自己。什么货真价实、童叟无欺,狗屁,这小摊也太没谱了。他正想发作,小妹拦住了他,小声说:"你揭了他的底,他还不跟你拼命? 再说,旁边那个摊位还不得让这老头给砸了? 行了,别惹事了。"多多只好作罢。于是对老头说:"对不起,钱没带够,不买了。"说完,就要离去。

小老头不答应了:"站住! 刚才我还夸你是好娃呢,你咋连这点规矩都不懂。咱们已经成交了,东西我都给你包好了,你咋能说不要就不要。我支应你半天,你叫我白忙活呀?"

多多心里本来就窝着气,一听老头这么说,也想撒撒气:"怎么,你还想强买强卖呀? 买不买是我的权利,我偏不买,你能咋样?"

多多这么一刺,老头就强硬起来:"不买可以,那是你的权利。可我也有我的权利:你不买就是反悔,是对咱俩说好的事情的反悔;你反悔就伤害了我的利益,你要赔我的损失。不多,百分之二十,你给八十元走人。"

"想得美,跟你说几句话就要八十元,你以为你是谁? 你是大学教授? 你是算命先生? 你是省城的总统? 想钱想疯了还是咋的?"

老头被彻底激怒了,他跨过摊位,一把揪住多多,说:"你今天不把这钱掏了,你看你走得成不?"

多多没辙了。他多么希望揪住他的是个年轻人。如果是年轻人的话,他早就动手了,教教他如何做人。可现在揪他的是个小老头,他不能打长辈,不能教训他。

这时候,中国特色的戏上演了:围观的人越来越多,堵住了天桥通道。两头上来的人都过不去,一看有"西洋景"看,便停下不走了。堵的人越来越多,颇有不压垮天桥决不撤退之势。他们议论着,嚷嚷着,热闹劲儿不亚于角斗场。几个小年轻挤到前边煽惑着:"打么,打么,老这么拽着多没意思。"

这话拨疼了小老头的神经,他骂道:"打你妈个×,你来打,你打打试试!"

几个小年轻挨了骂,像干柴堆里丢进去一团炭火,立马燃烧起来。他们一窝蜂似的扑向小老头,拳脚相加,一顿猛揍。他们的嘴和手脚是连着网的,手脚动着,嘴里则配着音响:"狗日的老东西,还敢骂人,叫你骂,叫你

骂,叫你……"

多多左挡右挡,想护住老人,可双拳不敌众手,怎么也挡不住。他急了,就和这帮小子对打起来,一下就撂倒了两个。就在这时,警笛声响起,由远而近。这帮小子真是油滑,一听警笛声,就像水银入地一般,呼啦一下渗入人缝中不见了。

警察上了天桥,驱散了围观者。他们看到的是一片狼藉:几个收拾东西的摊贩;躺在地上呻吟的老头;鼻青脸肿、嘴角流血的多多;还有一地的"中国特色垃圾"——纸屑果皮黏痰尿渍,还有破鞋和烟头。

他们把老人和多多带去问话,顺便带了两个摊贩一同前往,大概是让他们去作证的。小妹早被人群挤到了桥下,她没有去追多多,知道跟着去也没用,还不如留下来通风报信更实惠。于是打电话给五斤报了"警"。

问明了情况,五斤决定去派出所讲道理,把多多解救出来。他们一行五人赶到派出所,没见着人。人家告知说,事主和承办民警都在医院里,可以去那里找。他们又赶往医院,刚泊好车,就见多多从医院走了出来,大家迎上去问情况,多多说:"说清了,没我的事,都是那老头惹的祸。他家来了人,正给他看病呢。真是自作自受。哎?你们跑来干啥?我不会有事的。"

五斤听了不高兴,冷冷地说:"这么说,我们是多管闲事,自作多情了?"

多多忙解释:"你误会了,我不是那意思。大家都忙忙的,我是不想让你们操心。你别想到一岸子(别处之意)去了。"

大林说:"啥都别说了,没事就好,咱们回工地吧。"

大家上了车,一同回了工地。晚上,五斤给队员们开会。他说:"头一天给你们放假,想让你们出去散散心,见见世面,咱们可真行呀,一出去就惹了两个事,出事率百分之二十。我算了一下,省城的出事率也这么高的话,一天能出八十万件事故,没有二百万警察,根本处理不过来。要二百万警察呀!满世界都是警察,谁来搞生产,搞建设?人都吃屎呀?喝尿呀?住大街呀?看看我们田白村的贡献有多大,几个人能把地球给掀翻了。"

几句话说得大家笑了起来。

五斤一声呵斥:"还有脸笑,笑得出来吗?不以为耻,反以为荣,还有没有廉耻之心?"

大家又把笑憋回去了。

　　五斤接着说："城市是个万花筒,流光溢彩,花不棱登。好吃、好喝、好看、好玩、好听、好用的东西多的是,可这些不是给咱们准备的。咱们村虽说富裕一点,可那点钱跟城里人比,那就是九牛一毛,经不住折腾。人家是美国挣钱中国花,城里挣钱乡下花。你可不要反着整,乡下挣钱城里花。说实话,你那几个子儿放到城里,还不够塞牙缝的。城市也是个大染缸,三教九流样样都有,五行八作样样齐全。把人往里一丢,就像把布投入染缸,能把白的染成黑的,能把黑的漂成白的,就看你这块布料怎么混了,就看你有没有判断力和自制力。我希望大家眼睛亮一点,别叫这万花筒把你的眼迷了,别叫这染缸把你染成了煤球;将来回家的时候,连你爹你娘你老婆都不认识你。"

　　大家又笑了。

　　五斤喝了口水,又说："别看是我把你们带出来,我就应当如何如何对你们负责。错,我固然有我的责任,可你们都是成年人,从法律的角度说,你们都是各自独立的人物,你们应对自己的行为负责,我管不着你们。你们谁要是出事,我管你是情分,不管你是本分,到时候,你可别说我冷酷无情。马上就要开工了,一干起来,就没有闲工夫出去逛了。咱们有外勤人员,谁有什么要买的话,让他们给你代办,自己最好不要单独外出。为了丰富大家的业余生活,我个人掏钱买一台电视机,买几副扑克牌,买两台麻将桌。打麻将打扑克,彩头不许超过一块钱。上班的时候不准打。晚上十一点以前必须熄灯休息。去年,我和我哥在城里待了近一年,只上过三次街,看过两次电影,也没把我们憋死。咱们现在过的是集体生活,要有纪律观念,自由散漫,一盘散沙,干不成事不说,还叫人笑话。你们在座的都是年轻人,应该努力一下,把自己培养成一个现代文明人。等活干完了,钱也挣了,人也提高了,体体面面回家多好。咱不能几辈子都停留在一个台台上,要进步,要跟上时代。你们听清了没有?"

　　"听清了。"

　　"大声点。"

　　"听清了。"

　　"好,会就开到这儿。明天就开工了,大家按照分工,各人把各人的活干好。散会,休息。"

二十三

工程如期开工。张老板说得太对了，由于是垫资施工，不存在资金短缺问题，工程进展十分顺利，几乎没有打什么绊子。仅仅三个月时间，大楼就盖到三层，达到了甲方第一次拨付工程款的指标。还不错，报告一过去，甲方就付了款，只是少了些，刚好一半。甲方说，广告做得晚，宣传未跟上，销售活动还未完全展开，所以回款差些，先付你们一半，后续款随收随付。请你们抓紧施工，你们进度快，房子就好卖，也就有钱给你们付进度款了。这样，大家都高兴。张老板还能说什么，加油干就是了。钱不够再要，要不下就垫。工程没耽搁，一个月后，楼房又长了两层，到了付第二次进度款的时候了。

五斤正在指挥民工从车上往下卸钢筋，张老板来到工地找他："五斤，你过来，给你说个事。"

五斤停下手头的活，来到张老板面前："什么事？"

张老板忧心忡忡地说："真是不好意思。看样子这个甲方实力不怎么样，第一次工程款只付了一半，再也没要回来一分钱。第二次进度款又该付了，怕是又要拖欠了。我先给你打个招呼，劳务费也不能按时支付了。工人们领不到工钱，干着也没劲。我打算再从家里拿点钱，付一半工钱给你，另一半以后再补发。你给大家说说好话，不要误了手中的活。"

五斤说："没啥，早给晚给一回事，记着就行。我知道，你也尽了最大努力，我想他们能理解。"

张老板点点头："谢谢！能理解就好。从家里拿了几次钱，你刘姨都生气了，怕是越来越难往外要了。"

五斤说："可以理解，越垫越深，谁不担心？"

"唉，第二次款再不付，后续工程我是没钱再往里垫了，只能暂时停工待款。"

"走一步说一步吧，家家都一样，有什么办法？你也别忧愁了，慢慢磨吧。着急的应该是甲方，他难道就不怕给业主交不了房？"

"是这么个理儿。这些人心可真大，成天嘻嘻哈哈，就不知道忧愁。真交不了房，他不照样抓瞎吗？"

"这就是人跟人的差别吧，要不人家当开发商，咱只能是个干活的。还有什么事？没事我干活去了。"

"没啥事了，你去吧，注意施工安全。"

张老板回到家里，让老伴再拿出来三万元给他。老伴不依："这个月你要几次钱了？几百万都垫进去了，还天天要，这还有头没有？不过日子啦，不养老啦，不管儿女啦？说得好好的，家里的钱不能再动了。这倒好，也就两个月，一百万又出去了。不给，你自己想办法去。"

张老板说："没办法，甲方进度款迟迟不给，处处用钱，你不垫怎么办？"

"那是个无底洞，填不满的。"

张老板哀求道："就三万，我已经答应了人家。就这一回，以后再不要了。"

刘姨问："干什么用？"

张老板说："给五斤他们工队发工资呀。"

"你是怎么回事？上个工队都是拖着的，怎么到了五斤这儿，一次也没拖。你就不能拖一段时间？"

张老板解释说："毕竟不一样嘛，我们的交情不一般，拖不得。"

"正因为交情好，才要共患难，他反倒要你独担，这算啥交情嘛！"

张老板有点不耐烦："行了，别争了，有完没完。赶快把钱拿出来。"

"噢，你倒不耐烦啦，是你求我还是我求你？我也不耐烦啦，有本事别要。"

张老板口气硬起来："懒得跟你磨嘴皮子。听好了，给我把钱准备好，明天给我。别让我一把年纪的人，在外头说话不算话。"

撂下话，张老板气呼呼地走了。他又来到工地，见工人们干得正欢，脸上露出喜悦之情。他来到项目部，项目部经理汇报说："今天去拉钢材，没拉上。人家要咱先把上一次欠款结清，然后再拉这一批。咱们库存已经不多，再不进货，怕要停工待料了。"

张老板无奈地说："我几乎天天都在催款筹款，甲方总是推了再推，我真是没办法了。"

经理提醒说："不能再垫了，再垫会越陷越深，拔都拔不出来。"

张老板想了想说："要么发个正式的书面通知，要求他们五日内付款，否则就停工待款。你看如何？"

经理点头称是："这样也好，发个正式通知，万一发生争议，也好有个凭据。我来起草，你审查。"

"成，你起草吧，口气温和一点。"

书面通知如期发出。张老板期待着，期待着在他们限定的付款日前，能有一笔钱到账。或者，对方有人主动邀他说事。可惜，一连几天，杳无音信。这边投去一颗小炸弹，那边连个响都没有，好像炸弹没拉弦，扔在了棉花垛上。

张老板又主动去找人家，人家笑着说："你不是有通牒吗？就按通牒说的办，不急。"

张老板彻底蔫了。他低着头走路，想着接手公司时那老哥说的话。是啊，干什么都不容易，自己都经过，可还没这么不容易的。他昏头昏脑、毫无目的地在工地上溜达，五斤看见了，上前问道："张老板，有事啊？"

张老板抬起头，蔫耷耷地说："今天又去催款了，还是没着落。"

五斤埋怨起来："没钱就别盖房子，这不是坑人吗？政府也不管？"

张老板苦笑着说："管？怎么管？这就是政府批准的。这些人公关能力太强了，有些官员抗腐能力极差，几根干骨头就能哄得他摇头摆尾，跟着人家的屁股转。吃了人家的嘴软，拿了人家的手短，他们哪里肯管、敢管。老百姓不是他们的衣食父母，有钱人、利益集团才是他们的爹妈。不闹出事端来，他们怎么肯替你说话？但凡有点办法，谁又肯为这些事闹死闹活？于是就形成了这样的局面。这些人条件不够照样拿批文、盖房子，最后坑的都是建筑商和务工的。年年如此年年抓，岁岁抓过岁岁发，有什么办法？像你我这些人，只能在夹缝中求生存。人家留个缝子，你就能活，人家轻轻一挤，你就没命了。"

五斤想了想说:"我有个办法,兴许能要回一部分。"

张老板像触了电,打了个激灵:"你有办法? 你有啥办法?"

五斤说:"天机不可泄露。这样,明天中午你设法跟甲方老板待在一起,到时候有人打电话给你,你按电话里说的照着做就行。"

"神神秘秘的,你想干什么? 你可不要乱来啊。"

五斤笑了笑:"再说一遍,天机不可泄露。你放心,我不会乱来的。"

次日,张老板哄着缠着把甲方的王总约到茶社喝茶说事。张老板边聊边看表,等着有人给他打电话,有点心不在焉。

看到张老板的这些举动,王总心中十分不悦。他责怪道:"你看你这人,是你约我来说事儿的,你自己反倒心不在焉,不礼貌么。老看表干啥? 有事就改日再叙吧。我也有事,就不耽误你了。"

张老板突然变得专注起来:"别别别,别急着走呀。我没事,今天就是专门陪你聊天的。刚才有点走神,对不起,怠慢了,请多包涵。"

"没啥没啥,没关系。我知道,你还是为工程款的事吧?"

"您英明,不好意思,让你亲自来谈,我是诚惶诚恐。王总啊,您瘦死的骆驼比马壮,在墙缝里扫一扫,也能扫出个千八百万来。你看,我也是一大把年纪的人了,干不动也赔不起啦,你就可怜可怜老兄吧,成不?"

王总说:"好老哥呢,墙缝都给人舔过了,哪儿还有钱。说出来不怕你笑话,今年过年的时候,我口袋只剩下一千三百块钱,连门都不敢出,硬是在家窝了半个月,你以为我容易吗?"

张老板问:"最近不是又卖了些房子吗? 卖的钱不能给我匀一点吗?"

王总煞有介事,一本正经地说:"要债的人派人盯着呢,收一套房钱,人家就拿走一套,只给我留一点费用。你看我这老板做的,跟个孙子似的。"

"我才是孙子呢。欠债的是大爷,你是大爷。当大爷的感觉一定不错吧?"

"嘿嘿嘿,幽默,你可真幽默。咱们换换? 你也当回大爷过过瘾?"

这时候,张老板电话响了:"喂,我是张志清,你是哪位? 公安局的? 你打错了吧……他在这里,我是和王总在一起,怎么啦? 到什么地方? 市政广场。好,我们马上来。"放下电话,张老板对王总说:"走吧,公安局叫我们俩去一趟,有急事。"

王总感到奇怪:"什么? 叫我? 他们怎么知道我和你在一起? 难道是

你做的局？我跟他们有什么事？我不去。"

张老板说："不行，人家点名要你去，我给人家说咱俩在一起，你不去咋行？你又没偷没抢，没杀人没放火，你怕什么？走吧，看看啥事？"

在张老板生拉硬拽下，王总极不情愿地跟着上了车。两人朝市政广场赶去。人还未到广场，一幅从未见过的画面便进入眼帘：一座半拉子工程楼旁有台塔吊，高高的吊臂顶端垂着一根绳子，绳子下边横绑着一根木棍，木棍上坐着个人。那人一手抓绳子，一手拿菜刀，在空中旋转着、飘荡着，时不时地还卖一下悬，像杂技演员一样。玩的就是惊险，玩的就是心跳。再往下看，就知道那不是表演杂技，而是表明心愿的。只见那人身下长长地挂着两条白布，写着：

"老板花天酒地，工人饿坏肚皮。"
"讨要血汗钱。"

张老板猜到了，那人不是五斤，也会是五斤安排的人。五斤不可泄露的天机，就是空中卖悬啊？太冒失了。要知道他这么干，自己一定会阻止他的。再看他旁边，消防云梯高高架起，顶端平台上站着两个人，正在与悬着的人对话。

地面上围满了看热闹的人。警察拉了一道黄带子线，维持着现场秩序，还不停地用喇叭向空中喊话。

张老板走近才看清，悬在空中的就是五斤。

他的腿都吓软了："我的妈呀，他竟来这么一手。真有个三长两短，怎么向秋香交代，怎么向孙子和儿媳交代啊？"

他拉着王总朝警察奔去："我们来啦。我就是张志清，这位是王总。"

警察指着上面说："往上看，看是不是你们的人？"

张老板情绪有些紧张，话不连句地说道："是是是我们劳务队、队的队长。我们，不是一个单位，他们给我们干活。"

警察问："你是不是欠了人家的工钱？"

张老板说："是是，欠，能欠几个月。"

"为什么不给人家发？"

张老板指着王总说："是他，欠我几百万工程款不付，我把家底都垫进

去了,实在没钱再垫了。刚才我就是找他要钱去的,这事还得他来解决。"

警察把小喇叭塞给张老板,说:"我管不了,你们两个跟他说吧,把他叫下来就行。否则,跟你们没完。"

张老板接过喇叭朝五斤喊话:"丁队长,你千万别胡来,工钱少不了你的。你先下来,有话好说。"

五斤向下喊道:"张志清,谁信你的鬼话,这话你说过多少回了。今天,你要不把钱拿来我就死给你看。"

五斤用菜刀背做切割绳子状,围观的人群发出阵阵呜呜声。五斤说:"怎么样,给你们两个小时时间。你把钱拿来,我就下来。否则,我去阎王殿等你们。"

张老板对王总说:"哎呀,我的王总啊,你就弄点钱给他吧。他要是寻了短见,他们村几百号人能把咱俩撕成碎片。王总啊,你不怕,我怕呀!"

王总要过喇叭自己喊:"丁队长,你下来吧,钱没问题,三天之内一定解决。"

五斤喊道:"我知道你,你还不如张志清呢,少来这一套。如果你马上拿八十万来,不用你说,我自己就会下来。我命虽贱,可我还想活,别逼着我死。"

王总回道:"好好好,我怕你。你等等,注意安全。"

众人笑了。

王总掏出手机打电话:"张会计吗?你赶快去各销售点,把所有现金收集起来,再到银行取点钱,凑够八十万,送到市政广场来。我在这儿等你,快点。"

新闻媒体也赶来凑热闹,喊话的,摄像的,拍照的,忙得团团转。地方电视台"走街串巷"栏目,还对现场进行着直播。

刘姨在客厅看电视。她突然叫道:"兰芳,你快来看,市政广场有人要自杀。"

兰芳从房间里跑出来,眼睛瞪得大大的:"什么自杀?"

刘姨指指荧屏:"你看你看,还来回荡呢,多危险。真是,啥人都有,有啥想不开的。"

"哎呦,真的,妈呀妈呀,荡呢! 吓死人啦。那么多人看热闹。妈,你看,那不是丁五斤吗?"

"五斤在哪儿？我怎么找不见。"

"挂着的那个就是……脸转过来了，你看，就是他。"

"天哪，怎么会是他？他为啥要把自己吊起来？赶快给你爸打电话，让他去看看怎么回事。"

兰芳拨通了父亲的电话："爸，你赶快去市政广场，丁五斤在那儿吊着呢，快去看看是怎么回事。什么？你就在现场？他为什么要把自己吊起来？讨工钱……快解决了，好，好。"

挂了电话，兰芳对母亲说："我爸就在现场呢。他说，丁五斤是为给劳务队讨工钱，才把自己挂起来的。现在问题快解决了。"

刘姨一听，心里就有些不对付："姓丁的怎么是这种人？不就欠你两个月工资吗？至于来这一手吗？还朋友呢，一点面子都不给，什么人哪这是？给你爸打电话，让他问问姓丁的，他到底想干什么？"

兰芳要通了父亲，说："爸，我们待丁五斤不薄。我妈让你问问他，他为什么要这样对我们？什么……误会？谁误会？订饭？好好好……马上订。"兰芳挂了电话，喜形于色，她兴奋地说："妈，我们误会啦，是丁五斤替我们向甲方要钱呢，一下就要回来八十万。五斤下来以后，警察要把他带走，我爸就向人家求情，不让带。警察说，只是做做笔录，教育教育他，让他以后通过正当途径主张权利而已。我爸说，很快就会处理完的，让咱们订一桌饭，好好犒劳犒劳丁五斤。"

刘姨高兴得差点跳起来，道："该请该请！赶紧的，到最好的饭馆，点最好的菜，好好犒劳犒劳他，也给他压压惊。"

"去哪家？"

"吃烤鸭去。新开了一家，听说挺正宗的。"

两人出门去订餐。兰芳问母亲："妈，我没说错吧？丁五斤是不是挺男人的？你说，这样的人怎么样？"

刘姨心里对五斤也是佩服得很，可就是不想在女儿面前表露出来，她怕女儿迷上了人家，干出出格的事来。于是说："可能都是你爸一手策划的，五斤只是个执行者而已，你爸亏不了他的。"

"妈……"兰芳没想到母亲会这样评价五斤，就长长地叫了一声妈，表达自己的不满。又说："是不是爸策划的，你能不知道？上次救爸，也是事先策划的？你怎么能这么想一个两次豁出命救我们的恩人呢。我不允许

别人这么说他。听见没？我不允许,啊!"

刘姨注视着兰芳,想从她的表情和言语里探出正确答案来:她是不是对人家有意思了?自己那么说固然不妥,如果她没有那心的话,好像不应该有如此反应。都说女人心细,能看出别人心里刚刚露出的苗目来。是不是自己老了,女儿的苗目似乎都泛出绿芽了,自己还是看不透。看看再说吧,千万不要弄巧成拙,本来没事,一说一管,反倒管出了事。于是和稀泥一般,道:"听见了听见了,你不允许,我也不允许。闲话少说,赶紧办正事去。"

她们在烤鸭店订了一桌饭,静候张老板他们到来。不大工夫,张老板就领着五斤、果果、大林他们来了。兰芳脸上泛着红光,目光在五斤身上瞟来瞟去,给大家斟酒时,手都不听使唤了。

张老板端起酒杯说:"来,都把酒捧起来,为今天的胜利干杯。"大家端起酒杯,一饮而尽。

张老板又单独敬五斤:"你是我们家的大恩人,来,我们全家敬你一杯。"

刘姨、兰芳也跟着站起来,端着酒一同请五斤干杯。

五斤说:"都是赶巧了,举手之劳,没什么。这酒我喝,喝过以后,这事咱们都忘了吧,老放在肚子里不舒服,好不好?"

刘姨说:"你忘可以,我们可不能忘。以后不提就是了,喝吧。"

兰芳说:"有的事一过去就忘,有的事想忘也忘不了。看是什么事,也看发生在什么人身上。这件事就是那种想忘也忘不了的事。来,为了这忘不了的事,咱们干杯!"

兰芳的话,刘姨总觉得话里有话,表面看是赞扬五斤,可里边总有点别的意思,不知五斤有没有察觉?最好没有。

兰芳说完,大家一饮而尽,落了座。

兰芳问:"丁大哥,那么高悬在空中,还荡来荡去,你害怕不害怕?"

五斤笑着说:"不怕,稳当着哩。还挺好玩,跟荡秋千一样。"

刘姨担心地说:"都快把人吓死了,还好玩呢,掉下来怎么办?以后千万别这么干了。老张也是,五斤这么干,你也不拦一下。"

"我也是到了现场才知道的,怎么拦?"

五斤:"这不算什么,小时候到山里打酸枣、挖药材,连绳子都没有,就上到了半山腰，比这个险多了。"

刘姨说："那也不行。你那是小时候，孩子们哪个不猴呀？现在你多大了，三十大几的人了，筋骨都硬啦，比不了小时候。"

张老板说："不管怎么说，总算要回来一部分款，可以继续干了。"

五斤："不行，不能再往里垫了。这么点钱，几天就干完了。干完咋办？"

刘姨："就是，不能再那么实诚了。"

五斤："让他们按进度付款，款到干活，不到就停工。我看呀，现在房子不好卖，他拿不出钱来的。准备收尾吧，停工以后，把租来的设备退回去，准备打持久战。一边催款，一边另找活。如果你还要干的话，这点钱一用完，又停了下来。干不下去不说，反倒多垫进去一笔钱，损失更大。以后，连重新找活的本钱都没有啦。"

兰芳说："五斤哥说得对，越垫越被动。还是给钱干活，不给停工的好。"

刘姨也表态说："我赞成，咱挣不了他的钱，可也别把自己窝进去。"

张老板看看田大林，说："小田，我看你是个挺有头脑的小伙儿，你也说说你的看法，干还是不干？"

田大林说："我觉得五斤叔说得有道理。垫进去，长期要不回来，把财务费用考虑进去，最后是不赚钱的。白搭功夫白受气，不划算。再说，咱们停工待款是有理由的：别看他给了八十万，可这八十万，名义上是劳务队讨回的工钱，不是给建筑商的。您等于一分钱没收到，怎么开工？"

刘姨拍案叫好："对呀！咱们没收到钱，怎么开工？小田说得太对啦！"

张老板下了决心："好吧，停就停。把库存的材料干完就停下来。反正咱们给他发的有函，说不付款就停工，这回就给他真停了，看他怎么办。今天这钱，五斤先拿十万把工资发了；再拿十万日常支出和收尾工程用；剩下的六十万，还给你这个老太婆。"

众人笑了。

刘姨说："咋，你不该还啊？"

"该还、该还，老财迷。"

众人又笑了。

二十四

停工前的收尾工程顺利地实施着,大家忙忙碌碌,各尽其职,工地又呈现出一派繁忙景象。兰芳拎着个保温饭盒来工地找五斤。到底是都市熟女,她把自己打扮得清秀优雅,淳朴而不失高贵之气,一副文静淑女模样。

五斤问:"兰芳,你来干什么?"

兰芳说:"我妈让我给你送点饺子。给,你吃吧。"她说话有点紧张,递交饭盒的动作也有些僵硬。

五斤接了饭盒,招呼兰芳到自己宿舍喝水。

兰芳说:"你快趁热吃吧,凉了就不好吃了。"

"马上就吃。谢谢你!谢谢刘姨!"

"谢什么,又不是外人。"

五斤大口大口地吃起来,一口一个。兰芳像少女一般,脉脉含情,微笑着看五斤吃饭的样子。她咋看咋顺眼,五斤那不怎么样的吃相,好像都是世界上最好的,独一份。

宿舍很乱是吧?这就对了,男人的宿舍就应该是这样的,不然要女人干什么?宿舍有点异味是吧?胡说,这不正是男人的味道吗?不正是女人喜欢的味道吗?角落里堆了脏衣服,还有空烟盒臭袜子,这能怪他吗?要是有个女人打理,会这样吗?兰芳下意识地动了手,为五斤整理起房间来。整着整着就不"下意识"了,觉得自己好笑,为什么要为他整理?这时候,张老板进来了,他看见兰芳在这里,就问:"兰芳,你来这儿干什么?"

兰芳顿时觉得不自在,慌忙说:"我给丁大哥送点饺子来。"

张老板虽觉奇怪,却没有再问,转而问五斤:"还好吃吧?"

五斤答："好吃，刘姨的手艺真好。你也吃点？"

"不啦，我回去吃。兰芳，没事就赶紧回去，回去帮你妈干点儿活。"

兰芳应道："这就走。"她收了饭盒，离开了工地。

张老板问五斤："款再不到，干完这点活，就真要停了。工一停，你这么多人怎么办？"

五斤说："这个好办，留几个看工地，其他的回家等消息。"

"唉，又要对不起你们了，干啥都不能善始善终。"

五斤安慰张老板说："我看呀，什么事都是善始容易，善终难。为什么？因为如果能善终，他就终不了。没有人愿意把好好的事业拱手让人，或者中途停手不干了。只有做不下去时才肯丢弃，自然也就不会善终了。所以说，不能善终是常态，是人间正道。"

"哈哈哈，你可真能瞎掰。不过说得还挺有道理，细想起来，还真是那么回事，有哲理啊。"

"哟，高粱花子脑袋说出哲理来了，你不是取笑我吧？"

"笑你干啥？说实话，你这么一说，还真把我解放啦。思想上的包袱，还有愧疚感，一下子减轻了一大半。说实话，我这人就是太认真了，说出去的话，一定要收回来，收不回来，就背上了包袱，一辈子都卸不下来。你这么一说，我就有了原谅自己的理由。我是认真的，可事与愿违，不是我能左右的，而且这是事物的常态，我也无能为力。这么想，包袱不就轻了吗？再经时间一磨，包袱不就卸了吗？真是听君一席话，胜读十年书啊。"

"哎呀，你越说越不得了啦，我都有点头晕。"

"嘿嘿，那你就一个人晕会儿吧，我走了。"

张老板走了。五斤环顾四周，发现屋子变了样，比先前整齐多了。女人可真厉害，"女人一沾手，脏乱立马走"。这大概是上天的安排，男人有男人的事，女人有女人的活。有男有女，世事才能全活，少了谁都不行。五斤欣赏着兰芳整理的成果，突然发现被子缝里夹着一封信。他心里咯噔一下，忙拿来拆看。一看蒙了，这是兰芳写的一封求爱信：

"我的亲亲的你：不管你愿不愿意，我都要这么称呼你，因为这是我内心深处发出的真情呼唤。自从我第一次见到你，就被你透出的一股英气所征服。我一次次地压制自己，告诫自己，不能这样。可到头来总是以失败告终，不仅不能自制，反而加倍地眷念。这是为什么？我实在说不清。是

我错了吗？我不知道自己错在哪里。一年多来，我坐卧不宁，吃不好饭，睡不好觉，为你消得人憔悴。我的魂灵飞到了工地，飞到了你的身边。工地的天空弥漫着我的爱，你伸开手在空中抓一把，你抓到的一定是我深深的爱意，是我浓浓的柔情。我的一切的一切都随你飞去了，缠缠绵绵，肝肠寸断。我快要融化了，快要化作烟云消散了。我该怎么办？亲亲的，救救我。"

看完信，五斤被压得喘不过气来，酥酥地跌坐到沙发里。

张老板从五斤那里出来，就直接回了家，进门就问："兰芳哪儿去了？"

刘姨答："中午就出去了，到现在还没回来。"

"你让她给五斤送饺子去啦？"

刘姨莫名其妙，反问："送饺子？没有啊。她给五斤送饺子啦？"

张老板变得严肃起来："中午送的。我看要有大麻烦了。"

刘姨："怪不得这半年她魂不守舍的，露馅了吧。你说这该咋办？"

张老板："你是母亲，你应该跟她好好谈谈，我们绝不能做这种事。"

刘姨："父亲也能谈啊，别总是往我身上推。再说，我哪有你那么会说呀。"

张老板："你看你，都啥时候了，你还推来推去的。我谈就我谈，你也别闲着，管着点，别让她往工地跑啦。"

刘姨："你说这也怪，给她介绍那么多，她一个都看不上。这五斤土里土气的，她一眼就看上了，你说邪不邪？"

张老板说："没啥邪不邪的，爱情来了，不要理由。这种事都是一对一的。臭豆腐臭吧？可有人爱吃；红烧肉香吧，可有人腻味。白开水煮青菜，各人取的心头爱；喝酒就尿，各取所好，别问为什么。你不了解五斤，那就是个金不换，女人谁不喜欢？我要是女人，也愿意找这样的。"

"你看你一套一套的，就这几句，你就比我能说。抽空给她谈谈，管他金不换还是银不换，那是有主的人，让她死了这份心。"

"谈谈谈，我谈。你也多敲打敲打。"

自从看了信，五斤就洒脱不起来了，好像背了一座大山，走路勾着头，弯着腰，说话也是前言不搭后语。电话铃响了，工地太吵，他躲到一僻静处打电话："我说兰芳，你不要哭好不好。听我给你说，好男人多的是，你这么好的条件，肯定能找一个才貌双全的白马王子相伴。"

电话的另一头,兰芳哭得很伤心,有一句没一句地说着:"别给我说这些,不想听。你杀了我吧,我不想活了。"

五斤说:"求你了,多想点别的,过一段时间就会好的。"

兰芳不回答,只是哭。抽抽噎噎,哭得更伤心。

五斤说:"你看这样好吧? 咱们俩见个面,好好聊聊。"

兰芳不哭了,说:"好的,在哪儿见?"

五斤:"你定,定好了通知我,我去见你。"

兰芳:"嗯,你一定来啊。"

兰芳把五斤约到一家叫夏绿地的高档舞厅见面。

见面的时间到了,兰芳身穿浅咖啡色连衣裙,脚穿辣椒尖式黑色高跟鞋,亭亭玉立,楚楚动人兼性感迷人。她站在舞厅门口,焦急地等着五斤到来。

五斤开车赶到,兰芳忙去迎接,又照看着五斤泊好车。两人双双进了舞厅,在早已订好的半开式小包间落座。两人面面相觑,兰芳虽含情脉脉,却也是相见无言,不知如何开口。五斤是平生第一次进入这样的场所,新奇、紧张、矜持,加上事情的麻烦,心情的沉重,他已经不是"挺男人的"那个五斤了。

音乐声起。兰芳说:"咱们去跳一曲吧。"

五斤说:"我不会。"

兰芳说:"这是慢二步,就是挪挪步子,会走路就会跳,没什么。"

五斤被兰芳牵着,很被动地下了场子。

昏暗的灯光下,一对对情侣搂在一起轻轻地摇摆着,轻歌曼舞,柔情悠悠。兰芳心里默默吟唱:

我的脸庞为你神采飞扬,
我的眼睛为你妩媚多样。
亲爱的人啊说声你爱我,
让我在幸福的原野上自由徜徉。

为了你我像碳一样燃烧,

为了你我神魂颠倒。

亲爱的人啊你抱抱我，

让我憩息在你那甜蜜的爱巢。

五斤跳舞很另类，一看就是生手。兰芳极力往五斤身上贴去，五斤则用力架住兰芳不让她近身。兰芳急中生智，故意朝身边的舞者撞去，然后装着被碰撞的样子，往五斤怀里扎。五斤来不及推挡，兰芳已钻进怀里，两人身体紧紧贴在了一起。兰芳紧紧搂住五斤的脖子，亲吻着五斤的脖颈，情不自禁地喃喃着："爱你……亲我……搂着我。"

五斤屏着呼吸，任凭兰芳揉搓，自己却像木头一般无动于衷。

曲终灯明，兰芳松开五斤，恢复了平静，两人又回到了包间。

五斤说："兰芳，你喜欢我我知道，我感谢你这份感情，可是我不能接受它。你也知道，我是有家有室的人。我和杏杏是患难夫妻，又恩恩爱爱，我不能辜负她。咱们两个是不可能的，希望你冷静冷静，也替我想想。我们做个好朋友不好吗？"

兰芳说："这些我都知道，可是我就是放不下，不甘心。我知道嫂子是好人，我也不想伤害她。我想好了，我把我的钱全给她，让她一辈子过上不愁吃不愁穿的日子，算是对她的补偿，这样总该对得起她了吧？你到城里来，咱们一起过，我会让你享受一个男人应该享受的一切。你知道吗，我离婚后，至今没有结婚，就是因为没有找到我心中想要的人。是你让我眼前一亮，我终于找到了我想要的人，我不想失去你。"

五斤说："我能理解你的心情。有句话怎么说的：问世间情为何物，直教人生死相许，你现在就是陷在这里头不能自拔。其实呀，咱们是没在一起过日子，一过你就知道了，根本不是那回事。什么爱呀情呀，郎啊妹呀，都成了白开水，只有日子是真的。婆婆妈妈，鸡毛蒜皮，老大上房，老二尿床，整天为这些事儿吵得不可开交，一个见不得一个。谁离不开谁呀？你犯得着生死相许啊？"

兰芳笑了："你瞎说什么呀，那只是婚姻，不是爱，我才不信那个。有爱的婚姻是甜蜜的，幸福的，谁也离不开谁，缺点都是美的，怎么会嫌弃。"

音乐声起，下一支舞曲又开始了。兰芳还要跳舞，五斤不敢去，他怕兰芳又趁机抱他亲他，就说："老踩人家的脚，不跳了。"

兰芳"扑哧"笑了，说："我知道你怕什么，我又不是老虎，能把你吃了？不跳就不跳吧，咱们到茶社喝茶去，这儿太吵，话都说不成。"

两人从舞厅一出来，五斤就想摆脱兰芳的纠缠，他说："工地还在施工，我有点不放心，还是让我先走吧。停工以后，有的是时间，到那时再聊，你说好不好？"

兰芳很不情愿让五斤走，可又不敢太任性，只好说："一言为定，停工后你一定要陪我聊天。你走吧。"

终于解放了，五斤如释重负，长长地舒了一口气。与兰芳道别后，急匆匆回了工地。

五斤刚一进宿舍,田大林就急匆匆闯了进来,报告说:"果果叔一脚踩空,从脚手架上掉了下来,正好掉在小推车上,摔伤了。"

"啊,摔得重不重? 伤到哪儿了?"

"挺重的,直不起腰。白杰、多多他们抬着果果奔医院去了。"

"走,赶快去医院。怎么搞的? 我刚一走就出事,咋就不小心呢? 这下麻烦可大了。"

到了医院,见白杰、多多他们都拥在急救室外,便问:"人怎么样了?"

多多说:"刚推进去,具体情况还不知道,可能很严重。"

五斤想进急救室看看情况,门在里边关着,推不开。

这时候,张老板也闻讯赶来,见了五斤就埋怨:"怎么搞的,马上要结束了,出个事故,人现在怎么样了?"

"还不知道呢。都怪我管理不严,我负主要责任,我向大家做检讨,向家属赔礼道歉。"

张老板说:"责任不责任的事小,关键是人要不要紧。人要是有个闪失,你负得了这个责吗?"

有位医生从急救室出来找伤者家属。张老板忙应承自己是家属,问:"怎么样,有危险没有?"

医生说:"腰椎骨折,没有生命危险。要动手术,你们去办住院手续吧。"

张老板脑子嗡地一下:这下麻烦可大了,果果能不能康复? 会不会从此卧床不起? 他感到了事情的严重,脸上流露出了犹豫严肃的表情。五斤从张老板的脸上读出了可怕的内容，也紧张起来。他们两人只顾过滤自己的恐惧而想心事，却忘了回答医生的后半句话。

医生见两人没有反应，又重复道："你们听清楚没有？赶快办住院手续。"

两人这才回过神来，张老板忙说："好，我们马上办。请问，办手续大概要多少钱？"

医生想了想说："先交三万吧。这儿用不了这么多人，留一两个照看一下就行，别的人都回去吧，人多太乱。"

五斤应道："明白明白，马上就走。"五斤留下两名员工，让大林开车将其他人带回工地，自己上了张老板的车。车辆驶出医院大门，五斤问："咱们去哪儿？"张老板反问："你想去哪儿？"五斤不知道自己要去哪儿，就说："随便，开到哪儿算哪儿。"

张老板笑了："这可不像丁五斤的处事方法。这点事就乱了方寸？要是让你治理一个国家，天天有事，你总不能天天钻到嫔妃的屋里，用被子捂着头打哆嗦吧？"

五斤苦笑着不回答。他用手机拨通了家里的电话："喂，杏杏吗……"

张老板一把夺过手机，掐断了电话："你干什么，家里都是女人和孩子，你要吓死他们呀？"

五斤说："我想让杏杏送三万块钱过来，好办住院手续。"

"这不等于告诉他们了吗？"

手机振铃响了，可能是杏杏回拨了过来。张老板把手机还给五斤，说："就说没事，只是问候一下他们。"

五斤接过电话说："刚才断线了。没事，我就是问问你和孩子都好吧，妈也好吧？……嗯……想……想你和孩子……好吧，挂了。"

他关了电话："住院手续得赶紧办，我身边没那么多钱咋办？"

张老板说："你先别管，我想办法。"

五斤说："要不你先垫着，以后从工钱里扣。"

"让你别管就别管，你是咋回事？"

张老板也不知道要去什么地方，盲目乱开一通，竟绕回了工地。"咦，怎么开到工地了？既然到了工地，你就下车吧。你给大家讲讲，要注意安全。再仔细检查一下，看有没有安全隐患。住院手续我来办。"五斤只好下

车回工地。

张老板急匆匆赶回家,一进门就要钱:"老刘,出事故了,白果从脚手架上摔了下来,腰椎骨折,住院了。你赶紧取三万元钱给我,要办住院手续,别耽误了看病。"

刘姨问:"伤得重不重?怎么要这么多钱呀?"

张老板不耐烦地说:"当然重了,搞不好,会落个终身残疾。你就知道钱、钱、钱。"

刘姨不服气地说:"我要是不知道钱、钱、钱,钱早没了,你喝西北风吧你。不是说工伤都是劳务队自己负责吗?咱们为什么要给他看病?"

张老板说:"是,那是小伤,大伤公司也得管。你不懂,先看病再说,赶紧取钱去。"

"你是咋回事,成天钱钱钱,该不该的你都要管,不说清怎么行。我发现,你对这个五斤特别关照,自己垫着付工钱,成天地在一起吃喝。以前的那个工队,你也没这样啊?"

"就你事多,唠叨个没完。人家不是咱的救命恩人嘛,你忘啦,哪头重哪头轻?你掂不过来?"

"那也不能太过分了,都要过日子,应该有点分寸吧?没完没了还行。"

张老板:"你就是忘恩负义,这不是做买卖,人家救我的时候是冒着生命危险的,人家也没图报答。现在不是赶上了嘛,人家不要咱们出钱,只是暂时拿不出来,让咱们垫付一下。"

刘姨:"垫、垫、垫,垫进去还能要回来呀?咋不把你也垫进去。"

张老板:"你讲点道理好不好!别啰唆了,赶紧取钱去,别误了正事。"

"我不讲理?哼……"刘姨无奈,只得去取钱。

五斤接到杏杏电话,询问果果受伤的事。

五斤问:"你是怎么知道的……是白杰打电话告诉他爷爷的?他爷爷没对外人说吧……没有,那就好。这样,你告诉平伯,让他别对外人讲,更不要告诉嫂子。等过一阵再说……不要紧,正治着呢,怕你们担心,就没告诉你们。给平伯说,没大事,擦破了点皮,包扎一下就好了。千万别对外人说。"

五斤挂了电话,就找白杰问罪:"白杰,你小子嘴咋那么长,谁让你告诉家里说果果受伤了,添什么乱哪你。"

白杰嘴硬:"我没打。"

"你爷爷现在就在我家里问这事呢,你还嘴硬。赶紧给家里打电话,说果果没事,是你瞎说的。"

白杰没话说了……

五斤又向众人讲道:"都听着,管好你们的嘴。果果的事不准给家里说,谁要是说出去,扣半年的工钱。你们不想想,我们干的本来就是危险活,你这一说,不是让家里人更担心吗?以后干活都小心点。"

五斤的手机振铃又响了起来,他一看来电显示,是兰芳打来的。他怕别人听出话中话来,就跑到工棚外接听:"喂,是兰芳呀,有什么事你说……刘姨请我吃饭?好好的吃什么饭?再说,我也挺忙的……好吧,我下午过去。"

下午,五斤如约来到张老板家,见只有兰芳一人在家,就问:"刘姨呢?"

"她去医院看病人去了,只有我一个人在家。"

"你不是说刘姨请我吃饭吗?"

"怎么,我请不是一样吗?"

"那我还是走。"说着就要出门,可是门怎么也开不开。

兰芳"哧哧"地笑着:"你走啊,怎么不走啊?"

五斤哀求道:"兰芳,你把门打开。我真的有事儿,你放我走吧。"

"再有事,也不在乎这一会儿。你过来坐下,我让你看一样东西。"

五斤只得服从,乖乖地坐到沙发上。

兰芳进了自己的房间。不一会儿,她出来了,她穿了一件长而宽松的透视纱裙。纱裙里,红色的胸罩、肉色的三角内裤清晰可见;丰满修长的身段,白皙粉嫩的皮肤,欲遮还露;高高的胸脯中间一道深深的乳沟裸露在外边,像一条峡谷,能吞噬掉任何男人。光光的脚丫踩在红地毯上,显得更加白嫩、圆润、细滑;脚脖上拴了根红丝绳,把脚踝上下衬得更白更嫩更性感。啊,活脱脱一个性感迷人的尤物。她轻移莲步,缓缓地向五斤靠近。

五斤被这尤物压迫得快要窒息了。他不敢看,扭过脸看着墙角,浑身都在哆嗦。

兰芳柔柔地说:"五斤哥,转过脸来,看我美不美。"

五斤颤抖地说:"兰芳,你别这样,我受不了。"

兰芳说:"这一切都是你的,随你怎样都行。你就是主人,你就是天。来吧,抱抱你的小可怜吧,恩惠恩惠你的小可怜吧!"说着,她就朝五斤偎了过去。

五斤快要崩溃了,他已无法忍受这样的折磨。他推开兰芳跑向门边,正告道:"兰芳,我不是那种人。你太过了,你自重点好不好?"

兰芳并未被吓倒,她从容地走到五斤面前,说:"我怎么不自重啦?我是从心里把你当成自己的爱人对待的。女人在自己心爱的人面前献个媚、撒个娇,过分吗?我长了这么大,还从来没在哪个男人面前动过情,包括我的前夫。你是第一个,我真心地、撕心裂肺地爱你,你怎么能说我不自重呢?"

说到这儿,她哭了。接着说:"五斤哥,我实在没有办法,我死的心都有啦。你就不能可怜可怜我,给我一点温情吗?"

兰芳被感情折磨得筋疲力尽,哽咽着倚靠到墙角。

五斤被感动了,上前搀扶兰芳。兰芳趁势跌入五斤怀中,用粉脸在五斤胸前厮磨。五斤不再回避,却也坐怀不乱。他安慰道:"你是个好女人,我不该那么说你。我是个粗人,不知道感情这个东西还这么厉害,是我对不住你,我向你道歉。你看这样好不好,你先放我走,让我好好想想,过几天给你回话。"

兰芳立马抬起头看着五斤:"你答应啦?"

"让我想想,让我想想。你不要着急好不好?"

兰芳又柔柔地说:"那你快点想,我不想久等。你看,我的身子都让你看了个遍,你不答应,谁还要我?"

"好好好,我马上想,你先把门开开,赶紧让我走。"

兰芳打开门,趁五斤转身之机,亲了他一口。五斤抹抹脸,匆匆逃走了。

刘姨并没有请五斤吃饭,她是要去医院给果果交住院费的,顺便也看看果果。她让兰芳和她一起去医院,兰芳有自己的小九九,拒绝了。母女两人,一个在家偷偷幽会情哥哥,一个到医院交费看病人。

刘姨带着礼品来到医院,交过费,就来病房看果果。果果腰里缠满绷带,硬邦邦地躺在床上,见刘姨来看他,就挣扎着要起身迎候。刘姨急忙拦住他,不让他动,并关切地问:"现在还疼不疼?"

果果说："只要躺着不动，不是很疼。"

刘姨说："我都听说了，手术很成功。要不了多久就可以下床活动了。伤筋动骨一百天，要听医生的话，好好养伤，别着急。"

"谢谢阿姨，让你操心了。"

刘姨问："没告诉家里人吧？"

果果说："没有。怕他们担心，就没告诉他们。"

"应该这样。孩子是母亲身上掉下来的肉，你走到天涯海角，她就担心到天涯海角；你就是活一百岁，只要她还在，她还会为你担心。没办法，天性。你不告诉她是对的，省得她一天到晚担惊受怕。等病好了再告诉她。"

果果说："刘姨说的是。虽说我不是我妈的亲生，可她对我跟亲生的一样。不能让她老人家操那么多心。"

"你说什么？不是亲生？"

"噢，我还以为你们知道呢。是这样：我妈死得早，现在的妈是我的继母。我和五斤不是亲兄弟，他是我继母带来的。"

"哦，原来是这样，我说嘛，你们两个怎么不像，他怎么姓丁不姓白。继母待你好吗？"

"没说的，跟亲妈一样。"

"那你可真有福。哎，五斤怎么跟他妈姓，不跟他亲爹姓呢？"

"不清楚，他们不是我们当地人，没人知道他们老家在哪儿，知道也没用，在哪儿不是过呀。"

刘姨听出些音音来，又问："你继母叫什么名字？"

"丁秋香，怎么，你认识？"

刘姨惊呆了，脑子顿时一片空白。世界上竟有这等巧合之事，偏偏的碰上了端端的，就是瞄着碰，也没这么准啊。丁秋香是谁她当然知道，几十年都过去了，是谁这么安排，又鬼使神差地把他们糅到了一起？按五斤的年龄计算，丁秋香就是闪电结婚，也生不出来这么大的孩子来。五斤一定是他们男欢女爱时结下的果实。天哪，平地一声雷，这可怎么办？蒙了一阵，她清醒了，这是在医院，这是在果果面前，她不应该有过激和过敏的反应，于是她很快恢复了平静，说："不认识，相隔上百里，哪能那么巧。随便问问。"又坐了一会儿，她就告辞了。

刘姨离开病房，跌跌撞撞地下楼，跌跌撞撞地走路，跌跌撞撞地回家。

心想：我可真傻呀，他们交往十几年了，自己竟被蒙在鼓里，什么都不知道。张志清啊张志清，你可把我伤透了。

五斤走后，兰芳站在穿衣镜前欣赏着自己："你怎么这么好看？你怎么这么苗条？你怎么这么白嫩？"

她又摆弄着姿势："像不像杨贵妃？像不像玛丽莲·梦露？……呸，你什么都不是，乡巴佬都不要你，你就是一堆臭狗屎。"

刘姨回来了，一进门就看见兰芳站在镜子前臭美，质问："你怎么这身打扮？"

兰芳回说："这是在自己家里，怕什么。"

刘姨没再说什么，却严肃地问："兰芳，你给我老实说，你跟五斤干没干过出格的事？"

兰芳也认真起来："看你说什么呢，还没到那一步，怎么会。"

"没有就好。我告诉你，五斤是你爸的亲生儿子，是你同父异母的哥哥。"

"你说什么？"兰芳惊呆了，钉在原地纹丝不动，脸色苍白，目光呆滞，像站着的死人。

"兰芳，兰芳，你怎么啦？你说话呀！"刘姨呼唤着，兰芳仍无动于衷。刘姨就去扶她，兰芳却突然尖叫一声，双手抱头，冲向自己房间。刘姨紧跟了过去，兰芳已把房门关闭。刘姨敲着门："兰芳，你开开门，听妈说话。"没有回应。任凭刘姨怎么叫，都没有用。刘姨无奈，回到自己房间，靠在床上伤心落泪。

傍晚时分，张老板回来了。家里黑灯瞎火的，一点响动都没有。他自言自语说："怎么冷清清的，人都哪儿去了？"他到房间查看，只见刘姨躺在床上，脸吊得老长。看见他进屋，把脸一拧，朝里看着墙，就是不搭理他。

"怎么啦，跟谁生气啊？"

刘姨阴沉着脸，还是不吭声。

张老板往床头一坐，叹道："唉，看样子又没饭吃了。"

这时候，刘姨发话了，她阴阴地问："丁秋香是谁？"

张老板奇怪地看了刘姨一眼，道："你怎么问起这个来？咱们认识的时候，我不都告诉你了吗？"

刘姨又问："丁五斤是谁？"

张老板说："丁秋香的儿子呀！这个我倒是没告诉你。"

刘姨冷冷地说："从你们分手，到找婆家，到结婚，到生儿子，半年完成，丁秋香的办事效率很高啊？"

张老板心里明白刘姨的意思，却有意打马虎眼说："你说什么呢？我怎么越听越糊涂。"

"你不糊涂。我问你，丁五斤是不是你儿子？"

张老板哑巴了。

"说呀？"

张老板背过脸，吞吞吐吐地说："……我也是后来才知道的。怕伤害你，就没告诉你，你应该理解我。"

"好，怕伤害我，我能理解。那我问你，兰芳恋五斤的时候，你怎么还不说？你不怕出事吗？你是两个孩子的父亲，你还像个父亲吗？你还是个人吗？"

张老板低下了头："兰芳的事我不是没管，我甚至打过她一巴掌。再说，我了解五斤，他不是那种人，我相信不会发生什么事，所以就没挑明。这事也不能挑明，因为五斤也不知道。丁秋香不让我认儿子，挑明了就不好交代了。我也是没办法才隐瞒你们的。"

刘姨呜呜地哭起来，哭着说着："事到如今，我也管不了那么多。我现在不跟你闹，不跟你吵。从现在起，你别想从家里拿走一分钱，先前垫的八十万，你给我一分不少地拿回来。还有，工程款也全部拿回来，我们不干了。我真傻，竟拿钱去帮助那个野婆娘、野小子。"

张老板恼火了："你胡说什么？什么野婆娘野小子，你还有人心没有？"

刘姨抽抽噎噎地说："我没人心？我好好地跟你过日子，守着这个家。你倒好，把这点儿家当一点一点地往外渗，都给了他们，你心里还有我吗？还有这个家吗？一说人家，你就护上了，你咋不护护我呢？"

张老板解释说："没什么护不护的，钱都垫到工程里去了，我什么都没给他们。你不要胡猜八猜的。"

不知是气话，还是不相信，刘姨说："谁知道你垫到哪儿了，说不定连工程款都给了人家，你心里只有他们。干脆，你跟他们一起过算了。"

张老板的脾气也给逗上来了，他提高嗓门喊道："你讲不讲理？你还说

不吵不闹，你这不是闹是干什么？"

刘姨也较上了劲："我就闹啦，怎么的吧。嫌烦是不是？嫌烦你走啊，你找你那野婆娘去？"

"去你妈的，走就走。"张老板甩门而去。出了家门，他不敢开车，怕控制不了自己的情绪而出事，就打出租来到工地，一头扎进自己的办公室。

五斤见张老板办公室的灯还亮着，就过去看他。进了房间，看见张老板趴在桌子上，像是打瞌睡，就轻轻地说："张老板，天不早了，你回去休息吧。"

张老板抬起头，泪水阴湿了半边脸，他说："不回去了，今晚就在这儿过夜。"

五斤看到张老板满脸泪水，心里咯噔一下，不知道该说什么，就问："你怎么了？是不是跟刘姨吵架了？"

张老板抹了抹脸说："没什么，都是些家务小事，不吵架不叫夫妻。五斤，有句不该问的话想问你，你不介意吧？"

"什么话你只管问，没事的。"

"我就是想知道，你和兰芳没有做什么出格的事吧？"

五斤一愣："这个你放心，绝对没有，我不是没把持的人。最近，我一直为这事头痛，不知道该怎么办。我想回家躲一躲，让大林领着大家干吧，你看这样行不行？"

"没这个必要，她不会再来找你了。你去吧，我想静一静。"

五斤离开办公室回到自己宿舍，他寻思，什么事能让一个老男人如此伤心？难道是老两口为了兰芳的事吵架了？差不多，估计是，要不张老板为什么要突然问起自己和兰芳的事呢？肯定是这件事让老人犯愁了。不行，自己应当把这件事说明白，让两个老人放心。他拿起电话拨通了刘姨："喂，刘姨吗？我是五斤。……你说什么？……什么我爹，……我没装，我装什么呀！……我爹是谁？……"五斤收了电话，眉头锁到了一起，脸色也变得异常难看。他把田大林叫来，交代了几句，就连夜开车往回赶。

一路上，张老板的形象和言谈举止，不停地在脑海浮现：

在宾馆时看他的眼神。

在宾馆时差点说漏嘴的话。

结婚当天与母亲的相遇。

敬酒时失态的样子。

经营果园时对自己的关照。

他寻思着：他真是我爹吗？为什么母亲不让我们父子相认呢？如果是真的，今后该怎么相处呢？不知不觉，已到了家门口。母亲屋里的灯还亮着，屋里传出杏杏和秋香的说话声。他站在屋外听着母女、也是婆媳两人的对话，她们是在品评电视剧，多么和谐，多么悠然自得，真是其乐融融啊！自己深更半夜跑回来干什么？突然闯进门，突然说出自己的父亲出现了，这样的和谐，这样的悠然自得还会有吗？他无意识地咳了一声，惊动了屋里人。

"谁呀？谁在外头？怎么不进来？"秋香在屋里大声问。

杏杏开门出来看动静，见是五斤站在院子里，高兴地说："哟，是掌柜的回来了，你怎么不进屋呀？怪吓人的。"

五斤没话找话说："你们看电视呢？"

"陪妈聊天呢。不早啦，妈也该睡了。"

五斤说："你先回屋，我跟妈说几句话就过来。"

杏杏："有事呀？"

五斤："没啥事，你别管。"

杏杏朝母亲喊了一声："妈，是五斤回来啦。"然后回了自己房间。

五斤进了秋香的屋。

秋香问："这么晚还往回跑，有事啊？"

五斤不做声，默默来到母亲身边，和她坐在一起。

秋香问："怎么啦，闷闷不乐的？"

五斤心里有种说不出的滋味，低沉地问："妈，张志清是不是我爹？"

五斤这一问，触动了秋香的神经。她知道这一天早晚会来，如今真的来了，她一时不知如何回答，万般无名的感受一起涌上心头，弄得她直哽噎，说不出话来，眼泪像豆瓣一样啪啪地往下掉。造化弄人啊，一段注定没有结局的爱情，偏偏结出一枚苦果。本想躲得远远地忘掉这一切，却鬼使神差地让他们父子相见、相交，相互依存。这一切好像早就排定了似的，躲也躲不开。老天啊，你换个人捉弄行不行？为什么偏要在一个人身上不停地折腾？

秋香没回答，五斤又问："妈，张志清是不是我爹？"

不能躲了,再说,躲也躲不过去。秋香说:"是。"

双方都沉默了。

良久,五斤又问:"那你为什么说我爹死了?"

"不这么说,你找我要爹,我怎么办?"

"你多虑了,你不让我找他,我是不会去找的。那天晚上你在草窑里跟白旦说的时候,我都听到了。你不让他告诉我,不想让我知道,我也从来不问,不给你伤口上撒盐。可是我没想到这个爹就是张志清。"

秋香问:"你是怎么知道的?"

五斤说:"是他老婆闹出来的。他老婆知道了,跟他大闹一场。他现在连家都不能回,可怜兮兮地一个人睡在办公室里。我看见他都哭了。"

秋香说:"唉,早料到会这样。那你准备怎么办?"

五斤说:"他是个好人,人很厚道。听说别的公司常常偷工减料赚黑心钱,可他从来都不,能投机取巧的地方,他也是实打实地干。还有,过去办果汁厂的时候,从来也没亏过我们村。你没看错,他是个好男人。我这次回家,一是想核实一下他是不是我爹,二是想征求你的意见,我想认他,看你同意不同意。他现在正在难处,内外交困,我不忍心看他就这么垮了,想帮帮他。我想请您和我一起去,先给他化解一下家里的矛盾。"

说到这里,秋香感动了,眼含热泪拥抱着五斤,哭着说:"我的好儿子,跟你爹一样,都是好男人啊!我去,只要能帮上他,我就去。"

"不早啦,睡吧,我们明天就去。"

兰芳尖叫一声进了自己房间后,就再也没有动静。刘姨担心她想不开,会出什么事,就敲门喊她:"兰芳,你开开门,听见了没有。"敲了半天没有回应,就取了钥匙自己开门。门打开了,发现兰芳并不在屋内,却在桌子上留了张字条。刘姨拿起字条看,上面写道:

"爸、妈:我走了,到很远的地方去,落了脚会给你们报平安的。我和五斤没有做出格的事,你们放心。五斤是个正人君子,是个好人,希望你们善待他。兰芳。"

看罢字条,刘姨伤心地哭了:"我的儿啊,你的命可真苦啊!"

兰芳提着个旅行袋在街上盲目转悠,她还没想好要去哪里。弟弟那里是不能去的,要是让弟媳知道了她的荒唐,那还不得笑话死。只能投奔朋友了。朋友很多,去谁那里合适呢？她转着想着,不知不觉就转到了城墙下。她上了墙,又在墙上转悠。天黑了,夜深了,她就坐到了古城墙的垛口上,双臂抱膝,头埋在双腿间,像是在想心事,又像在休息。

城墙上的彩灯忽明忽暗地闪烁着,来往车辆的灯光忽高忽低地扫来扫去,把她的身影悬在空中晃悠。古城从来都是夜深人不静,栖息在环城公园里的流浪汉还没休息,看见墙顶上坐着个人,很好奇。看了半天,不见人下来,就喊:"哎,那是谁呀？哎,那人,不敢在那里睡,危险。哎,那人,快回去吧……"

他不停地叫喊,喊来了城墙上的管理人员。

管理员来到兰芳跟前劝道:"哎,这位女士,这里不能坐,太危险,请你下来。"

兰芳不做声,也不挪动。

"你听见没有,请你下来,离开这里。"

"讨厌,走开。"兰芳歇斯底里,对着管理员吼叫。只见她满脸泪痕,面目憔悴,病人一般。她跳下垛口,提了包,摇摇晃晃地走了。

管理员看着兰芳的背影,不解地说:"神经病,想自杀呀？"

五斤带母亲进了城,先到医院看果果。果果见秋香来看他,很是激动:"妈,你怎么来啦？"

"傻孩子,来看你呀！妈是刚知道的,要不早来啦。"

果果要起来,秋香不让他动:"别动,小心把刀口挣开了。"

果果问:"妈身体还好吧？"

秋香安慰说:"好。不干活,不操心,能吃能睡,结实着哪。家里也好,你媳妇很能干,孩子的功课也不错,你不用惦记,好好养病。"

果果说:"医生说啦,我的情况还可以,能恢复个七八成,以后不干重活就行。平时多注意,别再扭伤跌伤,影响不是太大。"

秋香点点头:"那就好。慢慢地年龄都大了,做事稳当些,别再冒冒失失的。"

母子俩唠了一会儿家常,秋香和五斤就告辞了。

五斤打电话给刘姨,约她出来喝茶说事。刘姨不愿意见五斤,推说有事拒绝见面。五斤说:"刘姨,我没有恶意,我也不想怎么样,我是为了你才

约你的。你出来一下，我有几句话说，你不妨听听，至少对你没坏处。"刘姨勉强答应了。

五斤领着秋香来到一家茶馆，要了茶点。五斤对服务员说："我姓丁，等会儿有位姓刘的阿姨要来，六十来岁，来了后你把她领过来。"

"好的。"

茶上来了，就一小壶。秋香问："这是什么茶？这么一点，要那么多钱，还是别喝了吧。"

五斤说："让你享受享受。不是茶贵，是环境贵，你看看在这儿说事多好。"

"马路上说话也掉不到地上，找这种地方，多浪费。"

"也不是经常来。别说啦，喝茶。"

服务员把刘姨领了过来。

五斤热情地招呼道："刘姨，请坐。"

刘姨看见在座的还有生人，疑惑地问："这位是？"

五斤介绍说："这是我妈，丁秋香。"

刘姨先是一愣，转而镇静下来，很不自然地问候道："大姐，你好，啥时来的？"

秋香笑着回答说："我是今天刚到的。他刘姨，你坐。"

刘姨很不自在地坐了，一坐下就说："有啥话要说，你说吧。"

五斤开门见山："说说咱们两家的事。"

"咱们两家？行，你就说吧。"

"好，我说。直到昨天，我也不知道张总是我的亲生父亲，是你在电话里给我发火时，我才知道的。我跟张总打交道这么多年，就我来说，从来都是以忘年交的朋友相待，没有夹杂别的什么因素。张总条件比我好得多，对我的照顾可能多一些，但我心里想，这可能是张总感谢我救过他，有意关照而已，没想别的。干劳务我是第一次，不知道工程上都有什么规矩，虽然张总尽量地照顾我，但是，我只拿我该拿的，绝不多拿你们张家一分钱。现在，事情闹到这个地步，我就表个态：他要认我这个儿子，我就把他当父亲对待；他要不认我这个儿子，我还是把他当老板对待。你一万个放心，我绝不会借父子关系捞点什么。我就希望你不要和张总再闹了，好好过你们的日子。现在张总正在难处，快要撑不下去了，你不要在这个时候再骂他。

我还要说，父子情胜过夫妻情，他要认我，你挡也挡不住。你再闹，他一生气离你而去，要和我们一起过，我们不也是亲亲的一家子吗？我想，你是不想看到这种结果吧？"说到这里，五斤拿出三万元现金放在刘姨面前："这是你给果果看病垫的三万元，还给你。"

秋香接着说："他刘姨，咱们都是六十来岁的人了，还有几年活头，有啥好闹的？说实话，要找他，我早就找了，干吗要受那么多苦？何必要等到今天？年轻的时候，我们没有走到一起，这都什么年纪了，还有那心思？这回五斤来务工，非要带全家一起来，我死活都不愿意。为什么？不就是躲他吗，不就是让你们安安生生地过日子吗？志清这一辈子也不容易，丢了工作，自己打拼，六十多了还在拼命，还不是为了你们的家，你就不心疼他？"

五斤母子一席话，打消了刘姨的顾虑，她脸上立马放晴了："大姐，五斤，啥都别说了，我都明白。我那也是生一时之气，跟他吵了几句嘴，其实没什么。看得出来，大姐是个好人，五斤也是个有志气的忠厚人，咱们千万不要结怨。现在咱们都认识了，以后咱们就是亲戚。亲戚嘛，就要常来常往，你们说好不好？"

秋香高兴地说："这就对了，常来常往，当然好啦。"

刘姨说："五斤是个有头脑的人，以后多帮帮你爸，啊？"

刘姨的突然转向，弄得五斤一时还接受不了："你这么说也太突然了，我一下子还真适应不了。"

秋香笑着说："傻样，刘姨让你们父子相认嘞。"

"哦，哦，明白了，明白了。谢谢刘姨！"

"谢什么谢，本来就该这样嘛。以前是不知道，要知道还会等到现在。志清也是的，瞒瞒瞒，有啥好瞒的？真是。"说完，刘姨拨通了张老板的电话："喂，志清吗？晚上回来吃饭……别问那么多，你回来就行了。"放下电话，她把茶几上的三万元还给五斤："拿去给大家发工资吧。"五斤又塞给刘姨："等工程款下来再发不迟，不能总是垫资。你拿回去吧。"

刘姨收了钱，赞扬五斤说："跟你爸一个样，总是想着别人。大姐，五斤，别在这儿坐啦，咱们回家，到家里说话。"

五斤有些犹豫，他怕碰见兰芳，两人此时要是相见，该是一个多么尴尬的场面啊。于是问："兰芳在不在家？"

刘姨说："不在，出远门了，昨天晚上就走了。"

五斤这才松了一口气。三人离开茶馆，上了五斤的车，一同回张老板的家。

张老板接到刘姨的电话，有点受宠若惊的味道。这才一天不到的时间，她就一百八十度大转弯，怎么变得这么快呢？他有点不相信。他怀着忐忑不安的心情回了家，刚一进门，就看见五斤和秋香坐在客厅。他的心咕咚一下掉到了地上：这可怎么得了，看来，一场世界大战是避免不了的了。这是自己的家，不能这么傻愣着，于是僵硬地问："你们怎么来了？"

秋香笑着回答说："怎么，害怕了？嘿嘿，别怕，是你那口子请我们来的。"

张老板指指西边的方向，小声道："怎么，太阳从西边出来了？她会请你们？"

秋香说："是你儿子给你们说和的，没事啦。看你那傻样。"

"我儿子？我儿子回来了？"

秋香把五斤一推，说："这不是你儿子？"又对五斤说："快叫爸。"

五斤不好意思，看了半天，却问："张老板回来啦？"

张老板微微一笑："傻小子，这会儿胆子哪去了？还叫张老板啊？"

五斤清了清嗓子，小声叫道："爸。"

此时，张老板感慨万千，抿着嘴像要哭的样子，眼圈也湿了。他上前拍着五斤的肩膀，深情地说："我的好儿子，总算听到你叫爸了。"他又指指墙上挂着的刘姨的照片，小声问："她呢？"

秋香指指厨房，小声说："做饭呢。"

张老板点点头："我去看看，报个到。"

他去了厨房，要帮刘姨做饭。刘姨让他去陪客人，道："这回满你的意了吧？去吧，陪你那老情人聊聊去。"

张老板乐了："你这个嘴呀……"他来到客厅，和秋香母子聊了起来。

饭好了，刘姨叫大家进餐厅吃饭。一家人围着餐桌边吃边聊。

张老板说："唉，早就该这样了。老丁，都怪你不让我们父子相认，十多年了，我都快憋疯了。老刘，我向你道歉，我没有早早地告诉你，是我不对。"

刘姨说："好了，别忆苦思甜似的。都是一家人了，哪儿那么多婆婆妈妈的，赶紧招呼大家吃饭。"

"对,吃饭。来,为我们的团聚干杯!"大家举起酒杯一饮而尽。

放下酒杯,张老板说:"我今天太高兴了。我要感谢老刘,你满足了我十多年来的一个愿望,我们父子终于相认了。我也要感谢秋香,在那种环境下,能把五斤生下来养大。老天爷太眷顾我了,能让我遇到你们两个了不起的女人。这辈子太值了,太幸运了,太幸福了。我给你们两个鞠个躬。"说着就站了起来,面对刘姨、秋香深深鞠躬。刘姨、秋香急忙上前拦住他。

秋香说:"你这是干什么,弄得人心里酸酸的,还让人吃饭不?"

五斤:"刘姨、妈,你们别管。今天爸高兴,想说啥就让他说吧。"

张老板说:"好啦,吃饭,不说啦。"

秋香对五斤说:"给你爸倒杯酒,尽点孝心。"

五斤倒了酒,双手捧着酒杯道:"爸,我以儿子的身份给父亲敬杯酒。这十来年,你那么关心我,我现在才知道,那是一个父亲在关心儿子。现在就让我给您敬杯酒,祝您健康长寿!"

张老板接过酒杯一饮而尽,大声说:"我高兴!"

五斤又给刘姨敬了酒。

吃罢饭,秋香说:"吃也吃好了,喝也喝好了,门也认下了,我们该走啦。"

刘姨说:"今天不走啦,住一宿,明天走。"

秋香说:"这不合适,我去五斤他们工地将就一宿,明天一早就走。"

张老板说:"工地乱得很,还是住宾馆吧。"

秋香道:"花那钱干啥,你们不用管啦。"

告别了主人,秋香和五斤回了工地。

二十六

虽说干着准备停工的收尾活，可张老板还是希望继续干下去，这是他接手公司后自己揽下的第一个工程，他不想就这么结束，这也太不吉利了。他来到工地，对项目经理说："你再起草一份停工的通知。上次催款函说过，不付款就停工。既然把话说出去了，就得有动作。我再找王总谈谈，告诉他，我们要停工了。再给他十天时间，如果还不付款的话，我们就撤离工地。"

"真停真撤呀？"

"先把话说出去，撤不撤看看再说。"

"我这就写。"

"另外，再给设备租赁公司打个招呼，就说我们有可能提前终止合同，让人家准备找下家，别误了人家的事。"

张老板又约王总一起喝茶说事。他把函件交给对方："你看看吧，这也是没有办法的办法，请你多多谅解。"

王总看了看，叹了口气说："无论如何你不能停工，你就帮兄弟一把。"

"巧妇难为无米之炊，没钱了，我真的垫不动了。"

王总说："我刚给了你们八十万，不能顶一阵子吗？"

张老板说："这是人家劳务队讨来的工钱，不能不给人家。欠人家半年的工资，大部分都发工资了。剩下的一点钱，又清了材料款。那点钱就是个胡椒面，干不了什么。"

王总说："你一停工，房子就更难卖了。你想啊，买房的人都要到现场去看，没人干活了，啥时候能交房啊？想买的人也不敢买了。卖不了，我拿啥给你付款？你也知道，从去年开始，房地产市场转冷了，不是急需住房的人都在观望等待。你再来个停工，这不是雪上加霜吗？"

"我也不想这样，有钱不挣，傻子呀？可我能力有限，垫不出更多的钱，你说咋办？"

两人都沉默了。

王总："实在不行，我只好再找一家接着干。"

张老板早就知道对方会使出这一招，这是他们常用的伎俩，而且半真半假。假的是为了逼你再垫钱；真的是当你不想垫的时候，他真要撵你走，而且不清账。张老板想了想说："这倒是个好办法，让另一家接着往里垫，工程就能正常进行。我愿意让出，你找吧。但有一点我事先声明，在他们接手之前，你先得给我把账清了。"

"我说老张，你还让人活不？能给你清账，还换人干什么？"

"那不行。你清了账，我再腾地方。"

"你这不是抬杠吗？换人干就能继续施工，房子就好卖；卖了房，不就可以清账了嘛。"

"那你不会让他们垫资把账清了，然后接工程。把清账作为接活的条件。"

"人家傻呀？人家愿意垫两笔钱呀？搁你你愿意呀？"

谈不下去了，两人不欢而散。

五斤给父亲和刘姨买了一套按摩椅送回家。拆箱、装椅、接电、开机，按摩椅振动起来。他让刘姨坐上去感受感受。刘姨试了试，咯咯笑起来："哎呀，舒服，真舒服。"

五斤说："舒服就好。每天按摩几次，活络筋骨，促进血液循环，美着嘞。干了一辈子，也该享受享受了。"

安好试好，没事了，五斤要走。

刘姨拦住他，说："别介。等会儿你爸就回来，吃了饭再走。"五斤便留下来等父亲。

张老板一进屋，刘姨就高兴地说："五斤给你买了个按摩椅，你看看。"

张老板绕着椅子转了一圈，说："买这个干啥，挺贵的。五斤，以后别乱花钱给我买什么。"

五斤说："不贵，你就用吧。"

刘姨埋怨道:"孩子孝敬你的,你就不会说句好听的?"

张老板硬邦邦地说:"噢,谢谢!啊!"

刘姨笑道:"看你那样子,又端父亲的架子不是?"

"嘿嘿,不端不端。"

"这回跑得怎么样,今天王总是怎么说的?"

"还是没进展,他想赶走我们。"

五斤:"换人?换了人还是没钱,还是干不成呀,他们图什么?"

"可以让新来的人再往里垫嘛。"

五斤问:"那我们的钱怎么办?"

"还是没着落。"

"那不行,不能把工地交出去。移交出去,再想要钱就难了。"

"谁说不是呢,我正为这事儿发愁呢。他要是真赶我们走,我们该怎么办?"

"爸,你别发愁,我觉得这事不难。他不是想换人吗?咱不走,他咋换?他不清账咱不走,他还换个鸟。"

"你是不知道,这些人黑白两道路路通,手段多的是。你不走,他能把你强行赶走。"

"路路通也得讲道理是不是?理在咱们手里,您怕什么?咱不怕,他搬黑道,咱有心齐的众乡亲,看谁厉害;他有白道,咱有道理,只管让他放马过来。我还就不信了,现在是法治社会,不是乱世。靠邪门歪道,靠拳头,不会有出路的。"

听了五斤的话,张老板心里舒畅多了。经历过苦难的孩子就是不一样,什么样的艰难困苦,对他来说,好像都不是什么难事。不管结果怎么样,有这样的好儿子,不也是人生一大收获吗?

刘姨出来叫大家吃饭。父子两人上了桌,边吃边聊。刘姨插话说:"建筑干不成就不干了,咱们炒股票去。我的一个老同学炒股票,赚了不少钱。她说,炒股票简单轻松,不看谁的脸,不求什么人,多少钱都能管过来。炒股票就跟办企业一样,别人负责经营,你只管收获。不满意就卖掉,几秒钟就了结了。你看自己办公司多难,不想干了,收手都那么费劲。我看,这倒是个好行当。是谁这么有本事,搞了这么个市场,人人都能做生意,真好。"

张老板笑了,他说:"你才知道多少,我听到的恰恰相反。你千万不能进股市。你没听人说吗？远离毒品，远离股市。我也有朋友以炒股为生，他可不是你这么说的。他说：中国股市就是一个圈钱市，管理层给股市的定位，就是融资圈钱，根本不考虑投资者的利益。上市公司、中介机构和审批部门的一些人沆瀣一气，损不足而奉有余，竭泽而渔，搞得市场乌烟瘴气。更可怕的是，他们不以为耻，反以为荣，把一个经济领先全球的国家的股市，搞到年年全球垫底，还说这是取得了辉煌的成就。你说恼火不恼火？虚假消息更是满天飞，昨天刚踩上地雷，今天又飞出了黑天鹅，搞得人晕头转向，像鬼子进了高家庄，头顶上、半空中都能冒出地道来。刚刚批准的上市股票，经过层层把关，该可以让人放心了吧？狗屁，上市前还说它多好多好，多赚钱，上市当天脸就变了，说它多坏多坏，报表全是假的。早干啥去了？审批者是瞎子吗？这里头有多少猫腻，从来无人过问。股民哭天喊地，谁理你，该咋干还咋干。这哪里是股市，简直就是黑市。市场中人散布虚假消息尚可理解，毕竟是为了盈利而为之。可恨的是有些官员、监管者，也是满嘴跑火车，到处放大屁。白天还辟谣说某某某是谣言，没有的事，晚上就来个'半夜鸡叫'，谣言就兑现了。你看这些官员，胆大不知羞，全不把自己当人看。在这样的市场环境中，你还能挣钱吗？我敢说，股市中人，挣钱的不到百分之十。上了当，赔了钱，你连说理的地方都没有。好不容易打上了官司，赢得了赢不了暂且不说，你首先拖不起。没完没了，不知何时能结束，这期间，你就像睡在桥洞下的乞丐一样，没人替你说话。你只能自揩血迹，自舔伤口。赢官司拿赔偿，往往都是迟来的'爱'，拿到的时候，只怕你已不在人世了，还得你的子女到坟头'家祭莫忘告乃翁'。作为散户投资者买卖股票，永远没有对的时候。全世界的投资精英、股市专家，集结一起，也摸不准中国股市的脉搏。买股票就像买彩票，是闭着眼睛撞大运，没有任何规律可言。撞上了就盆满钵满，撞不上就伤痕累累，而撞上的概率是千分之几，万分之几，实在是低。炒股的人经常在纠结中度日，身心备受煎熬。我们每次相聚，这位朋友就大骂股市，没见他高兴过。听得多了，我都快成专家了，还给他总结了几条。我一说，他惊讶，问：'你是不是也炒股呀？怎么没听你说呀？'我说：近墨者黑，成天听你叨叨，不会也会了。我总结的几条你也听听，看看炒股的人难不难。

"1.看好的股，不买，却一直涨；待追涨买进之后，扭头向下，一熊到底。气死你，悔死你。

"2.气愤不过就卖掉,前脚卖后脚就大涨,有时前后就差那么一两分钟。气死你,悔死你。

"3.2选1必选错,选中的下跌,落选的大涨。气死你,悔死你。

"4.选错后改正错误,换股,结果又换错,换出去的上涨,换进来的下跌。气死你,悔死你。

"5.下决心不搞短线,准备长期持股,结果是长期不涨。熬死你,气死你,悔死你。

"6.实在熬不住,将长线抛掉,你刚走,人家立马涨停。笑话死你,气死你,悔死你。

"7.又去搞短线,结果又被套,叫你股民变股东。气死了,活不成了。

"8.持股时担心跌,怕挨套,老想着卖出;持币时担心涨,怕踏空,老想着买进。忧心忡忡,战战兢兢。

"9.谁的话都不能信,一信就上当。什么技术指标都不能用,一用就出错。

"10.市场总和你作对,拿了一年的股票,死活不涨,前一分钟卖掉,后一分钟大涨,让你白等一年。

"11.观察了半年的股票,以为到底了,跌不动了。你前脚买,它后脚就大跌。

"12.好像市场在你身边安插了间谍,专门盯着你的行动,你一动,他就跟你反向操作,专和你作对。

"这就是股民炒股的遭遇,你受得了吗?如果受得了,你就炒。咱们有言在先:

"第一,只准你拿一点钱去试水,赔了就认了,不准搞追加补仓、摊薄成本之类的事。

"第二,赔了钱,心情不好是自然的,不准你借此在家里吵架找事。

"你就去试试吧,不让你试试,你是不会甘心的。"

刘姨说:"看你说得一套一套,知道那么多,你是不是背着我炒股呀?"

"你看你看,给你说怕怕呢,你就怀疑我炒股。不说了,你炒吧,一炒你就知道了。"

三人聊着吃着,吃完饭,天色已晚,五斤道别父亲、刘姨,回了工地。按照张老板的意思,五斤对大家讲:"由于甲方拖欠工程款太多,张老板决定停工待款。老板的意思，让我们留下几个人看工地，其他人先回去，等有了钱能开工大家再来。下边请大林宣布一下去留名单。"

田大林按事先确定的方案，宣读了去留人员名单。之后说："回去的，现在把路费发给你们，你们就可以走了。留下的，要按照队里的安排，坚守好自己的岗位，工作上绝不能出岔子。"

员工遣散后，工程就算正式停工了。

几天后，张老板来到工地看情况，见了五斤就说："五斤啊，咱们一停工，王总就急了，要我们十日之内撤离工地，由新工队进驻施工。看来他要来硬的了，你说怎么办？"

五斤说："管他硬的软的，他不清账，我们不撤。我看他还能把我咬了？"

"唉，我老了，不想争强斗狠，但愿好说好散。我听说上次他就找了一帮人，把一个外地公司硬生生地赶出了工地，工程款至今都没清。吃了强取豪夺甜头的人，怕是还会这么干的。"

五斤说："爸，这个你别担心，只要有理，什么人来我都不怕。我就不信正不压邪。再说，怕有何用？他们就是拣软柿子捏。你一硬气，他就老实了。"

"唉，不就为俩钱吗？咱家的钱够花了，多少是个够呀？五斤，我不想你为这事出个什么状况。"

五斤说："爸，你错了。这不是钱不钱的事，这是一口气，是一个道理问题。一个大男人，不能让人当软柿子捏。就是因为有你这样想法的人太多，才培养了一帮横行霸道的家伙。你别担心，有儿子给你顶着呢。"

"那你就先顶一顶吧，实在顶不住，就撤下来算了，别闹出什么事来。不管怎么说，我不想叫你冒这个险。真有个好歹，我怎么向你妈交代，怎么向我自己交代。"

"爸，您放心，我也是奔四十的人了，会掌握分寸的。你就别来工地了，事情不解决你就不要来。"

"好，那我走了。你千万当心，不行就算了。"交代完毕，张老板就走了。

五斤虽有一股精神力量支撑着，但他也不知道自己这么做是不是合适。于是和大林一道，来到一家律师事务所咨询。

　　五斤给律师介绍说:"我们公司给甲方盖楼,甲方不能按合同付进度款,工程被迫停工。现在甲方要求我们公司撤离工地,他们要换人继续施工。我们也同意他换人,只是提出把前期工程款和质保金退还给我们,我们再撤。他们没钱付款,硬性让我们走。我想咨询的是,我们守住工地,不付款就不交工地,这样做对不对,合不合法?请律师先生给分析一下。"

　　律师是位老者,大概是年龄大跑不动了,才坐在所里负责咨询工作。他问:"你有合同吗?我看看。"

　　五斤说:"没带。合同在老板手里。"

　　律师说:"那我只能按常规说一说。"

　　"可以可以。"

　　律师说:"施工合同一般用的都是制式合同,条款制定得很细。如果像你所说的,是因为甲方不能按时支付工程款而停工,那也不过是暂时停工待款而已。合同并未解除或终止,你们还是合法的承揽方。你们有责任管理好工地,不经你们允许,任何人不能随意进入。当然,更不能取而代之,把你们赶走让他们干。"

　　五斤问:"那他们要硬性赶我们怎么办?"

　　律师说:"一般是不会的,那样不解决问题,还会把事情搞砸。正确的办法是双方协商解决问题。协商不成,可以申请仲裁,或向人民法院起诉。今天的时代,不是打打杀杀,谁拳头硬谁说了算的时代,都要依法办事。"

　　五斤执着地问:"甲方非要那么干怎么办?"

　　律师说:"非要那么干,那是他们不对,既违法又违约,没有出路。你们不要蛮干,可以请政府有关部门介入解决纠纷。比如他们来抢工地,你们可以打110,让警察来制止他们的不法行为。纠纷的最终解决,还是要通过协商、仲裁,或者诉讼三个途径解决。"

　　"我明白了。谢谢!"

　　回到工地,五斤给留守员工开会,部署工地的安全保卫工作。他说:"我们工地正常情况下不会有什么事,看好设备和剩余材料就行。我们最大的危险,就是甲方来无理取闹,来清理现场赶我们走。遇到这种情况怎么办?我认为很好办:首先不要紧张不要怕,要像我们在老家为吃水和邻村闹事那样,我们有理有底气,不存在怕不怕的问题。只要不怕,什么办法都有了。他们要来闹,我们就劝阻他们。他们要动武,你们就跑,跑得越快越好,犯不着跟他们较劲。年龄大的跑不动,你们就早早地躲起来,干脆不露面。娃们家年轻,跑得快,让他们去周旋。总之,人的安全第一。你们听明白了没有?"

"听明白了。"

多多、白杰不服,问:"为啥要跑,他们有啥了不起? 真打起来,还不知道谁输谁赢呢,怕个啥?"

五斤斥道:"少胡说,你们是打工挣钱来的,不是打架来的。我告诉你们几个年轻人,少给我逞强。你们要敢跟人家对打,我不饶你;打伤了,我不管看病。废话少说,按我说的办,事后我请你们吃烤鸭。"

大家笑了,有人喊:"你们几个毛小伙规矩点,耽搁了吃烤鸭,你们几个补。"

五斤宣布:"散会。支桌子,打四圈麻将。"

一连几天平安无事。闲得无聊,几个人又打起麻将来。刚打几把,值班的工友就来报告:"来了一帮人要强行进工地,挡也挡不住。你快去看看。"

五斤和众工友跑出工棚,只见大门已被砸开,一辆卡车拉了十几号人,气势汹汹地开进了工地。五斤说:"这一定是甲方雇来的打手。"他不慌不忙,安排道:"大林,你去摄像。离远一点,别让他们发现。"

"是,知道了。"

"多多,你给110报警,就说这里发生了抢劫案。"

"是,知道了。"

"其他的人,按咱们事先说的去办,不要慌乱。"

众工友应一声:"知道了。"便纷纷散去。

安排完众人的任务,五斤一个人走出大门,好像在等候什么。

田大林上到三楼,在一个无遮拦的阳台上,用小型摄像机俯拍着楼下的一举一动。

只见打手们撬开仓库大门,把里边的钢材往车上装。

白杰、白顺他们几个年轻人上前阻拦,还没搭上腔,打手们就挥舞着木棒和长刀打他们。他们扭头就跑。打手们追了几步,追不上,就又回去装车。

多多从另一侧跑来,边跑边骂:"你们这帮强盗,敢抢东西,老子跟你们拼了。"他赤手空拳、张牙舞爪地朝人群里冲。打手们拿着棍棒迎了上来。多多一转弯滑向一边跑去。打手们扑了空,又拐回去追,追了几步,还是追不上。

就这样,你停我扰,你打我跑,反反复复。打手们急了,跑进工棚砸了一通。车装满后,打手们开车准备离去。

这时候,只见大门外"轰轰隆隆"开来一辆大型铲车堵住大门。卡车试图逼退铲车,继续朝前开。铲车则高高举起大铲往下砸,重重地压在卡车引擎盖上,把盖子压瘪了。

谁这么大胆,敢在太岁头上动土?打手们丢不起这个人,岂肯答应。五六个打手从车上跳下,手持刀棒,从两侧扑向铲车驾驶室。

驾驶室里只有一个司机,只见他手持一截螺纹钢棍,居高临下,像士兵练刺杀一般,左刺右突,好不神勇。没几下,五六个打手便倒了一地,捂着胸口"咿咿呀呀"地乱叫。

这时候,110警察赶来了。

打手恶人先告状,指着铲车司机说:"他打人,打伤我们五六个人。"

铲车司机跳下驾驶室,大家这才看到,司机原来是五斤。警察问他:"怎么回事?为什么要砸车打人?"

五斤说:"我是看工地的负责人。他们是强盗,来抢我们的东西。我们的员工拦他们,他们就拿着刀棒打我们。没办法,为了保护工地财产不受损失,我们只好与他们周旋起来。"

"哦,是这样。"又问打手,"你们是干什么的?为啥要来抢东西?"

打手的头头说:"我们不是抢,是王总让我们来拉余材的。"

"王总?哪个王总?"

"就是这个工地的开发商。"

五斤驳斥道:"胡说八道!我是看工地的,王总要拉东西,肯定会事先通知我的。再说,拉东西为什么要带凶器呢?你们分明是劫匪抢东西,别给王总栽赃。"

打手头头说:"我们没打人,是他打我们的。我们是干活的,有理说理,为什么打人?"

五斤哈哈大笑:"你可真是个疯狗,乱咬人。那一地的刀棒是谁的?拉东西就拉东西,拿刀棒干什么?大林,你把摄像给警察看看。"

大林把刚才录下的摄像打开给警察看，边放边解释，一切都一目了然。

"明白了。"警察问打手头目，"你说是王总让你们来的？"

"是。"

"那好，你现在就把他叫来。"

"这……我叫不来。"头头为难了。

警察说："那你就是瞎说喽？"

"没有，真的是他叫我们来的。"

警察问："叫你们来干什么？来打架？"

头头不知道如何回答，支支吾吾。

警察说："好了，别说了。把东西给人家卸下来，带着你们的人滚。"

头头问："他打了我们的人，车的引擎盖也给压瘪了，这该怎么说？"

"活该，自己拉下的自己拾掇。告诉你们王总，有纠纷通过正当途径解决，不要来这一套。现在是法治社会，靠拳头耍横不行。好了，这事到此为止，双方都不追究了。你们赶紧把钢材卸下来走人，再闹我就要抓人啦。"

头头点了点头，再也没说什么。

二十七

　　张老板接到王总的电话："是我，张志清，王总近日可好啊？什么？丁五斤把你们的人打啦？我让他给你们道歉……不不不，一定要道歉，这还得了，敢打王总的人。验收？验收什么？好，好，我给他打电话，让他好好配合你们的工作。"打完电话，张老板乐滋滋的，脸上露出难得的笑容。

　　刘姨问："什么事啊，看把你高兴的。"

　　张老板说："五斤可真行！王总派人到工地抢东西，五斤一个人对付他们十多个，吓得他们灰溜溜地跑啦。这小子，这么大的事也不告诉我一声。"

　　刘姨："你还高兴呢，那多危险，听着都害怕。"

　　"我当然担心啦。可不知怎么的，心里高兴，解气。你说，在这个工程上，他帮了我们多少忙啊，又干活又监工，爬塔吊讨工钱，这回又灭了王总的威风，逼得他准备让步啦。"

　　"让步？怎么让？"

　　"王总说，先验收一下工程质量，然后付款，让我们退出，他再换人继续施工。我干的活我知道，验也是白验，质量绝对没问题，就等收钱吧。"

　　"我看没那么简单。他有钱不会让你接着干，为啥要换人呢？"

　　张老板一想："对呀，换人多误事。有钱直接让我干不就行了吗？为何要脱裤子放屁转手呢？他葫芦里卖的什么药啊？"

　　"我怎么知道？问问你儿子吧，我看他鬼点子挺多的。"

　　"我这就去，一起研究研究，正好也慰劳慰劳他。"

　　张老板到了工地，一见五斤就夸奖说："好小子，你咋不告诉我一声，你可立了大功啦。"

"立什么功?"

张老板说:"王总都告诉我了,说你把他的人赶出了工地。对我们来说就是立功啊。"

"这个呀,这没啥,虽说把他们赶跑了,可咱们一点好处也没捞到,算不了什么功劳。"

"不能那么说,至少咱们没受损失,这就是赚了,怎么能说没收获呢?"

"我觉得不能这么说。您这种说法,其实就是……您是长辈,我不敢说。"

"只管说无妨,我什么话都能听。"

"其实您知道,就是鲁迅说的那个什么……精神胜利法。"

"哈哈哈,你说得对,这是我们民族的弱点,病都害到骨子里了,几千年也改不了。大家都没有维权意识,也没有尊重他人权利的意识。于是乎,强者总想占欺头,侵害他人;弱者总想保平安,逆来顺受,还要给自己找理由。这就有了阿 Q,这还是好的,还有了大量的小 D,比阿 Q 还不如。可你不是阿 Q 一伙的,那么多人来闹,你也不害怕,像你这样的人多了,欺负人的人就少了,可供精神胜利法使用的机会就少了。不过,我有个问题要问:你一个人能对付那么多人,光靠胆量怎么行,你是不是练过武功呀?"

"没练过。我死都不怕,还怕这个。主要还是心里有底气,邪不压正,我们有理,是正义一方,所以什么都不怕。再说,干了半辈子农活,有的是力气。城里这帮混混,就是扎个势,没多大本事,好对付。"

张老板:"说得有道理,他们也就是吓吓善良的人。不过,没有两下子,也是挺怕人的。现在好了,王总不闹了,同意付款。但是付款前要鉴定一下工程质量。我来给你说一下,他们来检验的时候,你配合一下他们的工作。还有一点我不明白,你刘姨说,既然付款,为啥不让我们接着干呢,换人多麻烦? 你说这里边会不会有啥问题?"

"这个我可不懂,会不会是挑点毛病少给点钱?"

张老板想了想,说:"这倒有可能。他的能量是很大的,关系也多,搞点鬼对他来说是小菜一碟。"

"随他便,到时候再说,反正是达不到咱们的目的,咱就不撤离工地。他就是再耍手腕,又有啥用。"

"是这么个理。咱们以诚待人,他总不能太过分了吧?"

两人聊着转着,越聊越远。五斤问:"这个工程干不成了,下个工程有没有着落?"

张老板说:"压根就没找,找也找不到。人家一开口,就要你垫资垫到多少层。一提这个,我头都大了。你刘姨说,咱们都老了,不想再看着别人的脸色吃饭,干不成就算了。我也有退意。五斤啊,你想不想干? 你要干的话,把公司给你,我给你敲敲鼓打打锣,照看照看。你看如何?"

五斤说:"您都不想看人脸色,我这种性格就更不行了。算了吧,我不是这块料,您还是交给别人吧。"

"那你准备干什么?"

"还没想。我从报纸上看到,那么多农民工为讨薪犯愁。我们是沾了您的光,才没有遇到这种事。要是到别人手下干活,怕也是成天为讨薪东奔西忙。我看劳务这活也是干不得的。前几天坐出租车,和司机聊了一阵子,我看出租车挺挣钱的,您说经营几辆出租车如何?"

"别别别,千万别往里钻,钻进去,拔都拔不出来。"

"那是为什么?"

张老板说:"我对这个行当还是比较了解的,咱们的项目经理就干过出租,赔了钱,就不干了。出租车这行当也能干,也不能干,全看你以什么身份参与其中。如果你以投资者身份介入,雇人开车,自己当老板,那你就赔定了,绝不可能赚钱,只是赔多赔少而已。如果自己买车自己开,那就不会赔,就等于自己给自己找了个工作而已,赚的只是一点辛苦钱,也就是工资。投入的几十万,就只能算作是用来找工作的敲门砖,或者说是渗渠钱。咱们经理就是买车雇人开的,干了两年,赔了两万。一看不划算,卖了,又赔进去一万五。谁把钱赚了? 一是司机,司机也不过挣了个辛苦钱,但不管怎么说,他一分钱不掏,靠打工把钱挣了。二是政府,就凭一项政策,就把大头拿走了。而投资人呢,就只当做了好事,一是替国家分忧,掏钱安排了几个劳动力;二是白白给政府捐了二十万。我记得经理算过一笔账:买一辆车营运,一个周期是十年,投在车上的所有费用每年约十五六万元,而车的运营收入,每年约十四五万元,年均赔一万多元。这还不能出问题,不能停运一天。如果出点事,或者车出点毛病,加上车的保养维修等等,一耽搁,损失就更大。投入的里边,最让人不理解的是营运权费,每年两万,这笔钱是交给政府的。我看这钱完全是强取豪夺，收得毫无道理。经营出租车和开办企业没有本质区别，可以说是一回事，都是搞经营。企业登记注册时，也没有收取经营权费。出租车同样是经营，为什么要收取？关键是这样的收费道理何在？说不通么。何为经营权费？经营权是个什么东西？摸得着还是看得见？照此办理，没有不能收费的东西了。人的胚胎一形成，就可以收费了：母亲的大肚子费、出生费、啼哭费、乱拉乱尿费、育儿费、幼儿教育费、入学费、毕业费、找工作营运费……他妈的这个费，那个费，只要想收，就会有名目。车钱花了，保险交了，税收交了，养路费过桥费交了，管理费交了，怎么又冒出个营运权费？既然收营运权费，就不要收税，收了税就不要收营运权费。怎么一个萝卜两头切，都成你的了。想起这个，我就有气！就是这个费，吞噬了经营者的一点微薄收入。每天一睁眼，就损失四百元，不多拉快跑，这四百元就回不来。为什么出租车违章多，事故多，我看都是人为造成的。不违章，不抢道，不乱停乱放，就拉不够这四百元，就得赔本。把营运权费免了，让他轻轻松松挣点钱，他会冒险违章吗？会冒险超速抢道吗？所以说，这一行干不成。要干，就得自己买车自己开，单人单车单干方可。像你刚才说的，买几辆车经营，这是万万使不得的。"

"您说的跟司机说的不一样么，到底谁说得对？"

"我不是给你说清了么。当司机，可以干；当老板，不行。你听司机说，当然可以干了。你现在是要当老板，那自然不行了。"

"哦，那就算了，不想这个事了。究竟干什么，以后再说吧。"

"时间不早了，我该回去了。"张老板告辞。

五斤送他到大门口，看着他离去。

甲方的王总要干什么，五斤只说对了一半。他是想通过质量鉴定否定张老板的工程质量，从而废掉张老板的全部工程，让张老板把收到的工程款退回来不说，还要张老板赔偿他的损失。待张老板退出后，还是这个工程，马上就变成了合格工程，张老板的劳动成果就进了他的腰包。这种事情他干过，也成功过。把人家赶走后，不合格的工程马上就合格了，这部分工程就成了他的纯利润。后来者不必返工，不必维修，接着前边继续干就行。五斤所说的少给钱，只是方向说对了，而程度说得实在是太浅了，因而只能说他对了一半。

要彻底否定这个工程，就得在鉴定机构身上下功夫。这对王总来说是

轻车熟路,一点都不难。这天,他把鉴定单位的负责人请到了洗浴中心享受生活。台上,群艳们土耳其肚皮舞跳得正欢。台下,王总着浴衣陪客人观赏。王总偷窥到客人贪婪的眼神,就建议说:"张总,晚上别回去了,开个房间,台上的哪一个你喜欢,让她到房间跳,如何?"

"这个……听你的,不回就不回。"

王总说:"这就好。跳完舞,让他们好好侍候侍候你。"

张总心里甚悦,嘴上却说:"不合适吧?"

王总笑着说:"没啥不合适的,及时行乐嘛。"

这天晚上,王总张总们在温柔乡里泡了一夜,魂销了,魄散了,骨头也酥了,两人也泡成了好兄弟。末了,弟弟王总说:"张哥,我让人把咱们昨天晚上的消遣活动拍了下来,刻了一张光盘。给你一张,没事的时候欣赏欣赏。"

弟弟说得轻松,哥哥听得沉重:这家伙真是阴险,知道你喜欢什么,投其所好;知道你怕什么,专朝你的软肋打。自己把持不住自己,糊里糊涂跟着人家逍遥一夜,竟让人家录了像。要是给老婆知道了,单位知道了,主管部门知道了,任何一壶都够自己喝的,何况三壶。姓王的把光盘捏在手里,不等于给自己套了缰绳,任由他摆布吗? 唉,这一辈子算是交代了。再疼也不能喊疼呀,不能让他看出自己很在乎这个,不然的话,他就更放肆了。于是他装模作样,喜滋滋地说:"好好好,要不白玩了。昨天我还想来着,怎么没带摄像机,拍下来多好,既可以全方位欣赏自己的龙马精神,还可以在朋友面前显摆。"

王总万万没想到,世上还有这么不要脸的! 本来想吓他一吓,以便控制他,这下倒好,人家还自得其乐呢,自己的一番苦心经营怕是要落空了,这钱不是白花了吗? 事已到此,一步一步往下走吧,我就不信猫不吃糯子。

第二天,王总弟领着张总哥等人来到工地勘验。张老板、五斤陪同并回答问话。鉴定人员又是用榔头敲击墙体,又是用仪器震动探测,将建筑物探了个遍。

张老板问:"张总,质量没问题吧?"

张总回说:"我们回去再会商,现在还不能下结论。"

张老板:"那好,希望你们能客观公正地做出鉴定结论。"

张总:"这还用说,我们干的就是这一行,会对双方负责的。"

王总笑着对张老板说:"他们有他们的规矩,有法律管着呢,他不敢不负责。老张啊,你放心好了。"

整整一个上午,现场勘查完了。张总说:"测完了,我们该走啦。"

张老板挽留他们:"吃了饭再走,都安排好了。"

张总解释说:"不客气,我们是有规定的,不能随便接受双方当事人请客吃饭。"

王总开玩笑式地问:"老张是不是想给张总意思意思啊?"

"哈哈,瞎说什么呢,我对我的工程心里有底,用不着。"

"还挺自信?"

"当然,我抓的就是质量,出不了问题。"

王总说:"但愿如此,但愿如此。这样一来,新来的工队就没话说了。"

现场工作一结束,王总弟又把张总哥带走了。

一连多天没音信。白杰是个急性子,问:"五斤叔,整天闲着没事干,都快憋出毛病了。工程老这么拖着也不是个事,到底要拖多久啊?"

五斤说:"鉴定结果该出来了。按甲方的意思,结果一出来,他就结款换人。到那时,咱们也就可以撤走了。"

白杰问:"撤?往哪撤?是不是回家?"

五斤道:"我也说不上来。如果没有新工程,只能先回家。"

另一年龄大点的乡亲说:"回家干什么呀?还不如在城里打打工,多少能挣点。"

大林建议说:"五斤叔,咱们能不能自己干点啥,别总是想着给人家打工。"

五斤说:"你说得轻巧,想干件事难着哩。再说,那是要投资的,咱们农民一点抗风险能力都没有,天上飘来一块黑云就能把你吓死。你有多少钱够折腾?"

大林说:"我认为,咱们至少应该做这方面的打算。抗不了风险,咱们就以稳为重,再设个止损位,在咱们能承受的范围内做事,我看没什么不可以的。"

五斤点点头,很以为是,只是没有明确表态,因为他还没想好要做什么,也不知道什么能做。

五斤的手机振铃响了:"是刘姨啊,什么事? 好,我马上过来。"他收了电话说:"有急事,我回我爸家一趟。"

五斤匆匆赶到张老板家,只见父亲躺在床上呻吟,刘姨坐在床边劝着他。

五斤问:"我爸怎么啦?"

"你可来啦,你看看这个。"刘姨递给五斤一份文件。

五斤接过文件一看,就有股气往头上涌,他一把把文件给撕了,骂道:"简直是胡说八道。干了一场,不给钱,反倒要我们赔钱? 这不是强盗打劫嘛。不理他,看他狗日的能把咱怎么样。"

刘姨诉说道:"你爸哪受得了这个,一下子就气晕了。你看,要死要活的,这可咋办?"

五斤踱来踱去,思考良久。说:"爸,事到如今,我们只能奉陪到底。你要是相信儿子的话,从现在起就交给我来处理。你不用管,我会把事情办好的。"

张老板软绵绵地说:"你哪行啊? 这是斗智,不是斗狠,冒冒失失可不行。"

"我不会斗狠的,我要让他们心服口服地把钱给我们。"

刘姨劝说:"老张啊,你就交给五斤吧,以前的几件事他办得不都挺好吗? 你这个样子,再让人家气上几次,连老命都要搭上啦。"

张老板有气无力地点点头:"好吧,就让五斤办吧。唉,想不到会落到今天这个地步。"

五斤回到工地,大林问:"有啥事,那么急着回去?"

五斤说:"甲方发函过来,说工程不合格,要返工,要跟我们解除合同,限我们三日内撤离工地。工程款不给不说,还要我们赔偿损失。我爸一下子就气病了。"

大林惊讶地问道:"有这种事? 我的妈呀,这不是要人命嘛,那我们下一步该怎么办?"

"好办,不理他,先耗着,等他上门来找,我有办法对付他。告诉大家盯紧点,不准闲杂人等进入工地。来来来,支桌子,咱们玩咱们的。"

"你先玩吧,我去给值班的说一说。"

甲方限定撤离工地的最后期限到了。王总给张老板打电话:"张老板,工地腾出来没有? 今天是最后一天啦,你怎么连个回话都没有?"

张老板病恹恹的，声音颤抖着说："王总啊，你好厉害呀，我快让你整死啦。这事儿你和丁五斤谈吧，我已经全权委托他办理了。他的决定就是我的决定，他说怎么办就怎么办，我没意见。"

"丁五斤？就是上次打人的那位？"

"就是他。"

王总："他是你什么人？你这么信任他。"

"我可以告诉你，那是我亲儿子。你以后就和他打交道吧。"

"什么？儿子？开玩笑的吧？怎么没听你说过。那是个愣头青，不像是你教育出来的，到底是怎么回事啊？"

"这你甭管，我有几个娃哩，还不兴出个二百五啊？要都像我，全家不就成一筐软柿子了？我还敢干建筑吗？好啦，我累了。"不等对方回应，张老板就挂了电话。

这不是个好消息。都说事在人为，就看什么人办了，张志清把这事儿交给一个猛张飞来办，他软硬不吃，天不怕地不怕，这就不好对付了。王总在办公室踱来踱去，想不出什么好办法，于是打电话把公司的秦副总经理叫到办公室来。他说："张志清这个老东西，装病躲到后边去了，把那个丁五斤推到前台来应付我们。这家伙是个愣头青，估计是吃软不吃硬。你跟法律顾问一起去，多跟他讲讲道理，讲讲利害关系。道理讲透了，我想他会做出让步的。"

秦副总知道这件事情的始末，也知道王总的想法和手段。但是他更明白，王总的这一套，也要看放在谁的身上。用这一招对付丁五斤这种人，怕是要失灵的。虽然这事办起来有很大的难度，但还是要硬着头皮去办，他只是个打工的，不能违抗老板的旨意。于是说："但愿他能让步。如果他硬是不同意，我们要不要多带些人，来点硬的。"

王总说："这次不用。先礼后兵，可以再宽限几天让他考虑，到时候看情况再说。"

"好吧，我去准备准备，明天就去。"

秦副总和律师、公司办公室主任等一行人，坐车来到工地。工地大门紧闭，门里门外冷清清的，像是个荒废的半拉子工程。司机下车敲门，门开了个缝子，值班员探出头来问："你们是干什么的？"

司机说："王总派我们找丁五斤谈工作，快开门让我们进去。"

"等一下，我去通报一声。"

值班员一路小跑，到五斤宿舍去报告。

五斤还在睡觉，问："几点了？"

"九点了。"

"这么早就来了。你把门打开，让他们进来。再告诉大林，让他把经理室的门打开，准备好茶水。"

"好的。"

值班员又一路小跑，打开大门，告知来人："把车开到院子里，丁队长在经理室接见你们。"

秦副总自言自语道："接见？这是什么礼数？他是谁，我们又是谁？"

车进了院子，停在空地上。秦副总一行下车进了办公室。田大林招呼众人坐下，上了茶水，说："丁队长马上就到，请各位先喝茶。"

秦副总说："又是接见，又是等候，你们丁队长真能摆谱。"

"哪里哪里，要见贵客了，他得收拾收拾，显得尊重不是。"

"你很会说话，不管是真是假，听着舒服。"

"怎么会假呢，队长特意叮嘱，要热情接待各位，不得怠慢。"

"是真的就好。哎，丁队长是不是练过武功啊？"

大林顺口就说："是啊，还当过武教头呢。"

"怪不得那么厉害。刘大头说他手下的人如何如何了得，结果让你们队长一下子撂倒了一大片。"

大林明知故问："刘大头？刘大头是谁？"

这时候，一位穿白褂白裤、尖口布鞋，留着黑黑的胡须、戴着墨镜，手持一根长管旱烟袋的人进来。

大林问："您找谁？"

来人撇开大林，径直向客人们拱拱双手，自我介绍道："我就是丁五斤。让你们久等了，抱歉抱歉。"说着，坐到了经理位置上。

秦副总等人惊愕地看着五斤，在他身上寻找着愣头青、二百五的影子。结果发现，不用细找，满身都是。不光是二和愣，简直就是个怪物。难怪人家天不怕地不怕，你看人家这身打扮，多另类，才不管老天怎么看，周围人怎么说呢。

五斤倒先自嘲起来："让你们见笑了。闲来无事，懒得收拾，就变成这般模样了。哈哈哈，真是自在啊。"他的声音怪怪的，像是从古墓里传来的。

秦副总调侃似的恭维道："久闻丁队长大名,今日一见,果然不凡啊!"

"哈哈哈,是吗? 不管真假,好听,我高兴。说说吧,王总派你们来要谈什么问题?"

秦副总说："商量一下你们撤离工地、赔偿损失的问题。不知道丁队长看没看到我们公司给你们发的函件?"

"领教过了。太臭,不小心闻了个臭屁,我把它撕了。在我这里,是不允许胡乱放屁的。"

"丁队长怎么可以这样说话? 那是我们公司的正式函件,请你放尊重点,有点礼貌好不好?"

"哈哈哈,秦总,我是个粗人,不懂得什么礼貌不礼貌。我想请教你这细人一个问题:如果有人往你脖子里灌尿,你会不会礼貌地说,'先生且慢,咱们协商一下如何往我脖子里灌尿的问题'?"

秦副总被问得哑口无言,脸红一阵,白一阵,很不自在。

五斤接着说:"如果你愿意这么做,那是你的自由。我可不这么做,我会立即将撒尿者击倒,没什么礼貌可讲。对这种人讲礼貌,那就是软弱可欺,就是不尊重自己,就是对自己犯罪。朋友来了有美酒,敌人来了有猎枪,这可是你们文化人写的歌词。看来文化人也是该讲礼貌时讲礼貌,该抡拳头时抡拳头的。好了,闲话少说,言归正传。既然王总派你们来说事,那就请吧,说说你们的意思。"

秦副总叽里呱啦说了一通。

律师也叽里呱啦说了一通。

两人说的内容虽不一样,但目的是一致的,就是来函中的意思,要张老板走人赔钱。两人说完了,也说累了,闭了嘴,等着五斤回话。

五斤眯着眼,不动声色地听着。人家说完等他表态,他还是眯着眼,哂着烟管,迟迟不做反应。

秦副总提醒说:"我们说完了,你也谈谈你们的意见吧。"

五斤睁开了眼,磕了磕烟灰,问:"说完了?"

秦副总:"说完了,你说吧。"

五斤慢条斯理,声音低沉,却很硬气地说:"你们王总可不是个良善之人哪。我干的工程质量如何,我心里有数。你们那个鉴定报告是怎么鼓捣出来的,我略知一二。王总是事中人,心里更比我清楚。你们那个报告我

压根就不认可。所以啊，你们两位刚才说得天花乱坠，其实都是无源之水、无根之木，是站不住脚的。我还是那句话：给钱走人，不给就耗着。不管你们采取什么手段，真的假不了，假的真不了。有理走遍天下，无理寸步难行。我这个人就认死理，只要你能说出道理来，我一分钱不要，立马走人。否则，就别怪我不给面子。"

"那个报告可是专家鉴定出来的，怎么会有错？"

"嘿嘿，你没听清吗？我说那是鼓捣出来的，别糟蹋了鉴定这个词。专家？砖头的砖吧，当心挨板砖。"

"你要这么说，我们就没法谈了。"

"是你们上门来谈的，又不是我上杆子找的你。谈不谈无所谓。"

"那就算了，告辞。"

"慢着。我要告诉你们一个情况，请你们转告王总。张志清做工程垫进去的钱，是从我们田白村百余户村民手里借来的。农民挣个钱那才叫艰难啊，能让它打水漂吗？就是张志清答应撤离工地，田白村几百个农民也不会答应。原来在工地干活的只有三十多人，停工后，本打算只留下三五个人。可是，三十多人都不愿意走，村里又来了二十多人，现在就住在工地。这些人不要工资，吃饭自己掏腰包。他们为什么？就是要保护自己的切身利益。问问你们王总，他可以欺骗张志清，可以欺负张志清，他敢欺负这几百个老百姓吗？老人孩子妇女都嚷嚷着要来省城找王总说理，我认为还没到那一步，不让他们来。你们信不信，只要我一放话，明天就会有几百个男女老少到市政府门前请愿，要求惩治骗人钱财的不法奸商。我个人是抱了必死的决心的，因为村民的钱是经我手借来的——顺便说明一下，我为什么要替张志清借钱呢？可能你们王总已经告诉你们了，我是张志清的亲儿子，我不帮他谁帮他？——要不回这些钱，这个世界上就不会有我的立足之地，我还活着干什么。该说的我都说了，你们看着办。你们没有诚意，咱们也没必要谈了，就是谈也谈不出什么结果。你们请回吧，等有了真诚的解决办法再来。大林，送客。"

秦副总问："丁队长，你是在威胁我们吗？"

"不敢，只是实情相告。回去告诉你们王总，做人还是厚道些好，没人是傻子，也不是人人都怕事儿。"

律师拉了秦副总一把："快走吧。"

秦副总等人无奈地走了。田大林笑脸相送,尽量缓解刚才的紧张气氛。

客人走后,田大林笑得前仰后合:"你怎么想到这么一出? 连我都不认得你了,还问你找谁。"

五斤撤掉假胡须,摘下墨镜:"玩呗,闲得无聊,逗逗乐不也挺好。"

大林问:"那你为什么说钱是借田白村的,又说田白村有五十多人住在这儿?"

五斤说:"兵不厌诈,你小子学着点。还有,告诉大家,有人打听的话,就说我刚才说的都是真的。"

"知道,统一口径,都这么说。我刚才还告诉他们说,你是武术教练。"

五斤用食指点点大林,道:"瞎吹吧你,要真干上了,就露馅了。"

秦副总一行也在谈论刚才的情景。

律师问:"你们的鉴定报告到底能不能站住脚?"

秦副总问:"什么意思?"

"很简单,如果能,我们的要求就是合理的,就是闹到法庭上,我们也能赢。如果站不住脚,就别费力气了,赶紧跟人家结算了事。"

秦副总:"那你看呢,能不能站住脚?"

律师:"我哪儿知道? 不过,从丁五斤的口气看,好像他对自己干的工程更加自信一些。你们发现没有,丁五斤这个人虽然看上去很怪,但他具有诚实、自信、坚毅的品质。这种人一根筋,只要是他认准的,他会一股道走到底。别看他是个农民,怕你们不一定是他的对手。你们回去给王总做做工作,别再费劲了。"

秦副总:"怎么,你想溜? 不行,咱们一起去汇报。"

律师说:"这又不是什么法律问题,我就不去了。你们把我放到律师所门前就行。"

秦副总对司机说:"半路不要停车,直接回公司。"回头又对律师说:"你不能耍滑头,一起回去汇报。"

二十八

秦副总和律师回到公司，一五一十地如实汇报了谈判的情况。

王总听完后说："没结果就没结果吧，这是我预料之中的。你们辛苦了，忙你们的去吧。"

两人走后，王总把自己一个人关在房子里想办法。想来想去，结论是：用现在这个办法无解，理由有三：

一来，众怒难犯。假如丁五斤所说属实的话，老百姓的钱是不好骗的，他们敢跟你拼命。稳定是压倒一切的大局，自己一个小小的商人是万万不能搅这个局的。

二来，鉴定结论是"鼓捣"出来的，经不起真"鉴定"。就是将来打官司，也会重新鉴定的。自己就是有天大的本事，在众目睽睽之下，鉴定机构也不敢"为我所用"的。

三来，丁五斤是个人物，他是不会善罢甘休的。要是激怒了他，自己的日子怕是好过不了。算了吧，为了几个臭钱，实在是不划算。

想到这里，他拿起电话，要通了张老板："张总啊，咱们就别闹啦，我认输。"

张老板正在家里看电视，接到了王总的电话："谁跟你闹了？难道丁五斤又惹事啦？"

"没有。不过，你这儿子可真是个人物，我算是服了他了。告诉你，我把这个项目转让给别人了，他们肯定要去工地见你们的人，到时候你们配合一下，别砸了我的生意，这总可以吧？"

张老板："不干了？为什么？"

"这还用问,没钱了呗。"

"那好,我一定配合,成人之美嘛。"

"那你跟你儿子交代一下,别让他到时候捅娄子。"

"你放心,不会的。"

"那好,谢谢你啦。"

"不谢不谢。"

放下电话,张老板开心地笑了。他对刘姨说:"狗日的也有害怕的人。告诉你个好消息,五斤又把王总给制服了。"

刘姨:"这孩子可真行,比你强多了,还是当爹的呢。当初你还不放心,这不是又转危为安了吗? 王总那么刁滑的家伙,都让他制得服服帖帖,真是一物降一物呀。要不是他呀,你可真要抓瞎了。"

"长江后浪推前浪,一代更比一代强嘛。我给五斤打电话,祝贺一下。"

几天后,王总带着受让方的几个人来看工地,五斤也作陪介绍情况。

受让方代表问五斤:"你们停工多长时间了?"

"一个多月了。"

"他们到底欠你们多少钱?"

"质保金一百万,垫资一百万,进度款二百万,一共四百万。"

"真不少。"

"进度款一付,马上可以复工。可他们就是不付。"

王总说:"一分钱难倒英雄汉。摊子铺得太大,资金真的是跟不上了,所以才要转让。"他又对五斤说:"丁队长,我看你是个人才,到我那里干吧,我给你最好的待遇,也不用成天跟钢筋混凝土打交道,怎么样?"

五斤说:"我就会干活,别的什么也不会。多谢了,以后再说吧。"

"我是真心请你的,你好好考虑考虑。"

五斤点点头:"我会考虑的,过几天给你回话。"

大家转了一会儿,受让方的人说:"好了,不看了。丁先生,如果我们认了这四百万,先支付给你二百万进度款,你们是否愿意干呢?"

"当然愿意,有钱不挣,傻子呀? 只要按合同继续履行,马上复工。"

"好,那就等消息吧。"一行人走了。

不几天,事情就定了下来。张老板收到了新的甲方支付的二百万元工

程进度款,复工了。张老板高兴,请五斤吃饭,酒过三巡,张老板说:"五斤,这一年多,多亏你帮助,才渡过了一道道难关。现在,钱也付了,工也开了,很快就会竣工的。这个工程一完,我是不想干了。我和你刘姨商量,想把公司交给你来干,不知你是不是愿意?"

五斤马上推辞道:"别,别,我可干不了,我也不适合干这个。"

刘姨说:"这个不难,谁不是从不会到会的?再说,这两年你干得不错,有啥不适合的?"

五斤说:"您没明白我的意思,我是说我的性格不适合干这个。让我干干苦力活还可以,让我去跟各种人打交道,我不行,我也不喜欢这个。干不了,真的干不了。"

刘姨叹息道:"唉,都不想干,那只有解散啦。"

张老板说:"五斤,你再想想,实在不想干,只好解散。反正你爸我这一辈子够吃够喝了,知足了。"

五斤决心已定,说:"解散就解散吧,我不会干这个的,不用考虑。"

张老板问:"不干这个,你干什么?"

五斤说:"还没想好,先回去种种地,看看再说。"

"听说王总请你到他们那里工作,你是不是想去那里?"

"我才不去他那里呢。到时候他让我干坏事,为虎作伥,你说我能干吗?"

"不去就对了。他看上你的就是这个,咱可不能干伤天害理的事。"

"知道,吃饭吧。"

刘姨失望地说:"才干了不到两年,公司就要转出去了,唉……"

大家面面相觑,默默无语,只有吃饭的声音,叹息的声音。

工地又是一派繁忙景象。五斤站在高高的脚手架上,仰望蓝天,天空是那么的宽阔广大。一群信鸽在空中盘旋,久久不愿离去,它们发出的哨声悦耳祥和,忽远忽近。远处的大喇叭传来周华健的歌声:"其实我不想走,其实我想留……"五斤思绪万千,父亲的话仿佛又在耳畔响起:"不干这个,你干什么?"是啊,下一步该干什么呢?我也不想走,我也希望留。这座城市真是美呀!可是哪座楼,哪个角落,能有自己的栖身之处呢……"

二十九

天蒙蒙,地蒙蒙。丁五斤站在高高的埝头上,面对灰暗的苍穹,吹奏着笛子曲《秦川情》,曲调悠扬委婉,凄美动人。风儿停了,云儿住了,男人们放下了手中的活计,女人们收了游走的针线。此时此刻,都屏着气息,倾听着竹笛里飞出的动人乐章。五斤忘情地吹奏着,把自己的情感,自己的肉体都融入了这神奇的音符里。大音希声,有凤来仪:一群群花儿蝶儿朝这边飘来,一群群鸟儿雀儿朝这边飞来。莫不是它们被这颤音摄了魂魄,急急忙忙要融入到这情境之中? 五斤的笛声停了,他抬头欣赏着这如诗如画旖旎美丽的奇观。飘飘悠悠,它们渐渐地近了,清晰了。五斤发现,它们不是花儿蝶儿鸟儿雀儿,它们像铁饼,像冰壶,越来越大,硕大无比,轰轰隆隆,成群结队。突然,它们一起向五斤压来,逼近后就向他发射流光飞弹。五斤惊惧了,拼命奔跑,呼哧呼哧,东奔西突。那曳光弹集束发射,更加猛烈。五斤慌不择路,一跃跃进化粪池中,淹没在浑浊的粪浆里。飞行物离去了。化粪池冒着泡,一只沾满浊浆的手渐渐露了出来,又露出一只,突然,五斤像二踢脚爆仗一般,冲出粪池,落在高台之上。五斤看自己变成了个粪人,便声嘶力竭地大吼起来。

五斤一声大吼,喊醒了自己,原来是一场噩梦。

儿子丁强站在床边,问:"爸,你怎么啦?"

五斤浑身是汗,他抹了把脸:"做了个梦,吓死我了。"

杏杏拿了块热毛巾进来:"吓死你? 也吓死我们了。看你这身汗,快擦擦。"

秋香拿了本解梦书过来:"快说说,做的什么梦,妈给你查查,是吉

是凶?"

五斤说:"查什么查,那都是骗人的。"

秋香说:"不许这么说。这都是圣人言,你不信我信。快说,做的什么梦?"

五斤说:"梦见我正在埝上吹笛子,哎,你还别说,我压根就不会吹笛子,可在梦里吹得棒极了,都把自己感动了。突然,空中来了一群飞碟向我扫射。我跑呀跑,掉到了一个化粪池里,浑身沾满了屎尿,恶心啊,我就大声喊起来,把自己喊醒了。"

"飞碟扫射,身上沾满大粪? 好,我查查看。"秋香蘸着口水翻书查找,几下就找着了:"有啦,你们听:浑身沾满粪便主得财。嘿嘿,你要发财啦。"

杏杏、强强高兴地叫道:"我们要发财了……"

五斤问:"那还有飞碟扫射呢,怎么解?"

秋香又翻书查找:"没有啊……有战争,看战争怎么说。梦见战争,意味着要受苦。不好,不好,抵消了。"

五斤哈哈大笑。杏杏、强强懊丧道:"唉!"

杏杏给自己宽心:"梦都是反的,你梦见的两件事都是倒霉事,说明你有好事上门哩。"

秋香、强强附和道:"就是,就是。"

五斤不信,问:"好,就算你们说得对,那这梦能管几天用?"

杏杏说:"至少还不管一年半载?"

秋香说:"哎,少说也得半辈子。"

五斤问:"我常做梦,今天是噩梦,明天又是喜梦。你们说,该哪个为准?"

杏杏、秋香给问住了,闷葫芦似的不说话。

五斤问:"怎么不说话? 没话说了吧?"

杏杏说:"你这是跟人抬杠哩么,再说就没意思了,说啥说?"

"说什么呢,这么热闹?"白平来了。

寒暄过后,白平问:"五斤啊,你能不能想想办法,给咱们村的富余劳力找点事做? 我担心,让他们单个出去会出事儿,有啥事也没个照应。孤孤单单的,也容易学坏。我就听说,有个地方,外出打工的人百分之八十都犯事进去了。你想想,一个村十有八九的家庭都有人蹲过大牢,这是啥名声?娃们家以后怕连媳妇都寻不上了。"

五斤:"钱难挣,屎难吃。组织起来一起打工当然好,可哪儿有这么好的差事? 我也想了很长时间,就是不知道该干什么?"

白平说:"你爸虽说不干工程了,可他在圈子里头朋友多,让他给介绍介绍,咱们还干劳务怎么样?"

五斤:"咱们有这个底子,当然可以。不过,像我爸那样照顾咱们的老板怕是不多。给别人干,受制于人,我不善搞关系,不想干这个。要干,就让大林挑头,我看他行。我可以给我爸说说,让他从朋友圈里给咱们找点活干。"

"大林倒是有这个长处,我看可以。要不你先跟你爸联系联系,看能不能帮上忙?"

五斤应道:"这有啥说的,我去一趟就是,顺便也给我妈看看病。"

秋香奇怪:"给我看病? 我有什么病,我怎么不知道?"

五斤说:"没病? 没病为什么仰着头走路,眼睛总是朝天上看?"

"嗨,老了,肉皮松了,上眼皮拉不上去,可不就朝天看呗。这不是病,我还没那么金贵呢。"

五斤:"比您岁数大的人多了,平伯就比您大好几岁,人家的肉皮咋就不松呢? 我都问过啦,人家说,这可能是神经方面的问题,不能忽视,咱们还是去看看吧。检查检查,心里有底,别把小病拖成了大病。"

秋香勉强同意了,随五斤到了省城,来到一家大医院看病。五斤按医导的指点,挂了神经内科的专家号。专家简短地问了几句,并未说这是什么病,只是开了几张单子,让秋香做检查。

五斤陪秋香到检查区域,一问,说需要交三千多元检查费。

秋香心疼了:"干什么呀这是? 还没看病呢,就要这么多钱。等查出病来,真要治的时候,那还不得倾家荡产呀? 钱是风吹来的? 算了,不看啦。"说完便扭头要走。

五斤拽住他,劝说道:"钱要紧还是人要紧? 身体坏了,要钱有啥用? 钱是给人用的,用到地方上就值。你别管那么多,看病。"

交了钱,他们来到登记处排队登记。人可真是多呀,座椅上,楼道里,大厅中拥满了人,想跟登记员说句话都够不着。秋香叨叨着:"这医院也

是,都把人赶到这里检查,医生是干什么吃的,不检查就不会看病了? 过去没这些机器,你们不照样得看病吗?"

旁边一位患者说:"老姐姐,你是不知道,现在是看病卖药都不赚钱,只有这机器最赚钱。为了赚钱,大病小病都往机器上赶,医生也可以拿提成,谁管你病人受得了受不了。我都检查一个礼拜了,光检查费就花了五千多,到现在是啥病还不知道。有啥办法,总不能不看病吧?"

秋香说:"真是受不了,钱是交过了,退也退不成,检查完,有病没病,死活不看了。我一个老婆子,不值那么多钱,不能给孩子们找麻烦。"

秋香做的第一项检查是核磁共振。她脱了鞋,戴上耳套,往洋床上一躺,就给推进了一个大圆桶里。她闭着眼,静静地等着人家振她。"嗒嗒,嗒嗒嗒",开始振了。慢慢地,嗒嗒声密集起来,节奏也变了,最后连成了一片。紧接着,这嗒嗒声变成了喇叭声,就像喇嘛庙里那种长管喇叭发出的"莽莽"声音,千管万管齐鸣。秋香觉得自己被这声音拖到了空中,在空中游荡。这感觉真是好啊! 第一次震动结束了。第二次又开始了。有了这个体验,第二次的感受就更不同了。她是信教的,她仿佛觉得自己进到了罗马教堂里。教皇坐在高高的皇台上,面前放着一副鼓板;主教、神父、执事们分坐在教皇面前,围成了个大圆圈,各人手中拿着神器,有鼓板,有梆子,还有长喇叭。圈子的中间孤零零地放着一张洋床,自己就躺在上面。开始了,教皇敲击着鼓板:"嗒嗒嗒,嗒嗒"……执鼓板的主教也跟着"嗒嗒嗒,嗒嗒";紧接着,梆子也跟了上来;再往后,就是长喇叭齐鸣。"莽莽莽"的声音连成了一片,连成了一块厚厚的、透明的、白白的、大得可覆盖几千亩庄稼的云团。教皇等神人们开始慢慢地升空了,云团也随之升空了,

秋香清晰地看到,自己就裹在这云团里,也随着神人们升空了。他们在空中飘荡。温润、柔和、空灵、缥缈、舒心、高雅。飘过了高山,飘过了大河,飘过了秋林,飘过了田野。他们像一群天使,给人们送来福音;他们像一团云彩,给大地播撒着甘露;他们是一片神符,为众生降妖灭灾;他们是一缕清风,吹走你诸多烦恼。"嗒嗒嗒",教皇敲响了回归的鼓点,众神们也循序地收回了自己的法器。云团渐渐地落了下来,渐渐地消失了,秋香又回到了尘世之中。

核磁共振的检查结束了,不管结果如何,秋香是有收获的。她觉得这笔钱花得值,让自己经历了一次仙人游,领受了一次从来没有过的神仙感

觉。她乐滋滋地从检查室出来，一见五斤就说："哎呀真好，怪不得贵呢，原来这么舒坦。做了一回，还想二回。"

五斤觉得母亲好笑，就说："什么舒坦？这个对身体伤害大着哩，你还说受活（舒服之意），真是啥都不懂。"

"啊？伤害？看来这世上就没有十全十美的事。"

"走吧，回旅馆。"

"不是还有几项检查吗？一下子检查完算了，省得来回跑。"

"人太多，要排大队，今天排不上了。要把这几项全部查完，至少要三天时间。我登记好了，明天做 CT。"

"这么麻烦？"

"您以为呢？"

"大医院有啥好，我看还不如过去的赤脚医生呢，一会儿工夫，什么病都看了。"

"您刚才还说舒坦呢，赤脚医生哪儿能有这舒坦？"

"唉，这世上真是没有十全十美的事。"

傍晚吃完饭，没什么事可做，五斤想去看看父亲，顺便说给大伙找工作的事。他要母亲一同前往，秋香说："我不去，让你刘姨看见，心里不舒服。你自己去吧，别提我来省城看病的事儿。"

"知道。"五斤觉得母亲说得有道理，就一个人去了父亲家。见到父亲和刘姨，五斤说明了自己的来意。张老板说："不一定非要干劳务，我的公司还没注销，你们可以接手干。有个二百万垫底，就可以开张了。你们村凑个二百万还不成问题吧？"

五斤说："说起来这倒是好事，可百人百姓，不容易往一起拢，农业社那会儿，不就是教训吗？一个人干，又没有这个实力。虽说是好事，怕也干不成。"

张老板问："你想不想干？你要想干，我帮你。你能凑多少凑多少，不够的我给你补。"

五斤说："我早说过了，我不干，还是算了吧。办公司的事就不提了，我看田白村也没人敢办。还是打工吧，就让大林领着一帮人干劳务得了。"

"唉，真是可惜我那公司啊！好吧，我帮他找活，找好后，就让他们来吧。"

"那我就替他们谢谢您啦！"

"举手之劳,有什么好谢的。"

刘姨出来叫他们吃饭。两人上了餐桌,五斤先捏了个馒头咬了一口,说:"这馍吃着咋没劲呢,一点都不筋道。"

刘姨说:"一直都这样,你忘啦？你在城里干活的时候,吃的不都是这个吗?"

五斤说:"这是进城头一口吃馒头,一下子就吃出来啦。过去老吃,也没在意。你没吃过我们那儿的馍,香啊！不用就菜吃,干吃都是香的。"

张老板突然有了想法,他建议说:"哎,你们那地方的面粉还是有点名气的,把你们那儿的馍拿到城里来卖,准是好生意。"

刘姨赞道:"是啊,保准行。我第一个愿意买,贵点都行。"

五斤问:"真的? 贵点你都愿意买?"

刘姨说:"当然,一分价钱一分货嘛。再说,你也贵不了多少,我也要不了多少,可以忽略不计的。"

五斤拍拍脑袋,高兴地说:"哎呀！我今天算是来对了,收了个双黄蛋。既给他们找了活,也给我找到了生意。谢谢爸爸！谢谢刘姨！我要卖蒸馍啦。"

张老板劝道:"你别冲动,决定得也太快了。先合计合计,搞点市场调查,再做决定。"

"那当然,我会好好地合计合计。我是高兴,总算有了好的点子。我吃饱了,我得赶紧回去,跟家人商量商量。"

张老板嗔怪道:"看你急的,哪儿在乎这一会儿嘛。咱们父子俩还没唠呢。"

五斤惦记旅馆里的母亲,唠了一会儿就告辞了。第二天,继续检查;第三天,又是检查。检查完已是下午,结果要等到第二天下午才能出来,现在想看病还不行。第二天下午,结果出来了。领了报告单和片子,就去挂号看病。号已排满,轮不上了。想挂第二天的号,挂号处说:不能挂,只能当天挂当天的。两人无奈地又回了旅馆。次日,早早排队挂号,也没挂到前边,要等到午饭时分才能轮上看病。有人等不及早早走了,空了不少号,秋香幸运地早早就轮上了。

医生没多问,看了看报告单说:"都没问题,都不支持。你还得做一个强扫。"说着就要开单子。

秋香忙问："什么是强扫？"

医生说："就是加强扫描，还是CT。"

秋香忙说："算了，不做了。没问题就是没问题，强扫也是白花钱，不扫了。你就按现在掌握的情况，开些药算了。"

医生说："你没病，开什么药？"

秋香十分不解，问："没病眼睛怎么睁不开呀？没病你让我做那么多检查干啥？"

医生说："不检查，怎么知道你没病呀？你现在又不配合诊断，我怎么知道你的眼睛为什么睁不开呀？"

秋香说："我配合了呀！这么多片子，这么长时间，我不都乖乖地做了吗？你们医生也应该动动脑筋是吧，别总是往机器上推，没机器就不看病啦？我是个农民，一个家庭一年的收入才三千多块钱，没那么多钱给机器膏油。你看，就这一下，一年的辛苦钱没了，还不知道得了什么病，你说冤不冤？"

医生把脸别向一边，有些反感了，过了一会儿说："你这可能是重症肌无力，可能是胸腺有问题。你去胸外科看看吧，让他们把你的胸腺给摘了。"

"什么什么？什么无力？"

"肌无力，肌肉的肌。就是说肌肉没有力量。"

"看看，你是知道的。你就不能开些给肌肉上劲的药吗？"

医生说："没错，你这是肌无力。可引起肌无力的原因很多，我不清楚到底是什么原因，怎么下药？你要是不想再做检查，我也没办法。我只能建议你去外科看看。"

"这么说，这些检查算是白做啦？"

五斤听见诊室里好像在吵架，就推门进去看情况。他发现母亲满脸涨红，医生也是一脸的不悦，就知道是怎么回事了。他问医生："怎么回事，是不是情况不好？"

医生说："你出去，没你的事。"

五斤说："她是我妈，怎么没我的事？"

"我只管看病，不管你们是什么关系。说这个有啥用，你出去，不要捣乱。"

秋香见医生这么不待见农民,生气了,她一拍桌子:"谁捣乱啦?啊,别人的家属来说东道西,怎么不见你说捣乱呢?我们问个话就是捣乱?病人还分等级亲疏啊?你就知道捞钱,你心里还有没有病人?有没有同情心?你还专家呢,离开机器,啥都不会,有你这样的专家吗?走,不看啦,江湖骗子。"秋香拉着五斤就往外走,连检查报告都不要了。出了医院,秋香才停了下来。

五斤问:"你和医生为啥吵的架?"

秋香把刚才的事说了一遍。五斤说:"算啦,咱们是来看病的,看病要紧,该花的钱不能省。至于说人家的态度,无所谓,只要他认真看病就行。"

秋香死活不看了,任凭五斤怎么劝,也无济于事。

五斤说:"不看不看吧,我去把片子拿来,去外科问问,看看他们怎么说。"

秋香说:"谁也别问,都是一丘之貉,都是见钱下菜,不看了不看了,回家。"

五斤没听母亲的,还是拐回去取了片子,又到胸外科咨询。大夫看过片子后说:"没什么问题,没什么可做的。人过八岁以后,胸腺就萎缩退化了,没什么作用,摘不摘的没关系,不用做。没肿瘤,没囊肿,你让我们做什么?回去吧,别花那冤枉钱。"

什么一丘之貉,这位大夫不就挺好么?听大夫这么一说,五斤心里也踏实了,说明母亲没什么大病。这点钱花得不冤枉,它至少让人放心,不再疑神疑鬼母亲得什么病了。这样可以放心做事了。

回田白村的路上,五斤问母亲:"妈,您做过小生意,您给我算算,卖蒸馍,卖面食,一斤能赚多少钱?"

秋香说:"这还用算?单算对半利。关键是要有量,没量就赔,有量就赚,量越大赚得越多。"

五斤问:"那要多大的量才能赚钱?"

秋香说:"这要看你弄多大场面,场面大,费用大,用人也多,必须有一定的量才能保本。场面小,就不用多少量了。"

"我明白了,这是个变数,不用算了。妈,城里的馍不好吃,我想用咱们这儿的面粉蒸馒头卖,再开个面馆,你说行不行?"

秋香点头道:"当然可以。现在城里人都不自己蒸馍了,不好吃的馒头都能卖,好吃的倒没人要?我才不信。"

五斤兴奋地说:"好,有您这句话兜底,我就敢干了。"

秋香问:"你白平伯让你问的事儿,你问没问?"

五斤说:"问了,没问题。回去就告诉他,让他组建工队就是了。"

回到家,马不停蹄,五斤就去找白平:"平伯,大妈,你们都好吧?"

"都好。五斤你坐。"

五斤说:"我问过我爸了,他愿意帮咱们找活干。你就让大林准备吧,等有了活就去。"

"太好了,我先给村长说一声,让他给大林安排。这样显得正规一些,出去以后,队伍也好管理。"

"你看着办吧。还有个信息,我爸的公司还在,如果咱们想投资做建筑商,他愿意把公司让给咱们。你看有没有人愿意投资?"

白平:"可以提一提,不过有点悬。你是知道的,农民的钱进了腰包,攥出水来也不愿意花,更不要说投资了。挣钱还可以,掏钱难。"

"我也是这么想的。当时我就给我爸说不行。庄户人家,搞那么大的投资,谁敢呀!"

白平:"谁说不是,我就不敢。干点活,挣些工钱还行。对了,刚才你说让大林去,那你干什么呀?"

"我想另外找条路闯一闯。"

"有事做啦?能不能告诉我,干什么?"

五斤犹豫了一下:"其实没啥,我想开个蒸馍房,再开一个面馆。先小打小闹地试一试,如果可以,再逐步扩大。"

白平说:"我看挺好,投资不大,好开张,好收场。能干则干,不能干就收场,不会有什么损失。稳扎稳打,步步为营,好!"

三十

短短几天,劳务队就组成了,基本还是原来的人马。五斤也为开面馆、开馍坊做着准备。张老板来了电话,说是有个建筑公司揽下一项拆迁的活,拆完后再投标竞争工程项目,要劳务队赶快去。

劳务队成员凑钱包了一辆大轿车,在家门口出发直开省城。出发的日子到了,大家在村委会集合上车。送行的,看热闹的,一大群人凑到村委会院子扎堆聊天。五斤也来送行,脏兮兮的,浑身浮着一层面粉。

大林问:"五斤叔,你咋弄成这样?"

五斤说:"我刚从磨坊出来,干了一晚上,这才下班,来送送你们。"

"快回去睡觉吧,看你眼都红了。"

"我来想给你说几句话,你听好:咱们干活的,安全最重要,出了事,没人心疼我们。不管老板要求你怎么干,你都不要忘了安全第一,不能事事都听他们的。挣不挣钱事小,人最要紧。你明白吧?"

"记住啦,五斤叔你放心,我把他们怎么带出去,就怎么带回来。"

五斤点点头说:"记住就好,我回去了。"

村主任叫住五斤,让他给大家讲几句话。五斤说自己什么都不是,不合适。村主任说:"咱们实际一点,你干过这个,活路又是你爸给找下的,你讲最合适了。要我讲,我啥都不懂,那不是瞎掰掰吗?还是你说几句吧。"

五斤一想也是,主任确实不知道这里边的事。人家不是客气,是真心让自己讲的。为了大伙,讲就讲几句吧。他来到大家面前,干咳了两声,开了腔:"大家好。该说的,我都给大林交代过了。大林有经验,也有主意,你们要听他的招呼,不会让你们吃亏的。其他的村子都是单枪匹马闯世界,自己找活干,自己打拼。这样好不好呢?不知道。但坏处是显而易见的:没照应,孤单;遇事没人商量,有事没人帮忙;受了气,受了欺负,没人替你说话。还有,没人监督,容易走歪道,弄不好就把一辈子毁了。咱们村组织大家外出务工,这是村上为大家做的一件好事,大家要珍惜。不管怎么说,这要比一个人满世界闯荡强得多。咱们农民散漫惯了,没有纪律意识,没有任务意识,没有时间意识,没有群体意识。城里人看不惯我们,就是看不惯这些。进城后就不能再这样了,既然跟了集体,就要受集体的约束,不能你想咋就咋。我都看了,外出打工,还是集体好。可能的话,我们还可以成立田白村工会,以组织的名义维护我们的合法权益。当然,这是以后的事了。如果谁本事大,独创也不是不可以,我巴不得咱们村多出几个这样的人。你干成了,就可以带走几个十几个几十个老乡,多好呀。可是,咱们暂时还没有这样的人。怎么办?只能像现在这样,组织大家出去。当你还不能独创的时候,你就要心甘情愿、老老实实地生活在集体的管理之下。你们想想,是不是这道理?我的话讲完了,希望你们好自为之。"

村主任高高举起手带头鼓掌,大家也跟着鼓了起来。村主任讲:"五斤同志说得太好了,大家要记住。好好干活,好好挣钱,好好学本事,不要叫家里人为你们提心吊胆。我可告诉你们,村上组织大家外出务工,只管介绍,只是为大家服务,别的什么都不管。干好干坏,学好学坏,村上一概不负责,也没有能力负责。你我都一样,都是平头百姓,有了麻烦,都是干瞪眼没办法。所以,出去以后,老老实实干活挣钱,少惹麻烦。不说了,说了你们也记不住。上车吧,祝你们一路顺风。"

与家人告别后,大家上车走了。

送走了劳务队,五斤回了家。

"哟,雪人回来了。"秋香笑着说。

"快脱快脱,先别进屋。"杏杏边说边伸手帮五斤脱衣服,"强强,你看看,没文化挣个钱难不难。让你好好上学,你就是不听,将来也打牛屁股吧!"

强强说:"你看你,看见啥都要说上几句,烦不烦?"

"咋?不爱听啊?不爱听就好好学,你以为我爱说呀。"

五斤向着强强说:"别唠叨啦,我们强强知道学习。"

杏杏嗔怪道:"你爷儿俩就气我吧。"

秋香一旁看着,笑眯眯的,好不惬意。

五斤问:"果果来电话没有,收拾得咋样了?"

杏杏道:"说咧,收拾好咧,都是爸照应的,哥只是打打下手,可以开业了。看你身上脏的,快去洗洗。"

五斤进了卫生间冲洗。他边冲边喊:"要不让我先带五千斤面粉进城,先试试看。五千斤够卖一阵子了。"

秋香大声回应着:"我也是这么想的,有五千斤够了。收麦子磨面的事,我和杏杏都能干,你就先去张罗开业的事吧。"

"好吧,明天我就去。先不急磨面,需要的时候,我提前通知你们。"

第二天,五斤雇了一辆小型货车,拉了五千斤面粉,又开了自己的小车,带着事先雇好的员工进了省城。进城后,拐弯抹角,来到一处中型餐饮市场,张老板和果果早已等在那里。

五斤下了车和父兄打招呼:"爸,哥,你们辛苦了。"

张老板指着店面说:"你看看,这就是咱们的面馆。"

面馆门脸还算排场,上面挂着店名:"田白原粮面馆"。大字下面是小字,介绍面馆的经营品种:有油泼面、炸酱面、牛肉面、大肉面、臊子面、西红柿鸡蛋面等多种。营业面积约五十平方米,两开间,一次可容纳二十多人吃饭。靠后窗处隔出一个透明的操作间,紧挨操作间的一角是吧台。

五斤看后十分满意:"好着哩,像回事。"

张老板说:"先干干看,如果可以,还可以扩大,可以办分店。馒头加工点就在附近,就是工程款顶账顶过来的两套房子。闲着没用,正好派上用场,也不用交房租。"

五斤有些难为情:"这有点不合适吧?刘姨能答应?"

张老板说:"这就是她的意思。"

五斤说:"那得好好谢谢她哩!"

张老板说:"谢什么,都是一家人。再说,这也是我们该做的,也该给你弥补弥补啦。"

五斤突然觉得心里暖洋洋的。虽说已是四十来岁的人了,可当父爱降临的时候,他仍感到了从未有过的亲切和幸福。不知怎么的,喉咙一哽,眼眶里竟蓄了泪,水汪汪地放着光芒。

张老板看出来了,也忍不住想落泪。他把脸转向一边,说:"赶快卸车吧,这里不让停车。停久了会有麻烦。"

五斤急忙招呼大家:"来,给这儿卸二十袋。剩下的,卸到馒头加工点。"

几天后,面馆和馍坊同时开业了。

三十一

大林带领的劳务队,一进城就接了活干,跟着一家建筑公司给一家开发商搞三通一平的施工。他们正在拆除一所老宅子,前后三进院,最深处是一幢木质二层小楼。所有房子的墙壁,都是用古时的老砖砌成。大林说:"富不过三代,穷不过三代;三十年河东,三十年河西。你看看这家,过去不知道多富有呢,可现在呢? 连人都找不到了。听说这里成了大杂院,没有一家是这家留下的后人。世事难料,人事难测,谁也别眼红谁,谁也别笑话谁。今天我不行,说不定一用劲,明天我家就出了个省长大人、皇帝老爷。今天你很行,说不定一不小心,明天就倒了霉,坐了牢死了人。富贵不能淫,贫贱不能移,至理名言啊!"大家干着聊着,不知不觉,半晌时间就过去了。

突然有人喊:"呀,蛇,这里有条蛇。"喊话的人放下镢头就跑。

白杰第一个冲了过去。他用一根木棍把蛇挑了出来,往空中一扔,蛇被高高地抛在空中,弯弯曲曲往下坠落,吓得人们四下逃散。

大林呵斥道:"白杰,你干什么,耍二杆杆呀!"

白杰哈哈大笑:"看看你们那胆,一条破蛇有啥怕的。你们信不信,我敢把蛇缠在腰里。"

大林说:"行了,别逞能了,你去把那条蛇清理掉吧。"

白杰刚一扭身,脚下就打了滑,一只腿掉进蛇洞里。旁边的人都给蛇吓跑了,没人帮他,他就一个人往外拔腿。拔出腿来,旁边带倒了一片砖瓦,墙壁上露出个大洞洞。白杰往里看,发现洞洞里藏着个瓷罐罐,就喊道:"哎呀,这儿有宝贝。出门见喜,一跤栽出个金罐罐。"他小心翼翼地从墙洞里掏出瓷罐,沉甸甸地放在地上。

这时候,众人也围了上来。白杰伸手从罐里掏出一块油布纸,打开一看,竟是一根黄澄澄的金条。大家一看是金子,就围上来抢。白杰往罐子上一趴,用身体挡住众人,喊道:"不能抢,不能抢,这是我挖下的。"

第一个喊"蛇"的人不答应了:"这是我的工作面,蛇洞是我挖出来的,里头的东西应该是我的。"说着,就去抢罐子。

大林大喝一声:"干什么? 都给我站好。"

众人住了手站回原地。白杰也爬了起来,说:"队长,这罐子是我挖出来的,应该归我。"他抱着罐子给大林看。

喊蛇者说:"不对,是我挖出来的,应该归我。"说着,就要去夺罐子。

大林拨开两人,说:"别做梦了,谁的都不是。无主的埋藏物,归国家所有,施工合同上一般都写着发现埋藏物该怎么处理的条款,怎么会谁挖到就归谁? 净想好事。"他拿出剥了油布纸的一根掂了掂,咬了咬,说:"沉甸甸的,还真是金子。"

白杰说:"大林,这儿没有别人,都是咱们队上的人。咱们不说,谁知道咱们挖出了金子? 我看咱们还是把金子分了吧。"

大林瞪了他一眼:"没人知道? 你不是人? 这二十多号人不是人? 你信不信,今天把金子分了,明天就有人来抓你。就别耍小聪明了。来,你们两个清点一下,看有多少根?"

两人清点后,白杰说:"一共十二根。"

大林:"先存放在队部保险箱里。怎么处理,等我和有关方面联系后再说。你们也可以拿意见,但是有一条,必须严格保密,谁要是把今天这事说出去,不管是分金子还是分奖金都没谁的份儿。大家听见了没有?"

众人答:"听见了。"

"好了,干活去吧,注意安全。"

大林让白杰陪自己把罐子抱回队部。支走了白杰,他把罐子里的东西分成三份,拿到屋后,刨了三个坑,分别埋了起来。大林起小就摸过金子,那是母亲的一套金首饰,是母亲订婚时奶奶送给她的礼物。这套首饰有了年头,那是奶奶出嫁时,她的地主婆妈妈陪给她的嫁妆。婆媳两人谁也没有佩戴过,她们怕革命者革了去,所以,一直压在箱底不愿示人。只有打扫屋子时,翻箱倒柜时,才拿出来看看摸摸、试试。大林也跟着看看、掂掂、咬

咬。东西虽老,却跟新的一样,黄中泛红,光光亮亮。如今这东西普及了,是个女人都敢戴。可母亲老了,不稀罕穿金戴银,还把它压在箱底,说要送给未来的儿媳妇。她催着大林找媳妇,大林都二十大几的人了,还说自己小,就是不找。害得母亲一看见首饰就叹气:"唉,该死的,还要在箱底压多久啊!"大林摸过咬过金子,却从来没见过金条,更没见过这么多金条。如今,这么多金子摆在他面前,他的心也热了。他算了算,按时价,这些金子至少也值个五十万元。这么多钱,庄户人家谁见过?存在银行里吃利息,一辈子也吃不完。谁不爱财呀?要是自己一人挖出的,谁也不知道,自己肯定是不会交出的。现在,这么多人都知道了,这帮人,有几个是能存住话的?不用逼问,过了几天,自己就吹出去了。如果分了,不出三天,全省城的人都会知道。不仅金子没了,恐怕还得有人坐牢,倒霉的还不是自己。可要说这么白白地交出去,心里总是有些不甘。怎么办?他想起了五斤,村主任曾交代过,让丁五斤统管田白村在省城务工人员的事务。为什么不与他商量商量呢?对,还是找他问问,看他怎么说。

五斤坐在吧台里,高兴地看着客人吃饭。有位客人喊服务员,服务员白灵上前询问:"你还要点什么?"

客人问:"你们这儿的面粉卖不卖?"

白灵说:"哎呀,没卖过。我给你问问,你想要多少?"

客人说:"就一点,十来斤吧。"

白灵到吧台问五斤:"五斤叔,那个客人想买咱们的面粉,只要十来斤,卖不卖?"

五斤出了吧台,来到客人面前:"大哥,你想买面?"

客人点点头:"对,这面太好了,我想买点,早上做拌汤喝,还可以包饺子擀面条。可以吗?"

五斤说:"其实没啥不可以,只是面都是从老家拉来的,挺紧张的。"

客人说:"哦,那就算了。"

五斤说:"这样吧大哥,少点,我送你二斤,够喝几天的。你看好吧?"

客人说:"那多不好意思,谢谢啊!"

五斤对白灵说:"你去后面用塑料袋装二斤白面给这位大哥。"又对客人说:"不用谢,你常来吃饭,就算照顾我了。也给朋友宣传宣传,都来吃。"

客人道:"那是自然。想提个建议,可以吗?"

"欢迎欢迎,你说。"

客人说:"这面粉的确不错。你可以搞个精包装,五斤一袋,十块钱。少而精,走高端路线。你说怎么样?"

五斤惊讶道:"十块钱?贵一倍,有人要吗?"

客人说:"我就要,还要多买几袋送朋友哩。城里人大都不蒸馍,不擀面,最多包个饺子,搅个拌汤,一年也吃不了多少。所以,不会在乎价钱。可是集中到你这里,量就大了。你说是不是?"

五斤很受鼓舞:"当然、当然,一人一斤,我也供不上。谢谢大哥!你可点拨了我,我眼睛都亮了。以后你来吃面,不要钱。"

白灵提着二斤面过来,五斤摆摆手说:"拿回去拿回去,提一整袋给大哥。"

客人笑了:"好了好了,这就行。等以后买你的精包装吧。"客人拿了面,高高兴兴地走了。

大林来到面馆找五斤。他径直走到吧台前和五斤说话:"五斤叔,有事和您商量,你出来一下。"

"大林?你怎么来啦?吃面不?……白灵,给大林要碗面。"

大林拦住白灵:"别别,我刚吃过。我找五斤叔有急事,说完就走。五斤叔,这儿人多,咱们到外边说吧。"

五斤:"你没看我忙吗,这儿走不开,你还是进来说吧。"

大林看了看周围,无奈地进了吧台。

五斤问:"出什么事了?看把你急的。"

"没出什么事。"大林贴着五斤的耳朵说了半天。

五斤听后眼睛一亮,喜形于色,说:"这是好事么,该你们发财了。"

大林眼前也是一亮,以为五斤要让他们私分,就试着问:"我现在很为难,五六十万的东西,不知道该怎么处理。五斤叔,你说该咋办?"

五斤反问:"你想怎么办?"

大林想再试探探五斤的态度,就说:"我想把它一点一点地变现,把钱分给大家。"

五斤看了看大林,笑着问:"都有谁知道这事儿?"

大林说:"就咱们劳务队的人知道,没有外人。"

"没有外人？劳务队就有好几姓,同姓的还经常争个你多我少,怎么说没有外人？地下的无主埋藏物,好像规定是归国家所有,你把它私分了,那不是犯法咧？"

大林说:"咱们不对外说,谁知道咱们挖出宝贝了？"

"要叫人不知,除非己莫为。我敢说,不出三天,就会有外人知道。你知道为啥吗？"

"为啥？"

"因为知道的人太多,都成烂筛子了,到处都是眼,到处都漏风,就为这。"

"不会的,我给他们打过招呼了,不准乱说。难道他们不稀罕这些宝贝,能到处乱说？"

"能,一定能。不信你看。"

"那你的意思是说不能私分,要上交？"

"是的,得马上交,晚了会出事的。"

说话间,不时有人来结账。趁有人结账,大林小声嘀咕道:"你是不是眼红了？人家得了外财,你心里不平衡。"

五斤听大林这么说,心里就不高兴了:"我真想给你个耳光,你把叔当成什么人了？叔告诉你吧,叔也爱钱,可这个钱要不得,不是你想要就能要的。你要是私分了,查出来是要坐牢的,而且一定会查出来。到时候人财两空,你图个啥？"

大林当然知道这个利害,只是他涉世不深,总希望能侥幸躲过一劫,把这些东西给大家分了。他来找五斤,是想得到五斤的支持,给自己找理由,给自己壮胆。来之前,他就想到五斤会是这么个态度,所以一点都不觉得意外,反而,帮他下了上交的决心。

五斤又说:"不管怎么说,犯法是肯定的。我也说不透,大概就这样。不过,你要是主动上交就不一样了,国家会奖励你,听说还是重奖,是按东西的一定比例奖励的。你想想,上交了,既能得利,又落个好名声,何乐而不为？不交,早晚出事,鸡飞蛋打,后悔都来不及。"

大林的手机来了电话:"喂,哪位？刘老板啊,你说什么？"三句话没说完,大林就关了电话,问:"怎么办,甲方刘老板知道了。"

五斤嘿嘿直笑:"你不是把大家的嘴都封了吗？他怎么会知道？不

会的。"

"哎呀,你就别逗了,怎么办吧?"

五斤:"不能给他。给了他,他私吞了,你也要受牵连。告诉他,你已经上交了。"

"可是没交呀,他要查怎么办?"

"你那么机灵的人,这点办法都没有?"

"你快说,怎么办,别卖关子了。"

"你告诉他,就说交给国家了。不,就说交给公安局了,只要是政府部门都可以。告诉他后,马上给110打电话,让他们来取东西。刘老板就是想要,也插不上手了。"

"对对对,就这么办。"大林开机回拨刘老板:"真是对不起,刚才手机没电了,我又换了块电池。你刚才说什么?有这么回事,哎呀,实在对不起,还没来得及给您汇报,就让人给捅到公安局了。公安局把我叫来问话,我都实话实说了。我现在就在这儿,一会儿就和他们到工地去取东西。真的,咋不可能?不信让警察给您说。"大林把手机往五斤手上一塞:"快说,你是警察。"

五斤接过电话,装腔作势说:"你是刘老板吧?好啊,半小时以后你也到工地去,咱们在那儿见面,有什么话见面再说。"不等对方回话,他就把电话挂断了。他把电话给大林:"快,给110打电话,让他们到这儿把你接上,一同到工地取东西。"

大林拨通110,报告了情况。110回话,十分钟之内一定赶到。几分钟后,110来了两辆车、五个人,大林领着他们去工地。路上,他向警察介绍了详细情况,又把甲方刘老板如何关心这些东西,他和五斤如何欺骗刘老板的事说了。警察夸他做得对,告诉他说,如果多经一手,风险就会大一层,国家就可能受损失。

到了工地后,刘老板已等在那里。他一边热情地招呼着警察,一边询问着有关上交埋藏物如何奖励的问题。警察说,他们只是来提取这些东西,然后交给有关部门。至于如何奖励,他们也不知道,有关部门会处理。大林带人把金子刨了出来,一根不少地交给了警察。警察核对了数字,做了笔录,双方签了字,画了押,然后就把东西拿走了。

送走了警察,刘老板就埋怨起来:"你是怎么搞的,为什么不第一时间

向我们报告？知道不，我们公司是这块土地的主人，这块土地上的东西属公司所有，你们怎么可以随意处置。"

大林说："实在对不起，我们哪里懂这个。本来是要告诉你们的，可还没等告诉，公安局就传人问话，把我都快吓死了。不知道是谁嘴那么快，这边刚挖出，那边就知道了，有什么办法。"

刘老板问："都是你们的人，难道还有外人看见不成？"

大林说："这人来人往的，谁晓得。刚挖出来时，大家一阵哄抢，肯定是被过路的看见了，说不定人家就报了警。现在说这个还有啥用，东西都让人家没收了，没抓人就是万幸啊。"

刘老板摇摇头，半信半疑："谁知道是怎么回事，谁做下的谁清楚。有埋金子的时间，没有打电话的时间？你就编吧。这回就这样了，以后遇到这种情况，第一时间先通知我们，知道不？"

大林忙应承道："一定一定，这回知道怎么办了。"心想，还有下次吗？守株待兔吧你。

刘老板悻悻地走了。

刘老板一走，大林就把白杰叫来问话："你知不知道刘老板是怎么得到消息的？"

白杰想了想，说："知道。你走后，大家在一块议论如何分金子的事，给来检查工作的甲方管事的听到了，他把我叫到一边问话，我想藏也藏不住，就照实说了。他回去后，还能不告诉老板？"

大林看着白杰，嘴角挂着笑，半天才说："五斤叔到底是五斤叔，一点都没说错。我太天真了，居然高看了你们，把你们当自家人看待。看来，你们就是一帮吃里爬外、吃谁的饭砸谁的锅的家伙，你们连自己的锅都砸。"

白杰不受这个话："你这是什么意思？谁砸自己的锅了？你要把金子当时就分了，大家会议论吗？你把它藏了起来，谁知道你想干什么，大家不议论才怪呢。"

"好好好，是我不对，我不该管，让人家把你们统统抓到牢里才美呢。"

两人顶起牛来。白杰说："没偷没抢的，咋就关到牢里了？你少吓唬人。"

"你懂个屁！还没偷没抢，这是要上交国家的，知道不？不交，就是犯法。犯了法还不抓你？"

"既然这样，那你藏起来干啥？咋不上交呢？"

大林低下了头："唉，我也是个普通人，也会见钱眼开的。我是想先压一压，看看风声再说。如果风平浪静，就偷偷地一处理，卖给做金活的，变了现，给大家把钱一分。可还不到三天，刘老板就知道了。这还能藏掖吗？算了，主动交公算了，我也不想担这个沉。是你们自己把到手的富贵拱手送了人，这回心静了，没意见了，多零干（完结、干净），你好我好大家好。没事了，干活去吧。"

大林这么一说，白杰觉得冤枉了大林，他想道歉，可又不知道怎么说。大林看出了他的意思，摆摆手说："啥也别说了，这就好着哩，早就应该这样。去吧，干活去吧。"

三十二

果果的蒸馍坊里热气腾腾，一派繁忙景象。五斤来检查工作，员工们看见他，停了手中的活，恭立问候。五斤回道："大家辛苦了，谢谢大家。你们忙吧，我跟我哥说几句话。"

果果正和员工们揉馒头，他搓了搓手，和五斤来到屋外交谈。五斤问："卖得咋样？"

果果说："一天比一天卖得多，一口锅蒸不过来，人也有点紧张。下午卖到半截就没馍卖了。我看至少还得加一口锅，三个人。"

五斤面露喜色："好事啊！加，越多越好。"

果果说："面快完了，还能撑两三天，得赶紧送。"

"我那儿也不多了。我已经给杏杏说啦，明后天就送来。"

果果点点头："能接上就好。"他还想说什么，却面有难色，开不了口。五斤看了出来，就问："怎么，想说啥只管说，别难为情。"

果果嗫嚅地说："还有一句话，我不好开口。"

五斤说："你说，咱们兄弟俩有啥不好说的。"

果果叹了口气，说："我的身体你知道，受过重伤……"

果果还没说完，五斤就打断了他："哥你别说啦，都怪我，我只顾瞎忙了，忘了给你加人。是这样，马上招人。人来之前，能蒸多少蒸多少，你指挥指挥就行，千万不要再干活了。当初就是叫你搞管理，不是叫你干活的。是我疏忽了，马上改。"他上前拥抱着果果，深情地说："我的好哥哥，对不起！咱不能要钱不要命。"

果果推开五斤："你这是干什么，生离死别似的。我就是说说，不要紧的。"

"我应该想在前头,现在倒逼得你自己说出来,我当然难受。"

果果:"好了,不说了。咱们去销售点看看吧?"

"我正想去呢,走,看看去。"

果果、五斤步行去销售点,边走边聊。果果说:"咱们的馍蒸得有点大,同行都提意见了。咱的馍不卖完,人家的就没人要,咱们的卖完了人家才能卖。"

五斤说:"活该,谁让他们那么贪呢。"

果果说:"不全是贪,我看了好几处,都一样。这中间因素多了,成本不一样,流转环节不一样,层层剥皮,蒸大就赔了。不能说人家贪。"

五斤说:"那没办法,咱们总不能蒸小馍坑人吧?"

果果说:"不一定是坑人,这是市场决定的。咱们有优势,就应该挣优势的钱,不挣白不挣。再说,我们的馍是优质面粉做的,好吃,这就够了,不需要再用个头去竞争。实际上,咱们没有商业头脑,把好多东西都没算到成本里去。比如收粮磨面的人工、蒸坊的房租等等,我觉得应当算进去。你考虑考虑。"

五斤恍然大悟:"你说得有道理,既然是商品,制作商品的人力物力就不能白用。这样,馒头的大小和价钱你看着办,我没意见。不过,别一下子变小,得慢慢来。一定要比别人的好才行。"

果果说:"只要你放话,我会办好的。"

二人来到一个销售点前。这是个露天摊位,下边是个大铁皮柜,上边放着个长方形的玻璃框架,馒头就放在玻璃罩内。玻璃上半边规整地写着"田白原粮馒头"字样。多多和小妹两个年轻人守着摊位,正忙着做生意。

"多多、小妹,生意不错吧?"五斤上前和他们打招呼。

俩年轻人抬头一看笑了起来:"五斤叔,果果叔,是你们呀。光顾着卖馍了,没看见你们。"

五斤问:"怎么样?好卖吧?"

多多说:"好卖,又快卖完了。正是上人的时候,没货了,多可惜。"

五斤说:"知足吧,早完早休息。你们忙吧,我们再到那边看看。"

小妹说:"去吧,小丽在那边呢。也快收摊了,晚了就见不着人啦。"

果果、五斤又去了另一个销售点。路上,五斤问果果:"多多和小妹处

得怎么样了？"

果果说："俩娃处得倒挺好，就是徐寡妇坚决不同意，说一定要找个城里人，至少也是在城里有工作有房的人。多多哪有这个条件。"

五斤道："这婆娘也是，到现在还不改主意，娃都多大了，还硬撑。自己是农村人，还看不起农村人，什么玩意？你不信走着瞧，她非害了娃不可。"

两人来到一居民小区门前。大门外两侧摆了许多商摊，"田白原粮馒头"位列其中。白小丽正在收拾行头，显然是要打烊了。果果、五斤上前搭讪："白老板，这么早就收摊啦？"

白小丽一看是果果、五斤，乐了："是你们哪，领导视察来啦？欢迎、欢迎，热烈欢迎！"她踏着步子，晃着手臂，甚是可爱。

五斤自然是高兴："调皮鬼，这么早就卖完了？"

小丽扮个鬼脸，指着另一家卖馍的说："不卖完，他们怎么开张啊。"

五斤、果果一看，果然，人家的馒头堆得像小山。五斤提醒说："这样不行，时间一长，人家会使坏的。还是按你说的，改改吧，尽量朝他们那边靠。差不多就行，别太出格了。出头的椽子先烂，还是少出风头的好。"

"明白，馍蒸小一点可以，味道就没办法改了。总不能把好馍往烂的蒸吧？"

"嘿嘿嘿，看你说的，那不是砸行当嘛。"

这时候，五斤接到面馆电话，说大林来面馆找他，让他赶快回去。

告别了果果，五斤回到面馆，见了大林就问："有什么事？"

大林说："政府奖了咱五万块钱。刘老板好像在我跟前安插了眼线似的，我前脚去领，他后脚就知道了，非要说这钱应该给他。他派人过来跟我谈，我没答应给他。我去问政府，政府说话模棱两可，说你们自己看着办吧，给谁都行，他们发出去后就不再管了。"

"这是啥话，发给谁，总有个说法吧？"

"就是么。政府的另一个人悄悄说，奖励奖的是行为，奖金是给发现者和主动上交者的，该你们得。"

"这就对了么。现在刘老板怎么说？"

"刘老板的代表说，他们是这块土地的主人，自己地里挖出的东西，当然归自己。说我们只是干活的，没有权利占主人的东西。还说，如果不交还奖金的话，就把你们开了，不让你们干活。"

五斤问:"你没告诉他,政府那人说的话?"

"说了,他说他不管,他只管收回自己的东西。"

"你怎么说的?"

"我对他说:这个我也做不了主。东西是员工们挖出来的,他们也知道钱是奖给他们的,现在他们就逼着我要钱,恨不得把我吃了。我就是想给你们,也不敢给呀。"

"他怎么说?"

"他说,这不关他的事。要我们想办法,自己处理好自己的问题。后来,我把你抬了出来,告诉他,我们村在城里有个总负责,他很有威望,他的话没人敢不听。我让他找你反映反映,让你出面给大家做做工作,看看效果如何。他说不必了,让我直接请你出面做大家的工作,他跟你见不见面,以后再说。"

"哼,想要钱,还这么牛,不理他。不让干就不干了,开发商多的是,又不是他们一家,吓唬谁呀。"

大林问:"那怎么给他回话呀?"

"不回,等他问你。他要问,你就说给我说过了,我也不想管,让他按政府的意思办。他若不服,让他找政府说去。"

"知道了,那我回去了。"

"去吧,告诉大家,干活时注意安全。另外,钱先不要发,这事怕完不了,发下去,到时候再往回收就难了。等把事情处理零干了再发不迟。"

大林点点头,走了。

杏杏按五斤的意思,两天后就送了五千斤面来。一到面馆,她就冲五斤喊:"面来了,赶快叫人卸车,我还得赶回去呢。"

五斤问:"你急什么,不能待一天?"

杏杏说:"上有老,下有小,还有一院子的活物,走不开么。"

"还真是。"五斤指使白灵:"去叫他们卸车。卸四十袋就行了,剩下的拉到馍坊那边。你招呼一下,我跟你杏婶上去说几句话。"

"没问题,你们上去说——去——吧。"白灵有意把话说得又重又长,还坏笑,把杏杏的脸都羞红了。杏杏瞪了白灵一眼:"小屁孩,胡捣啥呢?"说完一转身,就跟五斤上了楼。

两人刚一进宿舍,五斤就搂住杏杏亲了一口:"想死我啦!"

松开杏杏,忙脱自己的衣服,又催杏杏:"快脱,急死我了。"三下五除二,自己先脱光了。杏杏才脱完上衣,五斤就迫不及待地扑了上去。他扒了杏杏的裤子,不做任何酝酿,便火烧火燎地进了港。床是简易的,不牢靠,几百斤重的东西在上面晃悠,它就吃力地发出"吱呀吱呀"的声响。

杏杏不好意思,道:"你轻点,小心给别人听到。"

五斤说:"顾不了那么多,谁爱听只管听,急死他。"

白灵指挥着大家卸车,不一会儿,四十袋就卸完了。白灵朝楼上喊:"杏婶,面卸完啦,你过不过去?"

楼上传来五斤的声音:"你把车带过去吧,我们还有话说。"

"那你们就继续说吧。"

五斤道:"这丫头,鬼精鬼精的。"

白灵听见了,哈哈大笑,大声道:"鬼丫头走了,你们继续吧。"

事毕,两人穿好了衣服,这才说起了正事。

五斤道:"没想到生意出奇得好。别看你拉来了不少面,要不了几天就卖完了。"

杏杏问:"是不是还得赶紧收粮磨面?"

五斤说:"那当然。不过,这样下去怕不行,太累,也做不大。我想了好几天,想把这个行当发展成一个产业,开个面食连锁企业,把咱们那一片可以出售的麦子,全部用这种方式推向市场。面馆多开发一些面食品种,带些小菜;馒头摊点把八宝辣子带上,装到小盒里,一块钱一盒。买了馒头也买了菜,回家不用做饭,烧点汤就是一顿饭。这样做,肯定能火,也可以带出来很多人来打工。留在村里的人也别闲着,除了种地收粮磨面,就用磨下的大量麦麸做饲料,养鸡养牛养猪。全村动员,家家都养,养得多了,就好卖了,同时,种地用的肥料也有了。上上下下形成产业链:种、收、加工、销售、一条龙;饲料生产、养殖、肥料生产、种植,又是一个产业链。所有的中间环节都是我们自己干,各个环节的钱都是自己挣,还可以保证质量,保证产品的货真价实。你说,这样一来,咱们村会成个啥样子?"

杏杏听得心花怒放,一脸喜色,嘴上却说:"你可真能白话。百人百姓,谁知道人家愿不愿意跟着你干?"

五斤说:"只要能挣钱,没有不愿意干的。你回去先给白平伯和村长吹吹风,看看他们什么意见。如果愿意,我回去再给他们细说我的计划。"

杏杏说："行，我回去就告诉他们。哎，你一个人在外，注意身体啊！还有，大姑娘小媳妇围着你，你可别昏了头啊！"

"你放心，野花不采白不采。"

"你敢，看我们娘仨怎么收拾你。"

五斤的电话响了："喂，是大林啊，什么事？他们请我吃饭？我不认识他们，请我干什么？知道了，到时候我去。"

五斤放下电话，说："大林他们挖出一罐金条交给了国家，国家奖给他们五万块钱。甲方老板眼红，要让他们全部交出来。他们不想交，甲方老板就请我晚上一块坐坐，想让我给他们说和说和。"

杏杏："好家伙，五万哪，真不少！那该不该交出去呢？"

"我也不知道，去了后再说吧。"

"还有个事，妈让我问问你，看看你是啥意见。"

"什么事，你说。"

杏杏说了最近发生在村里的一件事情：当年分地的时候，队里的牲口也作价分给了个人，东头一个叫豆豆的社员要了大红马。这人很精，他要大红马有自己的打算：一是让它干农活；二是继续披红戴花帮人夸街，收劳务费；三是农闲时节，装扮成各种角色，到县城城门楼下当照相的道具用，也可有不少的收入。十多年过去了，大红马老了，最近几天，吃不进草料喝不进水。兽医看过后说，别治了，这是老病，体力、精力都耗尽了，该走了。豆豆还想在大红马身上挤点油水，就找了杀坊的人，想趁马活着卖个好价钱。村民们知道后不答应，不让豆豆卖马，要让它寿终正寝后埋掉，把杀坊的人赶走了。豆豆不愿意，说马是自己花钱买的，不能白白埋掉，坚持要卖给杀坊。豆豆说，既然你们心疼大红马，干脆你们把大红马买了去养老送终。大家说，大红马给豆豆挣不少钱了，他应该给马送终。说归说，一动真格的，就没人出头了，到现在也没人敢接豆豆的话。于是，豆豆和大伙儿之间就发生了矛盾，双方僵持不下。杀坊的人天天来，次次都被大家赶走，这样下去总不是个事。秋香就想，她和白旦结婚的时候骑过大红马，五斤和杏杏结婚时也骑的是大红马，大红马接了她家两代人的媳妇。大红马也给村里出了不少力，就跟社员一样，也是我们当中的一员。人不能啥时候都把眼睛盯在钱上，一点感情都没有。她不忍心看大红马老了老了不得善终，给人杀了吃了肉，就想自己出钱给豆豆，把马的命保下来，等它自然死

亡后，让它全须全影地入土为安。

五斤听着听着就流泪了。杏杏说完，他还沉浸在自己的思绪中，低着头久久不说话。

杏杏问："怎么不说话？妈让问问你，你愿不愿意咱们这么办？"

五斤抬起头，泪汪汪地说："我完全赞成妈的想法，不管多少钱，给他。马还放在豆豆家，让他代养，咱们出草料钱和工钱。马通人性哩，虽然它不会说话，可它对人是有感情的。要是让它看见自己被活活宰杀，它心里不知多难受呢。它一定会骂我们人类没有心肝，连朋友的肉都要吃。"

五斤的话不多，却那么有人情味，杏杏听了，也忍不住流了泪。她说："那就牵回来吧，自己养放心，也让它感受感受人的温暖。"

白灵卸了面，领着车回到面馆。她朝楼上喊道："叔叔婶婶，你们该说够了吧？说完的话，我就上来啦。"

杏杏叫她："你上来吧。"

白灵上楼来，问了问家里的情况，两人聊了一会儿，就一同下楼吃饭。

送走了杏杏，五斤就去了大林的工地。他想在和对方见面前，和大林商量一下对策。一到工地，又遇见了麻烦事：白杰偷了一辆摩托车回来。宿舍里，大林正和白杰争吵。

大林说："你这就是盗窃行为，还犟什么犟？够坐牢了，知道不？"

白杰犟道："坐就坐，有啥了不起。我一人做事一人当，绝不连累你遭殃，你少管。"

听了这话，五斤上去就给了白杰两耳光，吼道："放你娘的狗臭屁。"

白杰捂着脸，梗着脖子，虽说不服气，却不敢发作。五斤的威严镇住了他。五斤问："车呢？"

大林指指放在身边的摩托车说："就是这辆车。"

五斤瞪着白杰道："成精了你。你爹你爷是多好的人，怎么到你这儿成贼了？说，还偷过什么？"

白杰捂着脸，眼泪哗哗往下掉，小声说："没有，就这一回。"

"你说，怎么办吧？"

白杰捂着脸，抽泣着不说话。

五斤说："三条路，你选：一、把你送回去，让你爹管你。"

白杰急忙反对："别别，要是让我爷知道了，非得气死；我爹非得把我打

288

死不可。"

"二、投案自首，到局子里待一段时间。"

白杰急反对："别别，我不去，我害怕。"

"你刚才不是说没啥了不起么，这么一会儿就害怕了？怕就别干这事么。第三，由我丁五斤来教训你。"

白杰急忙应承："就这条，听凭五斤叔发落。"

大林一旁窃笑，五斤训道："有什么好笑的。"大林立马严肃起来。

五斤指着床沿道："趴到这儿，把裤带解下来给我。"

白杰乖乖地照着去做。五斤用皮带在白杰屁股上抽打，边打边说："让你学坏，让你不争气，打死你，说，改不改？"

白杰龇牙咧嘴："改，一定改。"

打了一阵，五斤把皮带扔给白杰，问："我不明白，你没这个毛病么，怎么突然想到偷人了？是不是没钱花了？"

白杰系好裤带后说："我这就不叫偷，我是报复这个车主呢。"

"报复车主？你认识人家，跟人家有仇？"

白杰道："叔你不会忘吧，大前年我让人家抢了一千元钱，还挨了打。"

"对对对，有这么回事，还是我和大林把你从医院接出来的。这件事跟那个事有啥关系？"

"当然有，我偷的就是那个抢钱人的车。"

"这么巧？你碰见他了？你还记得人家的长相？"

"红鼻子疙瘩么，咋不认得！"

"那你咋不报案呢？把他抓起来不就对了，为啥要偷人家的车？"

"报案有啥用？警察来了一问，人家不承认抢钱的事，我又没有证据，红口白牙，谁信呀？"

"对对对，是没用。看来你这小脑子还是挺好使的。所以，你就偷了人家的车？"

"对。我一看见他，就认出来了。他把摩托车往商店外一放，就进了商店，我到车前一看，这小子连钥匙都没拔。我想都没想，就悄悄给推走了。我不是要把车据为己有，我是想找个地方把车毁掉扔了。刚一推回来，大林就发了火，要长要短的，我就和他干上了。五斤叔，你说我这算不算偷？"

"哈哈哈，你为什么不早说，白挨一场打不是？不过，这确实是偷，逮住

了,照样坐牢。叔理解你,不追究了。你可要为自己保密,你要是胡吹冒撂,让人家知道了把你抓走,叔可救不了你。明白不?"

白杰不住地点头,脸上也露出了一点笑容。

五斤问大林:"这事儿还有谁知道?"

大林说:"咱们这儿没人知道。他是一个人出去,一个人回来的。"

又问白杰:"有没有人看见你推人家的车?"

"没人注意,路过的人还以为我是推自己的车呢。"

"这就好,不要再告诉任何人了。你还年轻,还要活人哩,别把自己毁了。大林,给派出所打个电话,就说在工地捡了个贼车,让他们把车拉走。"

大林说:"派出所早晚都要发还给失主的,这不白白便宜了那家伙?白杰不是白干了?"

"对对对,不能让那家伙占便宜,非让他出点血不行。干脆,先埋起来,等打地基时给打到地基里去,让他永远也找不到。白杰,你别上工了,挖个坑,把车埋了。"

白杰应道:"嗯,我这就去。"他拿了镢头和铁锨:"我先去把坑挖好,待会儿来推车。"

五斤叮嘱说:"当心点,推车时别让人看见。"

"放心吧,不会让人看见的。"

白杰走后,大林说:"咱们也该出发了,人家等着咱们呢。具体怎么办,路上说吧。"两人上了车,朝约定的地点赶去。

双方在一家酒店见了面。甲方刘老板没有来,而是派了他们的法务部经理前来谈判,另外,还有建筑公司的老板也来了。这已经不是双方,而是三方了。大家寒暄一阵后,"法"经理说:"五斤兄,大林说你能在大家面前说上话,你就给说说,让他们把钱交出来。这钱本来就应该归我们,不要为这点钱伤了和气,闹得鸡飞蛋打,面子上都不好看。你说是不是?"

五斤说:"其实我也没那么大面子,你们抬举我啦。给人说事儿,无非是有情、占理、不违法,有这三条,没有说不通的。"

"法"经理跷起拇指说:"总结得好,有水平。"

五斤道:"你先别夸我,等会儿你又该骂我了。你们的理由大林都告诉我了,我觉得你们的说法不占理。我也是刚咨询过专业人士才知道的。"

"不占理? 怎么讲,愿听其详。"

五斤说:"挖出来的这些东西是无主财产,归国家所有。你们征地拆迁的时候,房主不知道有这些东西,所以,肯定不是房主的。你们也不可能知道有这些东西,更没有作价向房主补偿。这就充分说明,这些东西至少是主人不明的埋藏物。大林他们挖出来交公,这是对的。国家的奖励是给大林他们的,奖励的是他们发现和主动上交的行为,不是把他们当物主奖励的。所以说,奖励的对象是大林他们,而不是你们。大林他们拿这个钱是合法的。你现在让我做工作,这不占理、不合法的工作怎么做?"

"法"经理说:"你这个道理讲不通。咱们就从产权角度上说:这块土地上的房屋是我们买下来的,产权自然归我们所有。你们只不过是来干活的,与产权毫无关系。"

五斤说:"我不懂什么产权不产权,但我觉得你这种说法不对。你们买的是这块土地的使用权,不是所有权。房子是原房主的,国家征收后,由拆迁公司拆迁,拆迁完后才能卖给你们。你们现在是帮国家征地呢,地还不是你们的,怎么能说你就有了产权呢? 经理先生,你说我说得对不对?"

"法"经理没想到,这个土农民竟然知道这么多道道,说得如此到位,搞得他这个搞法的也没话可说。不能再说什么法不法了,再说就露馅了,他看了看建筑公司的老板,意思是让他也说几句。

这老板姓王,是五斤的父亲张志清的同行兼朋友。他还没拿到这个工程,现在是名义上为拆迁公司干活,实际是为刘老板搞拆迁的,真正的主人是刘老板。刘老板答应他,等拆迁完结后,把建房的工程发包给他一部分。为了拿到工程,他已做了大量的前期投入。拆迁公司有政府背景,刘老板自然不敢找他们的麻烦,所以就抓住了王老板。刘老板对他说:"劳务队是你们雇用的,你负责把钱要回来,否则……"话没说完,人家就不说了。

别看只有半句话,王老板他就得害怕,就得老老实实地跟着"法"经理前来说降丁五斤。他说:"丁老板,你们两个的对话我都听了,咱就不说什么应不应该的事了。你知道,我们找个活不容易,这个活已经有了些眉目,我不想因为这件事,把这个活给黄了。钱不多,看在我的薄面上,给人家算了,以后挣钱的机会多得是,挣回来就是了。我保证,只要我有活干,就用你们的劳务队,咱不怕挣不到钱。你看怎么样? 你要是为难的话,我给张志清打个电话,让他给您和田队长说说?"

话说到这个份儿上,还有什么道理不道理、法律不法律可讲。亲戚朋

友都给夹在了中间,都给挤到了难处。难道为了几个钱,连这些都不顾了吗?不能啊。五斤想了半天,又和大林嘀咕了几句,就说:"王老板,你这面子一定得给,咱不能因小失大不是?我愿意给劳务队做工作。刚才我和田队长商量了一下,你看这样办好不好?"

"怎么办,你说。"

"劳务队毕竟是发现者、上交者,有法律政策支撑着,要让他们全部交出怕有困难。不说了,交出一半,留下一半。王老板,经理先生,你们给刘老板好好说说,区区两万来元,留给这些下苦的吧!你们看如何?"

王老板说:"很合理,我没意见,就看刘老板答不答应。经理先生,你回去给刘总说说吧?"

"那就试试吧。总的说,还合理,我本人没什么意见。"

五斤又说:"还有个建议:这钱就不要往回拿了,等以后付工钱的时候冲抵怎么样?"

王老板说:"这倒没啥,拿不拿一回事。"

"法"经理说:"我看也没啥,争取吧。"

五斤点了点头,感慨地说:"唉,世上的事就是这样,讲理的怕不讲理的,光脚的挣钱穿鞋的花。刘老板不在场,我就斗胆骂两句:他就是个不讲理的穿鞋的。我们这些光脚的、讲理的,就得把自己的合法所得乖乖地交给他这不讲理的穿鞋的。有什么办法?经理先生,你是搞法的,你说说,法律管得了这个吗?就是能管,我们能为这事和他对簿公堂吗?自然不能。那你说,这法律对我们来说,又有何用?唉,法是为强者所用的,不是给我们撑腰的。"说完,五斤自斟自饮,满满地喝了两杯。他又端起酒杯邀大家共饮:"来,为我们今天顺利解决问题而干杯。"四个人碰了杯,一饮而尽。

三十三

面馆里,饭点已过,客人稀少。白灵带着服务员打扫卫生,整理桌椅。五斤把她叫到吧台前说:"我回老家送点药,明天一早赶回来。我走后,你照看一下生意。经心点,啊!"

白灵问:"给谁送药啊,这么急?"

五斤说:"给你秋香奶奶。说不清楚什么病,就是眼皮子老往下耷拉,看东西老仰着脸,看上去真难受。我找人开了些药,吃吃看。"

"那你赶快回去吧。店里你放心,我和大家照看着。"

五斤留下找零用的一百元零钱,交代完毕,就开车回家了。

五斤刚走,一位打扮娇艳的女孩来到面馆。她认出了白灵,兴奋地尖叫起来:"呀,你是白灵?"

白灵打量了半天,硬是认不出来人是谁,就问:"你是……"

"不认得我啦? 还朋友呢。"

白灵忽然想起来了:"知道了,知道了,你是花……"

来人抢答道:"花蝴蝶!"

"我知道,那不是别人给你起的外号吗,我咋好意思叫哪。"

花蝴蝶说:"我喜欢这名字,这说明我漂亮呀,多好听的名字。你就这么叫,我喜欢,嘿嘿。"

"谁不知道你是咱们学校的一枝花呀。来来来,坐下说话。噢,你是不是要吃饭呀?"

"当然要吃饭啦,不然进饭馆干什么?"

白灵给花蝴蝶要了碗面,两人对面坐着聊了起来。

花蝴蝶问："这是你开的面馆？"

"我哪有这本事，我是给人家打工的。你干什么呢？"

"夜总会服务员，就是坐台。"

"是不是人家说的那个三陪呀？"

花蝴蝶："都这么说。就是陪客人聊天、唱歌、喝酒。"

白灵怯生生地小声问："是不是还要那个？"

"哪个？"

"就是、就是——"白灵用手指戳戳手心："这个嘛。"

花蝴蝶哈哈大笑："这有什么不好说的，你就说陪睡嘛。没有这个，最多就是搂一下、亲一下。"

"哎呀，羞死人了。那挣不少钱吧？"

"工资不多，一个月不到一千。主要是小费多，一个月有几千吧。"

"哎呀，那么多！"

"你呢，一个月多少？"

白灵说："我还算多的，才四五百。"

服务员把面端了上来："你请用。"

花蝴蝶搅了搅面，吃了一口："不错不错，口感真好。哎，你挣得也太少了，去我们那儿干吧，凭你这条件，肯定不少挣。"

"我才不去呢，让人知道了，连婆家都不好找。"

"你看你，都什么年代了，还这么封建。趁着年轻挣点钱，再过几年，想干还没人要呢。你先去看看，没那么可怕。怎么样？等你下了班，我带你去看看？"

白灵迟疑地点了点头。

晚上，面馆打了烊，白灵按花蝴蝶留的地址，找到了这家夜总会，在大门口见到了花蝴蝶，花蝴蝶领她进到里边。大厅有人唱歌，有人跳舞。花蝴蝶对白灵说："这儿都是大众化的，比较文明。在这儿坐台没什么小费，不如包间挣得多，咱们去包间看看。"

花蝴蝶带着白灵来到楼道，从一个男服务生手中夺过酒水盘，端着酒水，领着白灵进了包间。

包间里有两男两女，一对在唱歌，一对在格档后跳舞。格档后传来女人的声音："大哥，别这样，你轻点。"

白灵木愣愣地看着,表情有点紧张。花蝴蝶慢腾腾地放着酒水,放完后,拉着白灵出了包间,说:"看见了吧? 就这些,没事儿吧?"

"他们在格档后边干什么? 我听那女人好像有点不高兴。"

"跳舞,搓二步。可能是那男的搂得紧了点,嘴里手上有动作,女的受不了呗。没事,就是摸摸亲亲,占不了她什么便宜。"

"搓二步是干什么?"

"你真是个土老帽,就是一二一二地挪步子,过来过去就两步,所以叫搓二步。主要的不是要跳舞,是要调情。男人女人到一块能干啥? 不就是摸摸腿亲亲嘴,解解眼馋、吃吃口水嘛。要不是酸酸溜溜的,谁来这里干啥? 其实没啥,都是逢场作戏。人一走,谁也不认得谁,你忘了人家,人家也不记得你,一切跟没发生一样。可是,你轻轻松松把钱挣了,何乐而不为呢?"

花蝴蝶说得轻松自然,白灵听着害羞,却不反感。一听到能挣好多钱,就有点动心了。花蝴蝶又领她转了几个包间,然后在大堂坐下来看人家跳舞。

白灵问:"我不会跳舞怎么办?"

花蝴蝶指指舞池说:"你看看那些人,有几个是跳舞的,不都在搓二步吗? 那还叫舞? 会走路就会跳。在这里跳舞的,大都是自己带舞伴,都是情侣,跑到这里幽会。也有单身来的,这就要有人陪他们跳了。在这里坐台,就是陪人家跳跳舞,喝喝茶,聊聊天,比包间要文明一点。"

两人正说间,就有一位客人来邀请白灵跳舞。白灵吓坏了,不知道如何应对。花蝴蝶马上赔着笑脸对客人说:"她是来找人的,不会跳舞。可以的话,我陪您跳。"

客人点了点头,牵着花蝴蝶下了舞池。白灵看见,花蝴蝶真不要脸,还没跳几下,就钻到人家怀里,脸贴着脸,那男的都快咬住她的耳朵了。白灵害羞地低下了头,心想:这些人真开放,稠人广众之中搂搂抱抱,也不怕人看见。男女搂在一起的感觉一定不错,不然的话,他们素不相识,为什么还要搂在一起? 这大概就是人们说的花花世界吧。

花蝴蝶跳完一曲回来了,她问白灵:"都看到了吧? 就这么简单。如果不是陪你,我就可以跟那人过去,坐到他那里喝茶聊天跳舞,就可以挣一些小费。咱们走吧,要不又有人来邀我们跳舞,拒绝人家是不合适的。"

两人起身离开大厅，白灵说自己该回去了。花蝴蝶问："怎么样，想不想来试试？"

白灵犹豫了一下说："我再考虑考虑，等我的回话吧。"两人在夜总会门前分了手。

五斤回村后，找白平说了自己的想法，白平觉得可行，就和五斤一起找村主任商量。村主任说："你的想法，白平叔和杏杏前几天给我说了个大概，我很赞成。你回来了，就说细一点，你的具体想法、计划是什么？"

三个人坐下来，五斤详细地说了自己的打算："咱们这儿的面粉不错，口感好，城里人爱吃。咱们就在面粉上做文章，把它当作事业来干，做成一个产业。具体办法就是：一个链，两条线。一个链就是生产、加工、销售形成一个产业链，从粮食的生产到最终送到消费者嘴里，都由我们来完成。把过去收粮、储存、磨面、进粮店，然后再卖给消费者的各个环节都省去了，各个环节的利润都由我们来赚。两条线就是上线和下线：上线，就是刚才说的粮食的生产加工。下线是什么呢？就是磨面留下的麦麸和一垛垛麦草这些下脚料的处理。咱们把这些草料加工成饲料，养猪、养牛、养家禽。养成后我们自己宰杀，在自己开的馆子里加工，直接送到消费者嘴里。这中间又减少了很多环节，各个环节的钱都由我们来赚。家畜家禽的粪便是最好的有机肥料，我们种地用的肥料问题也解决了，上上下下没有一点浪费。你们看，我说的这一个链两条线，是不是一个很完美的产业链呢？"

主任点点头说："确实不错，可是还有点不太清楚，你说的这些，具体该怎么实施呢？"

五斤说："具体是分两个部分分别进行：三十五岁以上的人留在家里搞原料生产，就是种粮、磨面，饲养和宰杀家畜家禽。三十五岁以下的人进城开店。咱们办个连锁企业，下面开十个面馆、五个蒸馍坊。一个标准，一个特色，统一管理，统一企业文化，人员统一调配。家里城里，拧成一股绳，一定能把事情办成。我算了一下，一年能卖差不多八十万斤面粉。咱们村的小麦产量也就一百三十万斤上下，留够吃的，剩下的全部加工成面粉送到面馆和蒸坊。面馆和蒸坊能安排一百二十多人，家里的生产也少不了二百劳力，大林的劳务队还能用三十来人。这样一来，我们村的劳力都有事做，就不必再到别处打工了。

村主任说："是不错，好主意。可开面馆和蒸坊的本钱谁来出呢？赚了赔了算谁的呢?"

"两个办法:一个是个人或者合伙开办,谁投资谁受益,自负盈亏。村上宣传一下,看谁愿意干。第二个就是我一个人开办,自负盈亏。但是村里必须配合,保证面粉供应,我按市价收购。要是村里不支持我,断了供,我可就没猴耍了,非赔了不可。"

主任说:"就按你说的办。明天我就安排,先动员大家积极参与,看谁愿意办。如果没人愿意投资,你就自己办,村里全力支持你。不过,你要稳当一点,别一下办那么多,慢慢来。"

五斤道:"我知道,我会量力而行的。"

三人一直谈到深夜。主任让五斤在家多待一天,他要召集各组组长开会通报情况,布置工作,让五斤亲口给大家讲讲他的计划以及计划的可行性。五斤答应先不进城,啥时讲清啥时走。

回家的路上,白平问:"五斤,我始终搞不明白,你和你妈来到这个村,这个村对你们一点都不好,甚至有人欺负你们。你不仅不记仇,还千方百计为村里办事儿,这是为什么?"

五斤沉默良久,说:"天性吧。"

白平摇摇头:"还是不明白。"

五斤说:"我过去也仇恨社会,仇视一切。坐牢的时候,监狱里有个政委,人不错,他给我讲了一番道理,使我明白了不少事理。多少年搞不清的问题,有时几句话就给点拨清了。听君一席话,胜读十年书,一点不假。从那天起,我就变了。心静了,胸怀宽了,看问题的角度也不同了。就说咱们村吧,过去对我们母子确实不好。可是再一想,毕竟是这里的人收留了我们,这里的土地养育了我们,还有像你这样的好人关心着我们。这就够了,世界上哪有十全十美的事情?想明白了,就有劲儿了。回来后,我就努力地去做,这就是我为什么愿意为大家做事的原因。这你该明白了吧?"

"明白了,明白了。其实,做人的道理也很简单,但很多人就是不按这个道道走。你虽然受了很多委屈,却能大度包容,正直用心做人,我很佩服。你就按着你的路往下走吧。"

两人分了手,各回各家。

第二天一早,五斤给白灵打电话,告诉她自己有事,当天回不了城,要她好好照顾生意。白灵一听,甚是高兴。在面馆,五斤是老大,她就是老二,除了五斤,没人敢管她。五斤来不了,她就自由了。从花蝴蝶那里出来,她的心就不安分了,那一幕幕场景老在眼前晃悠,一层层剥着她的羞怯感,一次次给她壮着胆。"其实没啥,就是逢场作戏。"花蝴蝶说得没错。人生一世,不就那么回事吗? 挣钱才是硬道理。自己管住自己,不做太出格的事,又有什么不可以? 想到这里,她就想去试一试。正好,五斤不在城里,没人管她,这可是个好机会,不能错过。于是,她给花蝴蝶打电话,说自己想试一试,想请花蝴蝶带带她,看行不行。花蝴蝶正想找个好伙伴,马上答应了。两人约好,晚上在夜总会一起坐台。

晚饭后,白灵借故提前关了面馆的门,急急匆匆来到夜总会找花蝴蝶。花蝴蝶给她化了妆,又把自己的好衣服给白灵穿。白灵在镜子前面一照,妈呀,自己原来这么漂亮,二十来年自己竟不知道。

花蝴蝶一旁煽惑着:"妈呀,你可浪费资源了。这么好的胚胚,竟窝在饭馆里干粗活,一朵鲜花淹到了酸菜缸里。男人们看见你都会动心的,都想往你口袋里塞钱,可是你却钻到饭馆里干苦力,真是可惜了。"

白灵第一次坐台,怕自己不适应包间里的开放,就提出要花蝴蝶陪她,先在大厅适应适应。花蝴蝶自是理解,自己就不去包间挣大钱了,而是陪白灵度过她的"初夜"。

两人来到大厅,马上就有人邀请他们。一位四十来岁的客人抢占了白灵,把白灵拉到自己身边坐下。刚一坐下,客人就把她搂在怀里,一只手不停地在她身上游走,还说:"你真漂亮,让哥哥吃你点口水?"

白灵不解何意,也不知道怎么应对。花蝴蝶马上解围说:"大哥你温柔一点,人家可是第一次出台,别吓着人家。"

客人说:"第一次? 好啊! 哥哥就喜欢原汁原味。"又对白灵说:"你放心,躺在哥哥怀里,安全得很哪。"于是搂得更紧了。白灵很是紧张,却又不知道人家这样是不是家常便饭、稀松平常之举,因而也不敢反抗,怕人家不高兴,不要自己坐台了。她就这么支撑着,慢慢地便觉着不过如此,虽有点害羞,可让男人搂着的感觉还是蛮舒服的。客人把脸往她的脸上厮磨,她也不躲了;客人又把嘴朝她嘴上拱,她也只是紧闭着嘴,紧闭着眼,任其磨蹭。花蝴蝶看到她这样,心里暗自高兴,没想到这青苹果适应能力这么强,很快就泛红了。

舞曲声起,花蝴蝶说:"别光是坐着,闷死了,咱们跳舞吧。"她主动起

身拥自己的客人下舞池，又伸手拉了白灵的客人一道去。白灵随客人下了舞池，搓起二步来。客人还是把白灵搂得那么紧，连二步都用不着，晃晃身子就算把舞跳了。跳罢一曲，又回到了座位上，又回到了刚才的那一套。十一点多，客人们要走了，白灵收到一百元小费。那客人对白灵说："明天我还来，咱们去包间，我给你二百元小费。不见不散，你等我，啊！"

送走了客人，白灵长长地喘了一口气："妈呀，终于结束了，吓死我啦！"

花蝴蝶"咯咯"地笑了："感觉不错吧？我看你适应得挺快的，一次就把客人给套住了，比我开始强多了。不错，你是这块料，离开那个鬼地方，干这个吧！"

白灵心里已接受了这样的营生，可她怕花蝴蝶说她以前是假正经，其实骨子花着哩，所以没有马上答应，只说："让我回去想想，以后再说吧。"

告别了花蝴蝶，白灵匆匆往宿舍赶。到了面馆门前，恰好撞见从老家回来的五斤。她想躲开，已经来不及了。五斤见白灵打扮得花枝招展，娇艳迷人，又是深更半夜回来，心里已明白了八九分。他问："你打扮成这样干什么去了？怎么这么晚才回来？"

白灵吞吞吐吐地说："跳舞去了。"

"一个人去的？"

白灵点点头。

五斤说："跳舞我不反对，以后别一个人去，也不要这么打扮，跟个……"五斤想说跟个妓女一样，可话到嘴边，觉着不合适，就憋了回去。白灵也听出来五斤想说什么，心里甚是不悦，可也不好说什么。于是说："知道了，我回去休息了。你也跑了一天的路，赶紧上楼睡吧。"

三十四

多多给小妹的摊点又送来一筐馒头。小妹把剩下的馒头倒进新馒头柜里,腾空了老筐交给多多。没多多什么事了,可他还是不走,他想在小妹身边多待一会儿。

一辆宝马车缓缓停到摊前,车上走下一位小青年,他往后抹了抹头发,来到摊前买馒头:"来两块钱馒头。"

小妹用竹夹给宝马青年取馒头,干干净净,利利落落,甚是好看。宝马青年盯着小妹傻看,说:"你真好看。请问贵姓?"

宝马青年这么说,引起了多多的反感。他瞄了这小伙儿一眼,立马给了个流氓的判断:你看他,头发向后背着,梳得整齐划一,抹得油光发亮,虱子扒不住,跳蚤能滑倒;脸上的颜色也不地道,好像是扑了粉,化了妆,白压着青,那青色不甘心待在下面,不屈不挠地顶着白往外挤。多多最看不惯这种打扮的男人,心里说:活脱脱一副流氓相么,还把自己当成个好烟锅哩。

小妹瞥了青年一眼,没理他,只把馒头递了过去。青年又说:"还不好意思,那我就叫你馒头西施。给,馒头西施,十块钱,不用找啦。"给了钱,转身就走。

小妹说:"不能多收你的钱,你等等,给你找钱。"

宝马青年上了车,一脚油门,走了。小妹拿着零钱追了上去,边跑边喊:"钱,给你的钱。"小青年从车门探出头,嬉皮笑脸道:"别追啦,当心闪了小腰,我心疼,哈哈哈。"

小妹没再追,回到了摊上。她问多多:"这可怎么办?"

多多说:"你看他那流氓势子,不像个好东西。不要跟他搭挂,他再买馒头的时候退给他。"

这以后,宝马青年几乎天天来买馒头,每次来都要不三不四地说些挑逗的话。这不,又来了:"馒头西施,一回生二回熟,三回就成好朋友。我都来多少回了,你老防着我干什么?"

小妹笑了:"没有,是你多心。"

"终于笑了,一笑更好看。"

"你正经点。这回买多少?"

"这回不买,是专门看你来的。"

"又来了,别这样。你要是不买馒头的话就走开,我还要做生意呢。"

"哈哈哈,这也叫生意?别干这个啦,风吹日晒的,又不挣钱。干脆到我们家的公司干吧,当白领,又轻松又挣钱,不比这个强?"

小妹问:"你们家是干什么的。"

"盖房子呀,这一片的房子都是我们家盖的。"

"我又不会盖房子,去了能干什么?我不去。"

"一看你就不懂。盖房子要用各种各样的人,像你这样的,可以卖房子呀。你去销售部当个经理没问题。放着大钱不挣,在这儿受苦,你傻呀?"

小妹不言语了,只顾着做生意。宝马青年又说话了:"好,不去就不去。给我个面子,下了班我请你去打保龄球,这总可以吧?"

小妹说:"再说吧。"

"别呀,下了班我接你,不见不散。"

宝马青年走了,小妹心里却翻腾开了。她想到了母亲的话:"不准你和多多来往,你们想成,就先把我掐死。无论如何,你必须嫁到城里去。咱们家祖祖辈辈跟泥土打交道,还没受够啊?我一个寡妇人家,真干不动农活。我就你这么一个闺女,就指望你翻身呢。嫁到城里,至少脱离了土地,至少不用打牛屁股了。如果能寻上个好家,那就彻底翻身了。"

虽说多多人不错,可他给不了我什么,母亲的愿望如何实现?再说,母亲死活不同意这桩婚事,我和多多也走不到一起呀。思来想去,小妹就有些动摇了。宝马青年虽说不咋的,可他是城里人。就算他胡吹冒撂,家里不是盖房子的,可那宝马车却是真的,听说那车能值近百万元。一个孩子能开这样的好车,大人还不知开什么车呢。能买这样的好车,家里没个几百万上千万,买得起吗?不管他,先交往交往,看看再说。

下班时分,宝马青年果然来了。小妹扭捏了几下后,就上了人家的车,跟人家走了。宝马青年把小妹带到保龄球馆,教她打保龄球。他站在小妹身后手把手地教,身体不时向小妹身上贴,脸往小妹脖子上蹭。小妹虽然觉得别扭,却也接受。打了一会儿,两人坐下来休息。

宝马青年说:"我很喜欢你,做我的女朋友吧!"

小妹不信,问:"开玩笑吧? 你能看上我这个乡下姑娘?"

宝马青年认真地说:"是真的。城里哪有你这么纯的姑娘,我就喜欢你这样的。跟了我吧?"说着,就去拉小妹的手。

小妹躲着不让拉,也不回答宝马青年的话,只是默默地喝水。

宝马青年又说:"我们家有房有车有产业,能让你过上很富有的生活。你要是想做事,就在我家的公司干,当个主管什么的;不想做,就闲居在家,吃喝玩乐,优哉游哉,多好啊!"

小妹说:"你这也太快了,我还不了解你呢,怎么就说到这上头来了。"

"我是先打个招呼,让你往这上头想。不必急着回答,你可以考虑考虑。不过要快,我妈正逼着我和一个有钱人家的姑娘订婚呢。我不喜欢那女娃,娇生惯养的,难伺候。不过,我怕扛不住,说不定真就成了。"

不知是真是假,这话在小妹身上起作用了。小妹说:"让我想想,我会很快给你回话的。"

两人聊了一会儿就离开了球馆。宝马青年把小妹送回住地,开车走了。

一天都没过,小妹就给人家回了话,说自己愿意交朋友。之后,宝马青年就天天来接小妹去玩,有时玩到深夜才回来。这天一下班,宝马青年又来了,说是要请小妹到洗浴中心去享受享受。小妹没来过这种地方,宝马青年把她交给一位女服务员,让她带小妹进女部洗浴,洗完后,再把小妹带到他订好的房间休息。

大约一小时后,宝马青年穿着洗浴服进了客房。

不一会儿,小妹也穿着浴服,在服务员的带领下,来到宝马青年的房间。

宝马青年从包里拿了张光盘放入播放器,打开电视机,说:"你先看电视,我上个厕所。"

小妹看着电视,眼直了。她想不到,电视里怎么也会播放淫秽不堪的镜头。她看傻了,心里突突直跳。慢慢地,嘴张开了,呼吸加重了,她两腿使劲往一块并,想抵住这诱惑,可是不管用,下边还是不由自主地潮湿了。

这时候,宝马青年竟赤条条地从卫生间出来,向小妹扑来。小妹来不及躲避,便被宝马青年压在身下。小妹挣扎着:"别这样,放开我。"

宝马青年揉搓着:"我爱你,别动,早晚都一样。"

小妹反抗了几下就酥了,任由宝马青年摆弄。就这样,宝马青年占有了她的身子。她觉得自己再也不是一个纯情干净的姑娘,从此以后,她就是宝马青年的人了,变成了城里人,变成了富人和贵妇人。

就在小妹销魂的时候,五斤来蒸坊找果果说话。兄弟两人在宿舍交谈,五斤说:"你给他们交代一下,明天让他们自己管自己。你骑辆自行车转一转,看哪儿有适合开面馆和蒸坊的店面出租,多找几家。咱们村已经有三家报名开面馆的,两家开蒸坊的。他们让咱们先帮着找找铺面。"

"好吧,我去看看。不过,我对这个不是太懂,我就采点信息回来,完了还得你去看。"

五斤说:"这就行了,最后还得业主定,毕竟是人家开店嘛。另外,我建议你也单独开个蒸坊,这样挣得多一点,比打工强。"

果果说:"我不想太操心,也没有那么大担负。我考虑考虑吧。"

五斤说:"你现在不一样在操心吗?开一个吧,让嫂子也来,一起干。"

"那你这儿怎么办?"

"把制度定好,雇个人管就行。我还想再开一两个面馆,自己家里哪有那么多人来管,还得靠制度来管。"

楼顶传来阵阵歌声,是播放器在反复播放《一剪梅》。

五斤问:"谁在楼顶放音乐,怎么老放这首歌?"

果果叹口气说:"还能有谁,多多呗。小妹攀上了个富家子弟,多多心里难受,天天听这首歌。"

"还是个情种哩!走,上去看看。"

五斤、果果上了楼顶。多多坐在楼顶,双手抱膝,头埋在膝间,身旁的播放器还在唱《一剪梅》。见有人来,多多抬起了头,满眶的泪水映照着月光,明晃晃,一闪一闪的。多多抹去眼泪:"五斤叔,你来啦?"

五斤蹲到多多身边,爱抚地拍拍多多:"多多,心里难受是吧?"

多多抽噎了一下,点了点头。

五斤安慰道："叔是过来的人啦，知道这个滋味。坚强一点，会过去的，时间一长就好啦。你想，有多少人最终都不是跟自己的意中人结合的，都过来了。人一辈子不是事事都顺心的，这是没法子的事儿，心宽点，啊！"

多多又点了点头，还是不说话。

五斤说："不早啦，下去休息吧，明天还要干活呢。"

多多还是只点头不搭腔。他拿起播放器，同五斤、果果一同下了楼顶。

新的一天又开始了，果果拿着几件白大褂来到操作间，通知大家："都把褂子脱了，交给多多一起洗。换上新的，今天可能有卫生检查。"

员工们脱了褂子交给多多。多多给洗衣机注满水，放了两件褂子进去，又去操作间胡乱拿了个盆子，倒上洗衣粉，用热水化开。多多满怀心事，行动漫无目的，将化好的洗衣粉水倒入和面机内。出了门，开动了洗衣机。

和面的员工不知道多多把洗衣粉倒入和面机内，他还按日常程序，将面倒入机器内，又将化好的酵母和水倒了进去，开始搅拌。

热腾腾暄乎乎白生生的馒头蒸出来了，送到了销售点上，卖给了周围的常客。到了傍晚，便有三三两两的居民捂着肚子，犯着恶心，来到附近医院就诊。

医生对这一反常现象有些怀疑，就问病人："怎么搞的，一下来这么多人，都是呕吐腹泻。你们都吃什么了？"

病人们你一句我一句，说得是五花八门，但有一点是共同的：就是他们都吃了田白原粮馒头。

医生说："可能是馒头的问题，你们不要再吃了。感兴趣的话，可以把馒头拿去化验一下，看看是不是馒头里有什么违禁添加。"

医生的话，有人赞成，有人说太麻烦。赞成的人也只是煽惑他人，希望有人出头追究这个事情，自己并不想动，怕麻烦。声音虽大，可就是没人抬脚伸腿，真实地往前迈一步。

医生说："这不费事，你们把馒头留下，给食品安监局打个电话，就有人管。"

有人说，不知道电话号码。

医生说，问一下"114"就知道了。

果然有人打了电话，不过不是打给政府监管部门，而是打给了古城报新闻热线栏目。

记者先生对此类线索十分感兴趣，当即与举报人联系，到举报人家里了解情况，还拿走了举报人吃剩的馒头。记者拿去做了化验，发现馒头里有十二烷基苯磺酸钠成分，也就是洗衣粉的成分。他如获至宝，拿着检验结果，找到了田白原粮馒头蒸坊。

果果是个胆小怕事的人，又没见过大世面，看到记者来势汹汹，又是照相，又是咋呼，还没搞清是怎么回事，自己就先乱了阵脚，不知如何应对为好。多多年龄不大，胆子倒是有点，他左挡右挡，拦住记者问缘由，甚至要夺记者的照相机。记者急了，对着多多喊："你们这是黑作坊，快吃死人了，知不知道？"

多多对着喊："你胡说八道，你再胡说，我撕了你的嘴。"

"哟哟哟，你小子还挺狂，把你们领导找来，我跟他说。"记者看多多是个不好惹的，就绕开多多，想找个软柿子捏。

多多说："领导不在，我就是领导。有话说，有屁放。"

果果过来推开多多，对记者说："我是这里的负责人，有话跟我说。他是个娃娃，嘴上没毛，胡说八道哩，还请多包涵。"

记者一看，软柿子来了，有门儿，就说："事关重大，借一步说话，这里不方便。"他其实是想躲开多多，怕多多捣乱，破坏了他的计划。

果果领记者到宿舍说话，又给五斤打电话，让他赶快过来处理事情。

来到宿舍，记者说："有消费者电话举报，说你们是黑蒸坊，馒头里掺了有害物质，把人吃中毒了。我们对受害者做了采访，提取吃剩的馒头做了化验，你猜怎么着？"

"怎么着？"

"馒头里有过量的洗衣粉成分，人吃了后对肠胃有害，会发生恶心、呕吐、腹泻等疾病，严重的会对胃肠膜造成伤害。有不少消费者进了医院，纷纷来电话，要求追究你们的责任。这事儿你知道不？"

果果说："不可能啊，我们对馒头的质量一直看得很重，不可能发生这么严重的问题啊！"

"你还不相信？你看看这个。"记者拿出检测报告给果果看："你看，十二烷基苯磺酸钠的含量多高，这就是洗衣粉的成分。馒头里怎么可以有这种东西？不信你问问你们的销售点，看看今天有没有人反映这个问题。"

果果说："对对对，一问就知道了。"

他给销售点打电话问情况，回答是确实有人问，有人吵，买馒头的人也少了。而销售点的员工是死活不认账，坚称自己的馒头绝对没有问题。果果的电话像个小广播，声音很大，对方的回话记者听了个一清二楚。

记者说："你听，怎么样，我没胡说吧？"

果果挂了电话，回想着这两天的加工情况，想从中找出问题，竟忘了眼前还有客人。

记者看出了果果是个胆小怕事的人，心中一喜，说："白先生，我们要把这个事情在报纸上发布出去，提醒大家不要再买你们的馒头；还要向有关部门举报，让他们取缔你们这个蒸坊。这是我们的责任，我们一定要做的，到时候，还请你老兄多多谅解。"

果果确实被镇住了，他忙央求道："别别别，千万不要这么干。我们也是不容易的，求求你手下留情。其实，我只是个打工的，担不了这么大的责任，你这么做，会砸掉我的饭碗的。事情闹到这一步，我也没什么好办法。等会儿老板就来了，具体怎么处理，你和他商量吧。"

正说着，五斤来了。

果果介绍说："这就是我们老板，姓丁……"

"丁五斤。"五斤做了自我介绍，又问："先生怎么称呼，来此有何贵干？"

一露面，两句话，气氛就变了。记者上下打量着五斤，一看就知道，这不是个省油的灯。他心里憋着的那股劲，一下就泄了一半。他说："我是《古城报》记者，来你们这儿采访问题馒头的事儿。这是我的记者证，请过目。"

五斤接过证件看了看，马上和颜悦色道："是赵大记者，对不起，本人眼拙，不识泰山，请您莫要见怪。"

"没什么，没什么。"

五斤问："您说什么？问题馒头？怎么回事，有什么问题吗？"

记者把刚才给果果说的话重复了一遍。

"哦，是这么回事。你稍等，我问问他们。"

五斤把果果叫到宿舍外问情况。果果说："我想起来了：前天，我让多多给大家洗号衫。多多心里有事，干啥漫无目的，洗了半天也没洗干净。我想，他一定是把洗衣粉倒进和面机里头了，洗衣机里没有洗衣粉，号衫当然洗不净了。等会儿我问问多多，让他回忆回忆，看看是不是这么回事。"

五斤说："别问了，他正伤心呢。自己的女人给人撬走了，是个男人都会伤心的。放在我身上，我也一样。他不是有意的，别说他了。再说，这是意外偶发事件，又不是我们管理跟不上，以后多加注意就行。在多多没缓过劲儿之前，不要让他干细活就是了。"

果果说："行，我知道你的意思。"他用下巴指指屋里的记者，问："可眼下怎么办？"

五斤说："你别管了，我来处理。"

他支走了果果，一个人进了屋，说："这下好了，没什么后顾之忧。赵大记者，您就按您说的办吧，您那边见报，我这里关门。谢谢你啊，帮我下了决心，到时候请您吃饭。"

赵记者一头雾水，不明白五斤说什么，问："丁老板，什么意思，我怎么听不明白？"

"那我告诉你：现在人工贵了，馍价上不去，卖蒸馍实际是个不赚钱的买卖。我之所以能撑下去，主要是房子不掏钱，我赚的其实是房租。可房子不是我的，等于我赚了人家房主的钱，你说，这合适吗？一天两天可以，老这么下去，人家不撵我，我也没脸赖着不走呀。我正为这事犯愁呢，你就来帮我下决心，您说我不该感谢您吗？"

记者没想到会是这么个结果。如果真是这样，他前边的努力不是白费了吗？不行，得挽救他。挽救他，也就是要挽救自己的劳动成果。于是他说："我们做记者的，也是与人为善，希望大家都把事情做好，怎么会干拆台破庙之事嘛。你看这么处理好不好：你出一万块钱，我帮你去安抚安抚这些受害的消费者，把他们的嘴堵上，这不就没事了吗？"

狐狸尾巴终于露出来了。五斤早就听说，有的记者借着手中的笔敛财，抓住人家的短处讹人家。他一来就看出了赵记者的用心，所以谎说自己不干了，想让赵记者打消讹人的念头。不想人家想钱想得紧，不愿意放弃这个机会，所以，自己只能陪着玩了。于是说："不登报就叫我受宠若惊了，怎么还敢烦劳您亲自做工作。你们都是大忙人，这点小事就由我们来做吧。再说，错误是我们犯下的，我们理应登门道歉是不是？您把受害人名单给我，您放心，我一定亲自登门，一家一家给人家道歉赔偿。还要给你们报社评功摆好，到时候，给你们送一面锦旗，发一封感谢信。你看如何？"

真是个老狐狸，叫你一步一上当，还当当不一样，自然合理，无懈可击。赵记者想：答应了他，这几天不是白跑了吗？再说，反映问题的只有三个人，就是都告诉他，赔偿也用不了一万元，这不是露馅了吗？怎么办？眉头一皱，计上心来。他说："回馈举报人，也是我们的职责，我们不跑也不行。这样吧，咱们分头跑，你们跑三家，剩下的我们跑。我是按每户一千元计算的，给你三户，减三千，你再给我七千元，我来跑其他各户，你看如何？"

五斤没有马上答应，他直愣愣地盯着赵记者，盯得记者心里发毛。他看出来了，这里一定有鬼，不然的话，赵记者心里不会那么虚。他说："这样很好，跑三家就三家，你把他们的姓名、住址、联系电话告诉我，我马上跑。给你七千就七千，不过眼下没现金，明天吧。明天我凑一凑，一定给。你等我电话，一凑齐就通知你，如何？"

终于成功了，赵记者很是高兴。什么老狐狸，不过如此，略施小计，就上当了。什么关门呀，不干了，谁信呀？小样儿，还给我玩这个。他把三个举报人的姓名和联系方式给了五斤，道："你就跑这三家吧。其他的也得马上跑，明天一定要把钱筹集了，别误了事。我还有任务，先走啦。"

"一定一定，你先忙去吧，我就不送了。"

赵记者走了，五斤看着他的背影，心里骂道："什么玩意儿，见谁都想啃一口，糟蹋文化人的名声哩么。"

记者走后，他立即与检举者联系，约定了登门道歉的时间。五斤带了三袋面粉，两千来块钱，和果果一起到检举者家里拜访。

第一家就很顺利：五斤诚恳地向人家道歉，如实说明了事情发生的原因和经过后，五斤双手捧着五百元慰问金，果果提着面粉，两人双双立正鞠躬，请求人家原谅。这家主人很讲道理，接受了钱物，表示不再追究这件事情。五斤、果果也表示了感谢。

之后，五斤问："那馒头还有没有，我想收回去让员工们看看，敲敲警钟。"

主人说："谁留那东西干啥，当天就处理掉了。"

五斤又问："你还知道谁家买这批馒头了？我们好去一一跟人家道歉。"

主人说："都不认识，都是在医院碰到的，检举的三个人还是硬凑。当时大家都很气愤，吵吵嚷嚷，有位大叔征集大家的意见，问谁愿意参加检举。

结果大家都不说话了,只有我和另一个女的愿意参加。我们把姓名和联系方式给了大叔,就再没管这事。可能是大叔反映了,所以你们才知道。过去了,不说了,我以后还会买的馒头,确实好吃,再吃别的馒头,吃不下去了。"

五斤、果果按着名单又去了另外两家,结果差不多,说的也都一样。他心里有底了,赵记者是在玩虚的,想骗吃、骗喝、骗钱财。好么,你就骗么。他立即给赵记者打了电话,说钱筹好了,约他晚上在茶社见面交款。

赵记者如约而至,五斤邀他入座喝茶,说:"唉,这些人真难缠,我去了三家,没一家好说话的,张口就要三千,有的还想打我。看来直接对话并不好,还是你来吧。你不是说七千元就行了吗? 我给你再加点,凑够一万。"说着就拿出一沓钱,捆得好好的,给了赵记者:"给,这是一万,你数数。"

赵记者接过钱,麻利地塞进提包里:"数啥数,你还能骗我不成。这回知道我们工作的艰难了吧? 现在的老百姓刁着呢,维权意识极强,能要则要,能讹则讹,没有一个省油的灯。好在我是为他们维权,是自己人,话好说一点。可你是对立面,你去当然不行了。"

"当然,当然,已经领教了。"

这时,五斤手一挥,多多就从紧挨着的茶座格档里走了过来。

五斤问赵记者:"认识他是谁吗?"

赵记者说认得,说多多是个冒日杆(冒失鬼之意)。

五斤说:"冒日杆今天要立功了。"他示意多多上前说话。

多多说:"早就看你不是个好烟锅。来,你看看,看看你在干什么。"多多把手机拍下的赵记者接受五斤的钱的照片,一张张放给他看。

赵记者慌了:"丁老板,你想干什么?"

五斤嘿嘿一笑,拿出一片纸递给赵记者,说:"你看看这个,一看就明白了。"

赵记者接过一看,只见文章题目赫然写着:

赵记者假公济私讹诈商家
借问题敲诈勒索收取钱财

这是一封举报材料,是写给新闻出版局的。顿时,赵记者的汗就冒了出来。他说："丁老板,不带这样的,你太不够意思了。我把钱全部退给你,你把照片销掉,把材料收回。我不管这件事了,咱们井水不犯河水,怎么样?"

五斤说："现在知道害怕了,是不是有点晚?我第一次见你,就觉得你存心不善。说实话,我也不是什么好人,见你那样,就想要耍你。谁知你连一个防线都不设,可能是这种事干得多了,没失过手。也可能是太贪婪,跟打麻将的'停牌不要命'一样,见了钱,就不顾一切了。总之,你一步步地跟着我走,一直走到这里,走出了麻烦。你说把钱退给我?告诉你,我不要。因为那是一堆废纸,不信你拿出来看看。"

赵记者掏出钱,没发现什么问题。

五斤说："你拆开看看。"

赵记者打开一看,果然是一捆废纸,只有上下两张是真的。他的脸刷地一下又红了。唉,这下给人耍到家了,耍自己的竟是个土包子农民,真是有辱斯文呀。把柄捏在人家手里,放下架子吧,赶快求饶吧。赵记者说:"事已至此,我也没什么话可说。我能有这份工作,实在是来之不易,希望老兄放我一马。您大人大量,不要和我这种小人、贱人一般见识。只要你放过我,你说咋办就咋办,肝脑涂地,在所不惜。"

五斤说："言重了,我还没那么毒。我这么做,一来是为了保护自己;二来是想告诉你,做人要厚道一些,要与人为善。能和平解决的问题,没必要闹得满城风雨,好像小布什要来轰炸古城一般。这事到此为止,你也别追究了,我们也该收兵了。你看如何?"

"好好好,老兄大人大量,本人深表感谢!"

五斤让多多把手机给赵记者,让他自己亲自把上面的照片一一清除。清除完毕,赵记者的脸就变了:"哼!我让你们给我下套,咱们走着瞧,不把你们赶出古城,我不姓赵!"说完,把"钱"往茶几上一甩,拔腿就走。

五斤摁住了他,问："你真要这么做?"

"对,我就要这样,怎么样?"

"我劝你别这样,这样你会后悔的,会下不了台的。"

"谁能把我怎么样?就你,就想让我下不了台?做梦吧你!"

五斤忍无可忍了,他把手一挥,道："大林,过来。"

大林从对面的茶座上走了过来。

五斤说:"给他看看。"

大林拿着数码相机给赵记者看。赵记者一看,身子慢慢地软了,接着就不由自主地瘫倒在座位上。

五斤说:"跟你这种人打交道,不多个心眼非吃亏不可。等着人家来传你吧,不奉陪了,告辞。"

五斤和多多、大林开车回单位,多多说:"你看赵记者那熊样,没那个钢口,就不要胡骚情么。五斤叔,咱们把这小子告了吧?"

大林说:"算了吧,得饶人处且饶人,至少他不敢再骚扰我们了,何必打人家的饭碗呢?他要是有良知,该改一改了。如果我们告了人家,就把仇结下了,他会想方设法害我们的,我们就不会有安稳日子过。现在捏着他的短处,引而不发,他就永远不会惹你。他不傻,不会引爆炸弹炸自己的,相反的,他还会感激咱们,给咱们说好话,哄着咱们,把他的平安日子撑下去。"

五斤说:"大林说得有道理,这事就放下吧。坏了人家,也好不了自己,但愿他能吸取教训,好好做人。至于咱们,好好做生意才是正道。"

三十五

又是一天下班后,宝马青年接了小妹去休闲。他们在一家农家乐和朋友们相会,吃过饭后,男男女女八九个人,一起来到一家宾馆,要了房间,又包了一间棋牌室。几个男的在一起玩起了麻将,女友们则围在自己的男人身后观战。小妹坐在宝马青年身后,嗑着瓜子看着牌,模样儿甚是可人。对面的哥们儿牌太兴了,又和又炸,余下的三个只有掏钱的份儿。牌背费烟,牌兴皮干(讨厌话多),兴家又唱又说,全不顾他人的感受,把自己的快乐建立在别人的痛苦之上。宝马青年听出来了,狗日的哼的竟是哀乐。他一拍桌子骂道:"住口,你胡哼个啥?怪不得我们几个不和,你狗日的给我们奏哀乐哩,我们还和个啥呀?"另二人也不答应,都怨兴家没有牌德,要他闭嘴。这一骂一说还真管用,从此兴家不唱了,牌也开始背起来,再也不见他和牌。他一根接一根地抽烟,熏得自己的眼都是半睁半闭的。身后的女人呛得直咳嗽,要他把烟灭了。几圈过来,终于,他停了个单吊牌。他一只手把那张单吊牌摁在额头上,另一只手去摸牌,每摸一张牌都说三句话:"炸,没有,不换。"一连摸了几张都没摸上自抠,也没人给他点炮。这时,宝马青年的牌也停了,停了个三六九条三头吊将。他寻思着自己摸个炸弹,气死他对门狗日的。伸手一摸,摸了个一饼,看看锅里没有,是个生张子,就不敢打了。他抬头看看对面,对面正好取下摁在额头上的牌,额头上深深地留下了一个圆坨坨。宝马青年乐了,狗日吊的是一饼。好,我不要三头吊将了,也吊一饼,看谁命壮。于是打了个九条,改吊一饼。说来也怪,宝马青年回手就抠了个一饼,他亢奋了,"啪"地往桌上一砸:"炸弹。"

牌兴皮干,轮宝马青年皮干了:"伙计,摸摸自己的脑门子,我就是照着那儿吊的牌。谢谢你的引导。"

大伙齐刷刷看那脑门,都笑了,问:"你那儿怎么长出个一饼来?"

众人哈哈大笑。

时间不早了,宝马青年提议:"让女眷们先回房暖被窝去,咱们再玩最后两圈如何?"

大家同意,女眷们起身走了。宝马青年看着别人的女人眼馋,色眯眯地盯着离去女人的细腰肥臀,就唱道:"路边的野花你不能采,不采白不采。"唱罢说:"哥儿们,调剂、调剂,今晚上换换如何?"

这哥儿们说:"换就换,我看你那货色满特色的,就像个青苹果,一定是别有一番滋味。哪像我这个,老江湖了,我玩人家,人家也玩我,不知我是她的第几个玩货了。你不嫌弃,只管去。"

宝马青年说:"自家的娃娃亲,人家的老婆香。她再江湖也是人家的,对我来说她就是新的。说定了,今晚让我香一香。"

"成交,我也尝尝酸苹果。"

夜已深了,小妹懒洋洋地半卧在床上看电视,门开了,小妹问:"牌打完了?"

"金屋藏娇,哪还有心思打呀。"进来的竟是宝马青年的同伴。

小妹一惊:"怎么是你?你来干什么?"

"来爱爱你呀。"说着,就朝小妹扑去。他把小妹压在身下,流里流气地说:"一看见你就想干这个,别乱动,让我尝尝鲜,也给你换换口味。"

"畜生。"小妹奋力反抗,两人便扭打起来。

"跟我怎么就不行,装什么正经?"这男人奋力抱住小妹,张开嘴去咬小妹的嘴唇,想要制服她。小妹用力推他的头,没想到竟揪住了他的头发。她用力往下一拽,男人疼得一声大叫,便松了手,求饶道:"我走、我走,你松开。"

小妹松了手。

"真是个母老虎。"男人骂了一句,灰溜溜地走了。

宝马青年回来了。小妹委屈地钻进宝马青年怀里,说:"你的朋友是畜生。"

宝马青年假装气愤地说:"朋友妻不可欺,这人咋是个这哩。我刚离开几分钟,他就敢欺负我的女人,这笔账非跟他算不可。好了好了,没事了。"

他哄着小妹恢复了平静。

这时,那同伴又冲了进来,指着宝马青年说:"不行,你小子把我的女人干了,我要她还账。"说着,上来就要拉小妹走。

宝马青年一把推开同伴:"你胡说什么,滚!"

同伴不依:"你装什么糊涂,裤子一提,就想赖账,没门儿。"

小妹明白了:这帮家伙,竟是一群流氓无赖。一股怒火顶上脑门,"啪"的一声,她扇了宝马青年一记耳光:"你们简直是一群畜生。"打完骂毕,就往外冲。

宝马青年一把将小妹拽回,狠狠还了她一巴掌:"泼妇,你敢打我,你当你是谁?告诉你,还没人敢打我呢。"

小妹彻底失望了,她指着宝马青年骂道:"骗子、流氓、畜生,一群流氓。"

宝马青年哈哈大笑:"你现在才知道?晚啦。你以为我真要你呀?呸,乡巴佬一个,你也配!"

小妹愤怒了,扑向宝马青年要拼命。宝马青年一把把她推倒在床上,对一旁的同伴说:"她是你的了,咱俩两清。成不成事,就看你的本事了。"说完,甩手走了。

他刚一出门,就听到身后传来小妹的反抗声、哭闹声。

小妹豁出性命,使尽全身力气与宝马青年的同伴搏斗,终于逃脱了他的魔掌,保全了自己不受凌辱。

第二天,小妹呆愣愣地站在摊前,多多送馒头来,她也不理不睬。有位顾客买馒头,递给小妹五元钱,说:"买一块钱馒头,一盒八宝辣椒。"

小妹无意识地、裸手随便抓了个馒头给顾客。顾客一愣,看着小妹:"你就这么给我呀?咋回事嘛?"

小妹又匆忙用食品袋装了满满一袋馒头给顾客。顾客又一愣:"不要这么多。"

多多见状,忙上前帮忙。他装了馒头,拿了辣椒,又找了零钱,对顾客说:"对不起,她有些不舒服。"顾客关心地说:"有病要看的,多休息,不能这么硬扛。"多多忙点头说:"是是是,是该休息、休息,谢谢啊!"送走了顾客,多多问:"小妹,你怎么啦?"

小妹背对着多多坐在那里,愁容满面,精神恍惚。多多问她,她也只是摇摇头,并不做声。

多多说:"有什么难处,能跟我说说吗?看我能不能帮帮你。"

小妹转过身来,抬起头,满含着泪水看着多多。渐渐地,泪水夺眶而出,她抽泣起来。多多走上前,温情地搂住小妹的头,安慰道:"别难过,天塌下来,有地托着,没什么大不了的。"

小妹把头埋在多多胸前,哭出声来。她抬头看着多多,问:"我现在跟你好,你还要我吗?"

"什么话,我一直都爱着你,从来没放弃过。"

小妹伸手搂着多多的腰,问:"那我跟他都那个了,你不在意吗?"

"过去的事我不管不问,不准再提。我只管现在和将来。"

小妹说:"可是我咽不下这口气呀!他骗了我,祸害了我,还打我、侮辱我。我真的受不了啊!他就是个流氓,畜生,我想杀了他。"

"我明白了,是他欺负了你,又甩了你。不要说你,我也咽不下这口气。"

"唉,光生气有啥用,我一个女娃家,实实想不出该怎么办?"

多多抚摸着小妹的头,牙关紧紧地咬着,胸中填满了仇恨。自己的女人给人玩弄了,欺辱了,任何一个有点血性的男人,都会有些极端表现的。他安慰小妹说:"你别管了,有我呢,我不会让你再受任何伤害了,善恶各有所报,那小子一定会遭报应的。"

此后几天,多多没了笑脸,话也少了,行动却诡异起来,一下班就不见人了,深更半夜才回来,连小妹都不知道他干什么去了。五斤得知此事后有些担心,他知道多多的个性:比白杰有脑子,比大林有胆量,是两个人的混合体。这就让人不放心,不知道他会干出什么事情。他给果果留下话,让他通知多多第二天到面馆来一趟,有话要跟他说。

多多来到面馆,五斤把他叫到吧台里问话:"小妹的事我知道,我也很气愤。她现在回到你身边,这应该是高兴的事。可是我听说,这几天你的情绪不大对头,一天连句话都不说,沉着个脸,一到晚上还不见人了。你到底有啥心思?晚上都干啥去了?"

多多犹豫了一会儿,说:"五斤叔,你不是外人,既然你问,我就实话说了吧。小妹虽然回到了我身边,可她给人欺负了,糟蹋了,已经不是黄花闺女了。她是我的女人,我咽不下这口气。这几天晚上,我一直在踩点,想摸

清宝马青年的活动规律。另外,我到处找炸药,找不到炸药,弄一桶汽油也行。我准备把他和他的汽车一起炸了,炸不了,就一把火把汽车烧了。不这么干,这口恶气就出不来,小妹的委屈也消不了,情况就是这样。我一人做事一人当,不想让大家知道,更不想连累大家。还怕大家知道后,又是劝又是拦的,动摇了我的决心。你不知道,不放在谁身上,谁不会有这种感受。不出出这口恶气,我一辈子都不会原谅自己的。"

五斤说:"我完全理解你的心情。可是你太傻了,这么干,会把自己搭进去的。就为了这么个流氓无赖,值不值啊?"

多多反问:"难道还有比这更好的办法吗? 告又告不成,不能打、不能炸、不能杀,总不能就这么便宜了他吧? 你放过他,他会变得更坏,还会再祸害人。放过他,就是怂恿他继续作恶,不知还会有多少人要遭殃。五斤叔,你也是个有血性的男人,这事要是放在你身上,你会怎么办?"

五斤被问住了。多多说的是啊,这种人不教训一下,实在说不过去。坏人之所以敢坏,就是因为好人太软弱,太好欺负了。你怕事,怕惹麻烦,不敢和他正面交锋,他就抓住你这个弱点,不断干坏事。多少坏人之所以坏事越干越大,越干越恶劣,就是因为好人不敢惹他们,不敢跟他们斗,才把他们惯成那样。善良人传统的息事宁人、遇事忍为先、退一步海阔天空的做法,看来是不对的。人没有尊严怎么行,没有维护尊严的勇气怎么行,人还是有点血性好。多多说得对,不教训一下这家伙是说不过去的。想到此,他说:"我不反对你教训他,但你这么干太冒失、太过火。他还没干下该抵命的事,你就要炸他、烧他,不应该么。再说,你这么做,自己一辈子也完了。杀敌一千,自损八百,太不值了,不如找机会狠狠地揍他一顿,既要让他身心备受痛苦,又不伤他的筋骨性命。他就是告到公安那里,也追究不了你什么责任,这样不是很好吗? 如果一次出不了气,不妨再来一两次,非要叫他知道什么是好歹不可。你说,这么干有啥不行的,总比杀人放火强吧?"

多多觉得五斤说得有道理,不能因为这事就杀人,也不能因为这事毁掉自己的一生。既要让他得到教训,也要妥善保护自己,这才是理智的做法。于是说:"我懂了,就按你说的办。你放心,我会把握分寸的。"

五斤说:"你这么说,我就放心了。具体怎么干,你自己想好,计划好,千万别出大事。你也可以跟大林商量商量,大林鬼点子多,兴许能帮上忙。

我就是怕你莽撞,才把你叫来问一问。好了,没别的事,你去吧。"

从面馆出来,多多直接去了大林那里。两人躲在工地一角密谈,约莫半个时辰才谈完。多多离开工地回到宿舍,已是下班时分。他把小妹叫来,把他要干的事给小妹说了,小妹搂着多多一阵狂吻,感激的话,甜蜜的话,一句接一句。吻着吻着呼吸就重了,她把房门一关,就脱开了衣服,说:"现在我就把身子给你,真正成为你的女人。明天还不知道会怎么样呢,万一给人家抓了,一年半载见得上见不上都难说。你还没沾过我的身子呢,我不想让你就这么白白地为我付出,连我是什么味儿都不知道。来,弄我吧,尝尝你的女人的味儿。"说着就把自己的衣服脱光了。她看多多傻站着不动,就赤条条地钻到多多怀里,解多多的衣扣。多多毕竟是血气方刚的小伙子,一个赤条条的尤物钻到自己怀里,他就是金刚做的,也招架不住这样的诱惑。此时此刻,他忍不住了,抱起小妹就给扔到了床上,一个饿虎扑食,就把小妹压到了身子底下。

一番风雨后,多多说:"不知道这事还这么美。这一弄,我就更宝贝你了。"小妹温柔地往多多身上依偎着,说:"美,你就天天弄,弄一辈子。可不准弄别的女人,听见没?"多多吃了甜果,再让甜水一泡,报复宝马青年的决心更大了:这么好的东西,居然让那小子抢了先。狗日的,咱们走着瞧。

街道上人来人往,熙熙攘攘;车来车往,轰轰隆隆。多多手拿一条香烟蹲在街边,目光注视着来往车辆。多多看见宝马青年驾着车缓缓驶来,便冲到车前拦住去路。

宝马青年急刹车,喊道:"找死呀你!"

多多摇着手里的香烟,笑嘻嘻地说:"别生气,我是来感谢你的。来来来,把烟给你。"多多把烟从车窗口扔进车内,道:"你靠边,我有话说。"

宝马青年把车挪到路边,打开车门,让多多上车说话。他问:"感谢我什么?有啥话说?"

多多说:"我们家跟小妹家有仇。这回你把她狠狠地教训了一顿,太解气啦,我得好好谢谢你呀!"

"是吗?有什么仇,你这么恨她?"

"你是不知道,她们家呀可损了,做事绝得很,全村没人不恨她们家的。"

"这么说,我是为人民报仇雪恨,做好事了?"

"那当然,大家知道你和她好,心里愤愤不平,说:什么恶有恶报,田小妹家的人恶,可人家小妹找了个城里人,还是个有钱的,跟谁说理去?现在你把她甩了,全村人拍手叫好,说:恶有恶报,时间未到,时间一到,必然遭报。怎么样,田小妹给人家甩了吧!"

宝马青年哈哈大笑,道:"看看你们村都是些什么人嘛,盼着别人倒霉不是吗?不厚道、不厚道啊!"

多多辩解说:"那要看对谁了,对别人还是厚道的。"

"我给你们全村人出了气,你这谢礼就有点太轻,一条烟哪儿行?"

多多忙说:"还有更好的,你一定会感兴趣。"

"还有什么?"

多多说:"我有一个中学同学,在县剧团唱花旦。哎呀,漂亮,那身段——哎呀!那皮肤——哎呀!那脸蛋——哎呀!谁见谁馋。我当然也馋,实实地想把她弄到手里。可我这个样子,她哪儿看得上,我是想都不敢想啊。我这同学虚荣、爱钱,我想给你介绍介绍,你去追,十拿九稳,准成。等你玩烦了,我再上,我就吓唬她说,她作风如何不好,我要给她宣传出去,让她嫁不了人。她是我们那里的名人,我看她日后如何做人。这么一逼,她敢不和我好?现在就看你对这感不感兴趣。"

宝马青年早被撩拨得浑身发烫:"感、感、感,太感了。我有的是时间,咱们现在就去,怎么样?急死我啦。"

"今天不行,我抽不开身。明天,我请个假,带你去。"

"请什么假呀,不就是扣你一天的工资嘛,我补你一个月的,怎么样,咱们现在就走?"

多多说:"不是钱不钱的事,不能破了单位的规矩么。"

"就那破单位,还讲什么规矩。我看你呀,脾性和我差不多,爱女人,爱自由,胡混哩。干脆跟我干吧,保准比你现在挣得多,还有女人玩儿。走,破破他的规矩,让他把你开除了,直接来我这儿上班。如何?"

多多一挥拳头,道:"豁出去了,走就走。"

宝马车出了古城,在高速公路上飞奔。宝马青年问:"还有多远?"

多多说:"快到了,这几天他们放假,她在老家,咱们直接去她家。"

汽车拐入乡间公路,行驶一阵后,又拐入一条更狭窄的小道上。没走多远,就来到一片小树林边,多多说:"停一下,我下去解个手。"

车停下了，把个路面堵了个严实，谁也过不去。车的一边是半人高的土崖，崖上是小树林；另一边是深沟，沟下是个水库。多多下了车，跳上土崖，钻进了小树林里。不一会儿，多多喊道："你快来，快来看看这是什么，好像是个宝贝。"

宝马青年寻声而去，却不见多多的人，他左右探寻着，喊叫着。突然，一根木棍袭来，正中腿窝，他"哎哟"一声，便倒在了地上。这时，多多手握利刃闪身而出，他腿一劈，便骑到了宝马青年的身上。他把尖刀压在对方脖子上，警告说："放老实点，敢乱动，要了你的狗命。"

宝马青年已然吓晕，既无回声，更无反抗。多多骑了半天，不见动静，屁股下觉得软绵绵的，好像骑在死人身上一般。他害怕了，该不是一棍子把狗日的闷死了？他伸手在宝马青年鼻子上试了试，有气儿，没死。他拍拍对方的脸："伙计，醒醒，你没事吧？"对方仍无反应。他自言自语道："原来是个软蛋、孬种。早知道这样，何必费这么大心思。"他起身坐到一旁，掏出香烟点了抽起来。

宝马青年缓过劲来，"哼"了一声，就要往起爬。多多急忙上去摁住他，然后反拉着他的双臂，把他反绑在一棵树干上。

"知道为什么吗？"

"知道，你是给田小妹报仇呢。"

"看来你也是个灵醒人。田小妹，知道她是谁吗？"

"你不是说她是你们的仇人吗？你为啥要为仇人报仇？"

多多说："啊呸，告诉你吧，她是我对象，让你给撬走了。撬就撬吧，只要她高兴，只要你们能幸福，我认了。可是你呢？始乱终弃，欺骗了她，还打她、侮辱她。你就是个畜生，流氓。今天，我就是替她，也是为我，出出这口恶气。"

宝马青年问："你想怎么样？"

"可以告诉你：我先用这根藤条打得你皮开肉绽；再用这把尖刀割了你那玩意儿，让你一辈子和女人绝缘。"

宝马青年有点紧张，求饶道："妈呀，你可不能这样。我是独生子，要断子绝孙的呀！我给你钱，给你很多钱，你饶了我吧！"

"哈哈，钱？给了我，再把我抓起来坐牢，把钱要回去。你以为我是傻子？想得美？少啰唆，咱们开始吧。"

多多抡起藤条开打，打一下，宝马青年惨叫一声，爷爷奶奶地求饶。打完了，多多又用尖刀比画着，要去割宝马青年的命根子。

宝马青年着实吓坏了，哆哆嗦嗦、话不连句："爷爷、爷、爷爷，祖宗、老祖宗，别、别别。"

多多"扑哧"笑了："看你那熊样，我听人说，割那玩意儿不疼。我放利索些，嚓，就完事了，你不用怕。"

"爷爷哎，祖宗哎，我不是人，可我爸没得罪你，你就给他留条后代根儿吧，求求你了。"

多多并没打算割对方的阴茎，那是很缺德的事，说出去会遭人恨的，自己也逃不脱法律的严惩。他只是吓唬吓唬，逗逗乐子。不想这小子没一点脓水，还没下手，就吓得爷爷祖宗地叫。这一招的目的已经达到，可以了，就说："好吧，看在你爹我老儿的份儿上，就给他留条根吧。"

宝马青年头点得像捣蒜："谢谢爷爷，谢谢爷爷……"

多多说："这一页算是翻过去了，可不能这么便宜你呀，得找补找补。你说，你想享受什么待遇，是县团级，还是地师级？"

"什么是县团级，什么是地师级？"

多多没正面回答。他捡起了棍子，狠狠地朝宝马青年的双腿打了两棍，道："这就是县团级。"宝马青年撕心裂肺地惨叫了两声，头一低，不吭气了。多多把棍子一扔，拔腿就跑。

几位拉架子车的农民路过这里，宝马车挡了他们的路，过不去了。几个人绕着汽车转着、看着、议论着："这还是个好车哩。""我知道，是宝马，外国货，七八十万呢。""狗日的，真有钱。""跑到这儿干什么来啦？""这钱怕不是正路来的，说不定是个贪官，或者是奸商，跑到这儿采野花找女人来了。"有位朝着树林喊："谁的车？有人吗？"

半天也没回音。

"没人，狗日的干啥去了？抽袋烟，歇一歇吧。"

小树林里，宝马青年还绑在那里。他先是晕了过去，醒来之后，浑身乏力，又睡着了。农民的喊声，他压根儿没听到。

几位农民等急了："咋还不见人来？"

"狗日的，给他掀到沟里去。"

"不敢，查出来，赔不起。"

320

"查个啥啊，咱又不是这块的人，咱自己不说，有谁知道咱来过这里？"

"对，给他轴下去，谁叫他挡在路上，太霸道了，这不是欺负人嘛。"

于是，几个人齐上阵，把车掀到沟下。车滚了几滚，"咚"的一声，落到了水库里，几秒钟后就淹入水中，不见影了。

多多匆匆赶回销售点，把"战果"告诉了小妹。小妹不顾街上人多眼杂，搂着多多疯狂地亲了几口。多多反倒害起羞来，推开小妹，说："大街上，你这是干什么。"

小妹说："我不管。"又去亲。

多多赶忙背过身，护着脸，不让小妹靠近。他说："你别光顾着高兴，还不知道会是啥后果呢？"他这么一说，提醒了小妹。小妹也是什么都不知道，反问："会有啥后果？"

多多说："我也不知道。要不咱们问问五斤叔去，他毕竟经的事多，应该比咱们知道得多。"

小妹说："我走不开，你去面馆问问他，看下一步该怎么办？"

多多来到面馆，把收拾宝马青年的经过给五斤全说了。末了问："不要紧吧？"

五斤跷起大拇指说："多多，好样的，有血性，像个男人。不过，事情到了这一步，你还有一件事必须去做。"

多多问："什么事？"

五斤答："投案自首。"

"投案自首？为什么？"

五斤说："我觉得你最后两棍打失手了，可能把人打重了。你想，他知道你是谁，他能放过你？他一定会报案的，你可能会受到法律的追究。与其这样，不如在人家来抓你之前，主动自首，争取宽大处理。我过去犯事的时候，律师在法庭上为我辩护，他说我是因义愤而伤人，不是那种无故寻衅伤人。因受了欺负而伤人，应当考虑这个因素，从轻量刑。最后法院确实考虑了这个因素，给我少判了几年。你这种情况跟我差不多，也是受到严重侵害后义愤伤人。警察法官都是人，他们遇到你这种情况，说不定也会这么做的，所以，他们会同情你，理解你，不会为难你。叔不会害你的，你一定要去自首。如果没事，大家都好；如果有事，你就算是自首，将来在处理上会轻许多。"

"我明白你的意思,大丈夫敢作敢当,没什么大不了的。我知道,真有了事,想跑是跑不掉的,不如按你说的,干脆自首,争取个主动。另外,我有一事相求:我走后,那小子可能会找小妹报复,我给你磕个头,求你保护一下小妹。"说着就要跪地磕头。

五斤忙拦住他,道:"你这是什么话? 不管怎么说,你们都是我带出来的,你们每个人的安全我都要管,谁想欺负你们,得先从我这里过。小妹受欺负,是她自己贪图富贵,不小心上了当。这种事还真不好插手,所以我没怎么管。可是他要明目张胆地来找小妹报复,你五斤叔这一关,他也是不好过的。我想好了,你走后,我把小妹送到大林那儿,那儿咱们人多、安全。你回来以后也去那儿,你们两个在一起,好好处,别再出岔子啦。"

多多很是感动,说:"有你这句话,我就放心了。好,我走了。"

多多刚一出门,果果那边就打来电话,说公安局的人来抓多多,让多多赶快躲一躲。五斤回话说:"他刚走一会儿。你让警察回去吧,就说多多到公安局自首去了。"放下电话,五斤就追出门外,他叫上多多,开着自己的车,迅速朝附近的派出所去自首。从派出所回来,他又把小妹送到大林的工地,让大林给小妹安排了工作和住处,吩咐大林和众乡亲,把小妹保护起来。

三十六

自从上次问题馒头事件后,五斤对面馆和蒸坊内部进行了整顿。他制定了货真价实、绿色卫生、质量第一、顾客第一的店训。又提出了四项要求,即:标准要高,要求要严,工作要细,效益要好。除此之外,还制定了一系列规章制度。从管理到经营,从物到人,从八小时内到八小时外,无所不包。他还派人到正规酒店学习先进的管理经验和服务礼仪。经过半年多的运行,蒸坊和面馆的面貌就发生了质的变化,管理者和员工的职业素养都有很大的提升。五斤觉得时机已经成熟,可以扩大经营规模了,于是回村做了动员,鼓励大家到城里开店,开办田白村面食连锁企业。他请白平的老伴当老师,教一帮年轻人学做面食。又选了一些人到技校接受短期培训,专门学习服务礼仪和服务员操作技能。这之后,他自己又开了两个连锁面馆和一个蒸坊,动员村上另外四个人,按他的标准要求开了三家连锁面馆和一家蒸坊。算起来,田白原粮面馆和蒸坊一共有九家了,离五斤当初的计划只差六家,算得上一个连锁店企业了。

为了像模像样地把企业办起来,五斤打算注册一个"田白餐饮有限公司"。他在城里寻找合适的办公地址,来到一家已经停产的老集体单位。这家单位有一栋临街的单面三层小楼,背靠大街,门朝院子开着。他们把第一层办公室的后墙打开,改成商铺对外出租。二三层朝向未改,装修成写字楼对外出租。五斤看上了这个地方,准备把第三层租下来办公司用。和房东单位谈完租赁事宜后,人家把他领到一楼的一家面馆吃饭。

一到面馆,五斤就发现面馆的门脸上挂着"田白原粮面馆"的牌子。这是谁呀,竟敢挂田白的牌子? 他进去一看,原来是白喜亮的孙子白进才

开的面馆。五斤心里老大的不痛快。他曾动员过白进才,让他开一家面馆,可他死活不愿干,说自己没有经商头脑,也没有闲钱投资。不愿意干就算了,为什么背地里在这儿开起面馆来? 而且,连招呼都不打,就用了自己创下的牌子。

白进才从操作间出来,满面堆笑迎接客人,看见五斤,刷地一下脸就红了:"五斤兄,什么风把你给吹来了?"

房东看他们互相认识,一拍脑门,对五斤说:"哦,你看我这脑子,你们是一个系统的,我竟忘了给你介绍。白老板是你的下属吧?"

五斤不知道怎么回答好,就说:"你问他,他说是就是,他说不是就不是。人家翅膀硬了,要单飞哩。"

白进才忙说:"是是是,我们村开了很多面馆,都由五斤兄领导。我这里太小,他不常来。快坐快坐,上茶。"

房东说:"来来来,一起坐,陪陪你们领导。"

白进才说:"不客气,你们坐。人手少,我得忙活去,要不然,谁给几位贵客上饭呀? 我去了。"白进才叫服务员来招呼客人,自己躲进操作间再也不出来了。

五斤不明白这是为什么:既然没有经商头脑,为什么竟敢单打独斗地自己干? 既然没钱投资,那这个面馆就不要投资了吗? 看来全是假话。他为什么不愿和大家一起干呢? 莫非是自己在什么地方得罪了人家? 五斤百思不得其解。唉,真是一盘散沙,捏都捏不到一块;不能同甘,不能共苦,更不能一起奋斗。

吃过饭,房东客气地邀请五斤再上楼坐坐,五斤谢绝了,说:"不用客气,我就不上去了。你们起草一份合同吧,起草好后通知我,我随时到。"

房东朝操作间喊了一声:"老白,把账记上,从房租里扣。"喊完,扭身走了。

"好嘞。"白进才应了一声,斜着身子从操作间窗口朝外瞟,想看看五斤是不是也跟着走了。不料,目光正好与五斤相对,想躲也躲不成了。他只好走出来,坐到五斤对面,陪五斤说话。

五斤问:"我请你开面馆都请不到,说了一大堆理由,就是不想干。现在是怎么了,你说的那些理由还都在,怎么自己就偷偷地开起来了? 你能给我说说原因不?"

白进才给问住了,不知道怎么回答好。其实,他原来说的两个理由只不过是个推脱之词,真实的原因并非如此。他的一个亲戚是做生意的,曾经和朋友合伙做过很多事,但成功的不多。即便是成功了,也有一大堆矛盾无法解决,人的精力大都花在了关系的处理上和利益的平衡上。他对白进才说:"要干自己干,不要和人合伙,太麻烦。好好的朋友,一有利益往来,朋友就难做了。有的人不能同苦同难,一看没什么奔头,就想撤资开溜,把烂摊子留给你收拾。有的人不能同福同甘,一看有好处,就你多他少地争,甚至拆台走人,另起炉灶。有的人心眼小,私心重,一开始就打小算盘,这也不对,那也不对。就是因公关需要请客人吃一顿饭,他也一顿顿地问,一分分地抠,搅得你一件事都干不成。所以,要么不干,要么单干,不要搞什么合伙。"听了亲戚的这番言论,白进才对与别人合在一起做事,就有了戒心和抵触心理。五斤动员他开连锁面馆,他想都不用想,拒绝的话便脱口而出,然后委婉地说出两条看似合理,其实谁也不信的理由,来搪塞五斤。现在,五斤把话问在了当面,原来的话显然不能自圆其说。可是,怎么回他的话呢?

　　五斤见他不说话,又问:"咋,不好说? 是不是我什么地方得罪过你,你不愿意和我一起共事?"

　　"不不不,你误会了。事到如今,我就实话实说了吧。"他把他亲戚说的那些话说了一遍,然后说:"我是怕合在一起不稳定,不安全。百人百姓,百姓百心,今天这个要这样,明天那个要那样,成天都是人的事,心思都花在了人身上,哪还有工夫和精力做生意。我是怕摊子铺得大了,乱哄哄地没法做事,就是你五斤将来也不一定驾驭得了这乱象。所以,我不想和大家混在一块搅稀稠。咱们都念过几年书,我的这种想法,大概就是政治历史老师讲过的,以户为单位的小农业、小手工业、小生产者的小农经济模式下,必然产生的小农经济思想吧。没有资本经济思想,没有社会化生产头脑,特别是在还没离开土地的农民身上,这种思想尤为浓厚。这种思想,是几百年、一两千年形成的,我改不了,你五斤怕也改不了。我这么说,你该明白了吧?"

　　五斤愣了,想不到白进才能说出这番话。人家一点都不傻,分明是个聪明人么。这个聪明人是这么说的,另一个聪明人却是另一番理论。当初,白进才以不会经商、没有钱可投为理由,拒绝了他的动员。那么白生金呢,他绝不敢说自己不会经商没有钱投,于是他就去动员白生金的另一个

孙子开面馆。谁知老家伙说:"钱是什么?钱是王八蛋,是万恶之源。好人坏人,穷人富人,它都祸害,一个不落。够吃够喝就行了,别想着挣钱呀,置家当呀这些事,招灾呢。你辛辛苦苦挣俩钱,人家一不高兴就给你没收了,还说你不是人,搞得你一家几代人抬不起头来。你到哪儿说理去?只要我活着,就不准你们挣那王八蛋钱,老鼠给猫挣哩么,咱不干那傻事。"

唉,这都哪儿跟哪儿呀,人们怎么会有这些奇形怪状的想法?是谁让他们这么想的?真是百人百姓,百姓百心啊!一个人本事再大,怕也改变不了百姓从生活中提炼出来的认知和思想。书记和村长是聪明的,人家就不挑这个头,当然也就不用担这个沉。人家对世事人生理解得多透彻啊!

不过,人太聪明了并不好,事事都看得那么透,瞻前顾后,优柔寡断,什么事都干不成。人人都这么想,社会就不要往前走了,穷人永远穷下去,富人也要败下来。人和人不一样,自己就不想做这样的聪明人,只想做点事。成不成的没啥,只要努力了,尽心了,能对住自己、对住他人、对住社会就行了。尽心吧,能办多大的事就办多大的事,不要浪费了自己的生命。

白进才等着五斤回话,等了半天也不见五斤出声,只见他呆呆地坐着愣神,于是大声问:"我说你明白吗?"

五斤回过神来:"明白了,明白了。不过要谢谢你!听君一席话,胜读十年书。没想到你这高粱花子还有这么大的学问,真的谢谢你!你这么一说,对我的触动很大。我得重新捋一捋我的经营理念,经营模式;考虑一下企业文化的定位和各项制度的建立问题。"

"过奖了,我也是牙牙学舌,把人家的经验拿来卖弄罢了。"

"不管怎么说,你给我上了一课。说说你吧:你可以这么干,不过,你不能用'田白原粮'这个名头。这个牌子是我闯出来的,你不能随便用。刚才我吃了你的面,味道还行,可是量不够。你看看,你这里几乎没装修,脏兮兮的,跟个摆地摊的没多少区别。服务员的衣着举止都很随意,没个站相,没个笑脸,没有待客礼仪。总之,没有一样能和'田白原粮面馆'相匹配。你用这个名头,不是砸我的牌子吗?你赶快卸下来。"

白进才知道,这个牌子已经有点名头了,可以说是块"银"字招牌,他还想继续挂下去。于是说:"我也是田白村人,我用的也是老家的面粉,你能挂,我为啥就不能挂?再说,你这又不是注册商标,没有排他性,我为啥挂不得?"

五斤问:"你还没办工商登记吧？一登记你就知道了,你肯定登不上,因为我早就登记过了。"

"登不上也要挂,谁还来天天检查不成。"

五斤有些恼火,道:"你这就有点不讲理了。好,我不跟你说,会有人跟你说的,你看这牌子你能挂不?"一甩手,走了。回去的路上,他又想起白进才的话。他的话虽有一定的道理,可是有多大的代表性呢？聪明人那么想,一般人就不会想那么多了。要不然,怎么会有那么多人跟着自己干呢？问题的关键,还是看你采取什么样的组织形式、管理机制和分配机制。如果人人都能看到好处,得到好处,他们还会打退堂鼓吗？不可能。

目前,要办的事太多了:粮食的收购、面粉的加工、副业的生产和供应;还有白灵这娃不听话,总是偷偷地去夜总会坐台,说了几次都说不下。万一出了事,自己担不起这个责任。娃大了,有自己的主意,咱管不了,还是送回去交给她父母管吧。再加上刚刚发现的白进才冒名挂牌的事,这些事,都需要回一趟老家才能解决。

五斤回家办事,顺便送白灵回家。车快进村时,被一群黄牛挡住了道。赶牛人忙赶牛让路,牛跑得更乱了,把路挡得越发严实。五斤从车上探出头来,和放牛的汉子打招呼:"六娃哥,放牛啊?"

"是五斤啊,你回来啦?"

"啊,回来啦。你也养牛啦?"

"是啊,十头,秦川肉黄牛。"六娃边说边赶牛让路。

五斤说:"别赶了,没啥急事,我跟着你慢慢走。养牛的人多吧?"

"不多,就十来户,不到一百头。村上动员了,愿意养的人不多。"

五斤问:"为啥,是不是不赚钱哪?"

六娃说:"咋能不赚呢？就是辛苦点,他们都不想下苦。我是没办法,孩子上大学,不辛苦咋办。每头牛赚个千儿八百的,十头牛,一年的学费、生活费就有啦。"

白灵对五斤说:"你听听,老百姓挣个钱多不容易。我那钱多好挣,聊聊天,喝喝茶,跳跳舞,就把钱挣了。"

五斤说:"再难也不挣你那钱。什么聊聊天,喝喝茶,跳跳舞,我还听说陪人家上上……"五斤本来要说上床的,可是话到嘴边就咽了回去。自己是长辈,白灵还是个黄花闺女,说这样的话是不合适的。

白灵倒是不在乎,她说:"咋不说了?我知道你要说啥,不就是说上床吗?有干这个的,可我不是,我能把持住自己。关键还在个人,你不愿意那么干,谁也把你没办法。"

五斤哼了一声,道:"看把你能的,一天两天可以,谁知道你以后会怎么样?那不是我们这号人干的,你还是消停些吧。"

"老脑筋,不跟你说啦。"白灵闭了嘴,往靠背上一靠,欣赏起外头的景致来,不再搭理五斤。

牛把路让出来了,五斤一加油,绕过牛群,加快速度进了村。他先把白灵送回家,给白灵父母做了交代后,才回到自己家里。他把这次回家要做的事告诉了母亲和妻子。秋香不表态,只叮嘱他稳一点,注意身体。杏杏倒是有支持的,有反对的。她支持把白灵送回来交给她的父母;支持把白进才的牌子摘了;反对他盲目扩大规模,怕尾大不掉,怕他没那么大的掌控能力,怕到时候收不了场。两人叨叨了一阵,杏杏说服不了五斤,就搬秋香助阵。秋香说:"我老了,对现在的事情看不懂,也搞不清。你们自己看着办吧,怎么搞我都没意见。"杏杏找不到帮她说话的人,也就不顶牛了。她无奈地说:"那你看着办吧,到时候别怪我没打招呼。"

稍作休息,五斤就到村委会找主任说事。他想让主任办两件事:一是让村上从每个小组选定一人,负责本小组与城里公司的联络事宜,其职责是组织本组粮食加工、猪牛宰杀,以及往城里运送肉和面粉。五斤答应,给这些人按其所送面肉的数量,发给一定报酬。二是让村上出面,把白进才面馆的牌子摘了。村主任爽快地答应了五斤的要求。选人的事得慢慢来,不能马上解决,摘白进才牌子的事,马上就办。他当即给白进才打了电话,说有要事相商,让他第二天就回来。

白进才不知村长叫他急急回村有什么事,心里惴惴着往回赶。回来才知道是五斤告的状,要他摘牌子。

村长说:"你可真行,叫你开你不开,却一个人偷偷进城自己开,这又何苦呢?开可以,但不能用田白村的名号。现在是这:要么把牌子摘了,要么归到五斤公司的体系里,按公司的规定运作,两条路你自己选择。"

白进才老大地不服,说:"别那么霸道好不好?我也是田白村人,他能用田白的名号,我为啥就用不得?"

村长说:"你还别犟,说你用不成,你还真用不成。你是田白人不错,可你不是田白村,也代表不了田白村。你想用村名做招牌,首先要村上同意才行。村上现在不让你用,你当然就不能用了。"

这话说服不了白进才,他还是不服气,道:"都是村民,村上为啥厚此薄彼,让他用而不让我用? 当初五斤开面馆的时候,并没给村上打招呼,那时你咋不说'要经村上同意'的话? 到了我这里就'要经村上同意',你这是哪家的道理?"

村长说:"你说得一点都不错。五斤开始是没说,可那时候,咱这村名一分钱都不值,白给人都没人要,谁爱用用去。就是你进才用,也没人管你。可是现在不一样了,咱这村名不敢说是金字招牌,起码也是个铜字招牌、银字招牌,它有价值了。这价值是谁创造出来的? 五斤么。所以,村上就认可了五斤用村名做招牌的事。你呢? 谁同意你了? 你坐享其成,把人家创下的牌子拿来给自己赚钱,合适不?"

"赚狗屁钱呢,挂了这牌子,才能挣个辛苦钱。说起来是老板哩,最后挣得跟服务员差不多。服务员只干活不操心,我是又干又操心,还要往里投钱。你说,我那心不是白操了,那钱不是白投了吗? 要是不挂这牌子,怕连本都保不住,我还开个饭馆呀,还不如到八路掊锨呢。"

白进才说的是实情,小饭馆确实不怎么挣钱,天天有开业的,天天有关门的。主要是房租贵,人工费用大,各种收费也太多,留给老板的利润没几个。像白进才这种面馆,每天至少要卖一百五十碗面,才能有微薄的利润。可要保证每天卖一百五十碗谈何容易? 真不如到八路掊锨去。所谓八路掊锨,就是扛着一把铁锨,到县城八路口十字等活干。这里实际是个自发的零工劳务市场,供需双方都十分方便。这里不问出身,不论籍贯,不要文凭,不办执照,只要你有力气肯干活,就有钱挣。农闲时节,人们没活干,就自带工具到这里等人雇用。什么装车卸车,清运垃圾,计时小工,搬家拆房,等等,有什么活干什么活。一天下来,一个人也能挣个七八十元。

村长说:"你看你,明明知道开面馆钱不好挣,还非要撑着干,你是跟谁置气哩吗? 算了吧,收摊,甭逞能了。给五斤打工去,挣个轻松钱。"

白进才终于松了口,答应不干了,但提出:还要用现有招牌干一段时间,等把库存面粉卖完后再收摊。村长答应了,还答应给五斤说说,让五斤安排他在面馆或者蒸坊里打工。

处理完家中之事,五斤就要回城了。豆豆来报:大红马老死了。他说:

"过去我要卖马，你们都不让卖。现在马死了，可以卖了吧？马是你家掏钱救下的，它若有灵，会感激你们的救命之恩的。现在它死了，你就是把它卖给杀坊，它也不会怪罪你的。怎么样，卖了吧？只要你一句话，其他的不要你管，到时候我把钱给你们。哎呀，这马可真能活，我算了一下，大概有四十岁了。要是按人算，该有一百多岁。可以了，享了一辈子福，死后再做些贡献也是应该的。"

豆豆叨叨个没完，五斤全家竟无一人接话，任由他咧咧。五斤寻思：这人把钱看得太重了，当初他要卖马的时候，自己就把马钱给了他，还给了饲养费，让他把马代养到老。现在马死了，还想从马身上榨钱，有够没够啊？死马怎么了，死马也是功臣，至少比你豆豆强。他想刺豆豆几句，可不知道说什么好。所以，他只是斜着眼看豆豆表演，就是不表态。

豆豆说了半天，见无一人应答，急了。他问秋香："大妈，你倒是说句话么，你看我说的办法能成不？"

秋香努努嘴，指向五斤，道："人家是掌柜的，问人家。我老了，不中用，吃闲饭不管闲事，就等着哪天强强把我也卖了。"

这话说得太重太露骨了，简直是在骂人。谁知豆豆竟没听出来，可能是想钱想糊涂了吧。他把目光转向五斤，等着掌柜的发话。

五斤闷沉沉地说："杏杏，去买几丈白布吧，回头找人把马裹好埋了。"

豆豆一听说要把马埋掉，急了。他一拍大腿，忙劝道："别介，太可惜了，不就是一头牲口么，值得你那么动感情？上千块钱呢，得多少天才能挣出来。"

五斤没好气地说："牲口咋咧，比没心没肺的人强。钱、钱、钱，你就知道钱，还知道啥？"

豆豆讨了个没趣，扭身走了。

杏杏买来一匹白布，五斤和几个村民把大红马从头到脚缠裹起来。五斤又找人在公坟地的一侧挖了个大墓坑，形制跟人的一样，有墓坑墓道墓室，只是更大一些。大家把大红马抬到了坟地，坟地已围满了人，有掂锨的，有拿绳索的，他们都是要来亲自送送大红马的。村上的乐人也是不请自来，吹起了响器，悲悲戚戚地为大红马送行。五斤抚摸着大红马，动情地说："大红马，你走吧！我会永远记住你的，田白村的人也会永远记住你的。"乡亲们怀着复杂的心情，在凝重忧伤的氛围里，安葬了大红马。

三十七

回城后,五斤很快成立了餐饮连锁公司,他自任总经理。公司下面设立了四个部门:一个是营销部,主要负责市场的开发工作,由白进才担任经理。白进才回城后就把自己的面馆转让了,转让后,就跟着五斤跑公司的筹备和注册登记事宜。第二个部门是人力资源部,主要负责招工和员工培训工作,经理由一位受过职业培训的员工担任。第三个部门是供应部,主要负责面粉和其他副食品原料的采购运输和供给,这个部门由果果负责。第四个部门就是综合部,实际就是办公室,或者叫不管部,其他部门不管的一切事务,都由综合部来管。这个部门的经理位子留给了多多。多多把宝马青年的两条腿打断了。经过治疗,康复后的宝马青年落下瘸腿的残疾,但是瘸得不厉害,介乎于重伤与轻伤之间。那辆宝马车因在高处翻滚而下,连碰带摔,又在水库里浸泡多时,彻底报废了。宝马青年的父亲要求把车的报废记在多多名下,追究他的损坏财物之罪。多多一口咬定,车的损坏与自己无关,自己离开时,车还好好地停在那里,怎么损坏的,他也不知道。司法机关没有支持宝马青年父亲的指控,只就人身伤害一事进行处理。考虑到作案原因和其他情节,多多被判了一年刑期。一年时间快到了,多多快要回来了。五斤认为,多多是这个职位的最佳人选,所以,把这个位子留给了他,等他回来后,就让他履职。回来之前,暂时由自己兼管。做完这些事,大约用了一个来月时间。

大林见五斤开了公司,心也热了。他想,自己现在还年轻,不能老停留在这个平台上,应该再往前迈一步。五斤叔大自己二十岁,人家还一个劲儿地往前奔,自己没理由故步自封。再说,处在建筑业的最末端,处处受制

于人，干起来实在是不痛快，不如升他一级，开个建筑公司，直接揽工程自己干。他把自己的想法告诉了五斤，想让五斤参一股进来，还想让五斤问问张老板，看他的公司注销没有。如果还在的话，就把这个公司买过来自己干。

五斤觉得这是件好事，早应该这么做了，于是满口答应找父亲问问。至于自己参股之事，还要考虑考虑再说，因为自己把资金都投到了开连锁公司的项目上，实在是拿不出钱再干别的。

他抽空回到父亲家里，父亲和刘姨嘘寒问暖，热情地接待他。父亲问："生意还可以吧？"

五斤说："还行，就是磨人得很，从早到晚，没个闲歇。这么长时间，也没来给二老请安，我都有些不好意思了。"

"忙了好，说明有事干。闲得没事干就麻烦了，现在有多少人连饭碗都找不着。你们村现在开几家面馆了？"

"八个面馆，四个蒸坊，村上再没人想开了。我想对外招商，从社会上再引几家进来。总共开十二三家面馆，六七家蒸坊就可以了。"

张老板觉得奇怪，问："咦，你们村哪儿有那么多粮食出售？"

五斤说："我们村不够，还有邻村的，品质都一样。把他们的收过来，再多开几家也卖不完。"

"哦，这倒是。"

五斤岔开了话题，问："爸，你原来那公司注销没有？"

"没有，怎么，还想着干这个呀？"

五斤摇摇头说："不是我干，是大林让我问问，如果还在的话，他想买过去自己干。您说这样行不行？"

"这有啥不行的，我早就想给你们了，是你们不敢接么。怎么，现在想通了？"

五斤点了点头。

张老板说："你刘姨一直催我把公司注销掉，免得出事，还要做账年检，太麻烦。我硬撑着没注销，总想着你们干一干劳务就会干烦的，就会往大的干。怎么样？我留对了吧，你们终于自己想干了。其实这一行还是可以的，按现在的发展趋势，我看再有三十年，房子也盖不完，有的是活干。"

"这么说，您同意把公司给大林？"

"当然了，我要它有啥用？"

"那要多少钱？"

"什么钱不钱的，那就是个名号。自有设备不多，也不值钱，用的时候可以到租赁公司去租。你告诉他，办一个变更登记手续就行，花不了多少钱。花钱的地方在揽工程上，要垫资，要交质保金，等等。你们心里要有底，没个二百万是转不开的，这还说的是小工程。"

五斤犹豫了一下，说："不管他，让他自己想办法吧。"

张老板问："你不想参与？"

五斤说："大林倒是让我随点股份，可我把钱都投到连锁公司里了，哪儿还有钱干这个，以后再说吧。"

张老板看看卧室的门，站起身，拉着五斤轻轻地走到离卧室稍远的鱼缸边，小声说："告诉你个秘密：我有三十万私房钱，是留给你的。你要是想参加，就拿去。"

五斤小声道："谢谢爸！你留着自己用吧。我还不想铺那么大，怕掌握不了，还是等等再说吧。"

张老板点点头说："也好，那我先放着，你想用的时候随时来拿。"

五斤会意，只是不说话，却用身子偷偷地撞父亲。张老板回身一看，原来是老伴已经来到了客厅。看到两人挨得那么近，刘姨笑着问："父子俩还那么亲热？"

张老板故作镇静地说："哈哈哈，你都看见了？五斤说他不认识金鱼，我给他说鱼呢。"

五斤要走，刘姨要留他吃饭。张老板说："让他走吧，他现在是大老板，大忙人，哪儿坐得住啊。"

"大忙人，好好，赶紧忙去吧，常来啊！"

五斤回公司后，把父亲的意思打电话告诉了大林，让他直接找张老板谈变更登记之事。大林委托了一家代办机构代为办理，不长时间，就完成了工商变更登记和其他应办手续。从此，田白村原来的劳务公司就升格成为建筑公司了。一个建筑公司，一个餐饮连锁公司，两个公司都与五斤紧密相连。可以说，五斤是田白村集体结伴走出农村、走向城镇的领路人。

多多也出狱了。他先回到家里看望父母，在家休整了几天后，就进城走马上任了。他变了，变得成熟了，稳重了，看上去也有内涵了。

五斤说:"从某种意义上说,坐牢不一定是坏事。这要看你怎么去对待。积极正面地对待,它就是大课堂、大熔炉,能把你变成金不换,能把铁炼成钢。消极仇恨地去对待,那就是个大染缸,越染越黑,能把人变成鬼。你看多多,变化多大呀,真成了金不换了。"

多多说:"五斤叔说得太对了,那就是个杂货铺,什么人都有,学好学坏一眨眼的事,就看你怎么选择啦。跳进黑缸里能把你染黑,跳进白缸里能把你漂白。我才不想学坏呢,还有好日子等着我呢,小妹,你说是不是?"

多多来上班的那天,小妹也在场,她不知从哪里看到几句话,觉得挺适合多多的,就记下了。接过多多的问话,她就朗诵起来:

生活中有坦途

也有沟壑

无论是成功

还是失败

都已成为过去

明天

又是一个全新的太阳

孕育着

新的一天

新的希望

小妹的普通话自然是不标准,俗称四、八频道,可那内容体现的不屈不挠、健康向上的精神,和她充满希望、激情四射的表情,却震撼着多多、五斤。多多、五斤不住地点头称赞:"好! 好! 好! 找个会写字的,写好挂到墙上,天天看一眼,读一遍,一辈子受益。"

三十八

夜已深，院子里窸窣作响。杏杏听到了，不像是刮风，好像有人。杏杏问："谁呀？"

"是我，你睡吧。"秋香答。

"半夜三更的，你咋还不睡呢？"

"我睡不着，睁着眼睡觉难受。我把这点玉米挂起来。"

"你睡吧，我明天挂。唉，是不是病又犯了？"

"老毛病，不碍事的。你睡吧。"

"我明天给五斤打个电话，看他能不能找点好药。"

"不用啦，没用的，扛着吧。"

秋香的肌无力病没治好，又得了一种怪病，就是骨寒症，还是治不好。肌无力倒没什么，因为没有什么叫人难受的感觉。这骨寒病就不一样了，难受得很，晚上常常睡不着觉。特别是夏天，不盖吧，骨头冷得受不了；盖上吧，身上热得直冒汗。几年了，有病加上休息不好，身体也就大不如从前了。药没少吃，都不管用，秋香已经习惯了，对治疗也不抱什么希望。老了，无所谓了，过一天算一天吧。

五斤在办公室听多多的汇报工作，杏杏来了电话。五斤接听："喂，杏，不影响，我跟多多说话呢，没事。你说、你说。好吧，我找找看。"放下电话，他问多多："你知不知道哪儿有治骨寒病的好药？"

多多说："不知道，我打听打听吧。给奶奶治病啊？"

"是，几年了，总不见好。"

"白多多，你出来。"院子有人恶声恶气地大声吼叫。

五斤、多多赶忙出来看究竟。只见宝马青年一瘸一拐地领着一伙人，拿着棍棒长刀朝这边赶来。五斤说："多多，好汉不吃眼前亏，赶快跑。"

多多道："不用怕，我去对付他们，你别过来。"

五斤扯住多多的衣袖不让去。多多一甩手就挣脱了，一个人下了楼。五斤急忙跑进办公室给110报警。

下了楼，来到院子，多多问："我来啦，你想怎么样？"

宝马青年说："我等你一年多了，今天是来找你算账的。"

多多说："为这事我蹲了一年大牢，已经还清了。你还要怎么样？"

宝马青年说："我断了两条腿，毁了一辆车，你蹲一年就想了结？没那么便宜。"

"少提车的事儿，车跟我无关。"

"怎么无关？你不骗我去，车能毁吗？到现在也查不出是谁干的，不找你找谁？"

"那你说吧，你想怎么样？"

"打断你两条腿，卸你一条胳膊。腿还腿账，胳膊还车账，你不吃亏。"

多多说："说实话，我不想再跟人结怨斗狠啦，两败俱伤，都没好处……"

宝马青年打断了多多的话："害怕了？少啰唆，弟兄们，给我上。"

多多手一举："慢——我把话说清楚：我让你们打，只防不还手。打过之后咱们两清，以后不准再纠缠我。"

"别听他啰唆，快上。"

几条汉子操着刀棒向多多袭来，多多敏捷地退到院墙一角进行防守。两人两条棍同时打将过来，多多一个下蹲就避了过去。两人重新抢棍再打，多多伸手抓住一人的手腕，一使劲，那人"唉哟"一声，棍子就掉到了地上，人也随之跌倒在地。多多一侧身，又接住另一人打来的棍子，轻轻一拽，那人便踉踉跄跄跑了几步，趴在地上，手臂上登时被水泥地磨出了血。

二三层楼道站满了看热闹的人，发出阵阵唔唔声。五斤莫名其妙，道："这小子啥时候学会这一手？这可真是士别三日，当刮目相看啊！"

一人持刀砍了过来，多多身子一偏，一个半转身就戗到来人怀里，顺手将刀夺下，扔到宝马青年脚下。

宝马青年惊恐不已，又指使几个没动手的接着上。

这时候，110警察赶到。两个年轻警察跳下车，迅即将另外两个正在进攻的持刀人放倒,夺了刀具,命令道:"不许乱动。"

一位稍年长的警察下车盘问:"你们为什么打架?"

多多笑着迎上前:"警察同志,误会啦。我们没打架,我们是朋友,打赌练功玩呢。不知道是谁瞎报警,对不起。"他又指着宝马青年说:"不信你问他。你说,我们是不是玩呢?"

宝马青年下意识道:"是是,我们玩呢,没事儿。劳你们跑一趟,对不起!"

警察道:"莫名其妙?玩可以,不准伤人。这些个长刀短刀,都是管制刀具,统统没收。"

持刀人都乖乖地交出了刀具。警察走了。

警察走后,多多问宝马青年:"还打不打?"

宝马青年蔫耷耷地说:"打什么打。"他的态度突然来了个一百八十度大转弯,跷起大拇指笑着说:"白多多,从各方面看,我都不是你的对手。你是好样的,像个男人,够哥儿们。咱们是不打不相识,交个朋友如何?"

多多也笑了:"当然可以啊,咱们上楼谈吧。"

两人上了楼,来到多多办公室。多多以烟茶相待,以敦诚启齿,几句话就把宝马青年俘虏了。经过交谈,尽释前嫌。两人相谈甚欢,不知不觉,半个时辰已过。宝马青年带来的人等急了,在楼下喊他赶快走人。宝马青年匆匆结束了谈话,留下联系方式,客气地告辞了。

宝马青年走后,五斤来到多多办公室闲聊。五斤问:"怎么没听你说过,你还有一身好功夫。什么时候,跟谁学的?"

多多说:"坐牢的时候,跟一个师傅学的。当时我就想,出去以后,宝马青年肯定会来报复的。如果自己不学一手,连自己都保护不了,更不要说保护小妹了。正好,跟我们一起蹲大号的一位师傅有武功,他是为人打抱不平伤了人,给判了刑的。他说,现在社会上恶人多得很,学点功夫可以防身,没人敢欺负你,没坏处。我就跟着他练了。一年来时间,只要有空闲,我就学就练,没想到今天真用上了,还挺好使。自己没吃亏,还打出个朋友,宝马青年要和我交朋友。"

"交朋友?跟这种人交朋友?"

"为啥不交?朋友多了路好走嘛。来者不拒,求同存异;好事同流,坏事拒污。把持好自己就行了,没什么可担心的。"

"一套一套的,精辟。真是士别三日,当刮目相看啊,想不到你长进这么快。我的牢算是白坐了,什么也没学下。"

"五斤叔,快别这么说,我怎敢和你比。你才是大象无形、大爱无疆之人。田白村的人哪个不服,哪个不夸?"

"行了,酸不酸?咱们两个给自己唱起赞歌来了。"

"哈哈哈,表扬与自我表扬相结合嘛。哈哈哈。"

五斤话题一转,问起工作上的事来:"休闲娱乐活动安排得怎么样了?"

多多汇报说:"一切安排就绪,中秋节下午就去。傍晚开始活动,半夜收兵回营。"

"嘿嘿嘿,你小子一套一套的,能当宣传部长了。"

多多站起立正,举手敬礼,道:"谢谢夸奖,谢谢提拔!"

"提拔?什么提拔?"

"你不是说叫我当宣传部长哩么?哪一级的?省上的还是中央的?"

"别贫嘴了,赶快准备星期天的活动吧。"

"是,遵命。"

中秋节的晚上,月光皓洁,凉风习习,小树林内张灯结彩,人头攒动。

五斤站在大树下讲话:"今天是中秋节,是亲人团聚的日子。我们今天晚上到这里来,一来是让我们田白村在省城打工做事的人团聚团聚,放松放松,交流交流,热闹热闹。这二呢,是个喜事儿:多多和小妹明天就要回去举行婚礼了,我们今天就提前给他祝贺祝贺,高兴高兴。你们说好不好?"

大家齐声喊好。前面的节目还没进行,就有人捉住多多和小妹往前拥,要闹他们的洞房。多多和小妹很是高兴,却又假意推搡,不肯前去。

有人喊:"让他俩唱酸曲。"

众人附和:"对,唱酸曲。"

五斤一旁看着,乐得合不拢嘴,也不管程序不程序了,任由他们闹去,只要高兴就行。

一道亮光划过树林,把小树林照得明晃晃的。树林外驶来两辆轿车,缓缓地,停在了树林边,车上下来一个人,一瘸一拐地来到了小树林。大家一看,竟是宝马青年,他一拐一拐地,径直朝多多、小妹走去。

众人不再喧闹，盯着宝马青年的一举一动。

宝马青年来到多多、小妹面前，深深地鞠了一躬，说："祝贺你们新婚之喜！"说罢，递给多多一个红纸袋，说："这是贺词。"又递给多多一把钥匙，说："这是贺礼。"说完，又深深地鞠了一躬，转身走了。

五斤、多多、小妹，还有众人，目送宝马青年离去。有人突然发现，宝马青年只开走一辆车，就喊："傻小子，落下一辆车。"

另有人喊："没错，没错，开来两辆，只开走一辆。"

五斤说："多多，把贺词打开，看看他说什么？"

多多打开红纸袋，取出贺词读到："多多、小妹，祝贺你们新婚之喜！祝愿你们幸福美满，地久天长！我明天就要报名读书去了，不能去你们村参加你们的婚礼，请原谅。我送给你们一辆小轿车，算是我随的份子，请你们收下。我过去做过对不起小妹的事，我真诚地向你们道歉！多多的一顿痛打和后来的真诚感化，把一个堕落的混混拉回到了主流社会中来。我从心底感谢你们！愿我们永远成为好朋友！"

五斤感慨道："啊，天下之大，无奇不有，又是一个金不换。多多、小妹，留下的那辆车，是人家送给你们的礼物啊！我为你们感到高兴。"

众人欢呼庆祝，祝贺一对新人美满幸福，祝贺宝马青年获得新生。

三十九

多多和小妹的婚礼在老家举行。多多的武术师傅,大老远赶到田白村为多多贺喜。闲聊时,多多问师傅,有没有能治骨寒症的信息,好药呀好大夫都行。师傅说,山里有位老中医,专治疑难杂症,很有名,不妨试试。婚礼结束后,多多就把师傅带进城,见了五斤。

五斤一见多多、小妹小两口,十分高兴:"新郎新娘回来啦? 事儿办得挺热闹吧?"

多多回说:"还行,请了三十桌饭,热闹着哩。"他向五斤介绍自己的师傅:"这就是我给你说的,在牢里教我练武的杨师傅。他是专程来参加我的婚礼的。"

"噢,失敬,失敬!"五斤速速离座,上前与杨师傅握手:"到底是患难之交啊,这么远赶来,难能可贵。"

杨师傅道:"你过奖啦,都是朋友,应该的。"

多多说:"我向杨师傅打听你要的那种药,他说他们那儿有。噢,还是师傅您自己说吧。"

"是这样的,我们那儿有位退休的老中医,很多人都找他看病抓药,医术挺高的。他平时就爱鼓捣药,研制出不少药方,其中就有治骨寒病的药。到底灵不灵,我就不清楚了。"

多多说:"我想,还是让奶奶试试吧。不试,怎么知道灵不灵呢?"

"试就试试吧,反正也没什么好办法。"

"正好杨师傅要回去,我就把他带来了,让他带咱们去看看,顺便也把他送回家。你看怎么样?"

"当然可以。那就有劳杨师傅了。"

"不客气,顺便的事。"

多多问五斤:"什么时候走?"

五斤想了想说:"明天一早吧。你先带杨师傅到面馆尝尝咱们的面,然后安顿下来,明天一早咱们就走。"

第二天一早他们就上路了。汽车在山间公路上穿行,多多还是第一次进山,没走过这么险的路,没见过这么高的山。他问师傅:"这要走多远才能出山呀?"

师傅说:"开车至少要三四个小时吧。咱们不用出山,大夫就住在山里头。"

"我的妈呀! 住在山里头的人出一趟山,可是不容易呀!"

师傅说:"可不是嘛,有的人一辈子都没出过山,连汽车都没见过。"大约走了快一个小时,师傅说:"我们快到了,前面向左拐。"

汽车拐入左边的一条小路,不一会儿,来到一个小山村。杨师傅说:"到了,就是水泥板房那家,把车停在大门口就行。"

到底是有手艺的人家,条件明显好于周围邻居。三开间,楼板房,高大明亮。三人下了车,进了院子,只见正中堂屋的门两边挂着一副木制对联,甚是讲究。

上联是:

　　阴阳表里虚实寒热

下联是:

　　温清消补汗吐下和

横批是:

　　悬壶

五斤在对联前看了半天,悟出些道道:这上联说的是病因病根之类的事,下联说的是治疗方法和如何用药的事;横批就不得了了,他知道有关悬壶的传说,顿觉这副对联说得太大了。这样的对联好像应该挂在一所大医院的门口,或者是挂在像华佗、张仲景、孙思邈这样的大家门前才是,怎么

会挂在这深山老林里？敢挂这样的对联，说明此人一定不简单。既然如此，他为什么要窝在这深山里，不出去悬壶济世呢？管他呢，病笃乱投医，行不行吃他几服药试试再说。

老中医在药房接待五斤一行。药房的一面墙被药柜挤满，看上去至少有五百多味药。另一面墙下放着切药的铡刀和铁铸的碾槽。窗下一张办公桌，不用说是看病、开药的地方。桌子的一侧墙上挂着人体穴位图、中药十八反歌、中药十九畏歌、中药毒性速记歌，等等。满屋子充满了草药的味道。

寒暄过后，老中医问："谁是病人？"

五斤说："噢，病人没来，是我母亲。听杨师傅说您这儿有治骨寒病的药，我来就是想买一点药给老人治病。"

老中医问："令堂高寿？何时得病？"

"快七十了。得病五六年啦。"

"最好能让病人亲自来。这种病是长期积累的结果，病因也很多，各人不一样，治起来很困难。你想啊，寒气都入了骨，那不是一朝一夕所得之病，治起来也要慢慢来。病人没来，我只能凭经验拿些药给你，先吃吃，试试，但愿能有效果。"

五斤说："现在只能这样了。这回先认个门，下次我把病人带来。"

屋外响起隆隆雷声，接着就起了大风，下起了大雨。杨师傅说："山里就这样，说下雨就下雨，一会儿就过去啦。"

老中医把包好的药交给五斤，说："一天一服，一共六服。吃完缓两天，就该吃下一组了。你看，需要继续治的话，你只管来。"

五斤付了款，谢过大夫，站在门口看天气。不一会儿，雨真停了。五斤、多多告别了老中医和杨师傅，踏上了返程之路。

刚一上公路，又下起了暴雨，他们只能慢慢行驶。雨刷急促地刷着，前面玻璃还是模糊不清。五斤说："下大雨最容易山体滑坡。如果滑坡堵了路，我们就回不去了，得在山里……"

多多急忙拦住五斤的话头："别咒别咒，容易乌鸦嘴，真给说中就麻烦了。"

雨停了，五斤加快了速度，走不多远，就发现前面堵车了。五斤寻思，是不是出事故了？路面左侧有车过来，他向人家打听前面发生了什么事情。

来车司机说:"前面塌方了,怕是两天也通不了,往回拐吧。"

多多埋怨道:"怎么样,我咋说的,乌鸦嘴吧?"

"哈哈哈,要是说好事也这么准就好了。现在该咋办?"

"我也不知道。往回拐?拐到哪儿?总不能再拐到老中医家吧?"

五斤说:"我看咱们就在附近找户人家住一天吧。下雨天留人天,人不留天留,天不留山还留呢。留下吧,能清闲一半天,好好休息休息也是一桩美事。过去生产队的时候,就盼下雨,一下雨就能睡懒觉了。特别是在北山的工地上,睡觉照样挣工分,多婵活(舒服)呀!"

多多也是喜欢得很:"这主意不错,咱也当一天山民,吸吸氧,放松放松。走吧,找找看。"

五斤掉头往回走,走不多远,就有条能走车的小路往山里斜插着。他拐了进去,三分钟不到,就看见一个小山村。村子不大,山下山腰山上都有人家,东一户西一户,七零八落。五斤把车停在靠近马路的一户人家门前。两人下了车,前去叩门。

门开了一条缝,一位老者探着身子问:"你们找谁?"

五斤和蔼地说:"大爷,我们是过路的。前面塌方堵了路,走不了啦,想在您府上借宿一夜,我们给钱,可以吗?"

老者用敌视的目光打量着五斤、多多,又看了看小车,犹豫了半天才说:"进来吧。"

到底受地貌局限,山民的宅基就是窄狭,整个院子不过二分地大小。正房是三开间瓦房,是主人的起居室;厢房是两间厦房,一头连着正房,一头连着院子前墙,一半做厨房,一半盘了个小炕,可临时住人。老者把五斤多多领进厦房,手一指:"你们就在这里将就一宿吧。"

"谢谢大爷,这就挺好。"

老者回堂屋拿来了被褥,往炕上一放说:"你们两个人,就给三十个元吧。要吃饭,另算。"

五斤当即付了款,说:"大爷,给弄点吃的吧,馒头面条米饭都行,最好弄点山野菜什么的。没问题吧?"

老者点点头:"等会儿就好。"

老者把老伴叫来,两人一起给客人做饭。一时间,厨房里气蒸烟罩,呛

得待不住人。老者说:"这里太呛,你们两个到屋外石凳上坐会儿吧。"

饭做好了,老者把饭端到院子的石桌上:"给三十个元吧。"

五斤付了账,一看饭菜就乐了:"这老头只认得三十块钱,睡觉三十,吃饭三十。你看,这饭至少值五十。"

多多说:"这是山里,大概就值这个价。吃吧,别呛气。"

吃饭间,从外边进来一个男人,约莫三十来岁。五斤、多多下意识地微笑点头,算是打招呼。这男人冷冷地扫了他们一眼,看上去很不高兴的样子,没搭理他们就进了屋。他刚一进去,就听到了这人和老者的对话:

"外头吃饭的是些什么人。"

"过路的客人。路堵了,走不成,到这儿投宿来了。"

"哎呀,你怎么能随便让生人到咱们家来呢?你不怕……"

话还没说完,就听得有人捂上了说话人的嘴。说话人咕哝了两下,就没声音了。却听见老头说着什么,声音小得一句也听不清。

五斤说:"看来这人是那老头的儿子,人家不愿意咱们住他家。"

多多小声说:"人家没把咱当好人,放老实点吧,吃完饭睡觉。只许闷头睡觉,不准乱说乱动。"

吃罢饭,天色已晚,两人上了炕,准备安歇。五斤给母亲打了电话,告诉她在山里买了药,回城后就让人捎回去。

接了儿子的电话,听了儿子的声音,一股暖流在秋香身上流淌。这一夜,她早早地就入睡了。她梦见自己和五斤又回到草窑里居住。晚上,她在灯下做针线,"吱扭"一声,门自己开了,一只大草笼进来了,扁担连着另一只大草笼也进来了。它们在炕边晃悠着,慢慢地,白旦在两笼之间显现了出来,他挑起草笼,站在秋香面前微笑。

"他爹,你又担草来啦?"

"担什么草啊,是我把五斤耽误了,我来接他上大学。"

"那好,赶紧的。"秋香把被褥卷了卷放入草笼,又去叫熟睡的五斤。突然,她转回身指着白旦:"不对,你是鬼?"

白旦发出鬼怪笑声:"一个人太孤单了,我和五斤能编到一起,就让他去陪我吧。"说着就去抢五斤。

秋香奋力护着孩子,"吭吭哧哧,嘘嘘咳咳"。

动静闹大了,连隔壁的杏杏都听到了。她披着衣服过来,摇着秋香:

"妈,你醒醒。"

秋香猛地醒了过来,扑向杏杏:"你还我孩子。"

"妈,是我。你醒醒。"

秋香真醒了。她抹了把脸说:"做了个噩梦。"

"什么梦呀? 把你吓成这样。"

"你把解梦书拿来,我查查看。"

杏杏把书拿给秋香。秋香一看:"呀! 不好。你赶快给五斤打电话,问问他没事吧。"

杏杏说:"深更半夜的打什么电话,人家不睡觉了?"

秋香一拍脑门:"你看我,疯了,明天打吧。我没事啦,你过去睡吧。"

"我跟你睡。"杏杏赖皮似的上床钻入秋香的被窝。

"都当妈了还跟我睡,羞不羞?"

"当奶奶也跟你睡。"杏杏撒娇地钻入秋香怀里。

秋香满心欢喜地搂住杏杏:"睡,睡,好乖乖。"

五斤、多多睡得正香,被上房的打斗声和惨叫声惊醒。两人细听,男人的辱骂声和女人的哀号声又一阵阵传来。

多多说:"怎么回事,上房打架。"

五斤道:"两口子打架呗。这小伙子还挺厉害的,白天管老爹,晚上打老婆。咱们少管闲事,睡吧。"

打架声平息了,出现了老头的声音:"闺女,你就从了吧,跟谁不是过日子。等有了娃儿就好喽,你就习惯喽。我们也不容易,花恁多钱娶个媳妇,能让你随随便便跑了? 不可能。"

女人求饶的声音:"大爷,求求你开恩,放了我吧。我会报答你的大恩大德的,我会赔偿你所有的损失的。"

五斤忽地坐了起来:"这声音咋这么熟的,是谁呀?"他趴在窗子上细细听,听出来了,于是对着窗口大喊一声:"白灵,是你吗? 我是丁五斤。"

那女人大声呼救,撕心裂肺:"五斤叔,救救我!"果然是白灵。

"快起来,救人!"五斤叫起多多,朝上房奔去。

五斤、多多闯进上房,只见一男子赤条条站在地上,手持扫把,凶神恶煞一般。白灵裹着被子蜷缩在炕角,哆哆嗦嗦,惊恐万状。老头站在两人中间劝说着。

白灵一见五斤、多多进来，掀了被子，穿着裤头背心，光着脚丫就朝五斤奔来。五斤把白灵护在怀里："别怕，有叔呢。"

青年男子扑来抢白灵，多多一挡一推，这男子便打个趔趄，摔倒在炕沿下。老者不依："你们是什么人？你们想干什么？这是我家的事，用不着你们来管。"

青年男子："爹，别跟他们啰唆，赶快去叫人。"

老头顿时醒悟，转身就走。

五斤让白灵穿好衣服，问："你怎么会在这儿？"

不等说话，白灵的泪水就涌了出来。她用手抹去泪水，说："有个老板说，这儿都是开矿的，有钱，也舍得花钱，到这儿能挣大钱，我们就跟他来啦。谁知道他是个骗子，把我领到这儿，就卖给这个人做老婆。他们把我关起来，不让出门，不让见人，晚上就折磨我，非要我跟他圆房不可。我不愿意，他就打我。"说完又哭了。

五斤劝青年男子说："小伙子，你这是何苦呢？她不愿意，成天打打闹闹的，还能过日子吗？放过她吧，好不好？"

年轻人说："我看她也不像我们家里的人，我也不愿意这样过日子。你是不知道，我们这里穷，娶个媳妇不容易。我买她娶她花了那么多钱，欠了一屁股债，总不能鸡飞蛋打两头空吧？"

"花了多少钱？"

"买她八千，办喜酒八千，一共一万六。"

白灵说："只要你放过我，我都赔你。再给你加四千，赔你两万总可以吧？"

"谁信呀？你们一走，人都找不着，还两万，骗谁呀！"

五斤说："这么着，咱们一手交钱，一手放人，怎么样？"

"可以，只要你把钱拿来，人你可以领走。"

"说话算话？"

"说话算话。"

"好，我现在就给你筹钱。"

五斤给大林打电话："喂，大林，对不起，半夜三更打扰你。是这样，你明天带两万块钱到山里来。从峪口进山，大约走百十公里，有个叫三合村的地方，从这里向右拐，有人在路口接你。别问啦，来了就知道了。"

这时候,外面来了一群山民,拿棍的、拿刀的、拿锄头的,一个个气势汹汹,嚷嚷道:"山外的客人,你出来。"

多多怕五斤吃亏,一个人冲了出去,挡在门口:"你们想干什么?"

"干什么? 就干这个。"说着,一根棍子就飞过来。

说时迟,那时快,多多斜身躲过,顺手从地上捡起一只背篓,左挡右突,愣是不放过一个人进屋。

青年男子从屋里出来,大喝一声:"都给我住手。"山民们这才停了手。青年男子说:"谢谢大家! 麻烦你们啦。事情说妥了,没事了,大家回吧。改日请大家喝酒。"

第二天一大早,大林就如约而至,送来了赎人的钱,带来了山路已打通的消息。吃过早饭,五斤、大林各开一辆车上路,还将买白灵那男人也带了出来,准备让他在蒸坊打工。

出了山口不远,五斤觉得肚子不适:"不知道吃什么了,肚子闹得厉害。我去解个手。"

他停了车,朝路边小树林跑去,穿过小树林,在一个长满野草的小坟堆旁蹲下解手。

不远处,两个农民扛着猎枪四处寻觅。一个说:"看来又是白跑一天。"

另一个把手一扬,示意同伴不要出声,他猫着身子碎步轻移,来到一棵大树旁隐蔽起来,然后举起枪,靠在树干上瞄准。同伴这才发现,不远处有个活物在晃动,只听"啪"的一声,那活物就不动了。

"打中了,打中了。"打枪人兴奋地欢呼着奔跑着去收猎物,同伴也随后跟了上去。

"我的妈呀!"打枪人一到猎物跟前就是一声惊叫,随后便瘫倒在地上。

同伴赶到一看,也吓蒙了。猎物竟是个人,满脸血糊糊地躺在地上,身体还在抽搐。

打枪人缓过神来:"快跑,我们快跑。"

同伴说:"跑不得,往哪儿跑? 一查就查出来啦。赶紧救人吧。"

两人一起跑向公路呼喊救人。

大林、多多、白灵迅即下车冲进树林,跑到坟堆旁。

"五斤叔！五斤叔！"他们呼唤着五斤。五斤双眼紧闭，已失去了知觉。大林、多多抬起五斤就朝公路上奔跑。

他们把五斤抬到大林的车上。

大林说："白灵护着五斤叔，我们去医院救人。多多，你和这位大哥看住这两个人，开五斤叔的车，直接去公安局报案。"

五斤睁开眼吃力地说："不要报警，放了……放了……他们吧，他……他们……无意的。"

两个农民不停地给五斤鞠躬道歉致谢。他们不走，说要帮着给五斤看病，跑腿呀，献血呀，他们都能干。

两辆车飙车似的高速穿行在来往车辆之间，引起路人驻足观看。白灵抱着五斤，不停地呼唤着，泪水、鲜血湿透了衣襟。五斤的手机响了，白灵掏出来接听："喂，是杏婶呀……"

大林命令道："关机，不要告诉她。"

医院到了，急救室到了。只可惜，晚了一步，五斤已然告别了人世，到另一个世界去了。大林、多多、白灵泣不成声。两个打猎的农民顿首捶胸，骂自己不是人。

大林封锁了消息，不让任何人给家里打电话。他只把这个噩耗告诉了村主任和白平，让他们准备后事，照看好五斤一家人，相机行事。

白平让老伴和果果媳妇到五斤家陪秋香和杏杏，稳住他们，挡住外人，不让进五斤家的门，然后一点一点渗透，渐渐地、柔柔地告知他们实情。白平老伴和果果媳妇强作笑颜进了五斤家，两个女人陪着两个女人，天长地短地侃起大山。秋香说她做了个不好的梦，让杏杏打电话给五斤问平安，这死妮子就是不打。刚才一打，五斤不知道为啥关了机，她眼皮子跳得咚咚咚，不知是祸是福。白平老伴觉得时机已到，再不说，等灵车一到，就来不及了，于是说："他婶，这梦有时是反的，有时也挺准的。要是给蒙对了，你还不活了咋的？"

秋香没想到老嫂子会这么说话，她可不是随便乱说的人。大忙天，两个人不在家里照看，跑到这里侃大山，一侃就是半天，一点走的意思都没有。莫非真有什么事？她让杏杏出去看看，到底发生了什么事。杏杏刚要出门，果果媳妇就去阻拦，白平老伴忙使眼色："莫拦莫拦，让她去好了。"

两人的异样举动，秋香早就看出来了。她脸上已没了笑容，严肃地问：

"嫂子,你给我说实话,是不是五斤出什么事了?"

白平老伴只得实言相告。天塌了。秋香、杏杏连哭一声都来不及,就双双瘫倒在地上了。

备急的车早就停在五斤家门口。大家七手八脚把婆媳俩抬上车,送到了附近医院。

主任和白平决定把灵堂设在草窑门前,要搭灵棚,要摆祭案,着人准备就是,不在话下。写灵堂上方的黑布幔时,有了争论,不知该怎么写。一阵论争,最后确定写了"沉痛悼念好人宽人仁人丁五斤先生"十五个字。

主任解释说:"好人者,善心善举,福泽乡里之意;宽人者,胸怀宽广,大度有容之意;仁人者,仁义仁心,大爱无疆之意。"

灵棚搭好后,五斤的灵车就回来了。村民们拥在村口,迎接着这位饱受苦难、又为大家谋求幸福的好人魂归故里。

停灵祭奠的活动开始了,乐人们吹吹打打,唱着苦音地方戏。来祭奠上香的人络绎不绝,强强披麻戴孝立于灵前,为祭奠者还礼。

洁白的墙,洁白的床。杏杏躺在病床上挂着点滴,抽抽噎噎,欲哭还住。陪床的是小妹,她含着泪说:"杏婶,难受你就哭出来吧。"

洁白的墙,洁白的床。秋香躺在病床上挂着点滴,眼角的泪水欲滴还住。陪床的是白灵,她含着泪,轻轻地为秋香拭去泪水。秋香说:"把乐人头儿找来,我有话说。"

白灵给家里打电话,让把乐人头儿叫到医院来。不大工夫,乐人头儿就来了,秋香交代了一番后,乐人头就走了。

下葬的日子到了,人们将五斤的灵棺移入灵轿,抬到坟地。这时候,秋香坐着救护车赶到了。她下了车,在白灵的搀扶下,缓缓向灵棺走来。在她身后,两个护士推着一副移动病床紧跟着。到了灵前,护士把病床与灵棺紧挨着排放在一起。秋香爬上床,面对灵棺侧身而卧,说了声"都来吧"。

这时,乐人头儿领着一群乐人有序地依次排开,绕成了个大圆圈,把灵轿和秋香围在了中间。乐人们有执鼓板的,有拿梆子的,有吹唢呐的,人数之多,超过了以往任何一场葬礼,一班两班挡不住,似乎方圆几十里的乐人都来了。田白村的人们从来没见过这样的葬礼,不知道这是什么地方的丧葬仪式,他们瞪大了眼睛,探寻着答案。乐人们各就各位后,那领头的喊道："主家，众神已就位，请颁神命。"

秋香眼一闭，道："开始吧！"

只听得鼓板响起："嗒，嗒嗒嗒，嗒嗒"；梆子紧随："哒，哒，哒，哒"；接着，唢呐声起，低低的，只有一个音，"哇——哇——哇——"这哇哇声连成一片，渐渐地变厚了，混沌了，雾化了，云化了，升腾了。秋香找到了核磁共振时的感觉，渐渐地进入了佳境。所不同的，除了自己和众神仙之外，这回还带上了儿子一同遨游。

他们在空中飘啊飘，飘到了一个村落的上空。秋香说："儿啊你看，那就是姥爷、姥姥的家。妈妈在那里出生，在那里长大。当时刚解放不久，咱们分了地，分了房，一家人过着美满幸福的生活。妈妈的少年时代好甜蜜啊！后来，土地归了公，好日子就没了，好日子都跑到报纸广播里、电影戏台上去了。"

飘啊飘，往下看，下边有一所校园。秋香说："儿啊，你来看，这就是你爸教书的学校。那时候我们多好呀，虽说日子穷，可妈妈的心里总是甜蜜蜜的。天不作美呀，爷爷、奶奶、姥爷、姥姥，棒打鸳鸯两地飞，活活拆散好姻缘。妈不怪他们，他们也是凡人。城乡之差，天壤之别，民女如何配上天？门不当，户不对，不怪人来怪社会，害得我儿一出生就受艰难，就失去父爱。儿啊，你的命好苦啊！"

飘啊飘，往下看，下边是一座大青山。秋香说："儿啊，你看这大山，多么巍峨挺拔，'刺破青天锷不残，天欲堕，赖以拄其间。'看看它像不像你，我儿就是站立在天地间的大山。"

飘啊飘，往下看，下面是汪洋大海。秋香说："儿啊，你看这大海，多么辽阔、宽广，多么平静、温顺。她能容纳万千河流，她也能澄清污泥浊水。你看她像不像你，我儿也有同样的胸怀。"

飘啊飘，飘过了青纱帐，飘过了红树林，飘过了干河沟，飘过了柏油路，飘过了施舍过他们的千家万户。

飘啊飘，往下看，田白村到了。秋香说："儿啊快看，大片大片庄稼，千树万树花开，我们到家了。这片土地养育了我们，我们就把自己还给这片土地吧。孩子，你累了，先安歇在这里。等妈老了（死了），就来陪你。"秋香睁开眼，把手一举，大声喊道："到家了。"

乐人们徐徐地放缓了节奏："嗒，嗒，嗒"，"哒，哒，哒"，唢呐声也依次停了下来。神仙们的神仙游结束了,秋香坐起来,把脸贴在灵棺上厮磨着,泪淋淋地说:"儿啊,你走吧。"

执事得令,大声唱道:"下轿入宅,神鬼接驾。一路平安,直取黄泉。"按通常仪式,在一片哭声中,五斤去了另一个世界。

百日那天。

杏杏、强强跪在坟前,泪人儿一般。强强烧着纸钱;杏杏表情茫然,嘴里咕咕哝哝,不知说着什么。

兰芳伫立五斤坟前,双手合十:"哥,这是我第一次叫你哥,可是你听不到了。哥,你是好人,要不是咱们有那么一段误会的话,我该会多幸福啊!因为我有亲哥哥了。哥,以后我就不来看你了,不过,每年的清明和十一,我都会给你上香烧纸的。不是给你送钱,是给你送上我们的兄妹之情。"

张老板伫立坟前,默默祈祷,渐渐地,老泪夺眶而出:"我苦命的儿呀,爹对不起你!"说着,不由自主地瘫坐到地上。

黄昏时分,满头白发的秋香围着草窑不停地转圈圈,步履蹒跚,踉踉跄跄。她停在草窑门前,遥望天空,呼唤着:"儿呀——回来——娘想你!"声音不大,却布满天空,传遍大地,传到田白村的每个角落,万物为之动情……